CW01647513

10 minutes et 38 secondes dans ce monde étrange

DU MÊME AUTEUR

La Bâtarde d'Istanbul, Phébus, 2007 ; 10/18, 2008.

Bonbon Palace, Phébus, 2008 ; 10/18, 2009.

Lait noir, Phébus, 2009 ; 10/18, 2010.

Soufi, mon amour, Phébus, 2010 ; 10/18, 2011.

Crime d'honneur, Phébus, 2013 ; 10/18, 2014.

L'Architecte du sultan, Flammarion, 2015 ; J'ai lu, 2017.

Trois filles d'Ève, Flammarion, 2018 ; J'ai lu, 2019.

L'Île aux arbres disparus, Flammarion, 2022.

ELIF SHAFAK

10 minutes et 38 secondes dans ce monde étrange

ROMAN

Traduit de l'anglais
par Dominique Goy-Blanquet

J'AI LU

TITRE ORIGINAL
10 Minutes 38 Seconds in This Strange World

ÉDITEUR ORIGINAL
Viking UK, une division de Penguin Random House

© Elif Shafak, 2019.

www.elifshafak.com

POUR LA TRADUCTION FRANÇAISE
© Flammarion, 2020

Le Code de la propriété intellectuelle interdit les copies ou reproductions destinées à une utilisation collective. Toute représentation ou reproduction intégrale ou partielle faite par quelque procédé que ce soit, sans le consentement de l'auteur ou de ses ayants droit ou ayants cause, est illicite et constitue une contrefaçon sanctionnée par les articles L335-2 et suivants du Code de la propriété intellectuelle.

Aux femmes d'Istanbul et à la ville d'Istanbul qui est, qui a toujours été, une ville féminine.

« Voilà qu'il me précède de peu une fois de plus en quittant ce monde étrange. Cela ne signifie rien. Pour des gens comme nous, physiciens dans l'âme, la distinction entre passé, présent et avenir n'a d'autre valeur que celle d'une illusion, certes tenace. »

Albert EINSTEIN, 21 mars 1955,
sur la mort de son ami
le plus proche, Michele Besso.

Fin

Elle s'appelait Leila.

Tequila Leila, c'était ainsi que la connaissaient ses amis et ses clients. Tequila Leila, c'était le nom qu'on lui donnait chez elle et au travail, dans cette maison couleur bois de rose au fond d'un cul-de-sac pavé près du front de mer, nichée entre une église et une synagogue, entre les boutiques de lampes et les kebabs – la rue qui abritait les bordels les plus anciens d'Istanbul.

N'empêche, si elle vous entendait tenir ce genre de propos, elle pourrait se vexer et vous balancer à la tête par jeu une de ses chaussures à talons aiguilles.

C'est, chéri, pas *c'était*... Mon nom *c'est* Tequila Leila.

Jamais, au grand jamais, elle n'accepterait qu'on parle d'elle au passé. Rien que d'y penser, elle se sentait minuscule et vaincue, un sentiment que pour rien au monde elle ne voulait éprouver. Non, elle insisterait sur l'usage du présent – même si elle s'avisait maintenant avec désarroi que son cœur venait tout juste de cesser de battre, que sa respiration s'était brutalement arrêtée, et qu'elle avait beau envisager la chose sous tous ses angles, il lui fallait bien admettre qu'elle était morte.

Aucun de ses amis n'était encore au courant. À cette heure matinale, ils devaient tous dormir profondément, chacun cherchant l'issue du labyrinthe de ses rêves. Leila aurait bien aimé elle aussi être enveloppée dans la tiédeur de l'édredon, son chat endormi en boule à ses pieds, ronronnant de bien-être. Le chat était sourd comme un pot et tout noir – sauf une tache neigeuse sur une patte. Elle l'avait baptisé Mr Chaplin, en hommage à Charlie Chaplin car, comme les héros du cinéma d'antan, il vivait dans un monde de silence bien à lui.

Tequila Leila aurait tout donné pour se retrouver dans son appartement. Et voilà qu'elle gisait quelque part dans les faubourgs d'Istanbul, en face d'un terrain de football sombre et humide, au fond d'une benne à ordures en métal aux poignées rouillées et à la peinture écaillée. Une benne montée sur roues ; plus d'un mètre de haut et large de moitié. Leila mesurait un mètre soixante-dix, plus les vingt centimètres de talon des sandales violettes qu'elle avait encore aux pieds.

Il y avait tellement de choses qu'elle aurait voulu savoir. Elle ne cessait de se repasser les derniers instants de sa vie, en se demandant ce qui avait dérapé – exercice futile puisqu'il était impossible de dévider le temps comme une pelote de laine. Sa peau virait déjà au blanc-grisâtre, même si ses cellules vibraient encore d'énergie. Elle sentait bien des mouvements insolites dans ses organes et dans ses membres. On s'imagine toujours qu'un cadavre n'est pas plus alerte qu'un arbre abattu ou une souche creuse, dépourvu de conscience. Mais si on lui en avait donné l'occasion, Leila aurait pu témoigner qu'au contraire, un cadavre déborde de vie.

Elle ne pouvait croire que son existence mortelle fût bel et bien finie. La veille encore, elle traversait le quartier de Pera, son ombre glissant par les rues aux noms de chefs militaires et de héros nationaux, des rues aux noms d'hommes. Rien que cette semaine, son rire retentissait dans les tavernes voûtées de Galata et de Kurtuluş, dans les petits bouges étouffants de Tophane qui ne figurent jamais sur les cartes touristiques ou les guides de voyages. L'Istanbul que connaissait Leila n'était pas l'Istanbul que le ministère du Tourisme souhaitait faire visiter aux étrangers.

Hier soir elle avait laissé ses empreintes sur un verre de whisky, et une trace de son parfum – *Paloma Picasso*, cadeau d'anniversaire de ses amis – sur l'écharpe de soie qu'elle avait jetée sur le lit d'un inconnu, dans la suite nuptiale au dernier étage d'un hôtel de luxe. Là-haut dans le ciel, une tranche de lune de la veille restait visible, lumineuse et hors d'atteinte comme le vestige d'un souvenir heureux. Leila faisait encore partie de ce monde-là, il restait encore de la vie en elle, alors comment pouvait-elle être décédée ? Ne plus exister, comme si elle n'était qu'un rêve qui s'évanouit à la première lueur du jour ? Quelques heures seulement auparavant elle chantait, fumait, jurait, pensait… d'ailleurs elle continuait à penser. Remarquable, la façon dont son esprit fonctionnait à plein régime – mais allez savoir pour combien de temps. Elle aurait voulu retourner en arrière pour annoncer à tous que les morts ne meurent pas sur-le-champ, qu'ils peuvent, en fait, continuer à réfléchir sur les choses de la vie, y compris sur leur propre départ. Les gens seraient terrifiés s'ils l'apprenaient, se dit-elle. Elle-même l'aurait été de son vivant. Mais ce serait important qu'ils le sachent.

Leila avait le sentiment que les êtres humains se montrent très impatients au moment de franchir une étape de leur existence. Par exemple, ils pensent que vous devenez automatiquement une épouse ou un époux dès l'instant où vous dites « Oui, je le veux ! » Mais en réalité il faut des années pour apprendre à être marié. De même la société s'attend à ce que l'instinct maternel – ou paternel – se déclenche dès qu'un enfant est en route. Pourtant il va falloir longtemps pour apprendre à se comporter en parent – ou en grand-parent, d'ailleurs. Pareil pour la retraite et la vieillesse. Comment manier le changement de vitesse dès qu'on sort d'un bureau où l'on a passé la moitié de sa vie et gaspillé la plupart de ses rêves ? Pas si facile. Leila avait connu des enseignants retraités qui se réveillaient à 7 heures, prenaient leur douche et s'habillaient, tout cela pour s'affaler à la table du petit déjeuner au moment où ils se rappelaient qu'ils n'avaient plus d'emploi. Ils en étaient encore à s'ajuster.

Peut-être n'était-ce pas si différent quand arrivait la mort. Les gens croient que vous vous transformez en cadavre dès l'instant où vous rendez le dernier soupir. Mais la rupture n'est pas aussi tranchée. Tout comme il y a d'innombrables nuances entre le noir de jais et le blanc brillant, il y a de multiples phases dans le processus baptisé « repos éternel ». S'il existe vraiment une frontière entre le Royaume de la vie et le Royaume de l'après-vie, conclut Leila, elle doit être perméable comme du grès.

Elle attendait le lever du soleil. À ce moment-là sûrement quelqu'un allait la trouver et la sortir de cette benne crasseuse. Les autorités ne mettraient pas longtemps à l'identifier. Il leur suffirait de mettre la main sur son dossier. Au cours des années, on l'avait fouillée, photographiée, soumise à des relevés d'empreintes et placée en garde à vue plus souvent qu'elle n'aimait l'admettre. Ces postes de police des taudis avaient tous une odeur reconnaissable : cendriers pleins à ras bords des mégots de la veille, marc de café figé dans des tasses ébréchées, haleine aigre, chiffons humides, et cette puanteur âcre des urinoirs qu'aucune quantité de Javel ne parvenait à effacer. Les agents et les délinquants se partageaient des bureaux étriqués. Leila trouvait toujours fascinant que flics et truands répandent leurs cellules mortes sur le même sol, que les mêmes insectes les ingèrent sans faveur ni partialité. À un niveau invisible pour l'œil humain, les contraires se confondaient de façon inattendue.

Une fois qu'ils l'auraient identifiée, ils préviendraient sans doute sa famille. Ses parents habitaient la ville historique de Van – à quinze cents kilomètres de là. Mais elle ne s'attendait pas à ce qu'ils viennent chercher sa dépouille, vu qu'ils l'avaient bannie il y a fort longtemps.

Tu as attiré la honte sur nous. Tout le monde en parle dans notre dos.

Il faudrait donc que la police s'adresse à ses amis. Cinq en tout : Sabotage Sinan, Nostalgia Nalan, Jameelah, Zaynab122 et Hollywood Humeyra.

Leila était certaine que ses amis accourraient dès que possible. Elle les voyait presque se ruer vers elle, leurs pas pressés et pourtant hésitants, les yeux écarquillés par le choc et le deuil en germe, un chagrin brut qui n'avait pas encore pénétré, pas tout à fait. Elle s'en voulait de devoir leur infliger ce qui serait forcément une épreuve douloureuse. Mais quel soulagement de savoir qu'ils lui offriraient de superbes funérailles ! Du camphre et de l'encens. De la musique et des fleurs – des roses, surtout. Rouge ardent, jaune vif, bourgogne sombre... Classiques, intemporelles, imbattables. Les tulipes étaient trop impériales, les jonquilles trop délicates, et les lis la faisaient éternuer, mais les roses étaient parfaites, un mélange de charme boudeur et de griffes acérées.

Lentement, l'aurore s'affirmait. Des jets de couleur – bellinis pêche, martinis orange, margaritas fraise, négronis glacés – traversaient l'horizon d'est en ouest. En quelques secondes, l'appel à la prière des mosquées environnantes résonnait autour d'elle, sans le moindre effort de synchronisation. Au loin le Bosphore s'éveillait de sa torpeur turquoise, bâillant puissamment. Un bateau de pêche, moteur crachant la fumée, filait vers le port. Une lourde vague enflait lentement face au quai. Autrefois l'endroit était couvert d'oliviers et de figuiers, tous passés au bulldozer pour faire place à davantage de bâtiments et de parkings. Quelque part dans la pénombre, un chien aboyait, plus par sentiment du devoir que par réelle excitation. Tout près, un gazouillis d'oiseau monta, assuré et sonore, auquel répondit un trille un peu moins jovial. Une aubade. Leila entendait maintenant un camion de livraison ronfler sur la route grêlée d'ornières, butant contre un nid-de-poule après l'autre. Le bruit de la circulation matinale serait bientôt assourdissant. La vie en pleine explosion.

De son vivant, Tequila Leila avait toujours été surprise, troublée même, par les gens qui prennent un plaisir obsessionnel à spéculer sur la fin du monde. Comment un esprit sain en apparence pouvait-il s'absorber dans tous ces scénarios d'astéroïdes, de boules de feu et de comètes qui allaient ravager la planète ? Pour elle, l'apocalypse n'était pas la pire chose à craindre. La possibilité d'une destruction immédiate et massive de la civilisation n'est pas si effrayante comparée au constat banal que notre trépas individuel n'a aucun impact sur l'ordre des choses, que la vie continuera identique avec ou sans nous. Et *ça*, avait-elle toujours pensé, c'était vraiment terrifiant.

*

* *

La brise changea de direction, balayant le terrain de football. C'est alors qu'elle les vit. Quatre adolescents. Des pillards sortis tôt pour trier les poubelles. Deux d'entre eux poussaient un chariot rempli de bouteilles en plastique et de boîtes de conserve compressées. Un autre, épaules voûtées et genoux fléchis, les suivait en traînant un sac crasseux qui contenait un objet très lourd. Le quatrième, à l'évidence leur chef, marchait en tête d'un pas orgueilleux, le torse osseux gonflé comme celui d'un coq de combat. Ils avançaient vers elle en échangeant des plaisanteries.

Continuez tout droit.

Ils firent halte près d'un conteneur de déchets qu'ils se mirent à fouiller. Flacons de shampoing, briques de jus de fruits, pots de yaourt, boîtes d'œufs... chaque trésor cueilli venait s'empiler dans le chariot. Leurs gestes étaient adroits, bien entraînés. L'un d'eux dénicha un vieux chapeau de cuir. Hilare, il s'en coiffa et prit une dégaine exagérément arrogante, les mains enfoncées dans ses poches arrière, mimant un gangster qu'il avait dû voir dans un film. Aussitôt, le chef lui arracha le chapeau et se le mit sur la tête. Personne ne protesta. Le conteneur nettoyé, ils s'apprêtaient à partir. Au grand désarroi de Leila ils semblaient faire demi-tour, prendre la direction opposée.

Hé, je suis par ici !

Lentement, comme s'il avait entendu l'appel de Leila, le chef leva le menton, les yeux plissés face au soleil levant. Sous la lumière fluide, il scruta l'horizon, balaya le lieu du regard jusqu'à ce qu'il la vît. Ses sourcils montèrent d'un cran, ses lèvres frémirent.

S'il te plaît, ne pars pas.

Au lieu de prendre la fuite, il dit quelques mots inaudibles aux autres et voilà qu'eux aussi la dévisageaient avec la même expression sidérée. Elle s'avisa qu'ils étaient très jeunes. C'étaient encore des enfants, à peine des ados, ces garçons qui faisaient semblant d'être des hommes.

Le chef fit un pas de fourmi en avant. Puis un autre. Il s'approchait d'elle comme une souris d'une pomme tombée de l'arbre – timide et inquiet, mais tout aussi résolu et rapide. Son visage s'assombrit quand il vit dans quel état elle était.

N'aie pas peur.

Il était tout près d'elle, maintenant, si près qu'elle voyait le blanc de ses yeux injecté de sang et piqueté de jaune. Il avait manifestement sniffé de la colle, ce gamin qui n'avait pas plus de quinze ans, qu'Istanbul allait faire semblant d'accueillir et d'abriter puis, au moment où il s'y attendrait le moins, jeter comme une vieille poupée de chiffon.

Appelle la police, petit. Appelle les flics pour qu'ils préviennent mes amis.

Il jeta un regard de droite à gauche pour s'assurer que personne ne l'observait, qu'il n'y avait pas de caméra de surveillance à proximité. Il plongea en avant pour atteindre le collier de Leila – un médaillon en or avec une minuscule émeraude au centre. Avec précaution, comme s'il craignait que l'objet n'explosât dans la paume de sa main, il palpa le pendentif, sentit la froideur rassurante du métal. Il ouvrit le médaillon, vit qu'il contenait une photo. Il la sortit et l'examina, reconnut la femme, une version plus jeune de Leila, à côté d'un homme aux yeux verts, sourire doux et cheveux longs coiffés dans un style d'un autre âge. Ils avaient l'air heureux ensemble, amoureux.

Au dos de la photo il y avait une inscription : *D/Ali et moi... Printemps 1976.*

Il arracha prestement le médaillon et enfouit sa prise dans une poche. Si les autres, immobiles et silencieux derrière lui, s'avisèrent de son geste, ils choisirent de l'ignorer. Ils avaient beau être jeunes, ils avaient suffisamment l'expérience de cette ville pour savoir quand faire les malins et quand jouer les idiots.

Seul l'un d'eux fit un pas en avant et se risqua à demander, d'une voix qui était à peine un murmure : « Elle est... elle est vivante ?

— Sois pas stupide, fit le chef. Elle est aussi morte qu'un canard rôti.

— Pauvre femme. Qui c'est ? »

La tête inclinée sur le côté, le chef inspecta Leila comme s'il la remarquait pour la première fois. Il l'examina de la tête aux pieds, avec un sourire qui s'étendait comme une mare d'encre sur une feuille de papier. « Tu vois pas, andouille ? C'est une pute.

— Tu crois ? interrogea l'autre tout excité – trop timide, trop innocent pour répéter le mot.

— Je le sais, imbécile. » Le chef, torse tourné vers le groupe, leur dit d'une voix forte pleine d'emphase : « Ça va faire la une des journaux. Et sur toutes les chaînes de télé. On va être célèbres. Quand les journalistes rappliqueront ici, c'est moi qui parle, compris ? »

Au loin une voiture emballa son moteur et fonça en rugissant vers l'autoroute, dérapant dans le tournant. L'odeur des gaz d'échappement se mêlait à la morsure du sel dans le vent. Même à cette heure matinale où le soleil commençait tout juste à caresser les minarets, les toits et les branches hautes des arbres de Judée, les gens s'agitaient déjà au sein de cette ville, déjà en retard pour se rendre ailleurs.

Première partie

L'ESPRIT

Une minute

Pendant la première minute qui suivit sa mort, la conscience de Tequila Leila se mit à refluer, lentement, graduellement, comme la marée s'éloigne du rivage. Les cellules de son cerveau, vidées de leur sang, étaient maintenant privées d'oxygène. Mais elles ne s'éteignirent pas. Pas tout de suite. Un dernier réservoir d'énergie activait d'innombrables neurones, les reliait comme si c'était leur premier contact. Son cœur avait cessé de battre, mais son cerveau résistait, fier combattant jusqu'au bout. Il entra dans un état de vigilance aiguisée, observant la démission de son corps mais loin d'admettre sa propre fin. La mémoire de Leila bondit, active et diligente, collectant les fragments d'une vie qui courait vers son terme. Elle se remémorait des choses qu'elle se serait crue incapable de se rappeler, des choses qu'elle croyait perdues à jamais. Le temps se fluidifiait, flot rapide de souvenirs qui s'entrepénétraient, passé et présent inséparables.

Le premier souvenir qui lui revint à l'esprit avait trait au sel – la sensation du sel sur la peau et son goût sur la langue.

Elle se revit bébé – nue, gluante et rouge. Cela faisait tout juste quelques secondes qu'elle avait quitté le ventre de sa mère, glissé par un passage humide, périlleux, en proie à une peur entièrement nouvelle, et la voilà maintenant dans une pièce pleine de bruits, de couleurs et d'objets inconnus. Le soleil qui brillait à travers les vitraux tachetait le couvre-lit et se reflétait dans l'eau d'une cuvette de porcelaine, même par cette journée glaciale de janvier. Et dans cette eau, une femme âgée habillée dans des tons feuille d'automne trempa une serviette qu'elle tordit, le sang coulant sur son avant-bras.

« *Machallah, machallah.* C'est une fille. »

La sage-femme prit le morceau de silex logé dans son soutien-gorge et coupa le cordon ombilical. Elle n'utilisait jamais de couteau ni de ciseaux pour cela, car elle trouvait leur froide efficacité inadaptée à la tâche malpropre d'accueillir un bébé en ce monde. La vieille femme était très respectée dans le voisinage malgré ses bizarreries et sa conduite de recluse qui la rangeaient parmi les êtres mystérieux – ceux dont la personnalité a deux côtés, l'un terrestre, l'autre surnaturel, et qui, comme une pièce de monnaie jetée en l'air, peuvent toujours vous montrer l'une ou l'autre face.

« Une fille », lui fit écho la jeune accouchée étendue sur un lit à baldaquin en fer forgé, sa chevelure couleur miel bruni collée par la sueur, la bouche sèche comme du sable.

C'est ce qu'elle n'avait cessé de craindre. Au début du mois, elle s'était promenée dans le jardin en quête de toiles d'araignée et, quand elle en dénicha une, la traversa délicatement du doigt. Les jours suivants, elle revint plusieurs fois vérifier la toile. Si l'araignée avait réparé le trou, cela voulait dire que le bébé serait un garçon. Mais la toile était toujours déchirée.

La jeune femme se nommait Binnaz – « mille éloges ». Elle avait dix-neuf ans, mais cette année elle se sentait bien plus vieille. Elle avait les lèvres pleines, généreuses, un petit nez retroussé qui passait pour une rareté dans cette région, un long visage au menton pointu et de grands yeux sombres piquetés de points bleus comme des œufs de loriot. Elle avait toujours été mince avec une ossature délicate, mais elle le paraissait encore plus maintenant dans sa chemise de nuit en lin fauve. Les petites marques de variole signifiaient, à en croire sa mère, que le clair de lune l'avait caressée dans son sommeil. Ses parents lui manquaient ainsi que ses neuf frères et sœurs, qui vivaient tous dans un village à plusieurs heures de route. Sa famille était très pauvre – fait qu'on lui rappelait souvent depuis qu'elle était entrée dans cette maison en jeune épousée :

Sois reconnaissante. Quand tu es arrivée ici, tu n'avais rien.

Elle n'avait toujours rien, se disait souvent Binnaz ; toutes ses possessions étaient aussi éphémères et flottantes que des graines de pissenlit. Une forte brise, une averse torrentielle et c'était fini en un clin d'œil. Son esprit était hanté par l'idée qu'on pouvait la jeter dehors n'importe quand et, si cela devait se produire, où irait-elle ? Son père ne voudrait jamais la reprendre, pas quand il avait tant de bouches à nourrir. Il faudrait qu'elle se remarie, sans la moindre garantie que ce mariage serait plus heureux que le précédent ni son nouveau mari plus aimable que l'actuel, et d'ailleurs qui voudrait d'une divorcée, une femme *qui a déjà servi* ? Chargée de telles appréhensions, elle errait dans la maison, dans sa chambre, dans sa propre tête, comme une invitée non désirée. Enfin, jusqu'à maintenant. Tout allait changer avec la naissance du bébé, se rassurait-elle. Fini ce sentiment de malaise, d'insécurité.

Presque malgré elle, Binnaz jeta un coup d'œil vers la porte. Là, une main sur la hanche, l'autre sur la poignée, comme si elle se demandait s'il fallait rester ou partir, une femme d'allure robuste, la mâchoire carrée, occupait l'entrée. La petite quarantaine, elle avait déjà des taches de vieillesse sur les mains et des rides autour d'une bouche mince comme une lame qui la faisaient paraître plus âgée. Son front était aussi sillonné de rides profondes, irrégulières et creusées comme sur un champ après le labour. Des marques dues surtout à sa consommation de tabac et à son habitude de froncer les sourcils. À longueur de journée elle tirait sur des cigarettes de contrebande venues d'Iran et buvait du thé de contrebande syrien. Sa chevelure rouge brique – grâce à de généreuses applications de henné – divisée par une raie au milieu descendait en une natte impeccable presque jusqu'à sa taille. Ses yeux noisette étaient bordés avec soin du khôl le plus sombre. C'était l'autre épouse du mari de Binnaz, la première – Suzan.

Pendant un instant, leurs regards s'accrochèrent l'un à l'autre. L'air dans la pièce était lourd, avec une légère odeur de levure, comme une pâte qui monte. Elles se partageaient la chambre depuis plus de douze heures, et pourtant maintenant elles étaient projetées dans deux mondes distincts. Elles savaient toutes deux que la naissance de cette enfant allait changer définitivement leurs positions respectives au sein de la famille. La seconde épouse, malgré sa jeunesse et son arrivée récente, serait promue au sommet.

Suzan détourna les yeux, mais pas pour longtemps. Quand elle lui refit face, ce fut avec une expression dure qui n'était pas là auparavant. Elle fit un signe vers le bébé. « Pourquoi elle ne fait aucun bruit ? »

Binnaz blêmit. « C'est vrai. Qu'est-ce qui ne va pas ?

— Tout va bien, dit la sage-femme, avec un regard noir à l'intention de Suzan. Il faut juste attendre. »

Elle rinça le bébé à l'eau sainte du puits de Zamzam – don d'un pèlerin récemment revenu de La Mecque. Sang, mucosités, vernix, tout partit dans l'eau. La petite se tortillait d'inconfort et continua à se tortiller après le bain, comme si elle se battait contre elle-même – de tous ses trois kilos sept.

« Je peux la tenir ? » demanda Binnaz en tournant une mèche entre ses doigts, une marque d'anxiété qui s'était développée depuis un an. « Elle… elle ne pleure pas.

— Oh, elle *va* pleurer, cette fille ! » dit la sage-femme d'un ton assuré, puis elle se mordit la langue en s'avisant que sa phrase avait tout l'air d'un mauvais présage. Vivement, elle cracha trois fois sur le sol et posa son pied gauche sur le droit. Cela devrait couper court à ce pressentiment – si c'en était un.

Il y eut un silence gêné tandis que toutes dans la chambre, première épouse, deuxième épouse, sage-femme et deux voisines, dévisageaient le bébé d'un œil attentif.

« Qu'est-ce qu'il y a ? Dites-moi la vérité », demanda Binnaz à la cantonade, d'une voix plus mince que l'air.

Après six fausses couches en peu d'années, chacune plus douloureuse que la précédente et plus difficile à oublier, elle avait pris les plus grandes précautions tout au long de sa grossesse. Jamais touché une pêche de peur que le bébé ait la peau duveteuse, pas d'épices ni d'herbes dans sa cuisine pour qu'il n'ait ni taches de rousseur ni grains de beauté. Pas une fois elle n'avait respiré le parfum d'une rose par crainte des taches de vin. Pas une fois elle ne s'était coupé les cheveux de peur d'abréger sa chance. Elle s'était retenue de pianoter sur les murs pour ne pas risquer d'enfoncer un ongle dans la tête d'une goule endormie. À la nuit tombée, sachant bien que les djinns célèbrent leurs noces autour des toilettes, au lieu de s'y rendre elle se contentait d'un pot de chambre. Lapins, rats, chats, vautours, porcs-épics, chiens errants – elle avait réussi à n'en regarder aucun. Et même la fois où un musicien ambulant surgit dans leur rue avec en laisse un ours danseur et que tous les habitants du coin se précipitèrent dehors pour voir le spectacle, elle refusa de se joindre à eux, craignant que le bébé ne naisse couvert de poils. Si elle croisait un mendiant ou un lépreux, ou qu'elle voyait un corbillard, elle faisait demi-tour et fuyait en direction opposée. Chaque matin elle avalait un coing entier pour que le bébé ait des fossettes, et chaque soir elle s'endormait avec un couteau sous l'oreiller pour chasser les mauvais esprits. Et en secret, à chaque coucher de soleil, elle prélevait des cheveux sur la brosse de Suzan et les faisait brûler dans la cheminée afin de réduire le pouvoir de la première épouse.

Dès les premières contractions, Binnaz avait mordu dans une pomme rouge, sucrée et amollie par le soleil. La pomme brunissait lentement sur la table de chevet. Plus tard on la couperait en tranches qu'on donnerait aux femmes stériles dans l'espoir qu'elles tombent un jour enceintes. Elle avait aussi bu du sorbet de grenade versé dans la chaussure droite de son mari, semé des graines de fenouil aux quatre coins de la chambre et sauté par-dessus un balai posé sur le sol juste devant la porte – une frontière destinée à tenir Shaitan éloigné. À mesure que les douleurs s'intensifiaient, tous les animaux en cage de la maisonnée furent libérés un par un afin de faciliter le travail. Les canaris, les pinsons… Dernier libéré, le poisson betta, fier et solitaire dans son bocal. Maintenant il devait nager dans une crique voisine, ses longues nageoires ondoyantes bleues tel un pur saphir. Si le petit poisson atteignait le lac de Van qui faisait la renommée de cette ville d'Anatolie, il n'aurait guère de chance de survivre dans ses eaux alcalines. Mais s'il prenait la direction opposée, il irait peut-être jusqu'au Grand Zab et même, en poursuivant son voyage, rejoindre le Tigre, ce fleuve légendaire jailli du jardin d'Éden.

Tout cela pour que le bébé arrive en bonne santé et bien protégé.

« Je veux la voir. Vous voulez bien m'apporter ma fille ? »

À peine avait-elle formulé sa requête que Binnaz eut conscience d'un mouvement dans la pièce. Discrète comme une pensée fugitive, Suzan s'était glissée dehors – sans aucun doute pour annoncer la nouvelle à son mari – *leur* mari. Tout le corps de Binnaz se raidit.

Haroun était un concentré d'éclatants contrastes. On ne peut plus généreux et charitable un jour, égocentrique et distrait jusqu'à la froide indifférence le lendemain. L'aîné de trois enfants, il avait élevé ses cadets tout seul après le décès de leurs parents dans un accident de voiture qui avait détruit leur univers. Cette tragédie avait façonné sa personnalité, le rendant surprotecteur envers sa famille et méfiant envers les étrangers. Parfois il admettait que quelque chose en lui s'était brisé et souhaitait de tout cœur pouvoir le réparer, mais ces pensées n'aboutissaient nulle part. Son goût pour l'alcool et sa peur de la religion le dominaient à parts égales. En descendant un ultime verre de raki il faisait de grandes promesses à ses camarades de beuverie puis, une fois dessoûlé, lourd de remords, il faisait d'encore plus grandes promesses à Allah. S'il avait peut-être du mal à contrôler sa bouche, son corps représentait un défi pire encore. Chaque fois que Binnaz était enceinte, il sentait son ventre gonfler en tandem avec elle, pas beaucoup, mais juste assez pour faire ricaner ses voisins dans son dos.

« Le revoilà encore enceint, disaient-ils en roulant des yeux. Dommage qu'il ne puisse pas accoucher lui-même. »

Haroun désirait un fils plus que tout au monde. Et pas seulement un. Il racontait à qui voulait bien l'entendre qu'il aurait quatre fils et qu'il les nommerait Tarkan, Tolga, Tufan et Tarik[1]. Ses longues années de mariage avec Suzan n'avaient produit aucun rejeton. Les anciens de la famille lui avaient alors déniché Binnaz – une fille d'à peine seize ans. Après des semaines de négociations entre les familles, on les avait unis par une cérémonie religieuse. Une

1. C'est-à-dire « audacieux et fort », « casque de guerrier », « pluie torrentielle », « chemin vers Dieu ».

union non officielle qui, si jamais les choses se gâtaient à l'avenir, ne serait pas reconnue par les tribunaux laïcs, mais personne n'avait souhaité mentionner ce détail. Ils étaient assis tous deux sur le sol, devant leurs témoins, face à l'imam qui louchait et dont la voix se fit plus rocailleuse quand il passa du turc à l'arabe. Binnaz garda les yeux fixés sur le tapis pendant toute la cérémonie, mais ne put s'empêcher de jeter parfois un œil sur les pieds de l'imam. Ses chaussettes marron clair comme de la boue séchée étaient vieilles et usées. À chacun de ses mouvements, son gros orteil menaçait de traverser la laine élimée, en quête d'une voie d'évasion.

Peu après le mariage, Binnaz eut sa première grossesse, qui se termina par une fausse couche et faillit la tuer. Panique nocturne, pics de douleur brûlante, une main froide crispée sur son aine, l'odeur du sang, l'urgence de se cramponner à quelque chose comme si elle tombait dans le vide. Chaque grossesse ensuite avait été pareille, en pire. Elle ne pouvait le dire à personne mais, chaque fois qu'elle perdait un bébé, elle avait le sentiment qu'une nouvelle arche du pont de corde qui la reliait au monde extérieur s'était rompue et enfoncée dans le vide, jusqu'à ce que seul un fil ténu la tienne accrochée à ce monde, la préserve de la folie.

Au bout de trois ans d'attente, les anciens s'étaient remis à faire pression sur Haroun. Ils lui rappelaient que le Coran autorisait tout homme à avoir jusqu'à quatre épouses du moment qu'il se montrait juste envers elles, ils avaient la certitude que Haroun les traiterait toutes sans faire de différence. Ils le pressaient de se chercher cette fois une paysanne, voire une femme déjà pourvue d'enfants. Ce ne serait pas non plus officiel, mais on pouvait facilement régler cela par une nouvelle cérémonie, aussi discrète et rapide que la précédente. Ou, au choix, il pouvait divorcer de cette jeune femme inutile et se remarier. Jusqu'ici, Haroun avait résisté aux deux suggestions. C'était déjà assez dur d'entretenir deux femmes, arguait-il, une troisième le ruinerait financièrement, et il n'avait aucune intention de quitter ni Suzan ni Binnaz auxquelles il s'était attaché, bien que pour des raisons différentes.

Maintenant, adossée à ses oreillers, Binnaz essayait d'imaginer ce que fabriquait Haroun. Il devait être étendu sur un sofa dans la pièce voisine, une main sur le front, l'autre sur l'estomac, attendant qu'un cri d'enfant perce l'air. Puis elle imagina Suzan en train de s'approcher de lui, à pas mesurés, maîtrisés. Elle les vit ensemble qui chuchotaient ; leurs mouvements lisses et accordés, habitués au fil des ans à partager le même espace, à défaut du même lit. Perturbée par ces pensées, Binnaz murmura, plus pour elle-même que pour quiconque : « Suzan est allée lui dire.

— Ne t'inquiète pas », dit l'une des voisines d'un ton rassurant.

Il y avait tant de sous-entendus dans cette remarque ! *Autant que ce soit elle qui lui annonce la nouvelle puisque Binnaz ne pouvait le faire.*

Des paroles silencieuses circulaient entre les femmes de cette ville comme des cordes à linge étendues entre les maisons.

Binnaz approuva d'un signe de tête, tout en sentant un magma noir bouillonner en elle, une colère qu'elle n'avait jamais exprimée. Elle se tourna vers la sage-femme et lui demanda : « Pourquoi le bébé n'a encore fait aucun bruit ? »

La sage-femme ne répondit pas. Un malaise lui nouait les intestins. Il avait quelque chose d'étrange, ce bébé, et pas seulement son silence troublant. Elle se pencha en avant pour le renifler. C'est ce qu'elle craignait : un arôme poudreux, musqué, qui n'avait rien de terrestre.

Prenant la petite sur ses genoux, la sage-femme la retourna sur le ventre et lui claqua les fesses, une fois, deux fois. Le choc, la douleur se reflétèrent sur le petit visage. Ses petits poings se serrèrent, sa bouche se pinça, mais toujours aucun bruit.

« Qu'est-ce qui ne va pas ? »

La sage-femme soupira. « Rien. C'est juste… je crois qu'elle est encore avec *eux*.

— Qui ça, eux ? » interrogea Binnaz, mais elle n'avait pas envie d'entendre la réponse et s'empressa d'ajouter : « Alors faites quelque chose ! »

La vieille réfléchissait. Mieux valait laisser la petite trouver son chemin à son propre rythme. La plupart des bébés s'adaptent immédiatement à leur nouveau milieu, mais certains choisissent d'attendre, comme s'ils hésitaient à rejoindre le reste de l'humanité – et qui pourrait les en blâmer ? Tout au long de sa carrière, elle avait vu quantité de nouveau-nés qui, juste avant ou après l'accouchement, étaient si intimidés par la force vitale qui les écrasait de toutes parts qu'ils perdaient courage et quittaient ce monde sans faire de bruit. « *Kader* », c'est ce que disaient les gens – « la destinée » – sans rien ajouter, car les gens donnent toujours des noms simples aux choses complexes qui les effraient. Mais la sage-femme était persuadée que certains bébés n'accordaient tout simplement aucune chance à la vie, comme s'ils connaissaient, et préféraient éviter, les épreuves à venir. Étaient-ils lâches, ou aussi sages que le grand Salomon en personne ? Allez savoir.

« Apportez-moi du sel », dit-elle aux deux voisines.

Elle aurait pu aussi bien se servir de neige – s'il y en avait eu assez de fraîchement tombée dehors. Dans le passé, elle avait plongé quantité de nouveau-nés dans un monticule de neige vierge, d'où elle les retirait juste au bon moment. Le choc du froid leur ouvrait les poumons, leur fouettait le sang et dopait leur immunité. Tous ces bébés, sans exception, étaient devenus de solides adultes.

Peu après les voisines revinrent avec une grande bassine en plastique et un sac de sel gemme. La sage-femme plaça doucement l'enfant au milieu de la bassine et lui frotta la peau de cristaux de sel. Dès que le bébé n'aurait plus l'odeur des anges, il faudrait bien qu'ils le libèrent. Dehors, sur les plus hautes branches du peuplier, un oiseau chanta, un geai bleu à en juger par le son. Un corbeau esseulé croassait tout en s'élevant vers le soleil. Tout alentour parlait sa propre langue – le vent, l'herbe. Tout, sauf cette enfant.

« Peut-être qu'elle est muette ? » dit Binnaz.

La sage-femme haussa les sourcils. « Sois patiente. »

Comme en réponse à un signal, la petite se mit à tousser. Un son rauque, guttural. Elle avait dû avaler un peu de sel, le goût âcre l'avait surprise. Écarlate, elle claqua du bec et se renfrogna, mais persista dans son refus de pleurer. Quelle entêtée elle allait faire, quelle âme dangereusement rebelle ! La frotter de sel, ça ne suffirait pas. C'est alors que la sage-femme prit une décision. Elle allait essayer une autre méthode.

« Il me faut plus de sel. »

Comme il n'y avait plus de sel gemme dans la maison, il faudrait se contenter de sel de table. La sage-femme creusa un puits dans le monticule, y posa le bébé et la recouvrit de cristaux blancs ; d'abord le corps, puis la tête.

« Et si elle suffoque ? interrogea Binnaz.

— Ne crains rien, les bébés peuvent retenir leur souffle plus longtemps que nous.

— Mais comment tu peux savoir à quel moment il faut la sortir ?

— Chut, écoute », fit la vieille femme, un doigt posé sur ses lèvres gercées.

Sous la gaine de sel, le bébé ouvrit les yeux et fixa le néant laiteux. On se sentait un peu seul, ici, mais elle était habituée à la solitude.

Roulée en boule comme elle l'était depuis des mois, elle prenait son temps.

Ses tripes disaient : *Oh, on se plaît bien ici. On ne remonte pas là-haut.*

Son cœur protestait : *Ne fais pas l'idiote. Pourquoi rester dans un endroit où il ne se passe rien ? C'est barbant.*

Pourquoi quitter un endroit où il ne se passe rien ? On est en sécurité, ripostaient les tripes.

Dérouté par leur querelle, le bébé attendait. Une autre minute s'écoula. Le vide tourbillonnait et clapotait autour d'elle, lui léchant les orteils, le bout des doigts.

Même si tu te crois en sécurité ici, ça ne veut pas dire que ce soit l'endroit qui te convienne, riposta le cœur. *Parfois c'est là où tu te sens le plus à l'abri que tu es le moins à ta place.*

Enfin, le bébé parvint à une conclusion. Elle allait suivre son cœur – l'organe qui se révélerait un vrai fauteur de trouble. Avide de sortir à la découverte du monde, malgré ses dangers et ses épreuves, elle ouvrit la bouche, prête à émettre un son – mais le sel s'engouffra aussitôt dans sa gorge, lui obstrua les narines.

Sur-le-champ, la sage-femme, d'un geste vif et adroit, plongea les mains dans la bassine et en sortit le bébé. Un hurlement sonore, terrifié, emplit la pièce. Les quatre femmes sourirent de soulagement.

« Brave petite ! dit la sage-femme. Qu'est-ce qui t'a pris si longtemps ? Pleure, ma chérie. N'aie jamais honte de tes larmes. Pleure, et comme ça tout le monde sait que tu es vivante. »

La vieille enveloppa le bébé dans un châle et la renifla à nouveau. Ce parfum envoûtant, surnaturel, s'était évaporé, ne laissant qu'un léger arôme. Il finirait par disparaître avec le temps, lui aussi – cependant elle avait connu quelques personnes qui avaient gardé jusque dans leur vieillesse ces effluves du Paradis. Mais elle n'éprouva pas le besoin de partager cette information. En se haussant sur la pointe des pieds, elle déposa la petite sur le lit, près de sa mère.

Binnaz eut un sourire, un frémissement du cœur. Elle effleura les orteils de sa fille à travers le tissu soyeux – parfaits et jolis, et d'une fragilité terrifiante. Elle prit tendrement les mèches de cheveux duveteuses entre ses mains comme si elle transportait de l'eau bénite. L'espace d'un instant elle se sentit heureuse, complète. « Pas de fossettes, observa-t-elle, gloussant de rire sous cape.

— On appelle ton mari ? » demanda une des voisines.

Cette phrase-là aussi était chargée de non-dit. Suzan avait dû prévenir Haroun de la naissance, alors pourquoi n'était-il pas venu au pas de course ? À l'évidence il s'était attardé pour parler avec sa première épouse et apaiser ses inquiétudes. Voilà quelle était sa priorité.

Une ombre s'étendit sur le visage de Binnaz. « Oui, appelez-le. »

Mais c'était inutile. Quelques secondes plus tard, Haroun entra, corps mou, dos voûté, émergeant de l'ombre dans la lumière du soleil.

Sa crinière de cheveux gris lui donnait des airs de penseur égaré ; un nez impérieux aux narines pincées ; un large visage glabre aux yeux tombants, marron foncé, éclatants de fierté. Le sourire aux lèvres, il s'approcha du lit. Il lança un regard au bébé, à la seconde épouse, à la sage-femme, à la première épouse, puis en direction du ciel.

« Allah, je te remercie, Seigneur ; tu as entendu mes prières.

— Une fille, murmura Binnaz, au cas où on ne l'aurait pas prévenu.

— Je sais. Le prochain sera un garçon. Nous l'appellerons Tarkan. » Il passa l'index sur le front du bébé, aussi lisse et tiède au toucher qu'une amulette chérie trop souvent frottée. « Elle est en bonne santé, c'est ça qui compte. Pendant tout le temps j'ai prié, je disais au Tout-Puissant, si Tu permets à ce bébé de vivre, je ne boirai plus. Pas une seule goutte. Allah a entendu ma requête. Il est miséricordieux. Ce bébé ne m'appartient pas, ni à toi. »

Binnaz le dévisagea, une lueur de confusion dans les yeux. Soudain, un mauvais pressentiment l'envahit, comme un animal sauvage qui sent, mais trop tard, qu'il va tomber dans un piège. Elle observa Suzan qui se tenait sur le seuil, les lèvres si serrées qu'elles paraissaient blanches ; silencieuse et immobile en dehors du pied qui martelait nerveusement le sol. Un je-ne-sais-quoi dans son attitude donnait l'impression qu'elle était excitée, voire même ravie.

« Ce bébé appartient à Dieu, déclara Haroun.

— Comme tous les bébés », murmura la sage-femme.

Haroun tenait sa jeune femme par la main, l'air absent. Il la regarda droit dans les yeux. « Nous allons donner ce bébé à Suzan.

— Qu'est-ce que tu racontes ? balbutia Binnaz, d'une voix qui sonnait rigide et distante à ses propres oreilles, la voix d'une inconnue.

— C'est Suzan qui va l'élever. Elle fera du bon travail. Toi et moi nous aurons d'autres enfants.

— Non !

— Tu ne veux pas avoir d'autres enfants ?

— Je ne laisserai pas cette femme me prendre ma fille. »

Haroun inspira une longue bouffée d'air, puis la relâcha. « Ne sois pas égoïste. Allah sera mécontent. Il t'a donné un bébé, n'est-ce pas ? Montre-lui ta gratitude. Tu avais à peine de quoi survivre quand tu es entrée dans cette maison. »

Binnaz fit et refit maintes fois non de la tête ; parce qu'elle était incapable de s'arrêter ou parce que c'était le seul petit geste qui lui obéissait, difficile à dire. Haroun se pencha et la prit par les épaules, la serra contre lui. Alors seulement elle s'immobilisa, l'éclat de ses yeux s'obscurcit.

« Ton comportement est irrationnel. Nous vivons tous dans la même maison. Tu verras ta fille tous les jours, ce n'est pas comme si elle allait partir, pour l'amour du ciel. »

Si ces mots visaient à la consoler, ce fut peine perdue. Tremblant à force de contenir la douleur qui lui déchirait la poitrine, elle se couvrit le visage de ses paumes. « Et qui ma fille va appeler “Maman” ?

— Qu’est-ce que ça change ? Suzan sera “Maman”. Et toi “MaTante”. On lui dira la vérité quand elle sera assez grande, inutile de troubler sa petite tête pour l’instant. Quand on aura d’autres gosses, ils seront tous frères et sœurs, de toute façon. Ils mettront la maison sens dessus dessous, tu verras. Tu ne sauras pas dire à qui appartient lequel. On formera une seule grande famille.

— Qui va nourrir l’enfant ? demanda la sage-femme. Maman ou MaTante ? »

Haroun dévisagea la vieille, chaque muscle du corps sous tension. Dans ses yeux, révérence et haine se livraient à une danse sauvage. Il plongea la main dans sa poche et en ressortit un petit bric-à-brac : un paquet de cigarettes déchiré avec un briquet à l’intérieur, des billets de banque froissés, un morceau de la craie qui lui servait à marquer les retouches sur un vêtement, une pastille pour son estomac dérangé. L’argent, il le tendit à la sage-femme. « Pour toi – en signe de notre gratitude », dit-il.

Lèvres pincées, la vieille accepta son salaire. D’après son expérience, pour traverser la vie sans prendre trop de mauvais coups, il fallait respecter deux principes fondamentaux : savoir quand arriver et quand repartir.

Tandis que les voisines remballaient leurs affaires et faisaient disparaître les draps et les serviettes tachés de sang, le silence emplit la chambre comme de l'eau, s'insinuant dans tous les recoins.

*
* *

« On s'en va maintenant », dit la sage-femme avec une tranquille fermeté. Les deux voisines l'encadraient sagement. « On va enterrer le placenta sous un rosier. Et ça, (elle indiqua d'un doigt osseux le cordon ombilical posé sur une chaise), on peut le jeter sur le toit de l'école, si vous voulez. Votre fille sera institutrice. Ou on peut l'emporter à l'hôpital. Elle sera infirmière, qui sait, peut-être même docteur. »

Haroun réfléchit aux deux options. « Essayez l'école. »

Une fois les femmes parties, Binnaz se détourna de son mari et contempla la pomme posée sur la table de nuit. Le fruit pourrissait : un processus doux, paisible, d'une lenteur déchirante. Sa teinte brunissante lui rappelait les chaussettes de l'imam qui les avait mariés, et la suite de la cérémonie qu'elle avait passée assise seule sur ce même lit, le visage recouvert d'un voile chatoyant, tandis que dans la pièce voisine son époux et les invités attaquaient le banquet. Sa mère ne lui avait strictement rien appris concernant ce qu'elle devait attendre de sa nuit de noces, mais une tante plus attentive à ses inquiétudes lui avait donné une pilule à glisser sous sa langue. *Prends ça et tu ne sentiras rien. Ce sera fini avant que tu t'en rendes compte.*

Dans l'agitation de la journée, Binnaz avait perdu la pilule, qui d'ailleurs n'était à son avis qu'une vulgaire pastille. Elle n'avait jamais vu d'homme nu, pas même au cinéma, mais pour avoir souvent donné leur bain à ses frères cadets, elle se doutait que le corps d'un homme adulte devait être différent. Plus l'attente était longue avant l'entrée de son mari dans la chambre, plus son angoisse montait. Dès qu'elle entendit le bruit de ses pas dans le couloir, elle perdit connaissance et s'effondra sur le sol. Quand elle rouvrit les yeux, ce fut pour se voir entourée de voisines qui lui frictionnaient fiévreusement les poignets, baignaient ses tempes, lui massaient les pieds. Et sentir une odeur âcre dans l'air – eau de Cologne et vinaigre – ainsi que l'arôme sous-jacent d'un autre produit, inconnu et indésirable, dont elle comprendrait plus tard qu'il émanait d'un tube de lubrifiant.

Après quoi, lorsqu'ils se retrouvèrent seuls, Haroun lui offrit un collier composé de trois pièces d'or sur un ruban rouge – une pièce pour chacune des vertus qu'elle apporterait à cette maison : jeunesse, docilité, fertilité. Sensible à sa nervosité, il lui avait parlé doucement, sa voix se diluant dans l'obscurité. Il s'était montré affectueux, mais aussi très conscient des gens qui attendaient derrière la porte. Il l'avait rapidement déshabillée, craignant peut-être qu'elle ne s'évanouisse de nouveau. Binnaz avait gardé les yeux fermés tout du long, le front humide de sueur. Elle avait commencé à compter – *un*, *deux, trois... quinze, seize, dix-sept* – et continué même quand il lui dit d'« arrêter ces âneries ».

Binnaz était illettrée et ne savait compter que jusqu'à dix-neuf. Chaque fois qu'elle atteignait ce nombre, cette frontière impossible à briser, elle aspirait un grand coup et reprenait depuis le début. Après ce qui semblait une suite infinie de dix-neuf, il s'était levé et avait quitté la pièce, laissant la porte ouverte. Suzan s'était ruée à l'intérieur et avait allumé les lampes, sans se préoccuper de sa nudité ni de l'odeur de sueur et de sexe qui flottait dans l'air. La première épouse avait arraché le drap du lit et, visiblement satisfaite après inspection, disparu sans un mot. Binnaz avait passé le reste de la soirée seule, une fine couche de tristesse installée sur ses épaules comme de la neige en poudre. En y repensant maintenant, elle laissa échapper un son étrange qui aurait pu être un petit rire s'il n'avait couvert tant de souffrance.

« Allons, dit Haroun. Ce n'est pas...

— C'est elle qui a eu cette idée, n'est-ce pas ? » Binnaz lui coupa la parole, chose qu'elle n'avait jamais faite auparavant. « Elle vient tout juste de proposer ce plan ? Ou bien vous le complotez ensemble depuis des mois ? Dans mon dos.

— Tu ne penses pas ce que tu dis. » Il semblait surpris, moins peut-être par ses paroles que par son ton. De la main gauche, il caressait les poils au dos de sa main droite, les yeux vitreux et absents. « Tu es jeune. Suzan vieillit. Elle n'aura jamais d'enfant à elle. Fais-lui un cadeau.

— Et moi ? Qui va me faire un cadeau ?

— Allah, bien sûr. Il t'en a déjà fait un, tu ne vois pas ? Ne sois pas ingrate.

— De la gratitude, pour ça ? » Elle fit un petit mouvement de la main, un geste si vague qu'il aurait pu désigner n'importe quoi – cette situation ou peut-être cette ville, qui lui paraissait maintenant un trou perdu quelconque sur une vieille carte.

« Tu es fatiguée », dit-il.

Binnaz se mit à pleurer. Ce n'étaient pas des larmes de colère ou de rancune. C'étaient des larmes de résignation, face au genre de défaite qui équivaut à une perte de foi plus haute. L'air dans ses poumons pesait aussi lourd que du plomb. Elle était arrivée enfant dans cette maison, et maintenant qu'elle avait un enfant à elle, on ne lui permettait pas de l'élever et de grandir au même rythme. Elle enroula ses genoux de ses bras et ne dit plus un mot pendant longtemps. Ainsi le sujet fut clos une fois pour toutes – sauf qu'en vérité elle resterait constamment ouverte, cette blessure inguérissable au milieu de leur vie.

Dehors sous la fenêtre, un marchand ambulant qui remontait la rue en poussant sa carriole s'éclaircit la voix et entonna les louanges de ses abricots – juteux et mûrs à point. *Comme c'est étrange*, pensa Binnaz, car ce n'était pas la saison des abricots doux mais celle des vents glacés. Elle frissonna comme si le froid, qui ne semblait pas affecter le camelot, s'était faufilé à travers les murs et avait choisi de se concentrer sur elle. Elle ferma les yeux, mais l'obscurité n'y fit rien. Elle voyait des boules de neige empilées en pyramides menaçantes. Et voilà qu'elles la bombardaient, humides et dures grâce aux cailloux cachés à l'intérieur. Une des boules de neige la toucha au nez, suivie par un tir nourri et rapide. Une autre lui fendit la lèvre inférieure. Binnaz ouvrit les yeux, près de suffoquer. Était-ce réel ou juste un rêve ? Elle se palpa le nez. Il saignait. Elle avait aussi un filet de sang sur le menton. *Comme c'est étrange*, repensa-t-elle. Personne d'autre ne voyait donc qu'elle souffrait atrocement ? Et s'ils ne voyaient rien, cela signifiait-il que tout se passait dans sa tête, que tout n'était que faux-semblant ?

Ce n'était pas sa première rencontre avec la maladie mentale, mais ce serait la plus mémorable. Des années plus tard, chaque fois que Binnaz se demanderait quand et comment sa raison s'était évadée, tel un voleur sortant par la fenêtre dans le noir, c'est à ce moment-là qu'elle reviendrait constamment, le moment qui dans son esprit l'avait minée à jamais.

*

* *

Cette après-midi-là, Haroun souleva le bébé en l'air, se tourna vers La Mecque et lui récita l'*ezan*, l'appel à la prière, dans l'oreille droite.

« Toi, ma fille, toi qui, si Allah le veut bien, seras la première de nombreux enfants sous ce toit, toi aux yeux sombres comme la nuit, je vais te nommer Leyla. Mais tu ne seras pas simplement Leyla. Je te donnerai aussi les noms de ma mère. Ta *nine* était une femme honorable ; elle était très pieuse, comme j'en suis sûr tu le seras un jour. Je te nommerai Afife – « chaste, intacte ». Et je te nommerai Kamile – « perfection ». Tu seras modeste, respectable, pure comme l'eau... »

Haroun fit une pause à l'idée gênante que l'eau n'était pas toujours pure. Il ajouta, plus haut qu'il n'en avait l'intention, juste pour s'assurer qu'il n'y aurait pas d'embrouillamini céleste, pas de malentendu de la part de Dieu : « L'eau de source, propre, sans souillure... Toutes les mères de Van sermonneront leurs filles : "Pourquoi tu ne peux pas ressembler à Leyla ?" Et les maris diront à leur femme : "Pourquoi tu ne peux pas mettre au monde une fille comme Leyla ?" »

Pendant ce temps, le bébé essayait de s'enfoncer le poing dans la bouche, les lèvres convulsées en grimace chaque fois qu'il échouait.

« Tu me feras tellement honneur, poursuivit Haroun. Fidèle à ta religion, fidèle à ta nation, fidèle à ton père. »

Frustrée dans son entreprise, et s'avisant enfin que sa main crispée était trop grosse, l'enfant fondit en larmes, comme si elle était résolue à rattraper son premier silence. Très vite, on la tendit à Binnaz qui, sans une seconde d'hésitation, lui donna le sein, une douleur brûlante irradiant autour de ses mamelons comme un oiseau de proie qui vole en cercles dans les cieux.

Plus tard, une fois le bébé endormi, Suzan, qui attendait sur un côté du lit, s'approcha en prenant soin de ne faire aucun bruit. Évitant le regard de Binnaz, elle retira la petite à sa mère.

« Je la ramènerai quand elle pleurera, dit Suzan avec un bruit de déglutition. Ne t'inquiète pas, je prendrai bien soin d'elle. »

Binnaz ne répondit pas, le visage aussi pâle et fatigué qu'une vieille assiette de porcelaine. Rien n'émanait d'elle, à part le bruit de sa respiration, faible mais bien reconnaissable. Ses entrailles, son esprit, cette maison – jusqu'au lac ancien où d'après la rumeur plus d'un amant au cœur brisé s'était noyé – tout lui paraissait creux et desséché. Tout, sauf ses seins douloureux, gonflés, d'où coulaient de petits ruisseaux de lait.

Seule désormais dans la chambre avec son mari, Binnaz attendait qu'il parle. Ce n'étaient pas tant des excuses qu'elle attendait de lui, elle voulait l'entendre admettre l'injustice qu'elle subissait et le terrible chagrin qu'elle en éprouverait. Mais lui non plus ne dit rien. Et c'est ainsi que la petite, née d'une famille composée d'un mari et de deux épouses le 6 janvier 1947 dans la ville de Van – « la perle de l'Est » – fut nommée Leyla Afife Kamile. Des noms sûrs d'eux, grandioses et dépourvus d'ambiguïté. De grandes erreurs, révélerait l'avenir. Car s'il était vrai qu'elle portait la nuit dans ses yeux, assortis au nom Leyla, il apparaîtrait bientôt que ses autres prénoms étaient loin d'être appropriés.

Elle n'était pas sans tache, même à ses débuts ; de nombreuses failles parcouraient sa vie comme des courants souterrains. En vérité, elle était l'incarnation ambulante de l'imperfection – une fois qu'elle sut maîtriser le système ambulatoire, bien sûr. Quant à rester chaste, le temps montrerait comment, pour des raisons indépendantes de sa volonté, ce fut encore moins sa spécialité.

Il était prévu qu'elle serait Leyla Afife Kamile, riche de vertu, haute en mérite. Mais des années plus tard, après avoir débarqué à Istanbul, seule et sans le sou ; après avoir vu la mer pour la première fois, ébahie par cette immense étendue de bleu jusqu'à l'horizon ; après s'être aperçue que l'humidité de l'air faisait frisotter ses cheveux ; après s'être éveillée un matin dans un lit inconnu auprès d'un homme qu'elle n'avait jamais vu auparavant, la poitrine si lourde qu'elle crut ne plus jamais pouvoir respirer ; après avoir été vendue à un bordel où on la forçait à coucher avec dix à quinze hommes par jour dans une chambre équipée d'un seau en plastique vert pour recueillir l'eau qui tombait du plafond à chaque averse… longtemps après tout cela, elle serait connue de ses cinq chers amis, de son amour éternel et d'une foule de clients sous le nom de Tequila Leila.

Quand un homme lui demandait – ce qui arrivait souvent – pourquoi elle tenait à épeler son nom « Leila » au lieu de « Leyla », si c'était pour se donner une allure occidentale ou exotique, elle répondait en riant qu'un jour elle s'était rendue au bazar et avait négocié l'échange de l'« y » de *yesterday* pour le « i » d'infini, voilà tout.

Au bout du compte, cela ne changerait rien pour les journaux qui couvrirent son assassinat. La plupart ne prirent pas la peine de citer son nom, estimant que les initiales suffisaient. La même photo accompagnait presque tous les articles – un vieil instantané méconnaissable datant de ses années de lycée. Les rédacteurs auraient pu choisir une image plus récente, bien sûr, même un cliché puisé dans les archives de la police, s'ils n'avaient craint que l'épais maquillage de Leila et son décolleté provocant n'offensent les sensibilités de la nation.

Son décès eut aussi droit au journal télévisé de la chaîne nationale le soir du 29 novembre 1990. L'annonce tomba après un long reportage sur la décision du Conseil de sécurité de l'ONU d'autoriser une intervention militaire en Irak, et divers sujets sur les conséquences de la démission larmoyante de la Dame de fer en Grande-Bretagne ; la tension croissante entre la Grèce et la Turquie à la suite de violences en Thrace occidentale et au pillage de magasins appartenant à des commerçants turcs, qui causèrent l'expulsion simultanée du consul turc à Komotiní et du consul grec à Istanbul ; la fusion des équipes nationales de football est et ouest-allemandes après la réunification des deux Allemagne ; l'abrogation de la règle constitutionnelle obligeant une femme mariée à obtenir la permission de son mari pour travailler à l'extérieur du domicile ; et l'interdiction de fumer sur les vols de Turkish Airlines, malgré les protestations véhémentes de fumeurs dans tout le pays.

En fin de programme, un bandeau jaune se déroula en bas de l'écran : *Prostituée trouvée assassinée dans une poubelle municipale : la quatrième en un mois. La panique se répand parmi les travailleuses du sexe d'Istanbul.*

Deux minutes

Deux minutes après que son cœur eut cessé de battre, l'esprit de Leila se remémora deux saveurs contrastées : le citron et le sucre.

Juin 1953. Elle se revoyait à l'âge de six ans, un buisson de boucles châtains entourant son visage fragile et pâle. En dépit de son appétit remarquable, surtout pour le baklava à la pistache, le croquant au sésame et les mets salés, elle était maigre comme un roseau. Enfant unique. Enfant esseulée. Remuante et pleine d'entrain, toujours un peu distraite, elle titubait à travers les jours comme un pion de jeu d'échecs qui aurait roulé sur le sol, réduite à inventer des jeux complexes pour solitaire.

Leur maison de Van était si vaste que même les murmures produisaient des échos. Des ombres dansaient sur les murs comme autour d'un antre caverneux. Un long escalier de bois en spirale conduisait du séjour au palier du premier étage. L'entrée était ornée de tuiles représentant un éventail de scènes étourdissant : des paons étalant leur plumage ; des meules de fromage et des pains tressés à côté de gobelets de vin ; des plateaux de grenades fendues au sourire rubis ; et des champs de tournesols qui inclinaient nostalgiquement le col en direction d'un soleil fuyant, tels des amoureux certains qu'ils ne seraient jamais aimés comme ils le souhaitaient. Leila était fascinée par ces images. Quelques-unes des tuiles étaient fêlées ou écorchées ; d'autres étaient en partie couvertes de plâtre grossier, mais leurs dessins restaient visibles, éclatants de couleurs. La fillette supposait qu'à eux tous ils racontaient une histoire, ancienne sans doute mais, en dépit de tous ses efforts, elle ne pouvait imaginer laquelle.

Le long des couloirs, des lampes à huile, des chandelles de suif, des coupes en céramique et d'autres décorations éphémères occupaient des niches dorées. Des tapis à pompons s'étalaient sur les parquets – tapis afghans, persans, kurdes et turcs de toutes nuances et de tous motifs. Leila flânait oisivement d'une pièce à l'autre, tenait les objets contre sa poitrine, palpait leur surface – parfois rugueuse, parfois lisse – comme un aveugle qui se fie à son toucher. La maison était très encombrée par endroits, mais bizarrement, même dans ceux-là, elle sentait une absence. Une grande horloge de parquet sonnait les heures dans le salon principal, son pendule de cuivre faisant des allers et retours, son coup de gong trop fort, trop joyeux. Souvent Leila sentait sa gorge la gratter et s'inquiétait à l'idée qu'elle avait dû avaler de la poussière d'il y a longtemps – même si elle savait que chaque objet était nettoyé, ciré et poli religieusement. La gouvernante venait tous les jours, et une fois par semaine on procédait à un « grand nettoyage ». Au début et à la fin de chaque saison, il y avait un nettoyage encore plus grand. Et si on avait oublié un objet quelconque, on pouvait compter sur MaTante Binnaz pour le repérer et le frotter avec du bicarbonate de soude, tant elle était exigeante en matière de ce qu'elle appelait « plus blanc que blanc ».

Mère lui avait expliqué que la maison appartenait autrefois à un médecin arménien et sa femme. Ils avaient six filles, qui aimaient toutes chanter, et dont les voix s'étalonnaient du grave au suraigu. Le docteur, un homme très apprécié, autorisait ses patients à venir séjourner chez lui parmi sa famille de temps en temps. Persuadé que la musique pouvait guérir les pires blessures de l'âme humaine, il les faisait tous jouer d'un instrument, peu importe s'ils en avaient le talent. Quand ils jouaient – certains d'une façon lamentable – les filles chantaient en chœur et la maison tanguait comme un radeau en haute mer. Tout cela, c'était avant que n'éclate la Première Guerre mondiale. Peu après, ils disparurent sans crier gare, en laissant tout derrière eux. Pendant quelque temps, Leila tenta en vain de comprendre où ils étaient partis et pourquoi ils n'étaient pas revenus depuis. Que leur était-il arrivé – au médecin et à sa famille, et à tous ces instruments qui étaient jadis des arbres, hauts et puissants ?

Mahmoud, le grand-père d'Haroun, un *agha* kurde influent, avait alors installé ici sa propre famille. La maison était une récompense du gouvernement ottoman pour le rôle qu'il avait joué dans la déportation des Arméniens de la région. Résolu, dévoué, il avait obéi aux ordres d'Istanbul sans hésiter une seconde. Si les autorités décidaient que certains individus étaient des traîtres et devaient être expédiés dans le désert de Deir ez-Zor, où seuls quelques-uns d'entre eux pouvaient espérer survivre, ils le seraient – même si c'étaient de bons voisins, de vieux amis. Ayant ainsi prouvé sa loyauté à l'État, Mahmoud était devenu un homme important ; les gens du cru admiraient la parfaite symétrie de sa moustache, l'éclat de ses bottes de cuir noir, la majesté de sa voix. Ils le respectaient comme on respecte les gens cruels et puissants depuis la nuit des temps – avec une peur immense, et pas une once d'amour.

Mahmoud avait décrété que tout dans la maison devait être préservé, et c'est ce qui fut fait pendant quelque temps. Mais d'après la rumeur, juste avant de quitter la ville, ne pouvant emporter leurs biens précieux, les Arméniens avaient caché des marmites pleines de pièces d'or et des coffres pleins de rubis dans un lieu facile d'accès. Bientôt Mahmoud et ses proches se mirent à creuser – dans le jardin, la cour, les caves… pas un pouce de terre ne fut laissé intact. Ne trouvant rien, ils commencèrent à percer les murs sans jamais se dire que, même s'ils découvraient un trésor, il ne leur appartenait pas. Le temps qu'ils renoncent, la maison n'était plus qu'un amas de débris qu'il fallut reconstruire de fond en comble. Leila savait que son père, ayant été témoin dans son enfance de cette frénésie, croyait encore qu'il y avait une cassette d'or, des richesses insoupçonnées, juste à portée de main. La nuit, quand elle fermait les yeux et glissait dans le sommeil, il lui arrivait de voir en rêve des joyaux briller au loin comme des lucioles sur une prairie estivale.

Non que Leila éprouvât de l'intérêt pour l'argent à cet âge tendre. Elle préférait de loin avoir en poche une barre de chocolat aux noisettes, ou un bout de chewing-gum Zambo dont l'emballage affichait une femme noire portant d'immenses anneaux aux oreilles. Son père commandait pour elle ces douceurs qui devaient faire le trajet depuis Istanbul. Tout ce qui était neuf et intéressant se trouvait à Istanbul, se disait l'enfant avec une pointe d'envie – une ville de merveilles et de curiosités. Elle se promettait d'aller là-bas un jour – promesse faite à elle-même qu'elle tenait cachée de tous, comme une huître cache la perle en son sein.

Leila adorait servir le thé à ses poupées, regarder les truites nager dans les courants d'eau froide et fixer les motifs des tapis jusqu'à ce que leurs dessins s'animent ; mais plus que tout, elle aimait danser. Elle rêvait de devenir un jour une danseuse du ventre célèbre. Ce fantasme aurait consterné son père, s'il avait su avec quelle précision elle en avait prévu tous les détails : les sequins rutilants, la jupe de piécettes, le cliquetis des cymbales fixées aux doigts. Elle saurait se balancer et onduler des hanches au son d'un tambour caliciforme – la *darbouka* –, entraîner le public fasciné à battre des mains en rythme de plus en plus fort, conclure en beauté par une vrille finale. Rien que d'y penser lui faisait battre le cœur plus vite. Mais Baba disait toujours que la danse faisait partie des nombreuses tactiques éprouvées de Shaitan pour conduire les humains à leur perte. Avec des parfums entêtants et des babioles luisantes, le Diable séduisait d'abord les femmes, faibles et émotives qu'elles étaient, et puis, en se servant d'elles, il attirait les hommes dans son piège.

Tailleur très apprécié, Baba fabriquait d'élégants vêtements *alla franca* pour les femmes – robes trapèze, robes fourreau, jupes évasées, chemisiers à col Claudine, dos nus, pantalons corsaire. Les épouses d'officiers, de fonctionnaires, de gardes-frontières, d'ingénieurs ferroviaires et de marchands d'épices composaient sa clientèle régulière. Il vendait aussi une grande variété de chapeaux, gants et bérets – des créations chic, soyeuses, qu'il n'aurait jamais autorisé les membres de sa propre famille à porter.

Parce que son père était opposé à la danse, sa mère l'était aussi – bien que Leila la sentît vaciller dans ses convictions quand il n'y avait personne à proximité. Mère devenait tout autre quand elles étaient seules ensemble. Elle permettait à Leila de dénouer, peigner et tresser sa chevelure teinte au henné, de badigeonner de crème hydratante son visage ridé, d'appliquer de la vaseline mêlée de poussière de charbon sur ses cils pour les noircir. Elle couvrait sa fille de câlins et d'éloges, fabriquait des pompons criards de toutes les teintes de l'arc-en-ciel, faisait des guirlandes de pommes de pin et jouait aux cartes – toutes choses qu'elle n'aurait jamais faites en présence d'un tiers. Elle était particulièrement réservée quand MaTante Binnaz était dans les parages.

« Si ta tante nous voit en train de nous amuser, elle risque de mal le prendre, disait Mère. Tu ne devrais pas m'embrasser devant elle.

— Mais pourquoi ?

— Eh bien, elle n'a jamais eu d'enfants. On ne veut pas lui briser le cœur, n'est-ce pas ?

— C'est bon, maman. Je peux vous embrasser toutes les deux. »

Mère tirait sur sa cigarette. « N'oublie pas, mon âme. Ta tante a la tête malade – tout comme sa mère, à ce qu'il paraît. Elles ont ça dans le sang. Folie héréditaire. Apparemment, ça touche chaque génération. Nous devons prendre soin de ne pas la perturber. »

Quand MaTante était perturbée, elle avait tendance à se blesser. Elle s'arrachait des poignées de cheveux, s'écorchait le visage et se frottait la peau si durement qu'elle saignait. Mère disait que le jour où elle avait donné naissance à Leila, MaTante attendait à la porte et, soit par jalousie soit pour quelque autre motif pervers, s'était donné des coups de poing en plein visage. Quand on lui demanda pourquoi elle faisait cela, elle affirma qu'un vendeur d'abricots dehors dans la rue lui jetait des boules de neige par la fenêtre. Des abricots, en janvier !

Ça n'avait aucun sens. Ils avaient tous craint de lui voir perdre la raison. L'enfant écoutait cette histoire et bien d'autres qu'on lui racontait souvent, pétrifiée de fascination.

Pourtant les blessures que s'infligeait MaTante ne semblaient pas toujours volontaires. Car elle était aussi gauche qu'un bambin qui fait ses premiers pas. Elle se brûlait les doigts sur un poêlon chauffé à blanc, se cognait les genoux contre les meubles, tombait du lit pendant son sommeil, s'ouvrait les mains sur des tessons de verre. Elle avait des bleus pitoyables et des cicatrices enflammées, furieuses, sur tout le corps.

Les émotions de MaTante faisaient des allers et retours, comme le balancier de l'horloge de parquet. Certains jours, pleine d'énergie, elle était infatigable, courant d'une tâche à l'autre. Elle balayait les tapis avec fureur, passait un chiffon à poussière sur tous les meubles, faisait bouillir le linge qu'elle avait déjà lavé la veille, récurait les sols pendant des heures et vaporisait un désinfectant nauséabond dans toute la maison. Ses mains à vif et crevassées, même enduites régulièrement de graisse de mouton, ne devenaient pas plus douces. Elles étaient toujours rugueuses à force d'être lavées des douzaines de fois par jour, car elle ne les trouvait jamais assez propres. Rien ne l'était assez à son goût, en fait. À d'autres moments elle paraissait si épuisée qu'elle pouvait à peine bouger. Même respirer lui coûtait un effort.

Mais il y avait aussi des jours où MaTante semblait n'avoir pas l'ombre d'un souci au monde.

Détendue, radieuse, elle passait des heures à jouer dans le jardin avec Leila. Ensemble elles accrochaient des bandes de tissu, qu'elles appelaient ballerines, aux branches des pommiers chargées de fleurs ; s'attardaient à tisser des petits paniers en feuilles de saule ou des couronnes de pâquerettes ; nouaient des rubans aux cornes du bélier qui attendait le jour de l'Aïd où il serait sacrifié. Une fois, elles coupèrent en cachette la corde qui le retenait dans l'appentis. Mais le bélier ne prit pas la fuite comme elles l'escomptaient. Après avoir erré çà et là en quête d'herbe fraîche, il était revenu au même endroit, trouvant l'habitude de la captivité plus rassurante que l'appel inconnu de la liberté.

MaTante et Leila adoraient transformer les nappes en robes longues et contempler les femmes des magazines, imiter leurs postures altières et leur sourire assuré. Parmi tous les mannequins et les actrices qu'elles étudiaient de près, il y en avait une en particulier qu'elles admiraient beaucoup : Rita Hayworth. Ses cils ressemblaient à des flèches, ses sourcils à des arcs ; elle avait la taille plus fine qu'un verre à thé, une peau douce comme de la soie filée. Elle aurait pu satisfaire la quête de tout poète ottoman, n'était une seule petite erreur : elle était née à la mauvaise époque, loin là-bas en Amérique.

Avides de tout savoir sur la vie de Rita Hayworth, elles devaient se contenter de regarder ses photos car ni l'une ni l'autre ne savaient lire. Leila n'avait pas encore commencé l'école ;

quant à sa tante, elle n'y était jamais allée. Il n'y avait pas d'école dans le village où MaTante Binnaz avait grandi, et son père ne voulait pas qu'elle prenne chaque jour la route pleine d'ornières jusqu'à la ville avec ses frères. Ils ne possédaient pas assez de paires de chaussures et, de toute façon, il fallait qu'elle s'occupe de ses cadets.

À la différence de MaTante, Mère savait lire et en était très fière. Elle était capable de suivre les recettes d'un livre de cuisine, de mettre à jour le calendrier pendu au mur et même de déchiffrer les articles de journaux. C'est elle qui leur rapportait les nouvelles du monde : en Égypte, un groupe d'officiers avait proclamé la république ; aux États-Unis, un couple accusé d'espionnage venait d'être exécuté ; en Allemagne de l'Est, des milliers de gens qui manifestaient contre la politique gouvernementale avaient été écrasés par les occupants soviétiques ; et en Turquie, là-bas à Istanbul, qui donnait parfois l'impression d'être un autre pays, un concours de beauté était en cours, avec des jeunes femmes posant sur le podium en maillot de bain une pièce. Des groupes religieux descendaient dans la rue pour dénoncer l'immoralité du spectacle, mais les organisateurs étaient résolus à poursuivre. Les nations se civilisaient en suivant trois voies fondamentales : la science, l'éducation et les concours de beauté.

Chaque fois que Suzan lisait ce genre de nouvelles à voix haute, Binnaz détournait aussitôt le regard. Une veine battait sur sa tempe gauche, signal muet mais persistant de détresse. Leila compatissait avec sa tante, trouvant quelque chose de reconnaissable, de presque réconfortant dans sa vulnérabilité. Mais elle pressentait aussi que, sur ce chapitre, elle ne pourrait pas rester longtemps dans le camp de MaTante. Elle avait hâte de commencer l'école.

*

* *

Environ trois mois plus tôt, derrière une petite commode en cèdre en haut de l'escalier, Leila avait découvert une porte branlante qui donnait sur le toit. Quelqu'un avait dû la laisser entrouverte, faisant entrer une brise fraîche, vivifiante, et l'odeur de l'ail sauvage qui poussait au bord de la route. Depuis, elle se rendait sur le toit presque chaque jour.

Chaque fois qu'elle regardait la ville tentaculaire et tendait l'oreille pour saisir le cri d'un aigle botté en essor au-dessus du grand lac scintillant au loin, ou pour entendre cancaner les flamants qui fouillaient les hauts-fonds en quête de nourriture, ou gazouiller les hirondelles filant parmi les aulnes, elle avait la certitude que si seulement elle essayait, elle aussi serait capable de voler. Que ne donnerait-elle pas pour se faire pousser des ailes et glisser à travers les cieux, l'esprit léger et libre ? Le coin abritait une foule de hérons, aigrettes, canards à tête blanche, échasses noires, cardinaux aux ailes cramoisies, rousserolles chanteuses, martins-pêcheurs à gorge blanche et poules des marais que les gens du cru appellent « sultanes ». Un couple de cigognes s'était approprié la cheminée où elles avaient construit un nid imposant, une fine brindille à la fois. Maintenant elles étaient parties, mais Leila savait qu'elles reviendraient un jour. Sa tante disait que les cigognes – à la différence des humains – étaient fidèles à leurs souvenirs. Une fois qu'elles avaient fait d'un lieu leur demeure, même si elles se trouvaient à des kilomètres de là, elles y retournaient toujours.

Après chaque visite sur le toit, la fillette redescendait à pas de loup, prenant soin de ne pas être vue. Elle était certaine que si sa mère la prenait sur le fait, elle aurait de gros ennuis.

Mais par cette après-midi de juin 1953, Mère était trop occupée pour lui prêter attention. La maison était remplie d'invités – uniquement des femmes. Cela se produisait régulièrement deux fois par mois : le jour où on lisait le Coran, et le jour où on s'épilait les jambes. Pour le premier événement, un imam âgé venait prononcer un sermon et lire un passage du saint livre. Assises en silence, les femmes du voisinage l'écoutaient respectueusement, les genoux serrés, la tête couverte, plongées dans leurs pensées. Si l'un des enfants qui erraient alentour émettait le moindre son, on le faisait taire sur-le-champ.

Le jour de l'épilation, c'était tout le contraire. En l'absence des hommes, les femmes portaient un minimum de vêtements. Elles s'affalaient sur le divan, jambes écartées, bras nus, les yeux brillant de malice contenue. Elles jacassaient sans fin, épiçant leurs propos de jurons qui faisaient rougir les plus jeunes d'entre elles comme des roses de Damas. Leila avait peine à croire que ces créatures déchaînées puissent être les mêmes personnes que les auditrices captivées de l'imam.

Aujourd'hui, c'était de nouveau l'heure de l'épilation. Installées sur les tapis, repose-pieds et chaises, les femmes occupaient tout l'espace du séjour, assiette de pâtisseries et verre de thé à la main. Une odeur suffocante émanait de la cuisine, où la cire bouillonnait sur le fourneau. Citron, sucre et eau. Quand la mixture serait prête, elles se mettraient toutes au travail, rapides et graves, et feraient la grimace en arrachant les bandes collantes de leur peau. Mais pour l'instant, la douleur pouvait attendre ; elles cancanaient et se gobergeaient à cœur joie.

En les regardant depuis le couloir, Leila fut momentanément figée sur place, cherchant dans leurs gestes et leurs échanges l'indice de ce que serait son propre avenir. Elle était persuadée à l'époque qu'en grandissant elle ressemblerait à ces femmes. Un bambin cramponné à sa jambe, un bébé dans les bras, un mari à qui obéir, une maison à tenir impeccable – voilà ce que serait sa vie. Mère lui avait dit qu'à sa naissance, la sage-femme avait jeté le cordon ombilical sur le toit de l'école pour qu'elle devienne institutrice, mais Baba n'y tenait pas tellement. Plus maintenant. Récemment, un cheikh lui avait expliqué qu'il valait mieux pour les femmes rester chez elles, et se couvrir lors des rares occasions où elles étaient obligées de sortir. Personne n'a envie d'acheter des tomates qui ont été touchées, pressées et souillées par d'autres clients. Mieux vaut que toutes les tomates du marché soient bien emballées et protégées. Pareil pour les femmes, disait le cheikh. Le hijab était leur emballage, l'armure qui les protégeait contre les regards salaces et les contacts non désirés.

Mère et MaTante s'étaient donc mises à se couvrir la tête – pas comme la plupart des femmes du voisinage qui suivaient de près les modes de l'Ouest, leur chevelure bouffante coupée au carré, permanentée en boucles serrées, ou tirée en chignon élégant comme celui d'Audrey Hepburn. Alors que Mère portait un tchador noir quand elle sortait, MaTante choisissait des foulards en mousseline aux couleurs vives qu'elle nouait fermement sous le menton. Elles prenaient toutes deux grand soin de ne pas laisser sortir la moindre mèche de cheveux. Leila était persuadée qu'un jour elle suivrait leur trace. Mère lui avait dit que quand ce jour viendrait elles iraient ensemble au bazar lui acheter le plus joli foulard qui soit et un manteau long assorti.

« Est-ce que dessous je pourrai continuer à mettre mon costume de danseuse du ventre ?

— Petite écervelée », répondit Mère en souriant.

Pour l'instant, perdue dans ses pensées, Leila traversait sans bruit le séjour et se dirigeait vers la cuisine. Mère s'y activait depuis l'aube – à cuisiner des *börek*, faire infuser le thé et préparer la cire. Leila ne parvenait pas à comprendre, malgré ses efforts, qui voudrait étaler cette friandise sucrée sur ses jambes poilues au lieu de la manger, comme elle le faisait gaiement.

En entrant dans la cuisine, elle fut surprise d'y trouver quelqu'un d'autre. MaTante Binnaz se tenait seule devant le plan de travail, la main refermée sur un long couteau à lame dentelée qui accrochait la lumière du soleil. Leila craignit qu'elle ne se blessât. MaTante devait prendre des précautions en ce moment car elle venait d'annoncer qu'elle était enceinte – de nouveau. Personne n'en parlait, par crainte du *nazar* – le mauvais œil. En se fondant sur ses expériences précédentes, Leila supposait que dans les mois à venir, quand la grossesse de MaTante deviendrait visible, les adultes de son entourage se conduiraient comme si sa bosse croissante était due à son solide appétit ou à un ballonnement pathologique. Il en allait de même chaque fois : plus MaTante prenait de l'ampleur, plus invisible elle devenait pour les autres. Elle aurait aussi bien pu s'effacer sous leurs yeux, comme une photographie abandonnée sur l'asphalte à la merci d'un soleil impitoyable.

Avec précaution, Leila fit un pas de plus tout en continuant à l'observer.

Sa tante, légèrement penchée sur ce qui semblait être un monceau de salade, ne semblait pas l'avoir remarquée. Elle fixait le journal étalé sur le plan de travail, ses yeux ardents sur sa peau pâle. Avec un soupir, elle saisit une poignée de laitue et se mit à couper les feuilles en rythme sur une planche à découper, le couteau bougeant si vite qu'il n'était plus qu'une image floue.

« MaTante ? »

La main s'interrompit. « Hmmmm.

— Qu'est-ce que tu regardes ?

— Les soldats. J'ai appris qu'ils revenaient. » Elle indiqua une photo sur la page, et pendant un moment elles contemplèrent toutes deux la légende, s'efforçant d'extraire un sens des points noirs et des volutes alignés comme un bataillon d'infanterie.

« Ah, alors ton frère va bientôt revenir ? »

MaTante avait un frère qui faisait partie des cinq mille hommes envoyés en Corée. Ils aidaient les Américains en allant soutenir les bons Coréens dans leur combat contre les méchants Coréens. Étant donné que les soldats turcs ne parlaient ni anglais ni coréen, et que les soldats américains étaient probablement aussi ignorants de toute autre langue que la leur, comment donc, se demandait l'enfant, arrivaient-ils à communiquer, tous ces hommes avec leur fusil et leur pistolet, et s'ils ne pouvaient pas communiquer, comment arrivaient-ils à se comprendre ? Mais le moment était mal choisi pour soulever cette question. Au lieu de quoi, elle se fendit d'un large sourire. « Tu dois être ravie ! »

Le visage de MaTante se ferma. « Pourquoi je devrais ? Va savoir quand je le reverrai – si jamais ça arrive. Ça fait si longtemps. Mes parents, mes frères et sœurs... je n'en ai revu aucun. Ils n'ont pas d'argent pour voyager et je ne peux pas aller les voir. Ma famille me manque. »

Leila ne savait pas comment réagir. Elle avait toujours supposé que la famille de MaTante, c'étaient *eux-mêmes*. Étant de nature accommodante, elle jugea plus sage de changer de sujet : « Tu prépares à manger pour les invitées ? »

Tout en parlant, Leila examinait les feuilles de laitue empilées sur la planche à découper. Parmi les rubans verts elle remarqua quelque chose qui lui coupa le souffle : des vers de terre roses, certains découpés en morceaux, d'autres qui se tortillaient encore.

« Eurgh, c'est quoi, ça ?

— C'est pour les bébés. Ils adorent ça.

— Les bébés ? » Leila sentit son estomac plonger.

À l'évidence, Mère avait raison depuis le début : MaTante avait la tête malade. Son regard glissa vers le sol. Elle vit que MaTante ne portait pas de chaussures ; que la plante de ses pieds était fendillée et racornie sur les bords, comme si elle avait marché des kilomètres pour arriver ici. Leila médita cette pensée : peut-être que MaTante était somnambule, qu'elle disparaissait dans l'obscurité bruissante toutes les nuits et revenait en courant à l'aube, son souffle formant des nuages dans l'air froid. Peut-être qu'au retour elle franchissait en douce le portail du jardin, grimpait le long du tuyau d'écoulement et se faufilait dans sa chambre, les yeux toujours clos ? Et si jamais un jour elle ne se rappelait pas le chemin pour rentrer ?

Si MaTante avait l'habitude d'arpenter les rues la nuit pendant son sommeil, Baba le saurait. Hélas, Leila ne pouvait pas l'interroger. Ce serait l'un des innombrables sujets classés interdits. Elle était troublée à la pensée que tandis qu'elle-même dormait avec sa mère dans une chambre, son père occupait une autre chambre à l'étage avec sa tante. Interrogée, Mère lui avait dit que MaTante craignait de rester seule parce qu'elle devait combattre des démons pendant son sommeil.

« Tu vas manger ça ? demanda Leila. Ça va te rendre malade.

— Moi, non ! C'est pour les bébés, je t'ai dit. » Le regard que lui lança Binnaz était aussi inattendu qu'une coccinelle se posant sur son doigt, et avait la même douceur. « Tu ne les as pas vus ? Sur le toit. Je pensais que tu étais tout le temps là-haut. »

Leila haussa les sourcils de surprise. Jamais elle ne s'était doutée que sa tante venait peut-être aussi dans son lieu secret. Mais cela ne l'inquiétait pas. MaTante avait quelque chose de fantomatique : elle ne prenait pas possession des objets, mais se contentait de flotter à travers. De toute manière, l'enfant était sûre qu'il n'y avait pas de bébés sur le toit.

« Tu ne me crois pas, n'est-ce pas ? Tu crois que je suis folle. Tout le monde me prend pour une folle. »

Il y avait tant de peine dans sa voix, tant de tristesse dans ses beaux yeux, que pendant un instant, Leila fut prise de court. Honteuse de ses pensées, elle tenta de se racheter. « Ce n'est pas vrai. Je te crois toujours.

— Tu es sûre ? C'est une affaire grave, de croire quelqu'un. Tu ne peux pas dire ça comme une parole en l'air. Si tu le penses vraiment, tu dois soutenir la personne dans tous les cas. Même si d'autres gens disent des choses affreuses sur elle. Tu es capable de faire ça ? »

L'enfant fit oui de la tête, heureuse de relever le défi.

Satisfaite, MaTante sourit. « Alors je vais te confier un secret. Un très gros. Tu promets de ne le répéter à personne ?

— Je promets, s'empressa de dire Leila.

— Suzan n'est pas ta mère. »

Les yeux de Leila s'écarquillèrent.

« Tu veux savoir qui est ta vraie mère ? »

Silence.

« C'est moi qui t'ai mise au monde. C'était une journée froide, mais un homme vendait des abricots doux dans la rue. Bizarre, non ? S'ils apprennent que je te l'ai dit, ils me renverront au village – ou peut-être qu'ils m'enfermeront dans un asile de fous, et nous ne nous reverrons plus jamais. Tu comprends ? »

L'enfant fit oui, le visage neutre.

« Bien. Alors garde la bouche close. »

MaTante se remit au travail, tout en chantonnant *in petto*. Le bouillonnement du chaudron, le bavardage des femmes dans le salon, le tintement des cuillers sur les verres... même le bélier dans le jardin semblait vouloir se joindre au chœur, bêler sa propre mélodie.

« J'ai une idée, dit soudain MaTante Binnaz. La prochaine fois que nous aurons des invitées, on mettra des vers de terre dans la cire. Imagine toutes ces femmes qui courront dehors à moitié nues, des vers accrochés à leurs jambes ! »

Elle riait si fort que les larmes lui montèrent aux yeux. Elle chavira en arrière, trébucha sur un panier qu'elle renversa, envoyant les pommes de terre qu'il contenait rouler en tous sens.

Leila eut un sourire, en dépit d'elle-même. Elle s'efforça de se détendre. Ça ne pouvait être qu'une plaisanterie. Quoi d'autre ? Personne dans la famille ne prenait MaTante au sérieux. Alors pourquoi le devrait-elle ? Les remarques de MaTante n'avaient pas plus de substance que des gouttes de rosée sur l'herbe fraîche ou les soupirs d'un papillon.

Aussitôt, Leila décida d'oublier ce qu'elle venait d'entendre. C'était sûrement la meilleure chose à faire. Mais un germe de doute lui taquinait l'esprit. Une partie d'elle-même souhaitait mettre à jour une vérité pour laquelle le reste de sa personne n'était pas prêt, ne le serait peut-être jamais. Elle avait bien conscience d'un résidu non résolu entre elles, un message confus transmis sur la mauvaise fréquence d'une onde radio, des chaînes de mots qui, bien que communiquées, ne pouvaient encore livrer une forme de cohérence.

*

* *

Environ une heure plus tard, une bonne cuillerée de cire à la main, Leila était assise à sa place habituelle sur le toit, jambes pendantes au-dessus du rebord comme une paire de boucles d'oreilles. Il n'avait pas plu depuis des semaines, pourtant les briques paraissaient glissantes et elle se déplaçait avec prudence, sachant que si elle tombait elle risquait de se casser un os, et si elle ne se cassait rien, Mère pourrait aussi bien s'en charger.

Une fois sa friandise consommée, avec la concentration d'un acrobate de cirque sur la corde raide, Leila avança pas à pas vers l'extrémité du toit, là où elle s'aventurait rarement. Elle s'arrêta à mi-chemin, prête à faire demi-tour, quand elle entendit un son, doux et étouffé, comme une phalène se heurtant au verre d'une lampe. Puis le son s'accentua. Un millier de phalènes. Curieuse, elle partit dans cette direction. Et là, derrière une pile de cartons, dans une grande cage grillagée, il y avait des pigeons. Une quantité de pigeons. Des deux côtés de la cage, des bols d'eau claire et de nourriture. Les journaux étalés dessous avaient recueilli quelques fientes, mais autrement tout semblait assez propre. Quelqu'un devait en prendre bien soin.

La fillette rit en battant des mains. Une onde de tendresse monta en elle, lui caressant la gorge comme les bulles de sa boisson préférée, la limonade. Elle se sentait un devoir de protection à l'égard de sa tante, en dépit – ou à cause – de ses faiblesses. Mais ce sentiment fut vite submergé par une impression de confusion. Si MaTante Binnaz disait vrai à propos des pigeons, disait-elle vrai aussi sur d'autres points ? Et si c'était réellement sa mère – elles avaient le même nez rond retroussé, et elles éternuaient toutes les deux au réveil, comme si elles souffraient d'une allergie bénigne à la première lueur du jour. Elles avaient aussi l'habitude étrange de siffler en étendant beurre et confiture sur un toast, de cracher les pépins de raisin et la peau des tomates. Elle s'efforça d'évaluer si elles avaient d'autres points communs, mais une pensée lui revenait constamment à l'esprit : pendant toutes ces années, elle avait eu peur de ces bohémiens fictifs qui enlevaient les petits enfants et les transformaient en mendiants aux yeux caves, mais peut-être que les gens à craindre vivaient dans sa propre maison. Peut-être étaient-ce eux qui l'avaient arrachée aux bras de sa mère.

Pour la première fois elle parvenait à prendre du recul et à s'observer ainsi que sa famille comme de l'extérieur : et ce qu'elle découvrait la mettait mal à l'aise. Elle avait toujours considéré qu'ils étaient une famille normale, semblable à toutes les autres du monde. Maintenant elle n'en était plus si sûre. Si jamais ils avaient quelque chose de différent – quelque chose d'intrinsèquement déréglé ? Elle saisissait encore mal que la fin de l'enfance n'intervient pas quand le corps d'une enfant change sous l'effet de la puberté, mais quand son esprit devient apte à voir sa vie par les yeux d'un étranger.

Leila se sentit prise de panique. Elle aimait Mère, et ne voulait pas en penser du mal. Elle aimait aussi Baba, même si elle avait parfois peur de lui. Recroquevillée pour se réconforter, aspirant l'air à pleins poumons, elle rumina l'embarras de sa situation. Elle ne savait plus que croire, quelle direction prendre ; on aurait dit qu'elle était perdue dans une forêt, les chemins possibles bondissant et se multipliant sous ses yeux. Qui de la famille était le plus fiable – son père, sa mère ou sa tante ? Leila balaya les alentours du regard comme si elle y cherchait une réponse. Tout était pareil. Et plus rien ne le serait désormais.

Tandis que les goûts du citron et du sucre lui fondaient sur la langue, ses sentiments se dissolvaient de même dans la confusion. Des années plus tard, elle se rappellerait ce moment comme celui de la première fois où elle s'avisa que les choses n'étaient pas toujours ce qu'elles semblaient être. De même que l'amer peut se dissimuler sous le doux, ou l'inverse, dans tout esprit il y a une trace d'insanité, et dans les profondeurs de la folie luit un grain de lucidité.

Jusqu'à ce jour, elle s'était gardée d'exprimer son amour pour sa mère quand MaTante était présente. Dorénavant elle devrait aussi garder secret son amour pour sa tante. Leila commençait à comprendre que les sentiments de tendresse doivent toujours rester cachés – qu'ils ne peuvent être révélés que derrière une porte close et ne jamais être évoqués ensuite. Voilà la seule forme d'affection qu'elle avait apprise des adultes, et cette leçon-là aurait de sinistres conséquences.

Trois minutes

Trois minutes s'étaient écoulées depuis que le cœur de Leila avait cessé de battre, et maintenant elle se rappelait le café à la cardamome – fort, intense, noir. Un goût associé pour toujours dans son esprit à la rue des bordels d'Istanbul. C'était assez étrange qu'il arrive sur les pas de ses souvenirs d'enfance. Mais la mémoire humaine ressemble à la nuit d'un fêtard qui a bu quelques coups de trop : elle a beau s'appliquer, elle ne parvient pas à marcher droit. Elle vacille à travers un labyrinthe d'inversions, se déplace souvent en zigzags vertigineux, indifférente à la raison et susceptible de s'effondrer à tout moment.

Ainsi Leila se rappelait : septembre 1967. Une impasse près du port, à un jet de pierre de Karaköy, près de la Corne d'Or, qui court entre des rangées de bordels sous licence. Il y avait une école arménienne tout près, une église grecque, une synagogue séfarade, une loge soufie, une chapelle orthodoxe russe – vestiges d'un passé oublié. Le quartier, jadis un front de mer marchand habité par des communautés levantines et juives prospères, puis le cœur des industries bancaires et transitaires ottomanes, assistait aujourd'hui à des transactions d'un tout autre genre. Le vent portait des messages muets, l'argent changeait de main sitôt acquis.

La zone portuaire était toujours si encombrée que les piétons devaient marcher de biais comme des crabes. De jeunes femmes en minijupe allaient bras dessus bras dessous ; des conducteurs sifflaient sur leur passage par la fenêtre de leur voiture ; des apprentis garçons de café se hâtaient en tous sens avec des plateaux de thé chargés de petits verres ; des touristes courbés sous le poids de leur sac à dos regardaient alentour comme s'ils venaient de se réveiller ; des cireurs de chaussures faisaient claquer leurs brosses contre leur boîte de métal décorée de photos d'actrices – les pudiques devant, les nues derrière. Des vendeurs pelaient des concombres salés, pressaient des jus de fruits frais, grillaient des pois chiches et braillaient à tue-tête tandis que les voitures donnaient du klaxon sans aucune raison. Tabac, sueur, parfum, friture et un joint par-ci par-là – bien qu'illégal – mêlaient leurs arômes à l'air salé de la mer.

Les ruelles et les allées étaient des rivières de papier. Des affiches socialistes, communistes et anarchistes couvraient les murs, invitant le prolétariat et la paysannerie à rejoindre la révolution en marche. Ici et là les affiches étaient tailladées et défigurées par des slogans d'extrême droite et taguées de leur symbole :

un loup hurlant dans un croissant de lune. Les éboueurs aux balais usés et à la mine lasse ramassaient les déchets, leur énergie sapée à l'idée que de nouveaux prospectus tomberaient en pluie dès qu'ils auraient le dos tourné.

À quelques minutes de marche du port, juste au coin d'une avenue en pente raide, commençait la rue des bordels. Un portail de fer auquel manquait une bonne couche de peinture séparait cet endroit du monde extérieur. Devant, quelques agents de police montaient la garde en se relayant toutes les huit heures. Certains d'entre eux détestaient visiblement leur emploi ; ils méprisaient cette rue mal famée et tous ceux qui en franchissaient l'accès : femmes et hommes à égalité. Une réprimande muette dans leurs manières brusques, ils gardaient les yeux fixés sans ciller sur les hommes massés devant le portail, impatients d'entrer mais renâclant à faire la queue. Si certains agents prenaient cela comme n'importe quel job, se contentant de faire ce qu'on leur demandait, jour après jour, d'autres enviaient secrètement les clients, rêvant d'échanger leur place ne serait-ce que pour quelques heures.

Le bordel où travaillait Leila faisait partie des plus anciens du quartier. L'unique tube fluorescent clignotait à l'entrée avec l'énergie de mille petites allumettes captant la lumière et brûlant l'une après l'autre. L'air empestait le parfum bon marché, les robinets étaient incrustés de dépôts de calcaire et le plafond maculé de taches brunes poisseuses de nicotine et de goudron par des années de tabagie. Une dentelle de lézardes s'étalait sur toute la surface des murs porteurs, aussi fine que les veines d'un œil injecté de sang. Sous les auvents, juste devant la fenêtre de Leila, pendait un nid de guêpes – rond, parcheminé, mystérieux. Un univers caché. De temps à autre elle était tentée de toucher le nid, de le briser et de dévoiler son architecture parfaite, mais chaque fois elle se disait qu'elle n'avait pas le moindre droit de déranger ce que la nature avait destiné à rester intact, entier.

C'était sa deuxième adresse dans la même rue. La première maison s'était révélée si insupportable que sans attendre la fin de l'année elle avait fait ce que personne n'avait osé faire jusque-là ou depuis : elle avait emballé ses rares possessions, mis son seul bon manteau et pris la porte pour aller chercher refuge au bordel d'à côté. En apprenant la nouvelle, la communauté se divisa en deux camps : certaines estimaient qu'elle devait immédiatement retourner au premier endroit ; sinon toutes les filles de maquerelles se mettraient à faire pareil, violant le code moral non écrit du travail, et toute l'industrie du sexe sombrerait dans l'anarchie ; pour d'autres, en vertu des lois de la conscience, quiconque était aux abois au point de demander un droit d'asile devrait se le voir accorder. À la fin, la patronne du second bordel, impressionnée par l'audace de Leila autant que par la perspective d'argent frais qu'elle pourrait faire rentrer, se prit de sympathie pour elle et l'accepta parmi ses pensionnaires. Mais pas avant de verser une large rançon à sa collègue, de lui présenter ses excuses les plus sincères et de lui promettre que cela ne se reproduirait pas.

La seconde maquerelle avait d'amples proportions, une démarche résolue et des joues fardées qui pendaient comme des rabats de cuir piqueté. Elle avait coutume de saluer tout homme qui entrait, que ce soit un habitué ou non, du titre de « mon pacha ». Toutes les trois ou quatre semaines, elle se rendait dans un salon de coiffure nommé *Pointes fourchues* pour se faire teindre les cheveux d'un blond différent. Ses yeux protubérants, très écartés, lui donnaient une expression de surprise permanente, elle qui l'était rarement. Un réseau de capillaires éclatées s'ouvrait en éventail au bout de son nez puissant, comme des cours d'eau descendant à flanc de montagne. Personne ne connaissait son vrai nom. Les prostituées et les clients l'appelaient « Douce Ma » en sa présence et « l'Amère Ma » derrière son dos. Dans le genre maquerelle elle était plutôt correcte, mais avait tendance à tout faire en excès ; elle fumait trop, jurait trop, criait trop et s'imposait tout simplement trop dans leurs vies – frisant l'overdose.

« Notre maison a été fondée au XIXe siècle, se vantait l'Amère Ma, une note de fierté dans la voix. Et par le grand sultan Abdülaziz en personne, pas moins. »

Elle gardait un portrait encadré dudit sultan au-dessus de son bureau – jusqu'au jour où un client aux penchants ultra-nationalistes lui en fit sévèrement le reproche devant tout le monde. Il lui dit sans ambages de ne pas raconter ces âneries sur « nos ancêtres magnanimes et notre passé glorieux ».

« Pourquoi un sultan – conquérant de trois continents et cinq mers – autoriserait-il l'ouverture d'une maison du vice à Istanbul ? » exigea-t-il de savoir.

L'Amère Ma bafouilla, triturant nerveusement son mouchoir. « Eh bien, je pense que c'est à cause...

— Qui ça intéresse, ce que tu penses ? Tu es historienne, ou quoi ? »

L'Amère Ma haussa ses sourcils épilés de frais.

« Ou peut-être professeur ! » ricana l'individu.

Les épaules de Ma s'affaissèrent.

« Une femme ignorante n'a pas le droit de travestir l'histoire, déclara-t-il, et là il ne riait plus du tout. Mets-toi ça dans la tête. Il n'y avait pas de bordels autorisés sous l'empire Ottoman. Si quelques dames souhaitaient pratiquer leur négoce en douce, c'étaient des chrétiennes ou des juives – ou des gitanes païennes. Car je te l'affirme, aucune musulmane digne de ce nom ne se serait prêtée à pareille immoralité. Elles auraient préféré mourir de faim plutôt que d'accepter de se vendre. Jusqu'à maintenant, bien sûr. Temps modernes, temps immodestes. »

Après cette conférence, l'Amère Ma avait discrètement remplacé le portrait du sultan Abdülaziz par une nature morte de jonquilles et d'agrumes. Mais comme le nouveau tableau était plus petit que le précédent, les contours du sultan restaient visibles sur le mur, minces et pâles comme une carte dessinée sur le sable.

Quant au client, à sa visite suivante, la maquerelle tout sourire et courbettes l'accueillit avec une gentillesse cordiale et lui offrit une poulette sexy qu'il avait beaucoup de chance de saisir à temps : « Elle nous quitte, mon pacha. Elle repart demain matin dans son village. En voilà une qui a réussi à rembourser ses dettes. Qu'est-ce que j'y peux ? Elle veut passer le restant de ses jours à se repentir. "Bravo", que je lui ai dit pour finir. "Tu vas pouvoir prier pour nous toutes." »

C'était un mensonge on ne peut plus éhonté. La femme en question partait pour une tout autre raison. À sa dernière visite à l'hôpital, on lui avait diagnostiqué à la fois une gonorrhée et la syphilis. Interdite de travail, elle devait se tenir éloignée des lieux jusqu'à ce qu'elle soit débarrassée de toute infection. L'Amère Ma se garda de mentionner ce détail quand elle prit l'argent de l'homme et le rangea dans un tiroir. Elle n'avait pas oublié sa conduite grossière. Personne ne lui parlait sur ce ton, surtout pas devant ses employées. Car à la différence d'Istanbul, ville de l'amnésie volontaire, l'Amère Ma avait une excellente mémoire ; elle se rappelait tous les torts qu'on avait eus envers elle, attendait son heure, et le moment venu exerçait sa vengeance.

*

* *

À l'intérieur du bordel, les couleurs étaient ternes : marron sans âme, jaune fané et le vert insipide d'un vieux reste de soupe. Dès que l'*ezan* du soir se répercutait sur les dômes de plomb et les toits pentus, Ma allumait les lumières – un chapelet d'ampoules nues de teintes indigo, fuchsia, lilas et rubis – qui inondaient le lieu d'un rayonnement étrange, comme la caresse d'un lutin dément.

À côté du seuil, la première chose qu'on voyait en entrant c'était un grand panneau encadré de métal sur lequel était écrit à la main :

CITOYEN !
Si tu veux te protéger de la syphilis et autres maladies sexuellement transmissibles, il te faut observer les règles suivantes :
1. Avant de te rendre dans une chambre avec une femme, exige de voir sa carte de santé. Vérifie qu'elle se porte bien.
2. Utilise un préservatif. Assure-toi qu'il est neuf à chaque fois. Tu n'auras pas à payer un prix indû ; demande à l'hôtesse et elle te fera un prix honnête.
3. Si tu as le sentiment que tu as pu être contaminé, ne t'attarde pas ici, va sur-le-champ voir un médecin.
4. Les maladies sexuellement transmissibles peuvent être évitées, si tu es résolu à te protéger et à protéger TA NATION *!*

Les horaires de travail allaient de 10 heures du matin à 23 heures. Deux fois par jour, Leila avait droit à une pause-café : une demi-heure l'après-midi et un quart d'heure la nuit. L'Amère Ma n'approuvait pas qu'on descende au cours de la soirée, mais Leila tint bon, affirmant qu'elle souffrait d'affreuses migraines si elle n'avait pas sa dose de cardamome.

Tous les matins, dès l'ouverture des portes, les femmes prenaient place sur les sièges en bois et les tabourets bas derrière les vitrines de l'entrée. On pouvait distinguer les filles arrivées récemment des anciennes rien qu'à la manière dont elles se tenaient. Les nouvelles étaient assises les mains sur les genoux, le regard vague et distant comme des somnambules qui viennent de s'éveiller dans un lieu inconnu. Celles qui étaient là depuis plus longtemps se déplaçaient librement d'un pas nonchalant autour de la pièce – se curaient les ongles, se grattaient, s'éventaient, étudiaient leur teint dans le miroir, se nattaient mutuellement les cheveux. Ne craignant pas de croiser leur regard, elles observaient d'un œil indifférent les hommes qui passaient – par groupes, par paires ou seuls.

Certaines des femmes avaient proposé de faire de la couture ou du tricot pendant ces longues heures d'attente, mais l'Amère Ma ne voulait pas en entendre parler.

« Du tricot – en voilà une idée idiote ! Vous voulez rappeler à ces types leur épouse ennuyeuse ? Ou pire, leur mère ? Pas question. Nous, on leur donne ce qu'ils auront jamais chez eux, on va pas leur en rajouter une couche. »

Comme il y avait quatorze établissements similaires alignés dans le même cul-de-sac, les clients disposaient d'un ample choix. Ils faisaient des allées et venues, s'arrêtaient pour lorgner, fumer, méditer, comparer l'offre. S'il leur fallait encore du temps pour réfléchir, ils s'arrêtaient devant un étal et avalaient un verre de jus de concombre mariné ou une pâtisserie de pâte frite connue sous le nom de *kerhane tatlisi*, « beignet du bordel ». Leila savait d'expérience que si un homme ne se décide pas dans les trois premières minutes, il ne le fera jamais. Au bout de trois minutes, elle portait son attention sur quelqu'un d'autre.

La plupart des prostituées s'abstenaient d'interpeller les clients, jugeant suffisant de leur adresser parfois un baiser ou un clin d'œil, d'ouvrir leur décolleté ou de décroiser les jambes. L'Amère Ma n'aimait pas que ses filles se montrent trop aguichantes. D'après elle, ça dévalorisait la marchandise. Elles ne devaient pas non plus paraître trop froides, comme si elles n'étaient pas très sûres de leur propre qualité. Il fallait trouver « un bon équilibre sophistiqué », non que Ma fût elle-même bien équilibrée, mais elle attendait de ses employées ce qui lui faisait terriblement défaut.

*

* *

La chambre de Leila était au deuxième étage, première porte à droite. « Le meilleur emplacement de la maison » de l'avis général. Non parce qu'il offrait des équipements luxueux ou une vue sur le Bosphore, mais parce que, en cas de pépin, on pouvait facilement l'entendre du rez-de-chaussée. Les chambres à l'autre extrémité du couloir étaient les pires. Vous pouviez toujours hurler, personne n'arriverait en courant.

Devant sa porte, Leila avait placé un paillasson en demi-lune pour que ses clients s'essuient les pieds. La pièce était meublée sobrement : un grand lit, recouvert d'une courtepointe à motif floral et d'une cantonnière à volants assortie, occupait presque tout l'espace. Près du lit, une petite commode munie d'un tiroir fermé à clef où elle conservait son courrier et divers objets qui, sans être précieux, gardaient pour elle une valeur sentimentale. Des rideaux, déchirés et fanés par le soleil, couleur tranche de pastèque – ces points noirs qui ressemblaient à des pépins étaient en fait des brûlures de cigarette. Dans un coin, un évier fendu ; un fourneau à gaz sur lequel un *cezve* de cuivre se tenait en équilibre précaire ; et à côté, une paire de pantoufles – en velours bleu, garnies de rosettes en satin avec des perles sur la pointe, la plus jolie chose qu'elle possédât. Poussée contre le mur, une armoire en noyer dont la porte fermait mal. À l'intérieur, sous les cintres chargés de vêtements, s'empilaient des journaux, une boîte à biscuits pleine de préservatifs, une couverture qui n'avait pas servi depuis longtemps et sentait le moisi. Sur le mur d'en face, un miroir entouré de cartes postales : Brigitte Bardot fumant un mince cigare, Raquel Welch posant en bikini de fourrure, les Beatles et leurs petites amies blondes assis sur un tapis avec un yogi indien, et des photos de lieux que Leila n'avait jamais vus – le fleuve d'une grande ville scintillant au soleil du matin, un square baroque saupoudré de neige, un boulevard que les éclairages nocturnes paraient de joyaux – mais qu'elle rêvait de visiter un jour : Berlin, Londres, Paris, Amsterdam, Rome, Tokyo...

C'était une chambre privilégiée à divers égards, et qui signalait le statut de Leila. La plupart des autres filles ne bénéficiaient pas d'autant de confort. L'Amère Ma aimait bien Leila – en partie parce qu'elle était honnête et travaillait bien, en partie à cause de sa ressemblance insolite avec la sœur que Ma avait laissée dans les Balkans, il y avait de cela plusieurs décennies.

Leila avait dix-sept ans quand on la conduisit dans cette rue – vendue au premier bordel par un homme et une femme, un couple d'escrocs bien connus de la police. C'était il y avait environ trois ans, même si cela semblait déjà dans une autre vie. Elle ne parlait jamais de cette période ni ne racontait pourquoi elle s'était enfuie de chez elle ou comment elle était arrivée à Istanbul sans un endroit où loger, avec seulement cinq livres et vingt kurush en poche. Sa mémoire était à ses yeux un cimetière : des segments de sa vie y étaient enterrés, gisant dans des tombes séparées les unes des autres, et elle n'avait aucune envie de les ressusciter.

Les premiers mois dans cette rue furent si sombres, les jours comme une corde l'arrimant au désespoir, que plusieurs fois elle envisagea de se suicider. Une mort rapide, silencieuse – c'était possible. À l'époque, chaque détail la bouleversait – chaque bruit sonnait comme le tonnerre à ses oreilles. Même une fois arrivée dans la maison de l'Amère Ma où elle était un peu plus en sécurité, elle ne croyait pas être capable de continuer. La puanteur des toilettes, les crottes de souris dans la cuisine, les cafards au sous-sol, les plaies dans la bouche d'un client, les verrues sur les mains d'une autre prostituée, les taches de nourriture sur le chemisier de la maquerelle, les mouches qui volaient de toutes parts – tout cela lui causait des démangeaisons incontrôlables. La nuit, en posant la tête sur l'oreiller, elle détectait une légère senteur cuivrée qu'elle finit par identifier comme une odeur de chair pourrissante, et elle craignait de la sentir s'amasser sous ses ongles, s'infiltrer dans son système sanguin. Elle était sûre d'avoir attrapé une horrible maladie. Des parasites invisibles lui couraient sur et sous la peau. Au hammam du coin où les prostituées se rendaient une fois par semaine, elle se lavait et se frottait jusqu'à ce que son corps entier devienne rouge vif ; et au retour elle faisait bouillir ses taies d'oreiller et ses draps. En vain. Les parasites revenaient toujours.

« C'est peut-être *sicologique,* dit l'Amère Ma. J'ai déjà vu ça. Écoute, ici, c'est une maison propre. Si ça te plaît pas, retourne d'où tu viens. Mais je t'assure, tout ça c'est dans ta tête. Dis-moi un peu, ta mère aussi c'était une obsédée de l'hygiène ? »

Leila s'arrêta net, comme figée sur place. Fini les démangeaisons. Aucune envie qu'on lui rappelle MaTante Binnaz ou cette vaste maison solitaire à Van.

*

* *

L'unique fenêtre de la chambre de Leila donnait sur l'arrière : une courette avec un bouleau solitaire derrière lequel se tenait un bâtiment en ruine laissé inoccupé, hormis l'atelier d'un fabricant de meubles au rez-de-chaussée. À l'intérieur, une quarantaine d'hommes trimaient treize heures par jour, inspirant poussière, vernis et produits chimiques dont ils ignoraient le nom. La moitié d'entre eux étaient des immigrés clandestins. Aucun n'était assuré. Et la plupart avaient moins de vingt-cinq ans. Ce n'était pas le genre de job qu'on peut faire longtemps. Les vapeurs de résine leur détruisaient les poumons.

Les ouvriers travaillaient sous les ordres d'un contremaître barbu qui parlait rarement et ne souriait jamais. Le vendredi, dès qu'il se rendait à la mosquée, *takke* sur la tête, chapelet à la main, les autres hommes ouvraient les fenêtres et tendaient le cou pour se rincer l'œil.

Ils ne pouvaient pas voir grand-chose car les rideaux du bordel restaient fermés la plupart du temps. Mais ils ne renonçaient pas, avides d'apercevoir la courbe d'une hanche ou une cuisse nue. Fanfaronnant entre eux à propos de ces coups d'œil alléchants, ils gloussaient de rire ; la poussière qui les couvrait de la tête aux pieds leur creusait des rides, blanchissait leurs cheveux et les faisait ressembler moins à des vieillards qu'à des spectres coincés entre deux mondes. De l'autre côté de la cour, les femmes restaient dans l'ensemble indifférentes, mais parfois l'une d'entre elles, par curiosité ou par pitié, c'était difficile à dire, apparaissait soudain à la fenêtre et, appuyée sur le rebord, les seins pendant lourdement sur ses avant-bras, fumait tranquillement jusqu'à ce que la cigarette soit consumée.

Certains des ouvriers avaient une bonne voix, et ils aimaient chanter, prenant la direction de la mélodie à tour de rôle. Dans un monde qu'ils ne pouvaient ni vraiment comprendre ni maîtriser, la musique était la seule joie qui ne coûtait rien. Alors ils chantaient beaucoup, avec passion. En kurde, turc, arabe, farsi, pachtoune, géorgien, circassien et baloutchi, ils donnaient la sérénade aux femmes dont la silhouette se dessinait sur les vitres, des formes baignées de mystère, plus ombre que chair.

Une fois, émue par la beauté de la voix qu'elle entendait, Leila qui jusqu'ici avait tenu ses rideaux étroitement fermés, les ouvrit et observa l'atelier de menuiserie. Elle y vit un jeune homme qui la regardait droit dans les yeux tout en chantant la ballade la plus triste qu'elle eût jamais entendue, sur un couple d'amoureux en fuite perdus dans un déluge. Il avait les yeux en forme d'amande et couleur de métal bruni ; la mâchoire forte, le menton marqué par une fente profonde. Ce fut la douceur de son regard qui frappa Leila. Un regard qui n'était pas embrumé par la convoitise. Il lui sourit, dévoilant une denture blanche impeccable, et elle ne put s'empêcher de lui sourire en retour. Cette ville la surprendrait toujours ; des moments d'innocence se dissimulaient dans ses coins les plus sombres, moments si fugitifs que, le temps de comprendre combien ils étaient purs, ils s'étaient déjà évanouis.

« Comment tu t'appelles ? » lui cria-t-il à travers le vent.

Elle le lui dit. « Et toi ?

— Moi ? J'ai pas encore de nom.

— Tout le monde a un nom.

— Eh bien, oui... mais j'aime pas le mien. Pour l'instant appelle-moi Hiç[1]. »

Le vendredi suivant, quand elle examina la cour, le jeune homme n'était pas là. Ni la semaine suivante. Aussi elle supposa qu'il était parti pour toujours, cet étranger composé d'une tête et d'un demi-torse, encadré par le chambranle de la fenêtre comme un tableau d'un autre siècle, produit de l'imagination d'un autre individu.

1. *Hiç*, qui signifie « rien », se prononce Hitch.

Pourtant Istanbul continuait de la surprendre. Exactement un an plus tard elle le reverrait – par un coup du hasard. Sauf que cette fois-là, Hiç était une femme.

À ce stade, l'Amère Ma commençait à envoyer Leila chez ses meilleurs clients. Le bordel avait beau disposer d'une autorisation officielle et toutes les transactions effectuées sur les lieux être garanties légales, celles à l'extérieur n'étaient pas réglementées – et par conséquent pas soumises à l'impôt. En développant cette nouvelle entreprise, Ma prenait de gros risques – mais très profitables. Si on l'apprenait, elle serait poursuivie, et probablement jetée en prison. Cependant elle faisait confiance à Leila sachant que si la fille se faisait prendre, elle ne dirait pas à la police pour qui elle travaillait.

« Tu es une petite carpe, hein ? Brave fille. »

Un soir, la police fit une descente dans une douzaine de boîtes de nuit, bars et magasins de spiritueux sur les deux rives du Bosphore et arrêta une foule de fêtards mineurs, de drogués et de travailleuses du sexe. Leila se retrouva seule dans une cellule avec une grande femme costaude qui, après lui avoir dit s'appeler Nalan, se jeta par terre dans un coin en chantonnant d'un air absent et en marquant le rythme de ses ongles longs sur le mur.

Leila ne l'aurait sans doute pas reconnue sans la chanson – cette même ballade ancienne. Sa curiosité éveillée, elle étudia la femme, notant ses yeux bruns brillants, sa mâchoire carrée, la fente de son menton.

« Hiç ? demanda Leila, incrédule. Tu te souviens de moi ? »

La femme pencha la tête de côté, l'expression insondable. Puis, le visage éclairé par un sourire engageant, elle bondit sur ses pieds, au risque de se cogner la tête contre le plafond bas.

« Tu es la fille du bordel ! Qu'est-ce que tu fous ici ? »

Au cours de cette nuit en cellule, incapables de dormir sur les matelas gras de crasse, elles parlèrent, d'abord dans l'obscurité, puis dans la demi-lueur de l'aube, histoire de se tenir compagnie. Nalan lui expliqua que la fois où elles s'étaient rencontrées, elle n'avait qu'un emploi temporaire à l'atelier, et qu'elle économisait pour payer un traitement de conversion sexuelle qui s'était révélé plus pénible et plus cher qu'elle ne s'y attendait – *et son chirurgien était un vrai trou du cul.* Mais elle ne voulait pas se plaindre, du moins pas trop fort, parce que, *merde*, elle était résolue à aller jusqu'au bout. Toute sa vie elle s'était sentie enfermée dans un corps qui lui semblait aussi inconnu qu'un mot étranger sur la langue. Née dans une famille aisée de fermiers et d'éleveurs de moutons en Anatolie, elle était venue dans cette ville afin de corriger l'erreur manifeste de Dieu le Tout-Puissant.

Le lendemain matin, Leila avait beau avoir le dos endolori d'être restée assise toute la nuit, et les jambes lourdes comme des troncs d'arbre, elle se sentait libérée d'un grand poids – tout son être baigné par une sensation de légèreté qu'elle avait presque oubliée.

Sitôt relâchées, elles se dirigèrent vers une buvette à *börek*, en quête urgente d'une tasse de thé. Tasse qui fut suivie d'une série d'autres. Après quoi, elles restèrent en relation, se retrouvant régulièrement dans la même buvette. Et comme elles avaient beaucoup de choses à se raconter, même quand elles étaient séparées, elles entamèrent une correspondance. Nalan envoyait souvent à Leila des cartes postales avec des notes griffonnées au stylo-bille, pleines de fautes d'orthographe ; alors que Leila préférait le papier à lettres et utilisait un stylo-plume, l'écriture nette et soignée qu'on lui avait enseignée jadis à l'école de Van.

De temps à autre, elle posait sa plume en repensant à MaTante Binnaz et à sa terreur muette de l'alphabet. Leila avait écrit plusieurs fois à sa famille sans jamais obtenir de réponse. Elle se demandait ce qu'ils faisaient de ses lettres – s'ils les gardaient dans une boîte à l'abri des regards ou s'ils les déchiraient. Le postier les remportait-il, et où dans ce cas ? Il devait y avoir un endroit quelconque, une adresse secrète, pour les lettres qui n'étaient ni bienvenues ni lues.

*

* *

Nalan vivait dans un sous-sol humide – rue des Chaudronniers, pas loin de la place Taksim – dont le parquet était en pente, les fenêtres de traviole et les murs courbés ; un appartement construit si bizarrement qu'il n'avait pu être dessiné que par un architecte en plein trip. Elle partageait cet espace avec quatre autres transsexuelles et une paire de tortues – Tutti et Frutti – qu'elle seule pouvait distinguer l'une de l'autre. À chaque averse, les canalisations semblaient près d'éclater ou les toilettes de déborder, mais heureusement, disait Nalan, Tutti et Frutti étaient de bonnes nageuses.

Hiç n'étant pas le surnom idéal pour une femme aussi assurée que Nalan, Leila choisit de l'appeler plutôt « Nostalgia » – non parce que Nalan gardait un souvenir ému du passé, qu'elle était visiblement heureuse de quitter, mais parce qu'elle souffrait d'un fort mal du pays dans cette ville. Elle regrettait la campagne et son abondance de parfums, rêvait de dormir en plein air sous un ciel généreux. Là, elle n'aurait pas besoin de surveiller constamment ses arrières.

Vive et audacieuse, féroce envers ses ennemis, loyale envers ceux qui lui étaient chers : Nostalgia Nalan – la plus brave des amis de Leila.

Nostalgia Nalan, l'une des cinq.

Histoire de Nalan

Jadis, et pendant longtemps, Nalan s'appela Osman, le plus jeune fils d'une famille de fermiers d'Anatolie. Embaumés par le sol fraîchement retourné et l'arôme des herbes sauvages, ses jours étaient très occupés : labourer les champs, nourrir les poules, traire les vaches, s'assurer que les abeilles survivraient à l'hiver… Une abeille travaillait toute sa vie à produire juste assez de miel pour remplir le bout d'une cuillère à thé. Osman se demandait ce que lui-même allait créer dans sa vie – question qui l'excitait et le terrifiait jusqu'à la moelle. La nuit tombait de bonne heure sur le village. Dans l'obscurité, sitôt ses frères aînés endormis, il s'asseyait sur le lit près de la lampe en osier. Lentement, pliant et dépliant ses mains au son d'une mélodie que lui seul pouvait entendre, il formait des ombres qui dansaient sur le mur opposé. Il tenait toujours le rôle principal dans les histoires qu'il inventait – poétesse persane, princesse chinoise, ou impératrice de Russie ; les personnages changeaient furieusement mais une chose restait stable : dans son esprit il était toujours une fille, jamais un garçon.

À l'école, tout était bien différent. Une salle de classe, ce n'est pas un lieu pour raconter des histoires. C'est un lieu de règlements et de répétition. Peinant à épeler certains mots, à apprendre par cœur des poèmes ou à réciter ses prières en arabe, il avait du mal à se maintenir au niveau des autres enfants. Le maître – un homme froid et austère qui arpentait la salle avec une règle en bois dont il se servait pour corriger les turbulents – n'avait aucune patience à son égard.

Chaque trimestre, quand ils jouaient des pièces patriotiques, les élèves les plus appréciés se disputaient les rôles de héros guerriers turcs, tandis que les autres devaient constituer l'armée grecque. Osman n'avait rien contre le fait de jouer un soldat grec – il suffisait de mourir vite et de rester étendu sur le sol jusqu'à la fin de la pièce. Ce qu'il détestait, c'était les moqueries et les brutalités qu'il endurait chaque jour. Tout avait commencé quand un des garçons, le voyant pieds nus, s'avisa qu'il s'était verni les ongles. *Osman est une chochotte.* Une fois qu'on vous a décerné ce label, vous pouvez aussi bien entrer en classe tous les matins avec une cible dessinée sur le front.

Ses parents qui avaient de l'argent et des biens auraient pu envoyer leurs enfants dans de meilleures écoles, mais son père, se méfiant de la ville et de ses habitants, préférait qu'ils apprennent à travailler la terre. Osman connaissait les noms des plantes et des herbes comme ses équivalents citadins connaissaient les noms des chanteurs pop et des stars de cinéma. La vie était prévisible et régulière, une chaîne fiable de cause à effet : l'humeur des gens dépendait de la quantité d'argent qu'ils gagnaient, l'argent dépendait des récoltes, les récoltes des saisons, et les saisons étaient dans les mains d'Allah, qui n'avait besoin de personne. La seule fois où Osman sortit de ce cycle, ce fut pour aller accomplir son service militaire obligatoire. À l'armée, il apprit à nettoyer un fusil, charger une arme, creuser une tranchée, lancer une grenade depuis un toit – des compétences dont il espérait ne plus jamais avoir besoin. Toutes les nuits dans le dortoir qu'il partageait avec quarante-trois autres soldats, il mourait d'envie de ranimer ses anciens jeux d'ombres, mais il n'y avait là ni mur vide ni aimable lampe à huile.

Au retour, il retrouva sa famille exactement comme il l'avait quittée. Mais lui n'était plus pareil. En son for intérieur il avait toujours su qu'il était femme, mais l'épreuve de l'armée avait écrasé son âme à tel point que, paradoxalement, il se sentait le courage de vivre sa propre vérité. Par un hasard du destin, à peu près au même moment, sa mère se mit en tête qu'il devait maintenant se marier et lui donner des petits-enfants, alors qu'elle en avait déjà des quantités. En dépit de ses objections, elle entreprit avec ardeur de lui trouver une épouse convenable.

La nuit du mariage, tandis que les invités battaient des mains au rythme des tambours et que la jeune épousée attendait dans une chambre à l'étage, la ceinture de sa robe dénouée, Osman se glissa dehors. Au-dessus de sa tête il entendait le cri d'un hibou grand-duc et la plainte d'un courlis, des sons pour lui aussi familiers que le bruit de sa propre respiration. Il parcourut à pied les quinze kilomètres jusqu'à la gare la plus proche et sauta dans le premier train vers Istanbul pour ne plus jamais revenir. Au début, il dormait dans la rue, travaillant comme masseur dans un hammam à l'hygiène médiocre et à la réputation pire encore. Bientôt, il nettoyait les toilettes de la gare de Haydarpaşa. C'est en exerçant cet emploi qu'Osman se forgea l'essentiel de ses convictions sur ses frères humains. Personne ne devrait philosopher sur la nature de l'humanité tant qu'il n'a pas travaillé une quinzaine de jours dans des toilettes publiques et vu comment se comportent les gens dès lors qu'ils en ont la possibilité – rompre le tuyau de vidange, casser la poignée de la porte, dessiner partout des graffiti obscènes, pisser sur l'essuie-main, couvrir l'endroit de toutes les saletés imaginables, en sachant que quelqu'un d'autre devra nettoyer.

Ce n'était pas la ville qu'il imaginait, et certainement pas les gens avec qui il aurait aimé partager les grands et les petits chemins. Mais c'était seulement ici à Istanbul qu'il pouvait devenir extérieurement la personne qu'il savait être à l'intérieur, donc il resta, et persévéra.

Osman n'était plus. Il ne restait que Nalan, sans possible retour en arrière.

Quatre minutes

Quatre minutes après que le cœur de Leila eut cessé de battre, un souvenir fugace lui remonta en mémoire, accompagné par l'odeur et le goût de la pastèque.

Août 1953. L'été le plus chaud depuis des décennies, à en croire Mère. Leila se demandait quelle pouvait être la durée d'une décennie. Sa compréhension du temps lui glissait entre les doigts comme des rubans de soie. Le mois précédent, la guerre avec la Corée avait pris fin et le frère de MaTante était rentré sain et sauf dans son village. Maintenant MaTante avait d'autres soucis en tête. À la différence des précédentes, cette grossesse se passait plutôt bien, sauf qu'elle se sentait constamment malade. Prise de violents accès de nausée, elle avait du mal à garder la nourriture. La chaleur n'arrangeait rien. Baba suggéra qu'ils partent tous en vacances. Quelque part au bord de la Méditerranée ; un changement d'air. Il invita également ses frère et sœur, ainsi que leurs familles.

Entassés dans un minibus, ils se rendirent dans une ville de pêcheurs sur la côte sud-est. En tout ils étaient douze. MonOncle, assis à côté du chauffeur, les rayons du soleil jouant gaiement sur son visage, leur racontait des anecdotes amusantes sur sa période étudiante et, une fois son stock d'histoires épuisé, il entonna des hymnes patriotiques qu'il les poussa à reprendre en chœur. Même Baba se joignit à eux.

MonOncle était grand et mince, les cheveux coupés ras et les yeux gris-bleu bordés de longs cils qui se recourbaient. Il était beau, tout le monde le disait, et on pouvait voir que ce compliment entendu tout au long de sa vie affectait sa conduite. Il se comportait avec une aisance qui manquait visiblement aux autres membres de la famille.

« Regardez-moi ça, la puissante famille Akarsu sur les routes ! On pourrait former notre propre équipe de foot », disait-il maintenant.

Leila assise au fond avec Mère s'exclama : « Il faut onze joueurs, pas douze.

— Vraiment ? dit MonOncle en la regardant par-dessus son épaule. Alors nous on sera les joueurs et toi tu seras notre entraîneur. Donnez-nous vos ordres, faites-nous faire tout ce que vous voulez. Nous sommes à votre service, madame. »

Leila rayonna, ravie à la perspective d'être le patron pour une fois. Pendant le reste du voyage, MonOncle joua gaiement le jeu. À chaque arrêt, il lui tenait la porte ouverte, lui apportait des boissons et des biscuits, et l'après-midi, après une petite averse, il la porta pour qu'elle ne salisse pas ses chaussures dans une mare sur la route.

« C'est un entraîneur de football ou la reine de Saba ? demanda Baba en l'observant du coin de l'œil.

— Elle est l'entraîneur de notre équipe et la reine de mon cœur. »

Ce qui fit sourire tout le monde.

Le parcours fut long et lent. Le chauffeur tirait sur des cigarettes roulées, enveloppé par de fines volutes de fumée qui traçaient doucement des messages en cursive au-dessus de lui. Dehors, le soleil tapait dur. À l'intérieur du véhicule, l'air était renfermé, étouffant. Leila gardait les mains sous ses jambes pour empêcher le vinyle chaud de lui brûler l'arrière des cuisses, mais au bout d'un moment, fatiguée, elle renonça. Elle regrettait de ne pas avoir mis une robe longue ou un *shalwar* ample au lieu de ce short en coton. Heureusement, elle avait pensé à prendre son chapeau de paille avec les cerises rouge vif sur le côté ; elles avaient l'air on ne peut plus appétissant.

« On échange nos chapeaux », dit MonOncle. Il portait un borsalino blanc à bord étroit qui, en dépit de son état d'usure, lui allait fort bien.

« Oui, d'accord ! »

À la nuit tombée, son nouveau chapeau sur la tête, Leila contemplait par la fenêtre l'image floue de l'autoroute, les phares des voitures qui laissaient une traînée lumineuse gluante comme celle des escargots dans leur jardin.

Au-delà de l'autoroute, elle voyait briller les réverbères de petites villes, des hameaux ici et là, des silhouettes de mosquées et de minarets. Quel genre de familles habitaient ces maisons, quel genre d'enfants, s'il y en avait, regardaient passer leur minibus en se demandant où ils allaient ? Le temps qu'ils atteignent leur destination, tard dans la soirée, elle dormait profondément, le borsalino serré contre sa poitrine, son reflet sur la vitre petit et pâle, flottant le long des bâtiments.

*

* *

Leila fut surprise, et un peu déçue, en découvrant leur résidence. De vieilles moustiquaires déchirées pendaient aux fenêtres, des taches de moisissure rongeaient les murs, des orties et des ronces se frayaient un passage entre les dalles du jardin. Mais à sa grande joie il y avait un tub en bois dans la cour, qu'on pouvait remplir d'eau. Au bout de la route, un immense mûrier dominait les champs. Quand le vent descendait en tourbillons de la montagne et se cognait contre l'arbre, il pleuvait des mûres pourpres qui tachaient leurs vêtements et leurs mains. La maison manquait de confort mais elle avait quelque chose de différent, un air d'aventure.

Ses cousins plus âgés, des adolescents tous à divers stades de crise, décrétèrent que Leila était trop jeune pour partager leur chambre. Elle ne pouvait pas non plus dormir avec Mère, qui s'était vue attribuer une chambre si petite qu'elle pouvait à peine y loger ses valises. Leila dormirait donc avec les tout-petits, dont certains mouillaient encore leur lit, pleuraient ou riaient dans leur sommeil, selon le contenu de leurs rêves.

*
*   *

Tard dans la nuit, Leila, immobile et l'œil grand ouvert, guettait chaque craquement, chaque ombre fugitive. À en juger par le vrombissement des moustiques, ils avaient dû se faufiler par les trous du grillage. Ils lui tournaient autour de la tête, lui sifflaient dans les oreilles. Ils avaient attendu que l'obscurité soit complète pour pénétrer dans la pièce – tout comme son oncle.

« Tu dors ? » interrogea-t-il la première fois où il vint s'asseoir sur le bord de son lit. Il parlait tout bas, à peine un murmure, prenant soin de ne pas réveiller les bambins.

« Oui... non, pas tout à fait.

— Il fait chaud, hein ? Moi non plus je n'arrivais pas à dormir. »

Leila trouva étrange qu'il ne soit pas allé dans la cuisine où il aurait pu prendre un verre d'eau. Il y avait une jatte de pastèque sur le réfrigérateur, de quoi faire un bon encas de minuit. Rafraîchissant. Leila savait que les pastèques pouvaient devenir si grosses qu'un bébé tiendrait à l'intérieur et qu'il resterait encore de la place autour. Mais elle garda cette information pour elle.

MonOncle hocha la tête comme s'il lisait dans ses pensées. « Je ne vais pas rester longtemps, juste quelques minutes – si votre Altesse m'y autorise ? »

Elle essaya de sourire mais son visage se raidit. « Euh, d'accord. »

Il repoussa le drap de lit d'un geste vif et s'allongea auprès d'elle. Elle entendait le battement de son cœur – rapide et bruyant.

« Tu es venu voir si Tolga va bien ? » interrogea-t-elle après un moment embarrassé.

Tolga était le plus jeune fils de MonOncle ; il dormait dans un berceau près de la fenêtre.

« Je voulais m'assurer que tout le monde va bien. Mais on ne doit pas parler. Il ne faut pas les réveiller. »

Leila acquiesça. C'était raisonnable.

L'estomac de MonOncle émit un grognement. Il sourit, l'air timide. « Oh, j'ai dû trop manger.

— Moi aussi, dit Leila, ce qui n'était pas le cas.

— Vraiment ? Laisse-moi voir si ton petit ventre est plein. » Il remonta sa nuisette. « Je peux poser ma main là ? »

Leila ne répondit pas.

Il se mit à tracer des cercles autour de son nombril. « Hmm. Tu es chatouilleuse ? »

Leila fit signe que non. La plupart des gens avaient les pieds et les aisselles sensibles aux chatouilles. Elle, c'était le cou, mais elle n'allait pas le lui dire. Il lui semblait que si on dévoilait à quelqu'un son point faible il allait immédiatement le viser. Elle resta silencieuse.

Au début les cercles étaient petits et légers, mais ils s'élargirent, allèrent jusqu'à ses parties intimes. Elle s'écarta, gênée. L'oncle s'approcha encore. Il sentait des odeurs qu'elle n'aimait pas – tabac chiqué, alcool, aubergine frite.

« Tu as toujours été ma préférée. Je suis sûr que tu le sais. »

Sa préférée ? Il l'avait nommée entraîneur de l'équipe de foot, mais quand même ! Voyant sa confusion, il lui caressa la joue de l'autre main.

« Tu veux savoir pourquoi c'est toi que j'aime le mieux ? »

Leila attendit, curieuse de connaître la réponse.

« Parce que tu n'es pas égoïste comme les autres. Une gentille fille intelligente. Ne change pas. Promets-moi que tu ne changeras jamais. »

Leila fit signe que oui, pensant combien ses cousins seraient vexés s'ils l'entendaient lui faire un tel compliment. Quel dommage qu'ils ne soient pas là !

« Tu me fais confiance ? » Ses yeux brillaient comme des topazes dans le noir.

Et la voilà qui hochait de nouveau la tête. Beaucoup plus tard au cours de sa vie, Leila en viendrait à haïr cette particularité chez elle – sa soumission inconditionnelle à l'âge et à l'autorité.

Il continua : « Quand tu seras plus grande, je te protégerai des garçons. Tu ne sais pas comment ils sont. Je ne les laisserai pas t'approcher. »

Il l'embrassa sur le front, comme il le faisait à chaque fête de l'Aïd quand ils venaient en famille chez eux et qu'il lui donnait des berlingots et de l'argent de poche. Il l'embrassa de la même façon. Puis il sortit. Cette première nuit.

Le lendemain il ne vint pas et Leila était prête à oublier l'incident. Mais la troisième nuit, il était de retour. Cette fois il souriait plus largement. Un parfum épicé emplit l'air ; se serait-il aspergé de lotion après-rasage ? Dès qu'elle l'entendit approcher, Leila ferma les yeux et fit semblant de dormir.

Sans bruit, il retira le drap, se nicha auprès d'elle. De nouveau il lui posa la main sur le ventre, et cette fois les cercles se firent plus grands, persistants – quêtant, exigeant ce qu'il croyait déjà lui appartenir.

« Hier je n'ai pas pu venir, ta *yenge* ne se sentait pas très bien », dit-il, comme s'il s'excusait d'avoir manqué un rendez-vous.

Leila entendait sa mère ronfler à l'autre bout du couloir. Baba et MaTante se partageaient, eux, la grande chambre du haut, près de la salle de bains. Pourtant Leila avait entendu ses parents dire que MaTante se réveillait plusieurs fois la nuit et qu'il vaudrait peut-être mieux qu'elle dorme seule. Cela signifiait-il qu'elle n'avait plus à se battre contre ses démons ? Ou peut-être que ses démons avaient remporté la guerre.

« Tolga mouille son lit », sortit tout à trac Leila, en ouvrant les yeux.

Elle ne savait pas pourquoi elle avait dit ça. Le petit n'avait rien fait de tel à sa connaissance.

Si son oncle fut surpris, il n'en montra rien. « Je sais, chérie. Je vais m'en occuper, ne t'inquiète pas. »

Son souffle chaud lui effleura le cou. Il avait un début de barbe qui lui irrita la peau. Leila se rappela le papier-émeri qu'utilisait Baba pour donner une belle finition au berceau de bois qu'il fabriquait pour le futur bébé.

« MonOncle...

— Chut. Nous ne devons pas déranger les autres. »

Nous. Ils formaient une équipe.

« Tiens ça », dit-il en lui poussant la main contre son pantalon de pyjama, vers un endroit entre ses jambes. La fillette fit la grimace et retira ses doigts. Lui saisissant le poignet, il lui poussa à nouveau la main en bas, le ton frustré et furieux. « Tiens ça, j'ai dit. »

Sous sa paume, Leila sentit l'objet dur. MonOncle se tortilla, grogna, serra les dents. Il se mouvait d'avant en arrière, le souffle haletant. Elle resta immobile, pétrifiée. Elle ne le touchait même plus, mais il ne semblait pas s'en rendre compte. Il poussa un dernier grognement, puis cessa de bouger. Il respirait lourdement. La pièce était pleine d'une odeur étrange, et le drap était mouillé.

« Regarde ce que tu m'as fait », dit-il, quand la voix lui revint.

Leila était déroutée, embarrassée. Elle sentait d'instinct que c'était mal et que ça n'aurait jamais dû se produire. Que c'était sa faute à elle.

« Tu es une vilaine fille, dit MonOncle, la mine solennelle, presque triste. Tu as l'air tellement douce et innocente, mais c'est juste un masque, n'est-ce pas ? Tout au fond, tu es aussi sale que toutes les autres. Mal élevée. Tu m'as bien roulé. »

Une lame de culpabilité traversa Leila, si aiguë qu'elle pouvait à peine bouger. Les larmes lui montèrent aux yeux. Elle se retint de pleurer, en vain. Et maintenant elle sanglotait.

Il l'observa un moment. « Allez, c'est bon. Je ne supporte pas de te voir pleurer. »

Presque aussitôt, ses pleurs ralentirent, bien qu'elle ne se sentît pas mieux, au contraire.

« Je t'aime encore. » Il posa les lèvres sur sa bouche.

Personne jusqu'ici ne l'avait embrassée sur la bouche. Son corps tout entier devint inerte.

« Ne t'inquiète pas, je n'en parlerai à personne, ajouta-t-il, prenant son silence pour un accord. Mais tu dois prouver ta fiabilité. »

Un mot si long. *Fiabilité*. Elle n'était même pas sûre de ce que cela voulait dire.

« Ça veut dire que tu ne dois en parler à personne, dit MonOncle, devançant les pensées de Leila. Ça veut dire que ce sera notre secret. Deux personnes seulement auront le droit de le connaître : toi et moi. Pas de troisième. Maintenant dis-moi, tu es capable de garder un secret ? »

Bien sûr que oui. Elle gardait déjà bien trop de secrets dans sa poitrine ; cela en ferait un de plus.

*

* *

Plus tard, en grandissant, Leila se demanderait maintes fois pourquoi il l'avait choisie elle. Ils formaient une grande famille. Il y avait d'autres filles à proximité. Elle n'était pas la plus jolie. Elle n'était pas la plus intelligente. À vrai dire elle n'avait pas le sentiment d'être spéciale en quoi que ce soit. Elle ne cessa de ruminer cette question jusqu'à ce qu'elle s'avisât un jour que c'était horrible. « Pourquoi moi ? » n'était qu'une façon de dire : « Pourquoi pas une autre ? » et elle s'en voulut profondément.

Une maison de vacances avec des volets vert mousse et une palissade qui s'arrêtait là où commençait la plage de galets. Les femmes cuisinaient les repas, balayaient le sol, faisaient la vaisselle ; les hommes jouaient aux cartes, au Jacquet, aux dominos ; et les enfants couraient partout, sans surveillance, se bombardaient de *cram-crams* qui collaient à tout ce qu'ils touchaient. Le sol était couvert de mûres écrasées et il y avait des taches de pastèque sur tout l'ameublement.

Une maison de vacances au bord de la mer.

Leila avait six ans. Son oncle quarante-trois.

*
* *

Le jour où ils rentrèrent à Van, Leila s'écroula avec une forte fièvre. Elle avait un goût métallique dans la bouche, un nœud de douleur au creux de l'estomac. Sa température était si élevée qu'à elles deux, Binnaz et Suzan la portèrent jusqu'à la salle de bains et la plongèrent dans l'eau froide, sans résultat. Elle resta au lit, une serviette imbibée de vinaigre sur le front, un cataplasme à l'oignon sur la poitrine, des feuilles de chou bouilli sur le dos et des tranches de pommes de terre sur tout l'abdomen. Toutes les deux ou trois minutes elles lui frottaient la plante des pieds avec du blanc d'œuf. La maison empestait comme le marché aux poissons à la fin d'un jour d'été. Rien ne faisait d'effet. L'enfant tenait des propos incohérents, grinçait des dents, glissait périodiquement dans l'inconscience, des étincelles de lumière lui dansant devant les yeux.

Haroun appela le barbier local – un homme qui parmi ses nombreuses fonctions faisait des circoncisions, arrachait les dents et administrait des lavements – mais il avait été convoqué ailleurs pour une urgence. Alors à la place Haroun fit venir la Dame Pharmacienne – une décision qu'il eut du mal à prendre, car il n'aimait pas cette femme, qui ne l'aimait pas non plus.

Personne ne connaissait son nom. Pour tous elle était « la Dame Pharmacienne », tous la trouvaient bizarre, mais pleine d'autorité.

Veuve corpulente aux yeux brillants arborant un chignon aussi serré que son sourire, elle portait des tailleurs sur mesure et des petits chapeaux coquins, et parlait avec l'assurance de ceux qui ont l'habitude d'être écoutés. Elle militait pour la laïcité, la modernité, et bien trop d'autres choses importées de l'Occident. Adversaire farouche de la polygamie, elle ne cachait pas son aversion pour un homme muni de deux épouses ; rien que d'y penser la révulsait. À ses yeux, Haroun et toute sa famille, avec leurs superstitions et leur refus entêté de s'adapter à l'ère de la science, constituaient l'antithèse absolue du futur qu'elle envisageait pour ce pays conflictuel.

Elle vint quand même à leur aide, accompagnée de son fils Sinan. Le garçon avait à peu près l'âge de Leila. Un enfant unique élevé par une mère seule qui travaillait : on n'avait jamais vu ça. Les gens de la ville cancanaient souvent sur leur compte, parfois sur un ton méprisant, ou même les tournaient en ridicule, avec prudence toutefois. En dépit de leurs ragots, ils avaient beaucoup de respect pour la Dame Pharmacienne, qu'ils devaient parfois appeler au secours à des moments inattendus. Par conséquent, mère et fils vivaient sur les franges de la société, tolérés sans être tout à fait acceptés.

« Ça dure depuis combien de temps ? demanda-t-elle dès son arrivée.

— Depuis hier soir... On a fait tout ce qui était possible », dit Suzan.

Binnaz, à côté d'elle, confirma.

« Oui, je vois ce que vous avez fait – avec vos oignons et vos pommes de terre », ironisa la Dame Pharmacienne.

En soupirant, elle ouvrit son grand sac de cuir noir, semblable à celui que le barbier emportait aux cérémonies de circoncision. Elle en sortit plusieurs boîtes argentées, une seringue, des flacons de verre, des cuillères à mesure.

Pendant ce temps, à demi caché derrière les jupes de sa mère, le garçon tendait le cou et dévisageait la fillette qui frissonnait, trempée de sueur, sur le lit.

« Maman, est-ce qu'elle va mourir ?

— Chhhut, ne dis pas de bêtises. Tout ira bien. »

Essayant de trouver l'origine du bruit, Leila tourna alors la tête, vit la femme et l'aiguille qu'elle tenait en l'air, la gouttelette sur la pointe luisant comme un diamant brisé. Elle se mit à pleurer.

« N'aie pas peur, je ne te ferai pas mal », dit la Dame Pharmacienne.

Leila voulut répondre mais n'en eut pas la force. Ses paupières frémirent tandis qu'elle reperdait conscience.

« Bon, une de vous deux peut me donner un coup de main ? Il faut la tourner sur le côté », dit la Dame.

Binnaz se porta aussitôt volontaire. Suzan, tout aussi désireuse d'aider, chercha autour d'elle l'occasion de se rendre utile et choisit de reverser du vinaigre dans le bol sur la table de chevet. Une odeur âcre emplit la pièce.

« Va-t'en, dit Leila à la silhouette debout près de son lit. Va-t'en, MonOncle.

— Qu'est-ce qu'elle dit ? » interrogea Suzan, la mine perplexe.

La Dame Pharmacienne secoua la tête. « Rien, elle a des hallucinations, la pauvre chérie. Elle ira mieux après la piqûre. »

Les pleurs de Leila s'accentuèrent – de profonds sanglots rauques.

« Maman, attends », dit le garçon, le visage empreint de compassion.

Il s'approcha du lit, se pencha tout près de la tête de Leila et lui parla doucement à l'oreille. « Tu as besoin de tenir quelque chose serré quand on te fait une piqûre. Moi j'ai un hibou empaillé à la maison, et un singe, mais le hibou c'est le meilleur. »

Tandis qu'il parlait, les sanglots de Leila refluèrent en un long soupir lent et elle se tut.

« Si tu n'as pas de jouet, tu peux me serrer la main. Ça ne me gêne pas. »

Doucement, il prit la main de la fillette, légère dans la sienne, presque sans vie. Pourtant, à sa surprise, quand l'aiguille s'enfonça, elle enroula ses doigts aux siens et ne lâcha pas prise.

Après quoi Leila tomba aussitôt endormie. D'un sommeil épais, profond. Elle se trouvait dans un marais salant, traversant seule un buisson de roseaux derrière lequel s'étendait l'océan immense, les vagues rudes et agitées se fracassant les unes contre les autres. Elle vit son oncle au loin qui l'appelait depuis une barque de pêche, ramait sans effort malgré la tempête, approchait aussi vite qu'un battement de cœur. Alarmée, elle tenta de faire demi-tour, mais elle pouvait à peine se déplacer dans la boue gluante. C'est alors qu'elle sentit une présence rassurante auprès d'elle : le fils de la Dame Pharmacienne. Il était resté là tout du long, équipé d'un sac marin.

« Tiens, prends ça, » dit-il en sortant du sac une barre de chocolat enveloppée dans du papier d'argent. Leila accepta l'offrande et, en dépit de son malaise, commença à se détendre.

Quand sa fièvre tomba et qu'elle put ouvrir les yeux, avaler enfin un peu de potage au yaourt, Leila s'enquit aussitôt de lui sans savoir qu'ils se reverraient avant peu, et que ce garçon à l'intelligence discrète, un peu gauche, gentil et terriblement timide deviendrait son premier véritable ami pour la vie.

Sinan, son arbre protecteur, son refuge, témoin de tout ce qu'elle était, tout ce à quoi elle aspirait et, pour finir, tout ce qu'elle ne deviendrait jamais.

Sinan, l'un des cinq.

Histoire de Sinan

Ils logeaient au-dessus de la pharmacie. Un petit appartement qui donnait d'un côté sur une pâture où bétail et moutons paissaient avec bonheur, de l'autre sur un vieux cimetière en ruines. Sa chambre était baignée par le soleil matinal, mais au crépuscule elle devenait lugubre, et c'était l'heure où il rentrait de l'école. Chaque jour, il ouvrait la porte avec la clef qu'il portait autour du cou et attendait le retour de sa mère après le travail. Il trouvait toujours de la nourriture prête dans la cuisine ; des repas légers, car elle n'avait pas le temps de cuisiner des plats compliqués. Elle lui mettait dans son sac des encas simples – du pain et du fromage, et trop souvent des œufs, en dépit de ses protestations. Les garçons de sa classe se moquaient de sa gamelle, se plaignaient de l'odeur. Ils l'avaient surnommé Pâté d'œuf. Eux, ils arrivaient avec de bons repas faits maison – *sarma*, poivrons farcis, *börek* à la viande hachée… Leurs mères étaient des femmes d'intérieur. Il avait l'impression que toutes les mères de la ville étaient des ménagères. Toutes sauf la sienne.

Les autres enfants avaient une grande famille et parlaient de leurs cousins, tantes, frères et sœurs, grands-parents, alors que chez eux il n'y avait que lui et sa mère. Tous deux seuls, depuis le décès de son père au printemps dernier. Une crise cardiaque brutale. Mère dormait encore dans la même chambre, *leur* chambre. Une fois il l'avait vue palper les draps de l'autre côté du lit, comme si elle cherchait le corps contre lequel naguère elle se lovait, tout en se caressant le cou et les seins de l'autre main, poussée par un désir que Sinan ne put comprendre. Elle avait le visage crispé, et il mit un moment à se rendre compte qu'elle pleurait. Il sentit une douleur aiguë lui brûler l'estomac, un frisson d'impuissance. C'était la première fois qu'il la voyait pleurer.

Père avait été soldat dans l'armée turque. Il croyait au progrès, à la raison, à l'occidentalisation, aux Lumières – des mots dont l'enfant ne saisissait pas le sens exact, mais qui lui étaient agréablement familiers, à force de les entendre de sa bouche. Père disait toujours que ce pays serait un jour civilisé et éclairé – sur un pied d'égalité avec les autres nations d'Europe. « On ne peut pas changer la géographie, disait-il, mais on peut ruser avec le destin. » Même si la plupart des habitants de cette ville orientale étaient ignorants, écrasés sous le poids de la religion et de leurs conventions rigides, grâce à une éducation adéquate on pourrait les sauver de leur passé. Père y croyait ferme. Mère aussi. Ensemble ils avaient travaillé dur, couple idéal de la nouvelle république, résolus à construire ensemble un futur lumineux. Un soldat et une pharmacienne, tous deux armés d'une forte volonté, d'un cœur vaillant. Et lui il était leur progéniture, leur unique enfant, doté de ce qu'ils avaient de meilleur, de leur esprit progressiste, même s'il avait le sentiment de ne pas beaucoup leur ressembler, pas vraiment, ni par son caractère ni par son physique.

Père était grand et mince, les cheveux lisses comme du verre. Combien de fois, debout devant le miroir, lotion capillaire et peigne à la main, l'enfant n'avait-il pas tenté d'imiter la coiffure paternelle ? Essayé l'huile d'olive, le jus de citron, le cirage, et même une fois un gros morceau de beurre qui avait fait beaucoup de saletés ? Sans résultat. Qui aurait cru que lui, avec son visage joufflu et sa gaucherie, pouvait être le fils de ce soldat au sourire parfait, au maintien parfait ? Son père n'était plus, mais il restait présent partout. Sinan n'avait pas l'impression que lui-même laisserait un vide aussi grand s'il disparaissait. De temps à autre il voyait sa mère l'observer d'un œil pensif, las, et il se disait que peut-être elle se demandait pourquoi il n'était pas mort au lieu de son père. À des moments comme cela, il se sentait si seul et si laid qu'il pouvait à peine bouger. Puis, au pire de sa solitude, sa mère venait le serrer dans ses bras, débordante de tendre amour, et alors il se sentait honteux d'avoir eu de telles pensées, honteux et un peu soulagé, mais toujours rongé par le soupçon que malgré tous ses efforts, et même s'il arrivait à changer, il la décevrait toujours.

Il regarda par la fenêtre – un coup d'œil rapide, furtif. Le cimetière l'effrayait. Il en émanait une odeur étrange, obsédante, surtout en automne quand le monde prenait une teinte fauve. Des générations d'hommes de sa famille avaient connu une mort précoce. Son père, son grand-père, son arrière-grand-père... Le jeune garçon avait beau s'appliquer à maîtriser ses émotions, il était hanté par l'idée qu'un jour ce serait son tour d'être enterré là. Quand sa mère se rendait au cimetière, ce qu'elle faisait souvent, pour nettoyer la tombe de son mari ou planter des fleurs ou parfois simplement pour s'asseoir là sans rien faire, il l'espionnait depuis la fenêtre. Il ne l'avait jamais vue sans maquillage ou décoiffée, et la voir assise là dans la boue et la poussière, des feuilles mortes accrochées à ses vêtements, le faisait frémir et un peu la craindre, comme si elle devenait une inconnue.

Tous les gens du voisinage, jeunes ou vieux, fréquentaient la pharmacie. Parfois des femmes en *burqa* noire, avec leurs enfants derrière elles. Une fois, il avait entendu l'une d'elles demander un traitement pour ne plus avoir de bébés. Elle avait déjà onze gosses, expliqua-t-elle. Mère la renvoya chez elle avec un petit paquet carré. Une semaine plus tard, elle revint en se plaignant de fortes douleurs d'estomac.

« Vous les avez avalés ? s'exclama Mère. Les préservatifs ? »

À l'étage, le garçon tendit l'oreille.

« Ce n'était pas pour vous, c'était pour votre mari.

— Je sais, dit la femme, d'une voix épuisée. Mais je n'ai pas pu le convaincre de s'en servir, alors j'ai pensé que je ferais mieux de les prendre moi-même, que peut-être ça aiderait un peu. »

Mère était dans une telle rage qu'elle grondait encore après le départ de la femme.

« Des paysans ignares, bornés ! Qui font des petits comme des lapins. Comment ce pauvre pays arrivera-t-il à se moderniser un jour si les illettrés continuent à être plus nombreux que les gens éduqués ? Nous faisons un enfant et nous l'élevons avec soin. Pendant ce temps-là ils pondent dix morveux, et s'ils ne peuvent pas s'en occuper, quelle importance ? Ils les laissent se débrouiller tout seuls ! »

Sa mère était très douce avec les morts, moins avec les vivants. Mais Sinan estimait qu'on devrait traiter les vivants avec encore plus de gentillesse que les morts, car ce sont eux qui luttent pour trouver un sens à ce monde, n'est-ce pas ? Lui, avec ses morceaux de beurre collés dans les cheveux ; cette paysanne, avec ses capuchons dans l'estomac... Tout le monde avait l'air un peu perdu, vulnérable et timide, éduqués ou non, modernes ou pas, Orientaux ou non, adultes ou enfants. C'est comme ça qu'il voyait les choses, ce garçon. Lui, en tout cas, se sentait toujours plus à l'aise auprès de gens qui n'avaient aucune espèce de perfection.

Cinq minutes

Cinq minutes après que son cœur eut cessé de battre, Leila se rappela la naissance de son frère. Un souvenir accompagné par le goût et l'odeur d'un ragoût de cabri épicé – cumin, graines de fenouil, clous de girofle, oignons, tomates, viande et graisse de la queue du cabri.

Elle avait sept ans à l'arrivée du bébé. Tarkan, le fils tant attendu. Baba flottait sur un nuage. Dès le début des contractions il engloutit un verre de raki et s'enferma dans une pièce où il resta affalé sur le sofa pendant des heures, se mordillant la lèvre inférieure, tripotant son chapelet, comme il l'avait fait à la naissance de Leila.

Le bébé naquit au cours de l'après-midi, par une journée inhabituellement clémente de mars 1954, mais Leila n'eut le droit de le voir que tard dans la soirée.

Elle se passa la main dans les cheveux et s'approcha prudemment du berceau – le visage raidi dans l'expression qu'elle s'était déjà fixée. Elle était bien résolue à ne pas aimer ce garçon, un intrus dans sa vie. Mais à la seconde où son regard se posa sur la petite frimousse en bouton de rose, les joues dodues et les genoux creusés de fossettes comme de la glaise molle, elle sut qu'il lui serait impossible de ne pas adorer son frère. Elle se tint totalement immobile, comme si elle attendait de sa part un mot d'accueil. Ses traits avaient quelque chose d'extraordinaire. Tout comme un voyageur charmé par une douce mélodie ferait halte pour en écouter attentivement la source, elle s'appliquait à le décrypter. Elle fut surprise de constater qu'à la différence de tous les autres membres de la famille, le nez de son frère était aplati et que ses yeux montaient légèrement à l'oblique. On aurait dit qu'il avait fait un long parcours pour arriver dans cette chambre. Elle l'en aima encore mieux.

« MaTante, je peux le toucher ? »

Assise sur le grand lit à baldaquin en fer forgé, Binnaz sourit. Elle avait des cernes noirs sous les yeux, et sa peau délicate était tendue à l'extrême sur ses pommettes. Elle avait passé toute l'après-midi en compagnie de la sage-femme et des voisines. Maintenant qu'elles étaient parties, elle savourait ce moment seule avec Leila et son fils.

« Bien sûr, ma chérie. »

Le berceau, que Baba avait sculpté dans du bois de cerisier et peint en bleu saphir, était décoré de perles contre le mauvais œil attachées à la poignée. Chaque fois qu'un camion passait dans la rue, faisant trembler les fenêtres, les perles prises dans l'éclat des phares tournaient lentement sur elles-mêmes comme des planètes dans un système solaire propre à elles.

Leila tendit son index au bébé, qui s'en saisit instantanément pour le mettre dans sa bouche.

« MaTante, regarde ! Il ne veut pas que je parte.

— C'est parce qu'il t'aime.

— Ah bon ? Mais il ne me connaît même pas. »

Binnaz lui fit un clin d'œil. « Il a dû voir ta photo à l'école du ciel.

— Quoi ?

— Tu ne savais pas ? Là-haut, au septième ciel, il y a une immense école avec des centaines de classes. »

Leila sourit. Pour MaTante, qui regrettait constamment son propre manque d'instruction, l'école devait représenter le Paradis. Mais Leila qui devait y aller maintenant et savait à quoi s'en tenir, n'était pas du tout d'accord.

Chassant une mèche de cheveux de ses yeux, elle fit non de la tête.

« Parce que sur ce tableau noir il y a des photos d'hommes, de femmes, d'enfants… des quantités. Chaque bébé choisit la famille dont il aimerait faire partie. Et dès que ton frère a vu ton image il a dit à l'ange de garde : "Voilà ! Je veux que ça soit elle ma sœur. S'il te plaît envoie-moi à Van." »

Le sourire de Leila s'élargit. Du coin de l'œil elle aperçut une plume qui s'envolait – peut-être celle d'un pigeon caché sur le toit ou d'un ange de passage. En dépit de ses réserves concernant l'école, elle décida qu'elle aimait bien l'image que se faisait MaTante du Paradis.

Binnaz dit : « À partir de maintenant, nous serons inséparables, toi, moi et le bébé. Tu te souviens de notre secret ? »

Leila inspira profondément. Depuis le jour de la cire l'an dernier, ni l'une ni l'autre n'avait abordé le sujet.

« Nous dirons à ton frère que c'est moi ta mère, pas Suzan. Ce sera notre grand secret à tous les trois. »

Leila prit un temps de réflexion. D'après son expérience, un secret était censé se garder à deux. Elle y pensait encore quand la sonnette de l'entrée retentit dans toute la maison. Elle entendit Mère ouvrir la porte. Des voix emplirent le couloir. Des voix connues. MonOncle, sa femme et leurs trois fils étaient venus les féliciter.

Dès que les invités entrèrent dans la chambre, une ombre passa sur le visage de Leila. Elle recula, se détachant de la poigne soyeuse de son frère. Ses sourcils se froncèrent. Elle fixa son regard sur les rangées de daims qui tournaient dans le sens des aiguilles d'une montre en parfaite symétrie sur le bord du tapis persan. Ils lui rappelaient la façon dont elle et les autres enfants, en uniforme noir et cartable au dos, marchaient en file chaque matin jusqu'à leur salle de classe.

Sans bruit, Leila s'assit sur le sol et ramena ses jambes sous elle, plongée dans l'étude du tapis. En l'examinant de plus près, elle s'aperçut que les daims ne suivaient pas tous la consigne. Est-ce que l'un d'eux qui était immobile, sabots de devant à l'arrêt, tête tournée avec nostalgie vers l'arrière, n'essayait pas de partir dans la direction opposée, vers une vallée ombreuse, plantée de saules ? Elle plissa les yeux en scrutant le dissident jusqu'à ce que sa vision devienne floue, et alors le daim, comme mû par magie, s'approcha d'elle, le soleil rayonnant à travers sa majestueuse ramure. Respirant le parfum de l'herbe, la petite tendit la main vers l'animal ; si seulement elle pouvait sauter sur son dos et chevaucher loin de cette chambre !

Pour l'instant, personne ne faisait attention à elle. Ils étaient tous réunis autour du bébé.

« Il est drôlement joufflu, non ? » dit MonOncle. Doucement il sortit Tarkan du berceau et le tint en l'air.

Le bébé paraissait très mou, et doté d'un très petit cou. Quelque chose n'allait pas. Mais MonOncle fit semblant de ne pas s'en apercevoir. « Ça sera un lutteur, mon neveu. »

Baba se passa les doigts dans son abondante chevelure. « Oh, je ne voudrais pas que mon fils devienne lutteur. Il sera ministre !

— Je t'en prie, pas un politicien », dit Mère, et tout le monde se mit à rire.

« Eh bien, j'ai dit à la sage-femme d'emporter le cordon ombilical au bureau du maire. Si elle n'arrive pas à entrer, elle a promis de le cacher dans le jardin. Alors ne soyez pas surpris si mon fils devient un jour maire de cette ville.

— Regarde, il sourit. Je pense qu'il est d'accord », dit la femme de MonOncle, les lèvres colorées en rose vif.

Tous firent de grands frais autour de Tarkan, se le passèrent de main en main, avec des bruits tendres et des plaisanteries qui avaient à peine besoin de paroles.

Le regard de Baba tomba sur Leila. « Qu'est-ce qu'il y a ? Tu es bien silencieuse ! »

MonOncle se tourna vers elle, la mine interrogative. « Oui, pourquoi ma nièce préférée n'a rien à dire aujourd'hui ? »

Elle ne répondit pas.

« Allez, viens avec nous. » MonOncle se caressa le menton, un geste qu'elle lui avait vu faire quand il se préparait à sortir un mot d'esprit ou à se lancer dans une histoire drôle.

« Je suis bien ici... » Sa voix s'estompa.

Le regard de MonOncle passa de la curiosité à une sorte de soupçon.

En voyant comment il la scrutait, Leila fut envahie par une onde d'angoisse. Elle avait la nausée. Lentement, elle se leva, déplaça son poids d'un pied sur l'autre et reprit le contrôle d'elle-même. Ses mains, après avoir lissé le devant de sa jupe, se firent parfaitement immobiles.

« Maintenant je peux partir, Baba ? J'ai des devoirs à faire. »

Les adultes sourirent d'un air compréhensif.

« Très bien, chérie, dit Baba. Va travailler. »

En sortant de la chambre, ses pas étouffés par le tapis où un daim solitaire se tenait comme abandonné, Leila entendit MonOncle murmurer dans son dos : « Oh, Dieu la bénisse ! Elle est jalouse du bébé, la pauvre chérie. »

*

* *

Le lendemain, Baba se rendit chez le verrier et lui commanda une perle contre le mauvais œil, plus bleue que l'azur et plus grande qu'un tapis de prière. Le quarantième jour après la naissance de Tarkan, il sacrifia trois chèvres et en distribua la viande aux pauvres. Pendant quelque temps il n'y eut pas d'homme plus fier et plus heureux que lui.

Quelques mois plus tard, deux grains de riz apparurent dans la bouche de Tarkan. Maintenant qu'il avait ses premières dents, l'heure était venue de déterminer sa future profession. Toutes les femmes du voisinage furent invitées. Et elles arrivèrent, en tenue moins austère que si c'était jour de Coran, mais moins osée que si c'était jour de cire. Aujourd'hui leur mise se situait entre les deux, affichant la maternité, la vie domestique.

Une grande ombrelle blanche fut déployée au-dessus de Tarkan, sur laquelle on versa un plein pot de grains de blé cuits. Le bébé parut un peu saisi en regardant le blé se répandre sur lui, mais au soulagement général il ne pleura pas. Il venait de passer le premier test. Ce serait un homme fort.

Puis on le fit asseoir sur le tapis, entouré d'une série d'objets : une liasse de billets, un stéthoscope, une cravate, un miroir, un chapelet, un livre, une paire de ciseaux. S'il choisissait l'argent, il deviendrait banquier ; si c'était le stéthoscope, médecin ; la cravate, haut fonctionnaire ; le miroir, coiffeur ; le chapelet, imam ; le livre, enseignant ; et s'il se dirigeait vers les ciseaux, à coup sûr il suivrait les traces de son père et deviendrait tailleur.

Assises en demi-cercle, penchées en avant pour être plus proches, les femmes retenaient leur souffle. Le visage de MaTante était un modèle de concentration, les yeux légèrement vitreux fixés sur une seule cible, comme lorsqu'on se prépare à écraser une mouche. Leila réprima une envie de rire. Elle jeta un coup d'œil au petit qui suçait son pouce, inconscient d'être arrivé à un carrefour crucial – près de choisir le cours de sa destinée.

« Viens par ici, trésor », dit MaTante, en désignant le livre. Ce ne serait pas charmant si son fils devenait maître d'école – ou mieux encore, proviseur ? Elle lui rendrait visite toutes les semaines, franchissant les portes de l'école avec fierté ; bienvenue, enfin, dans un lieu dont elle avait rêvé de faire partie dans son enfance, mais dont on l'avait exclue.

« Non, par ici », dit Mère, en montrant le chapelet. Quant à elle, rien ne pouvait être plus prestigieux que d'avoir un imam dans la famille – une bonne action qui les rapprocherait tous de Dieu.

« Vous avez toutes perdu l'esprit ? claironna une voisine âgée. Tout le monde a besoin d'un médecin. » Du menton elle pointa vers le stéthoscope, tandis que ses yeux suivaient le bébé et que sa voix dégoulinait de miel. « Viens par ici, cher enfant.

— Eh bien, moi, je dirais que les hommes de loi gagnent plus d'argent que n'importe qui, affirma celle qui était assise à côté. Ça, manifestement, vous l'avez oublié. Je ne vois pas d'exemplaire de la Constitution. »

Pendant ces échanges, Tarkan examinait les objets d'un œil perplexe. Aucun ne l'intéressant, il tourna le dos aux invitées. C'est alors qu'il aperçut Leila qui se tenait debout en silence derrière lui. Aussitôt, l'expression du bébé s'adoucit. Il tendit le bras vers sa sœur, s'empara de son bracelet – une lanière de cuir brun tressée à une cordelette de satin bleu – et le brandit en l'air.

« Ah ! Il n'a pas envie d'être professeur... ni imam, dit Leila en gloussant. Il veut être moi ! »

La joie de la fillette était si pure et si spontanée qu'en dépit de leur déception, les adultes se sentirent contraints de rire avec elle.

*

* *

Enfant fragile, souffrant d'une tonicité musculaire très basse, Tarkan était souvent malade. Le moindre effort physique semblait l'épuiser. Il était petit pour son âge : son corps ne semblait pas grandir de manière proportionnée. À mesure que le temps passait, chacun pouvait voir qu'il était différent, même si personne n'en parlait ouvertement. C'est seulement lorsqu'il eut deux ans et demi que Baba consentit à l'emmener à l'hôpital. Leila insista pour les accompagner.

Il pleuvait des cordes quand ils arrivèrent au cabinet du docteur. Baba déposa Tarkan sur le lit recouvert d'un drap. Les yeux du bébé allaient et venaient entre son père et Leila, sa lèvre inférieure pendante, déjà tremblante de larmes, et pour la millième fois Leila sentit un flot d'amour l'envahir, si fort et si désemparé qu'il lui faisait presque mal. Doucement, elle posa la main sur le petit ventre tiède et sourit.

« Je vois que vous avez un problème. Je suis désolé de l'état de votre fils – ça arrive, dit le médecin après avoir examiné Tarkan. Ces gosses sont incapables d'apprendre quoi que ce soit, ça ne sert à rien d'essayer. De toute façon, ils ne vivent pas longtemps.

— Je ne comprends pas. » Baba maîtrisait fermement sa voix.

« Ce bébé est *mongolien*. Vous ne savez pas ce que c'est ? »

Baba fixait le vide, silencieux et immobile, comme si c'était lui qui avait posé une question et attendait la réponse.

Le médecin enleva ses lunettes et les mira dans la lumière. Sans doute lui parurent-elles assez propres, car il les remit sur son nez. « Votre fils n'est pas normal. Vous vous en êtes sûrement rendu compte, depuis le temps. Je veux dire, c'est évident. Je ne comprends même pas comment vous pouvez être aussi surpris. Et où est votre femme, s'il vous plaît ? »

Baba s'éclaircit la gorge. Il n'allait pas dire à cet homme condescendant qu'il n'aimait pas que sa jeune épouse sorte de chez eux sans nécessité absolue. « Elle est à la maison.

— Eh bien, elle aurait dû venir avec vous. C'est important qu'elle saisisse bien la situation. Vous devez lui en parler. En Occident, il y a des établissements spécialisés pour ces gosses. Ils y passent leur vie entière et ne dérangent personne. Mais nous n'avons rien de tel par ici. Votre femme va être obligée de s'occuper de lui. Ça ne sera pas facile. Dites-lui de ne pas trop s'attacher. Ils meurent en général avant la puberté. »

Leila, qui écoutait chaque mot, le cœur battant la chamade, foudroya le médecin du regard. « Taisez-vous, espèce d'imbécile, méchant homme. Pourquoi vous dites des horreurs pareilles ?

— Leila... sois polie », ordonna Baba, mais pas aussi sévèrement qu'il l'aurait fait en toute autre occasion.

Le médecin se tourna vers la fillette, l'air stupéfait, comme s'il avait oublié qu'elle se trouvait dans la pièce. « Ne t'inquiète pas, petite, ton frère ne comprend rien.

— Si, glapit Leila, la voix comme du verre brisé. Il comprend tout. »

Désarçonné par sa fureur, le médecin leva la main pour lui tapoter la tête mais dut se dire que ce n'était pas une bonne idée, car il la rabaissa promptement.

*
* *

Baba prit à son compte personnel l'état de Tarkan, persuadé qu'il avait dû commettre une faute terrible pour s'attirer la colère divine. C'était le châtiment de tous ses péchés passés et présents. Allah lui envoyait un message clair et fort, et s'il refusait encore de l'entendre, il pouvait s'attendre à pire. Tout ce temps il avait vécu en vain, entièrement préoccupé par ce que *lui* espérait du Tout-Puissant, sans jamais songer à ce que le Tout-Puissant attendait de lui. N'avait-il pas juré à la naissance de Leila de ne plus jamais boire d'alcool, puis renié son serment ? Sa vie n'était que promesses rompues et tâches inachevées. Maintenant qu'il parvenait à faire taire la voix de son *nafs*, son ego, il était prêt à se racheter. Après s'être entretenu avec son cheikh, et conseillé par lui, il décida de ne plus tailler de vêtements *alla franca* pour les femmes. Plus de robes ajustées, plus de jupes courtes. Il utiliserait ses compétences à de meilleures fins. Ce qui lui restait de vie, il le consacrerait à répandre la crainte de Dieu, car il portait témoignage des coups qui pleuvent sur les humains quand ils cessent de Le craindre.

Ses deux épouses pouvaient prendre soin de ses deux enfants. Baba en avait fini avec le mariage, fini avec le sexe qui, comme l'argent, il s'en avisait maintenant, avait le chic pour tout compliquer. Il s'installa dans une pièce sombre à l'arrière de la maison, la fit vider de ses meubles – hormis un matelas d'une place, une couverture, une lampe à huile, un coffre en bois, et une poignée de livres soigneusement choisis par son cheikh. Ses vêtements, chapelets et serviettes d'ablution étaient rangés dans le coffre. Tous les éléments de confort, jusqu'aux oreillers, il fallut y renoncer. Comme nombre de croyants tardifs, Baba avait à cœur de rattraper ce qu'il considérait comme ses années perdues. Désireux de ramener tout son entourage à Dieu – *son* Dieu – il souhaitait avoir des disciples, sinon par douzaines, au moins quelques-uns. Ou alors, un seul adepte fervent. Et qui pouvait remplir ce rôle mieux que sa fille, qui devenait rapidement une jeune rebelle, de plus en plus impolie et irrévérencieuse ?

Si Tarkan n'était pas né atteint de trisomie, le nom qu'on donnerait bien plus tard à son handicap, Baba aurait peut-être réparti plus équitablement ses attentes et ses frustrations entre ses enfants, mais vu la situation, elles retombèrent toutes sur Leila. Et se multiplièrent au fil des ans.

*

* *

13 avril 1963. Vers seize ans, Leila se mit à suivre les nouvelles du monde de plus près – ce qui se passait ailleurs l'intéressait, et cela

l'aidait à ne pas trop penser à sa propre vie étriquée. Cette après-midi-là, parcourant le journal étalé sur la table de la cuisine, elle lisait les nouvelles à MaTante. Là-bas en Amérique, un homme noir courageux venait d'être arrêté pour avoir protesté contre les mauvais traitements infligés à son peuple. Son crime : avoir organisé une manifestation sans y être autorisé. Sous une photo de lui on pouvait lire « Martin Luther King envoyé en prison ! » Il portait un complet soigné et une cravate noire, le visage tourné vers l'objectif. Leila remarqua d'abord ses mains. Il les tenait en l'air d'un geste gracieux, paumes incurvées comme s'il portait une boule de cristal invisible qu'il s'était promis de ne jamais laisser tomber, même si elle ne pouvait lui révéler à quoi ressemblerait l'avenir.

Lentement, Leila tourna les pages jusqu'aux nouvelles locales. Des centaines de paysans avaient manifesté en Anatolie contre la pauvreté et le chômage. Nombre d'entre eux avaient été arrêtés. Le journal disait que le gouvernement d'Ankara était résolu à écraser la mutinerie et à ne pas commettre la même erreur que le shah d'Iran, la porte à côté. Shah Pahlavi avait distribué des terres aux paysans démunis dans l'espoir de gagner leur loyauté, mais le plan ne semblait pas fonctionner. Le mécontentement grondait au pays des grenadiers et des tigres caspiens.

« Juste ciel, le monde court aussi vite qu'un lévrier afghan, dit MaTante quand Leila eut terminé sa lecture. Il y a tellement de misère et de violence partout. »

MaTante regarda par la fenêtre, craintive à la pensée du monde au loin. C'était l'un des perpétuels tourments de sa vie qu'après tout ce temps, et même après avoir donné naissance à deux enfants, rien ne puisse atténuer sa peur d'être jetée dehors. Elle ne se sentait toujours pas en sécurité. Tarkan, qui avait maintenant neuf ans mais le niveau mental d'un enfant de trois ans, était assis à ses pieds sur le tapis et jouait avec une pelote de laine. C'était le meilleur jouet qu'on pouvait lui trouver, sans arêtes aiguës ou pièces détachables. Il était souffrant depuis le début du mois, se plaignait de douleurs à la poitrine, affaibli par une grippe qui semblait chronique. Il avait pris beaucoup de poids récemment, mais sa peau gardait la teinte blême des visages émaciés. En observant son frère avec un sourire anxieux, Leila se demanda s'il comprenait qu'il ne serait jamais comme les autres enfants. Elle espérait que non. Pour son propre bien. Ce devait être très pénible d'être différent et de le sentir tout au fond de soi.

Personne ne s'en doutait à l'époque, mais c'était la dernière fois que Leila, ou quiconque de sa famille, lirait le journal à voix haute. Si le monde changeait, Baba changeait aussi. Après la mort de son cheikh, il s'était cherché un nouveau guide spirituel. Au début du printemps, il commença à assister aux cérémonies *dhikr* d'une *tariqa* installée dans les faubourgs de Van. Là, le prédicateur, un homme sévère aux yeux couleur d'herbe sèche, avait une dizaine d'années de moins que lui. Cette confrérie avait beau plonger ses racines historiques dans les vénérables doctrines philosophiques soufies et les enseignements d'amour, de paix et d'abnégation, elle était devenue aujourd'hui un modèle de rigidité, de fanatisme et d'orgueil démesuré. Le jihad, considéré autrefois comme un combat permanent contre son propre *nafs*, ne signifiait plus maintenant que la guerre contre les infidèles – et les infidèles étaient partout. « Comment l'État et la religion pourraient-ils être séparés alors qu'ils ne font qu'un pour l'Islam ? » argumentait le prédicateur. Cette dualité artificielle convenait peut-être aux Occidentaux, avec leurs mœurs alcooliques et dévoyées, mais pas aux gens d'ici, en Orient, qui aimaient se laisser guider par Dieu dans toutes leurs activités. La laïcité n'était qu'un autre nom pour désigner le règne de Shaitan. Les membres de la *tariqa* la combattraient de toutes les fibres de leur être, et un jour ils mettraient fin à ce régime forgé par l'homme en rétablissant la charia instaurée par Dieu.

Dans ce but, chaque membre devait ouvrir la voie à l'œuvre divine, en commençant par sa propre vie, recommandait le prédicateur. Il devait s'assurer que sa famille – épouses et enfants – vive en accord avec les enseignements religieux.

Et c'est ainsi que Baba déclencha une guerre de religion chez lui. D'abord, il imposa une nouvelle série de règles. Leila n'avait plus le droit d'aller regarder la télévision chez la Dame Pharmacienne. Désormais elle devait s'abstenir de lire toute publication, et éviter en particulier les magazines *alla franca*, dont le très populaire *Hayat* qui affichait en couverture chaque mois une actrice différente. Les crochets musicaux, les concours de beauté et les compétitions sportives étaient immoraux. Les championnes de patinage artistique avec leurs jupettes abrégées étaient toutes des pécheresses. Les nageuses et les gymnastes moulées dans leur tenue de sport provoquaient des pensées lubriques parmi la gent pieuse masculine.

« Toutes ces filles qui font des pirouettes en l'air, à moitié nues !

— Mais avant, tu aimais bien le sport, lui rappelait Leila.

— Je m'étais égaré. Aujourd'hui mes yeux sont ouverts. Allah ne voulait pas que je me perde dans la jungle. »

Leila ne savait pas de quelle jungle son père voulait parler. Ils vivaient dans une ville, pas très grande, mais une ville quand même.

« C'est un cadeau que je te fais. Un jour tu l'apprécieras », disait Baba quand ils étaient tous deux assis à la table de la cuisine avec entre eux une pile de brochures pieuses.

*

* *

À intervalles réguliers, prenant la voix plaintive qu'elle réservait à la prière, Mère rappelait à Leila qu'elle aurait déjà dû commencer à se couvrir la tête. L'heure était venue, et même passée. Il fallait qu'elles aillent ensemble au bazar choisir les meilleures étoffes, comme il était convenu naguère – sauf que Leila ne se sentait plus tenue de respecter cet accord. Non seulement elle refusait de porter le foulard, mais elle traitait son corps comme si c'était un mannequin qu'elle pouvait façonner, habiller et maquiller à sa guise. Elle se blondissait les cheveux et les sourcils avec un mélange de camomille et de jus de citron et, une fois les réserves de la cuisine mystérieusement disparues, elle se rabattit sur le henné de Mère. Si elle ne pouvait pas être blonde, pourquoi pas rousse ? En douce, Mère élimina tout le henné de la maison.

Sur le chemin de l'école, Leila vit un jour une Kurde qui avait un tatouage traditionnel sur le menton et, inspirée par cet exemple, elle arborait la semaine suivante une rose noire imprimée juste au-dessus de la cheville droite. L'encre du tatouage était une recette utilisée depuis des siècles par des tribus locales : suie d'un feu de bois, bile d'une chèvre de montagne, suint de daim et quelques gouttes de lait maternel. À chaque piqûre de l'aiguille elle fit un peu la grimace mais endura la souffrance, se sentant étrangement vivante grâce à des centaines d'esquilles sous la peau.

Leila décorait ses cahiers avec des photos de chanteurs célèbres, même si Baba disait que la musique était *haram* et la musique occidentale encore plus. Parce qu'il tenait ce genre de discours, n'autorisant aucun compromis, depuis quelque temps Leila écoutait exclusivement de la musique occidentale. Ce n'était pas toujours facile de suivre le hit-parade des disques européens ou américains dans un lieu aussi reculé et isolé, mais elle sautait sur tout ce qu'elle trouvait. Elle appréciait particulièrement Elvis Presley qui, avec sa beauté brune, paraissait plus turc qu'américain et attachant comme un proche.

Son corps se transformait à toute allure. Des poils sous les bras, une toison sombre entre les jambes ; peau neuve, parfums neufs, émotions neuves. Ses seins étaient devenus des étrangers, un couple de snobs qui se tenaient pointe du nez dressée en l'air. Chaque jour elle étudiait son visage dans le miroir avec une curiosité mêlée de malaise, comme si elle s'attendait presque à voir quelqu'un d'autre la fixer. Elle se maquillait à la moindre occasion, gardait ses cheveux dénoués au lieu de les natter correctement, portait des jupes étroites chaque fois qu'elle le pouvait, et s'était mise depuis peu à fumer en cachette, en piquant dans les blagues à tabac de Mère. Elle n'avait aucune amie dans sa classe. Les autres élèves la trouvaient bizarre ou inquiétante, elle n'aurait su dire quelle opinion l'emportait. À voix suffisamment haute pour être entendues, elles cancanaient sur son compte, la traitaient de pomme pourrie. Leila n'en avait cure ; elle les évitait de toute façon, surtout les plus populaires de la classe avec leurs regards méprisants et leurs propos acerbes. Ses bulletins scolaires étaient mauvais. Baba ne semblait pas en être fâché. Bientôt elle se marierait et commencerait sa propre famille. Il ne lui demandait pas d'être une élève exemplaire, mais d'être une bonne fille, une fille modeste.

Encore à ce stade, l'unique ami de Leila était le fils de la Dame Pharmacienne. Leur amitié avait résisté à l'épreuve du temps, comme un olivier qui forcit au fil des ans. Timide et taciturne de nature, Sinan était un as avec les chiffres, et il obtenait toujours les meilleures notes en maths. Lui non plus n'avait pas d'autre ami, faute de pouvoir parvenir au niveau d'énergie bravache de la plupart de ses camarades. Face aux personnalités dominantes – l'instituteur, le proviseur, et surtout sa mère – il restait en général silencieux et rentrait dans sa coquille. Mais pas avec Leila. Quand ils étaient ensemble, il parlait sans cesse, la voix vibrante d'excitation. À la récréation et pendant la pause du déjeuner, chacun cherchait l'autre. Assis seuls dans un coin – tandis que les autres filles se réunissaient en groupes ou sautaient à la corde, que les garçons jouaient au foot ou aux billes – ils bavardaient constamment, ignorant les regards réprobateurs qu'on leur adressait dans une ville où les deux sexes occupaient chacun leurs espaces attribués.

Sinan avait lu tout ce qu'il pouvait trouver sur la Première et la Seconde Guerres mondiales – le nom des batailles, les dates de raids aériens, les héros de la Résistance... Il savait énormément de choses sur les zeppelins et sur le comte allemand qui avait donné son nom à ces dirigeables. Leila adorait l'écouter quand il les décrivait avec tant de passion qu'elle en voyait presque voler un au-dessus de leurs têtes, son ombre massive cylindrique effleurant les minarets et les coupoles tout en flottant vers le grand lac.

« Un jour c'est toi qui vas inventer un truc, dit Leila.

— Moi ?

— Oui, et ça sera encore mieux que l'invention du comte allemand parce que la sienne sert à tuer des gens. Toi, elle va aider les autres. Je suis sûre que tu feras quelque chose de vraiment remarquable. »

Elle était la seule à le croire capable de prouesses extraordinaires.

Sinan était particulièrement curieux de tout ce qui touchait aux codes et au décryptage. Ses yeux brillaient de plaisir quand il parlait des communications secrètes de la Résistance en temps de guerre, ce qu'il appelait les « émissions sabotage ». Non qu'il s'intéressât beaucoup à leur contenu ; le pouvoir de la radio le fascinait, cet optimisme sans faille d'une voix dans l'ombre s'adressant au vide, certaine qu'il y a quelqu'un par là prêt à écouter.

À l'insu de Baba, ce garçon alimentait Leila en livres, revues et journaux qu'elle n'avait plus la possibilité de lire chez elle. Ainsi apprit-elle qu'une vague de froid glacial s'était abattue sur l'Angleterre, que les femmes avaient conquis le droit de vote en Iran, et que la guerre au Vietnam se passait mal pour les Américains.

« Ces émissions de radio clandestines dont tu me parles tout le temps », dit Leila, un jour où ils étaient assis ensemble sous l'unique arbre de la cour de récréation. « Je pensais, tu es un peu comme ça, non ? Grâce à toi, je peux suivre ce qui se passe dans le monde. »

Le visage du garçon s'illumina. « C'est moi ta radio sabotage ! »

La cloche sonna, annonçant l'heure de retourner en classe. Leila se leva et, en époussetant sa jupe, lui dit : « Peut-être que je devrais t'appeler Sabotage Sinan.

— Tu es sérieuse ? J'adorerais ! »

Et c'est ainsi que le fils unique de l'unique femme pharmacienne en ville acquit le surnom de Sabotage. Lui qui un jour, peu après que Leila se fut enfuie de chez elle, la suivrait tout le long du chemin de Van à Istanbul, la ville où finissaient par aboutir tous les mécontents et tous les rêveurs.

Six minutes

Six minutes après que son cœur eut cessé de battre, Leila exhuma de ses archives l'odeur d'un fourneau à bois. 2 juin 1963. Le fils aîné de MonOncle se mariait. Sa fiancée venait d'une famille qui avait fait fortune en commerçant sur la Route de la soie, commerce qui, beaucoup le savaient dans la région mais n'aimaient pas en parler devant des étrangers, ne se limitait pas à la soie et aux épices, mais incluait aussi le pavot. De l'Anatolie au Pakistan, de l'Afghanistan à la Birmanie, les pavots se cultivaient par millions, balancés par la brise, leurs couleurs vives en rébellion contre le paysage aride. Le fluide laiteux suintait des gousses, goutte par goutte magique, et tandis que les fermiers restaient pauvres, d'autres s'enrichissaient.

Personne n'aborda le sujet à la fête somptueuse organisée dans le plus grand hôtel de Van. Les invités se divertirent jusqu'au petit matin. La salle était tellement enfumée qu'on l'aurait crue en feu. Baba observait d'un œil réprobateur quiconque s'aventurait sur la piste de danse, mais réservait ses regards les plus noirs aux hommes et aux femmes qui se tenaient bras enlacés pour la danse traditionnelle, l'*halay*, en se trémoussant des hanches comme s'ils ignoraient le mot modestie. Cependant il s'abstint de tout commentaire – pour l'amour de son frère, auquel il était très attaché.

Le lendemain, les deux familles avaient rendez-vous dans le studio d'un photographe. Devant une série de décors successifs en vinyle – la Tour Eiffel, Big Ben, la Tour de Pise, et un vol de flamants roses sur fond de soleil couchant – les nouveaux époux posèrent pour la postérité, suffoquant dans leurs coûteux vêtements neufs.

Leila étudiait de biais l'heureux couple. La mariée, une jeune femme brune à la fine ossature, était correctement sanglée dans sa robe ornée de perles, un bouquet de gardénias blancs à la main et autour de la taille une ceinture rouge – symbole et déclaration de chasteté. Auprès d'elle, Leila sentit une onde de tristesse l'envahir, aussi lourde qu'un roc sur sa poitrine. Une pensée lui traversa l'esprit : jamais elle ne pourrait porter une robe comme celle-là. Elle avait entendu une foule d'histoires sur des jeunes filles qui s'étaient révélées pendant leur nuit de noces n'être pas vierges – comment leurs maris les avaient traînées à l'hôpital pour un examen de leurs parties intimes, l'écho vide de leurs pas dans les rues sombres, les voisins qui les épiaient derrière leurs rideaux de dentelle ; comment on les ramenait chez leur père, pour y recevoir le châtiment jugé approprié par leur famille ; comment elles ne retrouvaient jamais leur place dans la société, humiliées et disgraciées, un masque vide posé sur leurs traits juvéniles… Elle mordilla une peau de son annulaire, tirant dessus jusqu'au sang. Le tressaillement familier de ses tripes la calma. Elle faisait cela parfois, s'entailler les cuisses et le haut des bras, là où personne ne verrait les marques, à l'aide du couteau qu'elle utilisait à la maison pour découper une pomme ou une orange, la peau se retroussant doucement sous l'éclat de la lame.

Comme il était fier ce jour-là, MonOncle ! Il portait un costume gris avec un gilet de soie blanche et une cravate à motifs. Quand ce fut le tour de toute la famille d'être photographiée, il posa une main sur l'épaule de son fils et passa l'autre autour de la taille de Leila. Personne ne le remarqua.

*

* *

Au retour du studio, les Akarsus firent halte devant une boulangerie qui disposait d'un agréable patio avec des tables à l'ombre. L'odeur alléchante de *börek* à peine sortis du four flottait par la fenêtre.

MonOncle commanda pour tout le monde : un samovar de thé pour les adultes, des citronnades glacées pour les jeunes. Maintenant que son fils était marié à une fille de famille riche, il saisissait toutes les occasions d'étaler sa propre fortune. Encore la semaine dernière il avait offert un téléphone à la famille de son frère afin qu'ils puissent rester plus souvent en contact.

« Apporte-nous aussi quelque chose à grignoter », dit MonOncle au serveur.

Quelques minutes plus tard, le serveur revint avec leurs boissons et une généreuse assiette de rouleaux à la cannelle. Si Tarkan était là, pensa Leila, il en prendrait tout de suite un, ses yeux honnêtes brillants de joie, son bonheur pur et sans fard. Pourquoi ne l'incluait-on pas dans ces célébrations familiales ? Tarkan n'allait jamais nulle part, même pas pour aller voir une fausse Tour Eiffel ; en dehors des visites du médecin pendant sa petite enfance, il n'avait jamais rien vu du monde au-delà de la barrière du jardin. Si des voisins venaient leur rendre visite, on le gardait dans une pièce à l'écart de leurs yeux inquisiteurs. Et comme Tarkan restait toujours à la maison, MaTante aussi. Elles n'étaient plus aussi proches, Leila et MaTante, chaque année semblait creuser leur séparation.

MonOncle versa le thé, mira son verre à la lumière. Après une gorgée, il fit signe au serveur, se pencha en avant et parla très lentement, comme si chaque mot lui coûtait un effort. « Regarde cette couleur, tu vois ? Pas assez foncée, et de loin. Qu'est-ce que tu as mis dedans, hein ? Des feuilles de banane ? Ç'a un goût d'eau de vaisselle. »

Le serveur s'empressa de lui présenter des excuses et remporta le samovar en répandant quelques gouttes sur la nappe.

« Non, mais quel maladroit ! On dirait qu'il a deux mains gauches. » Il se tourna vers Leila, la voix soudain conciliante. « Alors, comment ça va à l'école ? Quelle est ta matière préférée ?

— Aucune », dit Leila avec un haussement d'épaules. Elle gardait les yeux fixés sur les taches de thé.

Baba fronça le sourcil. « C'est comme ça que tu parles à tes aînés ? Tu es impolie.

— Ne t'inquiète pas, dit MonOncle. Elle est jeune.

— Jeune ? À son âge sa mère était mariée et s'usait les mains au travail. »

Mère redressa le dos.

« C'est une autre génération, dit MonOncle.

— Eh bien, d'après mon cheikh, quarante signes nous annoncent que le Jugement dernier est proche. L'un des signes, c'est que les jeunes ne respectent plus rien. C'est exactement ce qui se produit aujourd'hui, non ? Tous ces garçons avec leur coupe au bol. Et après, quoi encore – les cheveux longs, comme une fille ? J'ai toujours dit à Leyla, prends garde. Ce monde est dans un tel état de dégradation morale !

— Quels sont les autres signes ? demanda la femme de MonOncle.

— Je ne les ai pas tous en tête. Il y en a encore trente-neuf, évidemment. Par exemple, il y aura des glissements de terrain énormes. Des raz de marée. Oh, et il y aura plus de femmes que d'hommes dans le monde. Je te donnerai un livre où on t'explique tout ça. »

Leila remarqua du coin de l'œil que son oncle l'observait étroitement. Elle détourna la tête, d'un geste un peu trop vif, et vit alors une famille approcher. Une famille heureuse, apparemment. Une femme au sourire large comme l'Euphrate, un homme au regard bienveillant, et deux filles arborant des nœuds de satin dans les cheveux. Ils cherchaient une table, et s'installèrent à côté de la leur. Leila vit la mère caresser la joue de la cadette et lui chuchoter à l'oreille quelque chose qui la fit rire. L'aînée, pendant ce temps, examinait le menu avec son père. Ils choisirent leur pâtisserie ensemble, s'interrogeant mutuellement sur leurs préférences. L'opinion de chacun semblait compter. Ils étaient proches et inséparables, comme des pierres scellées ensemble. À les voir, Leila eut un serrement de cœur si brusque et si aigu qu'elle dut baisser les yeux de peur que son envie ne se lise sur son visage.

Le serveur arrivait, chargé d'un nouveau samovar et de verres propres.

MonOncle saisit un verre, but une gorgée et plissa les lèvres de dégoût. « Tu as un fameux toupet d'appeler ça du thé. Ce n'est même pas assez chaud », plastronna-t-il, savourant son pouvoir tout neuf sur cet homme humble et respectueux.

Ratatiné comme un clou sous le marteau de la colère de MonOncle, le serveur se répandit en excuses et repartit en courant. Au bout d'un moment qui parut très long, il revint avec un troisième samovar, si bouillant cette fois qu'il continuait à projeter en l'air d'incessants jets de vapeur.

Leila examina le visage exsangue de l'homme ; il paraissait si fatigué, tout en remplissant leurs verres. Fatigué, mais aussi d'une passivité irritante. Et c'est alors que Leila reconnut dans sa conduite un sentiment familier d'impuissance, de reddition totale au pouvoir et à l'autorité de MonOncle, reddition dont elle-même, plus que quiconque, s'était rendue coupable. Mue par un élan soudain, elle se leva et saisit un verre. « J'aimerais un peu de thé ! »

Sans laisser aux autres le temps de réagir, elle prit une gorgée qui lui brûla si fort la langue et le palais qu'elle en eut les larmes aux yeux. Elle parvint quand même à avaler le liquide et à adresser au serveur un sourire de guingois. « Parfait ! »

L'homme jeta un coup d'œil nerveux à MonOncle, puis à Leila, marmonna un rapide « Merci » et disparut.

« Ça veut dire quoi, cette attitude ? » dit MonOncle, plus surpris que troublé.

Mère tenta d'apaiser le climat. « Eh bien, elle voulait juste... »

Baba s'interposa. « Ne prends pas sa défense. Elle se conduit comme une folle. »

Leila sentit son cœur se serrer. La voilà sous ses yeux, cette réalité qu'elle devinait en sourdine depuis longtemps sans vouloir en admettre l'existence. Baba avait pris le parti de MonOncle, pas le sien. Et ce serait toujours comme ça, elle le comprenait maintenant. Baba aurait toujours pour premier réflexe de voler au secours de son frère. Elle avança la lèvre inférieure, gercée à force d'être écorchée. Plus tard, beaucoup plus tard, ce moment pourtant si mince et banal lui apparaîtrait comme le signe annonciateur de son avenir. Jamais de toute sa vie elle ne s'était sentie aussi esseulée.

*
* *

Depuis que Baba refusait de tailler des costumes pour la clientèle occidentalisée, l'argent se faisait plus rare. L'hiver précédent, ils avaient dû se contenter de chauffer seulement quelques pièces de cette si grande maison, mais la cuisine était toujours tiède. Ils y passaient beaucoup de temps quelle que soit la saison : Mère vannait le riz, faisait tremper les haricots, et cuisait les repas sur le four à bois tandis que MaTante surveillait Tarkan qui, s'il était livré à lui-même, déchirait ses vêtements, faisait des chutes douloureuses et avalait des objets qui manquaient l'étouffer.

« Mets-toi bien ça dans la tête, Leyla », dit Baba ce mois d'août-là alors qu'elle était attablée devant ses livres. « Quand nous serons morts et enterrés, deux anges viendront nous interroger dans notre tombeau : un bleu, un noir. Ils s'appellent Mounkar et Nakir, le Croyant et le Mécréant. Ils nous demanderont de réciter des sourates du Coran, à la lettre près. Si tu fais trois erreurs, tu vas en enfer. »

Il tendit le doigt vers les placards, comme si l'enfer se situait entre les pots de concombre marinés rangés sur les étagères.

Leila perdait ses moyens aux examens. À l'école elle avait échoué à la plupart d'entre eux. En écoutant Baba, elle ne put s'empêcher de se demander : comment les anges bleu et noir testeraient-ils ses connaissances en matière de religion ? Par un examen écrit ou oral, un genre d'entretien ou un questionnaire à choix multiples ? Est-ce qu'une réponse inexacte lui ferait perdre des points ? Lui donnerait-on le résultat sur-le-champ ou faudrait-il attendre que tous les résultats soient rentrés – et si c'était le cas, combien de temps prendrait cette procédure, et serait-ce une autorité suprême qui les annoncerait, le Haut Conseil des justes mérites et de la damnation éternelle ?

« Et les gens au Canada, en Corée ou en France ? demanda Leila.

— Quel rapport avec eux ?

— Eh bien, tu sais... ils ne sont pas musulmans, en général. Qu'est-ce qu'il leur arrive après leur mort ? Enfin, je veux dire, les anges ne peuvent pas leur demander de réciter *nos* prières.

— Pourquoi pas ? Chacun doit répondre aux mêmes questions.

— Mais les gens d'autres pays ne peuvent pas réciter le Coran, quand même ?

— Exactement. Tout individu qui n'est pas un bon musulman échouera à l'examen des anges. Et ira droit en enfer. C'est pourquoi nous devons répandre le message d'Allah auprès du plus grand nombre de gens possible. C'est comme ça que nous sauverons leur âme. »

Ils se turent un moment, écoutant cracher et craquer le bois qui brûlait dans le fourneau, et semblait vouloir leur dire quelque chose d'urgent dans sa propre langue.

« Baba... » Leila se redressa sur son siège. « C'est quoi ce qu'il y a de pire en enfer ? »

Elle s'attendait à ce qu'il lui cite les fosses pleines de scorpions et de serpents, les chaudrons bouillants aux senteurs de soufre ou la morsure glacée du Zamharir. Ou encore lui dise que c'était d'être forcé à boire du plomb fondu ou de manger le fruit du zaqqoum, dont les branches sont couvertes de têtes de démons au lieu de fruits savoureux. Mais après une courte pause, Baba répondit : « C'est la voix de Dieu... cette voix qui ne cesse jamais de hurler, de menacer, jour après jour. Il dit aux pécheurs qu'on leur a donné une chance mais qu'ils L'ont déçu et que maintenant ils doivent en payer le prix. »

L'esprit de Leila courait à toute allure tandis qu'elle se figeait sur place. « Dieu ne pardonnera pas ? »

Baba secoua la tête. « Non, et même s'Il décide de pardonner un jour, ce sera longtemps après que chaque pécheur aura subi les pires tourments. »

Leila regarda par la fenêtre. Le ciel virait au gris moucheté. Une oie volait vers le lac, étrangement silencieuse.

« Et si... » Leila aspira une profonde goulée d'air et la relâcha lentement. « Par exemple, qu'est-ce qu'il se passe si tu as fait quelque chose de mal, et tu sais que c'est mal, mais tu n'en avais pas l'intention ?

— Ça ne t'aidera pas. Dieu te punira quand même, mais si c'est juste une fois, Il se montrera peut-être plus clément. »

Leila tripota une petite peau, une gouttelette de sang coula sur son pouce. « Et si c'est plus d'une fois ? »

Baba hocha la tête, le front creusé. « Alors, c'est la damnation éternelle, il n'y a pas d'excuse. Pas moyen d'échapper à l'enfer. Tu me trouves peut-être dur maintenant, mais un jour tu me remercieras. C'est mon devoir de t'apprendre à distinguer le bien du mal. Il faut que tu apprennes tout cela pendant que tu es encore jeune et sans péché. Demain, ça risque d'être trop tard. Si la brindille se courbe, l'arbre pousse tordu. »

Leila ferma les yeux, sentit une plaque dure se former dans sa poitrine. Elle était jeune, mais ne s'estimait pas sans péché. Elle avait fait quelque chose de terrible, et pas une fois ni deux, mais de nombreuses fois. MonOncle continuait à la toucher. Dès que les familles étaient rassemblées, il trouvait le moyen de s'approcher d'elle, mais ce qui s'était passé il y a deux mois – Baba se faisait opérer d'un calcul rénal et Mère dut passer une semaine à l'hôpital avec lui – était si affreux que rien que d'y repenser lui redonnait la nausée. MaTante dormait avec Tarkan dans sa chambre, et elle n'avait rien entendu. Pendant toute cette semaine, MonOncle lui rendit visite chaque nuit. Après la première fois ça ne saignait plus, mais ça lui faisait toujours mal. Quand elle tentait de le repousser, MonOncle lui rappelait que c'était elle qui avait commencé cette liaison autrefois dans la maison de vacances qui sentait les tranches de pastèque.

Moi qui me disais, oh, c'est une gentille fille innocente, mais je vois que tu aimes jouer avec l'esprit des hommes… Tu te rappelles comment tu t'es conduite ce jour-là dans le minibus, à glousser tout le temps pour capter mon attention ? Pourquoi tu portais un short aussi court ? Pourquoi tu m'as laissé venir dans ton lit le soir ? Tu aurais pu me dire de partir, et je l'aurais fait, mais tu n'as rien dit. Tu aurais pu aller dormir dans la chambre de tes parents, mais tu ne l'as pas fait. Toutes les nuits tu m'attendais. Tu ne t'es jamais demandé pourquoi ? Eh bien moi je le sais. Toi aussi tu le sais.

Elle avait de la saleté en elle, cela elle en était convaincue. Une saleté impossible à laver, comme un pli de la paume. Et maintenant Baba lui disait qu'Allah qui sait tout et voit tout ne lui pardonnerait pas.

La honte et les remords étaient depuis trop longtemps ses compagnons permanents, des ombres jumelles qui la suivaient partout où elle allait. Cependant, pour la première fois, elle eut un sentiment de colère qu'elle n'avait jamais éprouvé avant. Son esprit était en flammes, chaque muscle de son corps brûlait d'une rage qu'elle ne savait comment maîtriser. Elle ne voulait rien avoir de commun avec ce Dieu qui inventait mille manières de juger et de punir les êtres humains, mais faisait si peu pour les protéger quand ils avaient besoin de Lui.

Elle se leva, fit racler bruyamment sa chaise sur le sol carrelé.

Les yeux de Baba s'écarquillèrent. « Où vas-tu comme ça ?

— Je vais voir si Tarkan va bien.

— Nous n'avons pas terminé. Nous sommes en train d'étudier. »

Leila haussa les épaules. « Ouais, eh bien je n'ai plus envie d'étudier. Ça me rase. »

Baba frémit. « Qu'est-ce que tu as dit ?

— J'ai dit que ça me rrraaase. » Elle étendit le mot en bouche comme un morceau de chewing-gum. « Dieu, Dieu, Dieu ! j'en ai assez de ces conneries. »

Baba plongea vers elle, la main droite levée. Puis, presque aussitôt, il recula, tremblant, les yeux pleins de déception. Son visage se creusa de rides nouvelles, se craquela comme de la glaise sèche. Il savait, et elle savait, qu'il avait failli la gifler.

Baba ne frappa jamais Leila. Ni avant cela ni après. S'il avait de nombreux défauts, jamais il ne commettait d'agression physique ni ne cédait à la colère. Aussi, d'avoir fait surgir cette impulsion chez lui, d'avoir éveillé une chose aussi noire, aussi étrangère à sa nature, il la tiendrait à jamais responsable.

Elle aussi se le reprochait et continuerait à le faire pendant des années. À l'époque elle y était habituée – tout ce qu'elle faisait et pensait l'inondait de culpabilité.

Le souvenir de cette après-midi resterait si profondément gravé dans son esprit que même maintenant, des années plus tard, au fond d'une benne à ordures en métal des faubourgs d'Istanbul, alors que son cerveau s'éteignait, elle se rappelait encore l'odeur du fourneau à bois avec une tristesse intense et pénétrante.

Sept minutes

Tandis que le cerveau de Leila continuait à lutter, elle se remémora le goût de la terre battue – sèche, crayeuse, amère.

Dans un vieux numéro de *Hayat* qu'elle empruntait en cachette à Sabotage Sinan, elle avait vu une femme blonde en maillot de bain et talons aiguilles noirs qui faisait gaiement tournoyer un cerceau en plastique. Sous l'image, la légende disait : « À Denver, le mannequin américain Fay Shott fait tourner un hula-hoop autour de sa taille fine. »

La photo intriguait les deux enfants, pour des raisons différentes. Sabotage se demandait pourquoi quelqu'un irait porter un maillot de bain et des talons hauts rien que pour se rendre sur un bout de gazon. Tandis que Leila était attirée par le cerceau.

Son esprit remonta au printemps de ses dix ans. En route vers le bazar avec Mère, elle avait vu un groupe de jeunes gens donner la chasse à un vieillard. Quand ils le rattrapèrent, avec de grands cris et des éclats de rire, ils tracèrent un cercle autour de lui avec un morceau de craie.

« C'est un Yazidi, expliqua Mère, en voyant la surprise de Leila. Il ne peut pas sortir du cercle tout seul. Il faut que quelqu'un l'efface.

— Allons l'aider, alors. »

Mère eut une expression moins agacée que perplexe. « Pourquoi ? Les Yazidis sont mauvais.

— Comment tu le sais ?

— Comment je sais quoi ?

— Qu'ils sont mauvais ? »

Mère la tira par la main. « Parce qu'ils vénèrent Satan.

— Comment tu le sais ?

— Tout le monde le sait. Ils sont maudits.

— Qui les a maudits ?

— Dieu, Leyla.

— Ce n'est pas Dieu qui les a créés ?

— Bien sûr que si.

— Il les a créés yazidis et maintenant il est en colère après eux parce qu'ils sont yazidis… ça n'a pas de sens.

— Ça suffit ! Avance ! »

Sur le chemin du retour, Leila insista pour repasser par la même rue vérifier si le vieil homme était toujours là. À son profond soulagement, il avait disparu, et le cercle était en partie effacé. Peut-être que toute cette histoire n'était qu'une invention et qu'il était sorti du cercle sans difficulté. Peut-être avait-il dû attendre que quelqu'un vienne mettre un terme à son emprisonnement. Longtemps après, en voyant ce cercle autour de la taille de la femme blonde, elle se rappela cet incident. Comment la même forme qui isolait et enfermait un être humain pouvait-elle devenir un symbole de liberté absolue et de pure joie pour un autre ?

« Arrête d'appeler ça un *cercle*, dit Sabotage Sinan quand elle lui fit part de ses pensées. C'est un hula-hoop ! Et j'ai demandé à ma mère de m'en rapporter un d'Istanbul. Je l'ai tellement suppliée qu'elle a fini par en commander deux : un pour elle et un pour toi. Ils viennent d'arriver.

— Pour moi ?

— En fait c'était pour moi – mais je veux que le mien t'appartienne. Il est orange vif.

— Oh merci, mais je ne peux pas l'accepter. »

Sabotage fut inflexible. « S'il te plaît… tu ne peux pas considérer ça comme un cadeau… de ma part ?

— Mais qu'est-ce que tu vas dire à ta mère ?

— Ça ira très bien. Elle sait que je tiens beaucoup à toi. » Une vive rougeur s'étendit de sa nuque à ses joues.

Leila céda, tout en sachant que son père serait mécontent.

Ce ne fut pas une mince affaire d'introduire un hula-hoop sous leur toit sans se faire remarquer. Il ne tenait ni dans un sac ni sous ses vêtements. Elle pensa l'enterrer quelques jours sous les feuilles du jardin, mais ce n'était pas un bon plan. Pour finir, elle le fit rouler par l'entrée de la cuisine pendant que personne ne s'y trouvait et fila rapidement avec dans la salle de bains. Là, devant le miroir, elle s'appliqua à faire tourner le cerceau comme l'Américaine. C'était plus difficile qu'elle ne l'imaginait. Il faudrait qu'elle s'entraîne.

Dans la boîte à musique de son esprit elle choisit une chanson d'Elvis Presley qui chantait son amour dans une langue entièrement inconnue pour elle. *Trit-me-naïce. Don-kis-me-ouanse-kis-me-touaïce.* Au début elle ne se sentait pas d'humeur à danser, mais comment résister à Elvis dans sa veste rose et son pantalon jaune – des couleurs si insolites dans cette ville, surtout pour un homme, qu'elles semblaient un défi, comme le drapeau d'une armée rebelle.

Elle ouvrit le placard où Mère et MaTante rangeaient leurs quelques articles de toilette. Là, parmi les flacons de pilules et les tubes de crème, était niché un trésor : un bâton de rouge à lèvres. Cerise éclatant. Elle l'appliqua généreusement sur ses lèvres et ses joues. La fille du miroir la regardait avec les yeux d'une inconnue, comme à travers une vitre couverte de givre. Dans le reflet elle saisit, l'espace d'un instant, un simulacre de son moi futur. Elle tenta de voir si elle paraissait heureuse, cette femme, à la fois familière et hors d'atteinte, mais l'image s'évapora sans laisser aucune trace, comme la rosée du matin sur une feuille.

Leila ne se serait jamais fait prendre si MaTante n'avait pas été en train de passer l'aspirateur dans le couloir. Lourds comme ils étaient, elle aurait entendu les pas de Baba.

Son père la bombarda de reproches, la bouche pincée comme par les lacets d'une bourse. Sa voix rebondissait sur le sol où, à l'instant, Elvis faisait une démonstration de ses pas de danse célèbres. Avec l'air déçu qui lui était devenu habituel, Baba la foudroya du regard.

« Tu peux m'expliquer ce que tu fabriques ? Où as-tu trouvé ce cerceau ?

— C'est un cadeau.

— De qui ?

— D'un ami, Baba. Ça n'a rien de grave.

— Vraiment ? Regarde-toi, tu es ma fille ? Je ne te reconnais plus. Nous qui avons fait tant d'efforts pour te donner une bonne éducation. Je ne peux pas croire que tu te conduises comme une… *pute* ! C'est ça que tu veux devenir plus tard ? Une foutue pute ? »

Le son grossier, rauque du mot quand il le projeta dans la pièce lui fit courir un frisson glacé sur tout le corps. Elle n'avait jamais entendu ce terme auparavant.

Par la suite, Leila ne revit jamais le hula-hoop, et même si elle se demandait parfois ce qu'avait pu en faire Baba, elle ne se résolut jamais à le lui demander. L'avait-il jeté aux ordures ? Donné à quelqu'un d'autre ? Ou enterré, peut-être, dans l'espoir d'en faire un fantôme de plus, avec tous ceux qui, soupçonnait-elle, devaient hanter la maison ?

Ainsi le cercle, forme de la captivité pour un vieux Yazidi, mais symbole de liberté pour un jeune mannequin américain, devint le souvenir triste d'une jeune Orientale.

*
* *

Septembre 1963. Après avoir consulté son cheikh, Baba décida que comme Leila devenait incontrôlable, mieux valait la garder à la maison jusqu'au jour de son mariage. Décision qu'il prit en dépit de ses protestations. Alors que c'était le début du trimestre, et que l'examen final était proche, Leila fut retirée de l'école.

Jeudi après-midi. Leila et Sabotage rentraient ensemble chez eux pour la dernière fois. Le garçon marchait à quelques pas derrière elle, mine défaite, bouche tordue de désespoir, mains enfoncées dans les poches. Il donnait des coups de pied dans les cailloux du chemin, son sac à dos valsant sur ses épaules.

Arrivés devant la maison de Leila, ils s'arrêtèrent au portail. Ni l'un ni l'autre ne parla pendant un moment.

« Il faut qu'on se dise au revoir maintenant », dit Leila. Elle avait pris du poids au cours de l'été ; ses joues s'étaient arrondies.

Sabotage se frotta le front. « Je vais demander à ma mère de parler à ton père.

— Non, s'il te plaît. Baba n'aimerait pas ça.

— Ça m'est égal. C'est tellement injuste, ce qu'il te fait. »

Leila détourna le visage, mais seulement parce qu'elle ne pouvait pas supporter de le voir pleurer.

« Si tu quittes l'école, moi je n'irai pas non plus, dit Sabotage.

— Ne dis pas de bêtises. Et je t'en prie, ne raconte rien de tout ça à ta mère. Baba ne serait pas content de la voir. Tu sais qu'ils ne s'entendent pas.

— Et si *moi* je parle à tes parents ? »

Leila sourit, consciente de l'effort gigantesque que cela avait dû demander à son ami si réservé pour faire une pareille proposition. « Crois-moi, ça ne changera rien. Mais j'apprécie ton offre… Vraiment. »

Un nœud lui serrait les entrailles et l'espace d'un instant elle se sentit physiquement malade, tremblante, comme si toute la fermeté qui la maintenait debout l'avait abandonnée ce matin. Comme toujours quand elle était prise au piège de ses émotions, elle précipita le mouvement, ne voulant pas prolonger plus longtemps cet échange.

« Bon, il faut que j'y aille. On se verra dans les parages. »

Il fit non de la tête. L'école était le seul endroit où les jeunes célibataires de sexes différents pouvaient se fréquenter. Il n'en existait pas d'autre.

« On trouvera un moyen », dit elle, devinant ses doutes. Elle lui posa un petit baiser sur la joue. « Allez, courage. Prends soin de toi ! »

Elle s'éloigna au pas de course sans lui jeter même un regard. Sabotage, qui avait eu une poussée de croissance au cours des derniers mois et était encore mal adapté à sa nouvelle hauteur, resta immobile pendant une longue minute. Puis, sans savoir ce qu'il faisait, il se remplit les poches de cailloux, puis de pierres, les plus grosses possible, se sentant plus lourd à chaque poids qui s'ajoutait.

Leila de son côté se rendit tout droit au jardin et alla s'asseoir sous le pommier qu'elle et MaTante avaient jadis décoré de rubans de soie et de satin. *Les ballerines*. Sur les plus hautes branches elle voyait encore un petit morceau de tissu flotter dans la brise. Elle posa la main sur le sol tiède et s'efforça de ne plus penser à rien. Elle prit une poignée de terre, la porta à sa bouche et mâcha lentement. Une remontée d'acide lui envahit la gorge. Elle prit une autre poignée et cette fois l'avala rapidement.

*

* *

Quelques minutes plus tard, Leila entra dans la maison. Elle jeta son sac à dos sur une chaise de la cuisine sans s'aviser que MaTante, qui faisait bouillir du lait pour préparer du yaourt, l'observait attentivement.

« Qu'est-ce que tu as mangé ? » interrogea MaTante.

La tête baissée, Leila se lécha les coins de la bouche. Du bout de la langue, elle palpa les grains coincés entre ses dents.

« Viens ici. Ouvre la bouche. Laisse-moi voir. »

Leila obtempéra.

Les yeux de MaTante se rétrécirent puis s'écarquillèrent. « Est-ce que c'est… de la terre ? »

Leila resta muette.

« Tu manges de la terre ? Mon Dieu, mais pourquoi tu fais une chose pareille ? »

Leila ne savait que dire. Elle ne s'était pas posé la question jusqu'ici. Mais en y réfléchissant, il lui vint une idée. « Une fois tu m'as parlé de cette femme dans ton village, tu te rappelles ? Tu m'as dit qu'elle mangeait du sable, du verre pilé... même du gravier.

— Oui, mais cette pauvre paysanne, elle était enceinte... » Sa voix vacilla. Elle scruta Leila, comme elle le faisait en repassant les chemises pour débusquer les faux plis oubliés.

Leila haussa les épaules. Un style nouveau d'indifférence s'empara d'elle, une torpeur qu'elle n'avait jamais éprouvée auparavant ; le sentiment que rien n'avait d'importance, n'en avait peut-être jamais eu. « Peut-être que moi aussi. »

À vrai dire elle ne savait pas du tout quels étaient les signes annonciateurs d'une grossesse. Voilà le résultat de n'avoir ni amies ni sœurs aînées. Elle n'avait personne à qui demander. Elle avait pensé consulter la Dame Pharmacienne et tenté une ou deux fois d'aborder le sujet, mais chaque fois que s'était présenté un moment propice, elle n'avait pas trouvé le courage de le faire.

La couleur s'évanouit du visage de MaTante. Elle s'efforça pourtant de prendre un ton léger. « Chérie, je t'assure, ça ne peut pas se produire sans que tu connaisses le corps d'un homme. On ne tombe pas enceinte en touchant un tronc d'arbre. »

Leila acquiesça d'un signe bref. Elle se servit un verre d'eau et se rinça la bouche avant de boire. Puis reposant le verre elle dit d'une voix basse dépourvue d'émotion : « Oh mais je sais... je connais parfaitement le corps d'un homme. »

Les sourcils de MaTante se dressèrent. « Qu'est-ce que tu racontes ?

— Eh bien, est-ce que MonOncle compte pour un homme ? » dit Leila, en s'adressant toujours au verre.

MaTante se figea sur place. Dans la casserole de cuivre, le lait montait doucement. Leila se dirigea vers le fourneau et éteignit la flamme.

*

* *

Le lendemain, Baba dit qu'il voulait lui parler. Ils s'assirent dans la cuisine, autour de la table où il lui avait enseigné ses prières en arabe et parlé des anges noir et bleu qui lui rendraient visite dans sa tombe.

« Ta tante me dit quelque chose de très troublant... » Baba marqua une pause.

Leila ne répondit pas, ses mains tremblantes cachées sous la table.

« Tu as mangé de la terre. Ne recommence jamais. Tu risques d'attraper des vers, tu m'entends ? » La mâchoire de Baba se déporta sur le côté, les dents serrées, comme s'il mâchait un aliment invisible. « Et tu ne dois pas inventer des histoires.

— Je n'invente rien. »

Dans la lumière grisâtre de la fenêtre, Baba paraissait plus âgé et bizarrement plus petit que d'habitude. Il la contempla d'un air sinistre. « Parfois notre cerveau nous joue des tours.

— Si tu ne me crois pas, emmène-moi voir un médecin. »

Une expression de désespoir passa sur le visage de son père, aussitôt chassée par une dureté inédite. « Un médecin ? Pour que toute la ville l'apprenne ? Pas question. Tu comprends ? Tu ne dois pas en parler à des étrangers. Laisse-moi m'en occuper. »

Puis il ajouta, trop vite, comme s'il formulait une réponse qu'il avait mémorisée avant. « C'est un problème de famille et on le résoudra ensemble en famille. »

*

* *

Deux jours plus tard ils étaient de nouveau attablés dans la cuisine, avec cette fois Mère et MaTante, Kleenex froissés dans les mains, yeux rouges et gonflés à force de pleurer. Ce matin-là, toutes deux avaient interrogé Leila sur son calendrier menstruel. Leila, qui n'avait pas eu ses règles depuis deux mois, leur expliqua d'une voix lasse, brisée, qu'elle s'était mise à saigner la veille, mais que cette fois ça n'allait pas ; c'était trop abondant, trop douloureux ; à chaque mouvement, une aiguille s'enfonçait dans son ventre, lui coupant la respiration.

Si Mère parut soulagée sans l'avouer et changea rapidement de sujet, MaTante, les yeux noyés de chagrin, reconnut sa propre expérience des fausses couches dans celle de Leila. « Ça va passer, murmura-t-elle doucement. Ça sera bientôt fini. » C'était la première fois depuis des années que quelqu'un évoquait devant Leila les mystères du corps féminin.

Puis, avec le moins de détails possible, Mère lui dit qu'elle n'avait plus à craindre d'être enceinte, et que c'était mieux comme ça, *un mal pour un bien* ; il fallait passer à autre chose et ne jamais en reparler sauf dans leurs prières, où elles remercieraient Dieu de son intervention miséricordieuse à la toute dernière minute.

« J'ai parlé à mon frère, dit Baba le lendemain après-midi. Il comprend que tu es jeune… que tu as l'esprit confus.

— Je ne confonds rien. » Leila étudiait la nappe, suivant du doigt ses broderies élaborées.

« Il m'a parlé de ce garçon que tu fréquentais à l'école. On nous a tenus dans l'ignorance, apparemment tout le monde était au courant. Le fils de la pharmacienne, juste ciel ! Je n'ai jamais apprécié cette femme sournoise, froide. J'aurais dû m'en douter. Telle mère, tel fils. »

Leila sentit ses joues s'embraser. « Tu veux dire Sabotage… Sinan ? Ne le mêle pas à cette histoire. C'est mon ami. Mon seul ami. C'est un gentil garçon. MonOncle ment !

— Arrête. Il faut que tu apprennes à respecter tes aînés.

— Pourquoi tu ne veux jamais me croire – ta propre fille ? » Elle se sentait vidée de toute énergie.

Baba s'éclaircit la gorge. « Écoute, on va tous se calmer. Il faut traiter cette situation avec sagesse. Nous avons eu une réunion de famille. Ton cousin Tolga est un bon garçon. Il est d'accord pour t'épouser. Vous allez vous fiancer...

— Quoi ? »

Tolga : l'enfant qui occupait la même chambre qu'elle dans cette maison de vacances, endormi dans un berceau pendant que son père traçait des cercles la nuit autour du nombril de Leila. Le garçon que les aînés de la famille venaient de lui choisir pour futur époux.

« Il est plus jeune que toi, intervint Mère, nous le savons, mais c'est très bien. On va annoncer vos fiançailles, comme ça tout le monde saura que vous êtes engagés l'un envers l'autre.

— Oui, ça fera taire toutes les mauvaises langues, ajouta Baba. Et puis tu auras un mariage religieux. Dans quelques années on pourra organiser aussi un mariage officiel, si tu veux. Aux yeux d'Allah, le mariage religieux suffit. »

Leila dit, d'une voix bien plus ferme qu'elle ne l'aurait cru : « Comment tu arrives à voir avec les yeux d'Allah ? Je me suis toujours demandé. »

Baba lui posa une main sur l'épaule. « Je sais que tu es inquiète. Mais tu n'as plus de souci à te faire.

— Et si je refuse d'épouser Tolga ?

— Il n'en est pas question », dit Baba, dont l'expression se fit plus tendue.

Leila se tourna vers MaTante, les yeux immenses. « Et toi ? Est-ce qu'au moins toi tu me crois ? Parce que moi je t'ai crue, tu te rappelles ? »

L'espace d'une seconde, Leila pensa qu'elle allait faire oui de la tête – le moindre geste suffirait – mais MaTante ne bougea pas. Au lieu de quoi elle dit : « Nous t'aimons tous, Leylajim. Nous voulons tous que la vie redevienne normale, comme avant. Ton père va régler cette affaire.

— Régler cette *affaire* ?

— Sois polie avec ta tante, dit Baba.

— Quelle tante ? Je croyais que c'était ma mère. Elle est ma mère ou non ? »

Personne ne répondit.

« Cette maison est pleine de mensonges et de tromperies. Nos vies n'ont jamais été normales... Nous ne sommes pas une famille normale. Pourquoi est-ce que vous faites toujours semblant ?

— Ça suffit, Leyla ! fit Mère, le sourcil froncé. Nous essayons tous de t'aider. »

Leila parla lentement. « Je ne crois pas. Je pense que vous essayez de sauver MonOncle. »

Son cœur cognait contre sa poitrine. Depuis toutes ces années, elle redoutait la réaction de son père si elle lui racontait ce qui se passait derrière les portes closes. Elle était certaine qu'il ne la croirait pas, tant il était attaché à son frère.

Mais maintenant elle comprenait, consternée, que Baba la croyait bel et bien. C'est pour cela qu'il ne s'était pas rendu d'un pas martial chez la Dame Pharmacienne, frémissant de colère et d'indignation, pour exiger que Sinan épouse sa fille souillée. C'est pour cela qu'il essayait de maintenir la chose secrète, au sein de la famille. Baba savait très bien qui disait la vérité et qui mentait.

*

* *

Novembre 1963. Vers la fin du mois, Tarkan tomba gravement malade. Son rhume avait tourné en pneumonie, mais d'après le médecin c'était surtout son cœur qui le lâchait. Les plans de mariage furent suspendus. MaTante était folle d'inquiétude. Leila aussi, même si la torpeur qui s'était emparée d'elle ne cessait de s'accentuer, et qu'elle trouvait de plus en plus difficile d'exprimer ses émotions.

La femme de MonOncle leur rendait souvent visite, apportant des ragoûts faits maison et des plateaux de baklava comme si elle venait dans une demeure en deuil. Parfois Leila la surprenait à fixer sur elle un regard proche de la pitié. MonOncle ne fit aucune apparition. Leila ne saurait jamais si c'était lui ou Baba qui en avait décidé ainsi.

Le jour où Tarkan mourut, on ouvrit toutes les fenêtres de la maison pour permettre à son âme d'échanger sa place avec la lumière, et à son souffle de se transformer en air, afin que tout ce qui subsistait de lui puisse s'envoler en paix. *Comme un papillon captif*, pensa Leila. Voilà ce qu'avait été son frère parmi eux. Elle craignait qu'ils n'aient tous trahi ce bel enfant, l'un après l'autre, y compris elle, surtout elle.

Cette après-midi-là, en pleine lumière, Leila quitta la maison. Elle s'y préparait depuis quelque temps et le moment venu, elle fit tout en hâte, les pensées se bousculant dans son esprit, redoutant si elle hésitait ne serait-ce qu'une seconde de perdre courage. Alors elle franchit le seuil – sans plus une pensée, sans un battement de cils. Pas par la porte de la cuisine. Tout le monde y était réuni, famille et voisins, hommes et femmes, les seules fois où les sexes se mêlaient librement étant les mariages et les obsèques. Les voix des invités baissèrent quand l'imam commença à réciter la sourate Al-Fatiha : « Guide-nous dans le droit chemin. Le chemin de ceux que Tu as comblés de faveur, non pas de ceux qui ont encouru Ta colère ni des égarés. »

Leila se rendit au contraire à l'avant de la maison et ouvrit la porte principale, forte et solide avec ses boulons à goujon et ses chaînes de métal, mais étrangement légère à manier. Dans son sac elle transportait quatre œufs durs et une douzaine de pommes d'hiver. Elle se dirigea droit vers l'échoppe de la Dame Pharmacienne mais n'osa pas entrer. Elle erra dehors alentour, arpenta l'ancien cimetière derrière la pharmacie, lut les noms des morts sur les pierres tombales et se demanda quel genre de vie ils avaient menée, en attendant que son ami rentre de l'école.

L'argent dont elle avait besoin pour payer son billet de car, Sabotage Sinan le vola à sa mère.

« Tu es sûre de ce que tu fais ? ne cessait-il de lui demander sur le chemin de la gare. Istanbul est immense. Tu ne connais personne là-bas. Reste à Van.

— Pourquoi ? Je n'ai plus rien qui me retienne ici. »

Leila vit une lueur de chagrin passer sur son visage, mais c'était trop tard. Elle lui toucha le bras. « Je ne voulais pas dire toi. Tu vas tellement me manquer.

— Toi aussi tu vas me manquer. » Un mince duvet lui ombrait la lèvre supérieure. Disparu, le garçon grassouillet ; il avait minci, ces derniers temps, son visage rond était un peu plus étroit, ses pommettes plus marquées. Un instant il parut sur le point de dire quelque chose d'autre, mais il perdit courage quand il la quitta des yeux.

« Écoute, je t'écrirai toutes les semaines, promit Leila. On se reverra un jour.

— Tu ne serais pas plus en sécurité ici ? »

Même si Leila ne les prononça pas à haute voix, quelque part dans son âme retentirent ces mots qu'elle pensait avoir déjà entendus autrefois : *Même si tu te crois en sécurité ici, ça ne veut pas dire que ce soit l'endroit qui te convienne.*

Le car sentait le diesel, l'eau de Cologne au citron et la lassitude. Le passager assis devant elle lisait un journal. Les yeux de Leila s'écarquillèrent quand elle vit la nouvelle à la une : le président des États-Unis, cet homme au sourire rayonnant, venait d'être assassiné. Il y avait des photos de lui avec sa jolie épouse en tailleur et toque assortie tandis qu'ils roulaient en décapotable, saluant la foule, quelques minutes avant le premier coup de feu. Leila voulait en savoir plus mais bientôt on éteignit les lumières. Elle sortit un œuf dur de son sac, l'écala et le mangea sans bruit. Puis le temps ralentit et ses paupières se fermèrent.

*

* *

Inconsciente et ignorante comme elle l'était à l'époque, elle se croyait capable d'affronter Istanbul, de battre la grande métropole à son propre jeu. Pourtant elle n'était pas David ni Istanbul Goliath. Personne ne priait pour sa victoire, personne vers qui se tourner en cas de défaite. Les choses avaient tendance à disparaître facilement par ici – elle l'apprit à peine arrivée. Tandis qu'elle se lavait le visage et les mains dans les toilettes pendant une escale, quelqu'un lui vola son sac. En une seconde elle avait perdu la moitié de son argent, les pommes restantes, et son bracelet – celui que son petit frère avait brandi en l'air pendant la fête de sa première dent.

Assise sur une caisse vide devant les toilettes, rassemblant ses pensées, elle vit un employé portant un seau d'eau savonneuse et une éponge s'approcher d'elle. Il semblait poli et attentionné, et en apprenant sa mésaventure il offrit de l'aider. Leila pourrait résider quelques mois chez sa tante, laquelle venait de prendre sa retraite après avoir travaillé comme caissière dans un magasin, elle était vieille et solitaire, aurait besoin de compagnie.

« Je suis sûre qu'elle est très gentille, mais il faut que je trouve un endroit à moi, répondit Leila.

— Bien sûr, je comprends », dit le jeune homme avec un sourire. Il lui donna l'adresse d'une maison d'hôtes voisine qui était propre et sûre, et lui souhaita bonne chance.

Alors que l'obscurité tombait, le ciel comme resserré autour d'elle, elle parvint enfin à la maison d'hôtes : un établissement délabré dans une petite rue, qui semblait n'avoir été ni repeint ni nettoyé depuis des années, peut-être jamais. Elle ne se rendit pas compte, tandis qu'elle cherchait l'adresse indiquée, qu'il l'avait suivie.

Une fois à l'intérieur, passant devant une paire de fauteuils tachés et crevassés, un panneau d'affichage couvert d'annonces obsolètes, elle se dirigea vers l'angle de la pièce où un homme émacié et taciturne était assis à une table sur tréteaux qui faisait office de réception, avec derrière lui des clefs suspendues à des crochets numérotés sur un mur moisi.

En haut dans la chambre, les nerfs à vif, elle poussa la commode à tiroirs contre la porte. Les draps, jaunis comme des pages de vieux journaux, sentaient le moisi. Elle étala sa veste sur le lit et s'allongea tout habillée. Épuisée, elle s'endormit plus vite qu'elle ne s'y attendait. Tard dans la nuit, un bruit la réveilla. Quelqu'un dans le couloir tournait la poignée, essayait d'entrer.

« Qui est là ? » hurla-t-elle.

Des pas dans le couloir. Calmes, sans hâte. Après quoi elle ne put fermer l'œil, attentive au moindre son. Le lendemain matin, elle retourna à l'arrêt des cars, le seul endroit qu'elle connût dans la ville. Le jeune homme se trouvait là, apportant de l'eau aux conducteurs avec une grâce dégingandée.

Cette fois elle accepta son offre.

La tante, une femme d'âge mûr à la voix criarde et à la peau si blême qu'on voyait les veines au travers, lui donna à manger et de jolis vêtements, trop jolis, insistant pour qu'elle « mette en valeur ses actifs » si elle comptait se rendre à des entretiens d'embauche, et commencer la semaine prochaine.

Les premières journées baignèrent dans un halo de douceur. Un cœur ouvert et curieux comme le sien était vulnérable, et même si elle refusait de l'admettre, aussitôt ou peu après, elle tomba sous l'emprise de ce jeune homme et de son charme étudié. C'était presque un soulagement de pouvoir enfin parler à quelqu'un – autrement, jamais elle ne lui aurait raconté ce qui s'était passé à Van.

« Tu peux pas retourner dans ta famille, c'est sûr, dit-il. Écoute, j'ai connu des filles comme toi – qui venaient souvent de villes merdiques. Il y en a qui se sont bien débrouillées ici, elles ont fait leur chemin, mais beaucoup se sont plantées. Accroche-toi à moi si tu es assez maligne, ou Istanbul va t'écraser. »

Quelque chose dans le ton qu'il employa la fit se crisper, une rage maîtrisée dont elle comprit qu'il l'avait ancrée en lui, dure et lourde comme un boulet. Elle décida en son for intérieur de quitter cet endroit sur-le-champ.

Il sentit son malaise. Il excellait à cela, détecter les angoisses des gens.

« On parlera plus tard, dit-il. Te fais pas trop de souci. »

Ce furent cet homme et cette femme – qui en réalité n'était pas sa tante mais son associée en affaires – qui vendirent Leila à un inconnu le soir même, à plusieurs autres en l'espace d'une semaine, puis à un bordel quelques temps plus tard. L'alcool, il y avait toujours de l'alcool en elle, dans son sang, ses boissons, son haleine. Ils la faisaient boire beaucoup pour qu'elle se souvienne du moins possible. Ce qu'elle n'avait pas remarqué au début, elle le voyait maintenant : les portes étaient verrouillées, les fenêtres scellées, et Istanbul n'était pas une ville pleine d'opportunités, mais pleine de cicatrices. La descente, une fois entamée, s'accentua en vrille, comme l'eau aspirée par le siphon d'un lavabo. Les hommes qui fréquentaient la maison étaient de tous âges, employés à divers jobs peu qualifiés et peu payés, et ils avaient presque tous une famille à eux. Pères, maris, frères... Certains avaient des filles de son âge.

*

* *

La première fois où elle parvint à téléphoner chez elle, elle ne put empêcher ses mains de trembler. Elle était désormais si profondément enfouie dans ce nouveau monde qu'ils la laissaient se promener seule dans le voisinage, assurés qu'elle n'avait plus nulle part où aller. Il avait plu pendant la nuit, et des escargots se traînaient sur la chaussée, absorbant l'air humide qui lui donnait l'impression de suffoquer. Debout devant la poste, elle fouilla son sac à la recherche d'une cigarette, le briquet près de lui échapper.

Quand elle se résolut enfin à entrer, elle dit à l'opérateur qu'elle voulait faire un appel en PCV, espérant que ses parents accepteraient de payer. Ce qu'ils firent. Puis elle attendit que Mère ou MaTante prenne l'appareil, sans trop savoir à laquelle elle préférerait parler en premier, essayant de deviner à quoi elles étaient occupées en ce moment. Elles répondirent – ensemble. Pleurèrent en entendant sa voix. Elle aussi. À l'arrière-plan, le tic-tac de la pendule du hall imposait un rythme stable et régulier, en conflit manifeste avec l'incertitude ambiante. Puis le silence – profond, moite, suintant. Un liquide gluant où elles plongèrent de plus en plus profond. À l'évidence Mère et MaTante voulaient toutes les deux qu'elle se sente coupable et c'était bien ce qu'éprouvait Leila – bien plus fort qu'elles ne pouvaient l'imaginer. Mais elle comprenait aussi qu'après son départ, le cœur de Mère s'était refermé comme un poing, et qu'avec la mort de Tarkan, MaTante allait de nouveau très mal. Quand Leila raccrocha, rongée par un sentiment de défaite, elle sut qu'elle ne pourrait jamais retourner là-bas et que cette mort lente qui la tenait prisonnière était désormais sa vie.

N'empêche, elle continua à les appeler chaque fois qu'elle en eut l'occasion.

Une fois, Baba qui était rentré de bonne heure répondit au téléphone. Elle l'entendit suffoquer au son de sa voix, puis rester muet. Avec la conscience aiguë de le sentir pour la première fois vulnérable, Leila chercha les mots justes.

« Baba, dit-elle, sa voix trahissant l'extrême tension qu'elle subissait.

— Ne m'appelle pas comme ça.

— Baba... répéta-t-elle.

— Tu as attiré la honte sur nous, dit-il, la respiration haletante. Tout le monde parle dans notre dos. Je ne peux plus aller au salon de thé. Je ne peux plus entrer à la poste. Même à la mosquée ils refusent de me parler. Personne ne me salue dans la rue. On croirait que je suis un fantôme ; ils ne me voient pas. J'avais toujours pensé, "Peut-être que je n'ai pas de richesses, peut-être que je ne trouverai pas de trésor, et je n'ai même pas de fils, mais au moins j'ai mon honneur." C'est fini. Je suis un homme brisé. Mon cheikh dit qu'Allah te maudira et que je vivrai assez longtemps pour voir ce jour. Ce sera mon dédommagement. »

Il y avait des gouttes de buée sur la vitre. Elle en effleura une du bout du doigt, la retint une seconde, puis la regarda rouler en bas. Une douleur palpitait au fond de son corps, en un point qu'elle ne pouvait localiser.

« Ne nous appelle plus, dit-il. Si tu essaies, je répondrai à l'opérateur que nous refusons l'appel. Nous n'avons pas de fille nommée Leyla. Leyla Afife Kamile : tu ne mérites pas ces noms. »

*

* *

La première fois où Leila fut arrêtée et embarquée dans un fourgon avec plusieurs autres femmes, elle garda ses paumes serrées l'une contre l'autre, les yeux fixés sur le fragment de ciel visible entre les barreaux de la fenêtre. Pire que le traitement qu'on leur réserva au poste de police, il fallut subir ensuite l'examen de contrôle à l'Hôpital des maladies vénériennes d'Istanbul – un lieu où elle se rendrait régulièrement dans les années à venir. On lui donna une nouvelle carte d'identité, sur laquelle les dates de ses contrôles de santé étaient rangées proprement en colonnes. Si elle en manquait un, lui dit-on, elle serait aussitôt détenue. Elle passerait alors le reste de la nuit en prison, ou devrait retourner à l'hôpital pour un test de MST.

Des allers-retours, du poste de police à l'hôpital.

« Le ping-pong des putes », c'est comme ça que l'appelaient les prostituées.

C'est lors d'une de ces visites à l'hôpital que Leila rencontra la femme qui allait devenir sa première amie à Istanbul. Une jeune et svelte Africaine nommée Jameelah. Elle avait des yeux ronds superbement brillants, des paupières presque translucides ; ses cheveux étaient nattés en tresses crocodile ; ses poignets maigres à faire peur marqués de cicatrices rouges qu'elle essayait de masquer sous une foule de bracelets et gourmettes. Elle était étrangère et, comme tous les étrangers, transportait avec elle l'ombre d'un ailleurs. Elles s'étaient croisées plusieurs fois auparavant sans échanger même un salut. Entretemps, Leila avait appris que les femmes ramassées dans divers quartiers de la ville, autochtones ou non, appartenaient à des tribus invisibles. Les membres de tribus différentes n'étaient pas censés se fréquenter.

À chaque visite collective, elles campaient sur des bancs le long d'un couloir étroit dont l'odeur d'antiseptique était si forte qu'elles en sentaient le goût sur la langue. Les prostituées turques étaient assises d'un côté, les étrangères de l'autre. Comme les femmes étaient convoquées une par une dans la salle d'examen, l'attente était interminable. En hiver, elles gardaient les mains serrées sous leurs aisselles et parlaient bas, façon d'économiser leur énergie pour le reste de la journée. Cette partie de l'hôpital, que les autres patients et la majorité du personnel évitaient, n'était jamais convenablement chauffée. En été, les femmes s'étiraient mollement, grattaient leurs croûtes, écrasaient les moustiques et se plaignaient de la chaleur. Elles retiraient leurs chaussures, massaient leurs pieds fatigués, imprégnant l'air d'une légère odeur qui caillait autour d'elles. Parfois une des Turques lâchait une remarque acerbe sur les médecins et les infirmières, ou sur celles du banc d'en face, les étrangères, les envahisseuses, et provoquait des rires, pas très joyeux. Dans un espace aussi restreint, l'hostilité pouvait surgir et circuler à la vitesse d'une décharge électrique, puis mourir tout aussi rapidement. Les locales détestaient en particulier les Africaines, qu'elles accusaient de leur voler leurs jobs.

Ce soir-là, tandis que Leila observait la jeune femme noire en face d'elle, ce n'était pas l'étrangère qu'elle voyait. Elle regardait son bracelet tissé, qui lui rappelait celui qu'elle avait perdu ; elle jeta un coup d'œil au talisman cousu à l'intérieur de son propre chandail, et se remémora tous les talismans qui n'avaient pas su la protéger ; elle nota la façon dont l'Africaine serrait son sac contre sa poitrine, comme si elle s'attendait à ce qu'on l'expulse à coups de pied de cet endroit, voire de ce pays, en une seconde, et reconnut dans son maintien une solitude familière, désespérée. D'où ce sentiment bizarre qu'elle aurait pu aussi bien contempler son propre reflet.

« Il est joli, ce bracelet », fit Leila, en l'indiquant d'un geste du menton.

Lentement, de manière presque imperceptible, la femme releva la tête et la regarda droit dans les yeux. Elle ne répondit rien mais le calme de son expression donna à Leila envie de continuer à lui parler.

« J'avais un bracelet pareil, dit-elle, penchée en avant, mais je l'ai perdu en arrivant à Istanbul. »

Dans le silence qui suivit, l'une des prostituées locales fit une remarque salace et les autres se mirent à glousser. Leila qui commençait à regretter d'avoir parlé, ferma les yeux et se retrancha dans ses pensées.

« Je fais moi », dit la femme, au moment où toutes pensaient qu'elle ne parlerait jamais. Sa voix était un long murmure étiré, un peu rocailleux, exprimé dans un turc hésitant. « Différent pour chaque.

— Tu choisis des couleurs différentes pour chaque personne ? interrogea Leila, maintenant engagée dans la conversation. C'est chouette, comment tu décides ?

— Je regarde. »

Après ce jour-là, chaque fois qu'elles se croisèrent, elles échangèrent quelques mots de plus, partagèrent un peu plus, les gestes comblant les silences quand les mots manquaient. Puis une après-midi, des mois après ce premier échange, Jameelah tendit le bras depuis le banc d'en face, traversant un mur invisible, et laissa tomber quelque chose dans la paume de Leila.

C'était un bracelet tressé de couleurs pervenche, bruyère et cerise noire – des nuances de violet.

« Pour moi ? » demanda doucement Leila.

Un signe de tête. « Oui, tes couleurs. »

Jameelah, la femme qui scrutait l'âme des autres, et seulement quand elle y voyait ce qu'elle avait besoin de voir, décidait si elle leur ouvrirait son cœur.

Jameelah, l'une des cinq.

Histoire de Jameelah

Jameelah était née en Somalie d'un père musulman et d'une mère chrétienne. Enfant elle avait joui d'une liberté merveilleuse dont elle ne prit conscience que bien plus tard, une fois ces années enfuies. Sa mère lui avait dit un jour que l'enfance était une immense vague bleue qui vous soulevait et vous portait en avant, puis disparaissait juste au moment où vous croyiez qu'elle durerait toujours. Impossible de lui courir après ou de la faire revenir. Mais la vague, avant de disparaître, laissait un cadeau derrière elle – un coquillage au bord de l'eau. À l'intérieur étaient préservés tous les sons de l'enfance. Encore aujourd'hui, si Jameelah fermait les yeux et écoutait attentivement, elle parvenait à les entendre : les éclats de rire de ses cadets, les paroles tendres de son père quand il brisait le jeûne avec quelques dattes, celles que chantait sa mère en cuisinant, le crépitement du feu le soir, le bruissement de l'acacia.

Mogadiscio, la Perle blanche de l'océan Indien. Sous le ciel clair, elle se protégeait les yeux pour regarder les taudis au loin, leur présence aussi précaire que l'argile et le bois flotté qui avaient servi à leur construction. À l'époque la pauvreté n'était pas pour elle un sujet d'inquiétude. Les jours s'écoulaient, paisibles, rêver était aussi facile et doux que le miel qu'elle faisait couler sur sa galette. Mais sa mère adorée était morte d'un cancer après un long déclin douloureux qui n'avait pas éteint son sourire jusqu'à la toute dernière heure. Son père, désormais l'ombre de l'homme qu'il avait été, seul avec cinq enfants, n'était pas préparé à la charge qu'il devait assumer. Son visage s'assombrit, et peu à peu son cœur. Les anciens de sa famille le pressèrent de se remarier – cette fois avec quelqu'un de sa propre religion.

La belle-mère de Jameelah, veuve elle aussi, était jalouse d'un fantôme, résolue à effacer toute trace de la femme qu'elle estimait devoir remplacer. Bientôt Jameelah – la fille aînée – entra en conflit avec elle sur tous les chapitres, que ce soit sa façon de s'habiller et de se nourrir ou la manière dont elle s'exprimait. Pour apaiser son esprit tourmenté, elle passait le plus clair de son temps dans la rue.

Une après-midi, ses pieds l'entraînèrent jusqu'à l'ancienne église de sa mère, qu'elle ne fréquentait plus mais n'avait jamais complètement oubliée. Sans trop réfléchir, elle ouvrit le grand portail de bois et entra, huma l'odeur des cierges et du bois ciré. Près de l'autel, un prêtre chenu lui parla de la jeune fille qu'avait été sa mère, bien avant son mariage et ses maternités, des histoires d'un autre monde.

Jameelah n'avait aucune intention de retourner à l'église, mais c'est pourtant ce qu'elle fit une semaine plus tard. À l'âge de dix-sept ans, elle entra dans la congrégation, non sans déchaîner la fureur de son père et briser le cœur de ses cadets. Pour sa part, elle n'avait pas voulu choisir entre les deux religions d'Abraham, seulement s'attacher au seul fil qui la reliait encore à sa mère. Personne ne vit la chose du même œil. Personne ne le lui pardonna.

Le prêtre lui dit de ne pas être trop triste, puisque maintenant elle avait trouvé une famille encore plus grande, une famille de croyants. Mais malgré tous ses efforts, le sentiment de paix et de plénitude promis pour bientôt ou plus tard continua de lui échapper. Encore une fois elle se retrouvait seule, sans famille ni église.

Il fallait qu'elle trouve un emploi. Il n'y en avait pas, hormis quelques-uns pour lesquels elle n'était pas qualifiée. L'un de ces taudis que jadis elle observait à distance devint bientôt sa demeure. Pendant ce temps, le pays changeait. Tous ses amis, reprenant les propos de Mohamed Siad Barre – surnommé dès l'enfance Afweyne, « Grande Gueule », par sa mère – voulaient libérer les Somaliens du joug étranger. Une Plus Grande Somalie. Ils se disaient prêts à combattre dans ce but, et à mourir. Jameelah avait le sentiment que tous, y compris elle-même, tentaient d'échapper au présent ; elle en rêvant de retourner dans son enfance ; ses amis en aspirant à un futur aussi incertain que les sables mouvants d'un désert marin.

Puis la situation s'envenima, et les rues devinrent dangereuses. L'odeur de pneus brûlés, de poudre. On arrêtait les opposants au régime avec des armes d'origine soviétique. Les prisons – reliques des pouvoirs britannique ou italien – se remplissaient à vue d'œil. Les écoles, les bâtiments administratifs et les casernes militaires étaient transformés en geôles provisoires. Mais il n'y avait encore pas assez de place pour enfermer tous les gens en état d'arrestation. Même une partie du palais présidentiel dut faire office de prison.

C'est à peu près à cette époque qu'une vague connaissance lui dit que des roumis cherchaient des Africaines travailleuses et en bonne santé pour les emmener à Istanbul. Comme domestiques – ménage, cuisine, garde d'enfants, ce genre de tâches. Ladite connaissance expliqua que les familles turques aimaient bien avoir des aides somaliennes à domicile. Jameelah y vit une occasion à saisir. Sa vie s'était refermée comme une porte qui claque, et elle avait hâte d'en trouver une autre à ouvrir ailleurs. *Celui qui n'a pas parcouru le monde est sans yeux*, pensait-elle.

Avec plus de quarante personnes, surtout des femmes, elle fit le voyage jusqu'à Istanbul. À l'arrivée on les fit aligner et répartir en groupes. Jameelah remarqua qu'on faisait ranger à part les filles les plus jeunes comme elle. Les autres furent rapidement emmenées. Elle n'en reverrait jamais aucune. Le temps qu'elle comprenne que tout cela n'était que faux-semblant – un prétexte pour recruter de la main-d'œuvre bon marché et des travailleuses du sexe – il était trop tard pour s'évader.

Les Africains d'Istanbul venaient de tous les coins du vieux continent – Tanganyika, Soudan, Ouganda, Nigeria, Kenya, Haute-Volta, Éthiopie – pour échapper à la guerre civile, aux persécutions religieuses, à l'insurrection politique. Le nombre de demandeurs d'asile augmentait quotidiennement depuis des années. Parmi eux des étudiants, des cadres, des artistes, des journalistes, des chercheurs… Mais les seuls Africains mentionnés dans les journaux étaient ceux qui, comme elle, avaient fait l'objet d'un trafic.

Une maison de Tarlabasi. Divans élimés, draps usés convertis en rideaux, air saturé d'odeurs de pommes de terre brûlées et d'oignons frits, avec une pointe âcre, comme des noix encore vertes. La nuit, certaines des femmes étaient convoquées – on ne savait jamais lesquelles à l'avance. Toutes les deux semaines, des policiers cognaient à la porte et les embarquaient toutes à l'Hôpital des maladies vénériennes pour un check-up.

Celles qui résistaient à leurs ravisseurs étaient enfermées dans une cave sous la maison, si sombre et exiguë qu'elles ne pouvaient s'y tenir qu'en s'accroupissant. Pire que la faim et la douleur dans les jambes, elles enduraient un conflit d'émotions concernant leurs geôliers, car s'il arrivait malheur à ces individus, les seuls êtres au monde à savoir où elles étaient, elles risquaient d'être abandonnées là à jamais.

« C'est comme dompter des chevaux, avait dit l'une des femmes. Voilà ce qu'ils nous font. Une fois qu'ils ont brisé notre esprit, ils savent qu'on n'ira nulle part. »

Mais Jameelah n'avait jamais renoncé à planifier son évasion. C'est cela qu'elle méditait le jour où elle rencontra Leila à l'hôpital. Elle réfléchissait, peut-être n'était-elle qu'un cheval à demi dompté, trop terrifié pour partir au galop, trop estropié pour tenter l'aventure, mais encore capable de se rappeler la douce saveur de la liberté, et donc aspirer à la reconquérir.

Huit minutes

Huit minutes s'étaient écoulées, et le souvenir que Leila sortit alors de ses archives, ce fut l'odeur de l'acide sulfurique.

Mars 1966. Dans sa chambre de la rue des bordels, allongée sur son lit, Leila feuilletait un magazine de luxe qui arborait en couverture une photo de Sophia Loren. Elle ne lisait pas vraiment, distraite par ses propres pensées, lorsqu'elle entendit l'Amère Ma crier son nom.

Leila lâcha le magazine. À gestes lents elle se leva et s'étira. Elle traversa le couloir comme en transe, descendit l'escalier, les joues légèrement rouges. Un client d'âge mûr attendait près de l'Amère Ma, lui tournant à moitié le dos pour examiner le tableau de jonquilles et d'agrumes. Elle reconnut le cigare qu'il fumait avant de reconnaître son visage. C'était l'individu que toutes les prostituées cherchaient à éviter. Cruel, pingre et ordurier, il avait fait preuve à deux reprises d'une telle violence qu'il s'était fait bannir des lieux. Mais aujourd'hui Ma semblait lui avoir pardonné – une fois de plus. Le visage de Leila se ferma.

Il portait une veste kaki à poches multiples. C'est ce détail qui retint l'attention de la jeune femme avant tout autre. Seul un reporter photographe aurait besoin de ce genre de vêtement, se dit-elle – ou quelqu'un qui aurait un tas de choses à cacher. Sa façon de se tenir la faisait penser à une méduse ; pas en pleine mer, mais sous une cloche de verre, ses tentacules translucides flottant dans l'espace confiné. Il donnait l'impression que rien ne pouvait le faire tenir droit ; son corps tout entier n'était qu'un amas flasque, un solide à la consistance insolite, susceptible à tout moment de se liquéfier.

Paumes sur le comptoir, son énorme masse penchée en avant, l'Amère Ma fit un clin d'œil au client. « La voilà, mon pacha : Tequila Leila ! Une de mes meilleures.

— C'est ça son nom ? Pourquoi tu l'appelles comme ça ? » Il examina Leila de la tête aux pieds.

« Parce qu'elle est impatiente, cette petite. Elle veut que la vie fonce plein pot. Mais c'est une dure, aussi ; elle peut engloutir l'aigre et l'amer, et descendre des tequilas cul sec. C'est moi qui lui ai donné ce nom. »

L'homme eut un rire sans joie. « Alors elle est parfaite pour moi. »

En haut dans la chambre où quelques minutes auparavant elle contemplait la silhouette superbe de Sophia Loren et sa robe de dentelle blanche, Leila retira ses vêtements. La jupe à fleurs, le haut de bikini, un truc rose à frou-frou qu'elle détestait. Elle retira ses bas mais garda ses pantoufles de velours, comme pour se sentir plus en sûreté.

« Tu crois que cette salope nous regarde ? » chuchota l'homme.

Leila lui jeta un regard surpris. « Quoi ?

— La maquerelle, en bas. Peut-être qu'elle nous espionne.

— Bien sûr que non.

— Regarde, juste là ! » Il pointa une crevasse du mur. « Tu vois sa pupille ? Tu vois comme elle bouge ? Satané démon.

— Il n'y a rien là derrière. »

Il lui lança un regard torve, voilé de haine et de méchanceté palpable. « Tu travailles pour elle, pourquoi je te ferais confiance ? Servante du démon. »

Leila fut prise de peur. Elle recula d'un pas, l'estomac pris de nausée, en s'avisant qu'elle était seule dans cette chambre avec un malade mental.

« Des espions nous surveillent.

— Croyez-moi, il n'y a personne d'autre ici, dit Leila d'un ton apaisant.

— Ferme-la. Pauvre conne, tu ne sais rien à rien », glapit-il. Puis il reprit plus bas : « Ils enregistrent notre conversation. Ils ont mis des caméras partout. »

Maintenant il palpait ses poches en tenant des propos incohérents. Il sortit un petit flacon. Quand il l'ouvrit, le bruit du bouchon ressembla à un gémissement réprimé.

Leila sentit monter la panique. Dans son égarement, elle s'avança vers lui, cherchant à deviner ce que contenait le flacon, puis elle se ravisa et partit à reculons vers la porte. N'étaient ces élégantes pantoufles qu'elle aimait tant, elle aurait pu filer plus vite. Elle trébucha, perdit l'équilibre et le liquide qu'il venait de jeter sur elle l'atteignit dans le dos.

Du vitriol. Il comptait lui verser le reste sur le visage, mais elle parvint à se ruer dans le couloir, malgré l'acide qui lui creusait la chair. La douleur ne ressemblait à rien de connu. Essoufflée et tremblante, elle se laissa aller contre le mur comme un vieux balai abandonné. La tête lui tournait mais elle parvint malgré tout à se traîner vers l'escalier, cramponnée à la balustrade pour ne pas s'effondrer. Quand elle put émettre un son – rauque, sauvage – sa voix se brisa, répandue en pluie sur toutes les chambres du bordel.

*

* *

Un trou subsista dans le sol là où l'acide s'était répandu. Après un passage à l'hôpital, la cicatrice de son dos encore sensible et décolorée – la blessure ne guérirait jamais vraiment – Leila s'asseyait souvent à côté de cette empreinte. Elle passait le doigt autour, en traçait le dessin informe, le bord rugueux, comme s'ils partageaient un secret, elle et le plancher. Si elle fixait ce trou sombre assez longtemps, il se mettait à tourbillonner, comme des vaguelettes sur une tasse de café à la cardamome. Tout comme elle voyait le cerf du tapis bouger quand elle était enfant, maintenant elle regardait tourner un trou de vitriol.

« Ç'aurait pu être ta poire, tu sais. Tu peux dire que tu as eu de la veine », dit l'Amère Ma.

Les clients eurent la même réaction. Ils lui répétèrent quelle chance elle avait eue de ne pas être défigurée et empêchée de travailler. Le seul changement, c'est qu'elle devint encore plus populaire qu'avant, encore plus sollicitée. Une prostituée dotée d'une histoire, et les hommes semblaient aimer cela.

Après l'agression, le nombre de policiers dans la rue des bordels augmenta – pendant environ deux semaines. Tout au long du printemps 1966, la ville connut une escalade de violence à tous les coins de rue, les factions politiques s'affrontaient, le sang rinçait le sang, des étudiants se faisaient abattre sur les campus universitaires, les affiches placardées prenaient un style plus agressif, un ton plus pressant, et bientôt les policiers en renfort furent déployés ailleurs.

*

* *

Pendant une longue période après l'agression, Leila évita autant que possible les autres femmes, généralement plus âgées qu'elle, qui l'irritaient par leurs propos aigres et leur humour sardonique. Elle ripostait quand il le fallait ; autrement elle restait seule la plupart du temps. La dépression était chose courante chez les habituées de cette rue, elle leur détruisait l'âme comme le feu détruit le bois. Personne n'utilisait ce terme, pourtant. *Lamentable*, voilà ce qu'elles disaient. Pas à propos d'elles-mêmes mais de tout et tout le monde. « La nourriture est lamentable », « La paie est lamentable », « Mes pieds me tuent, ces chaussures sont lamentables. »

Il n'y en avait qu'une avec qui Leila aimait passer du temps. Une Arabe d'âge incertain, si petite qu'elle devait s'habiller au rayon enfants. Elle s'appelait Zaynab122, nom que selon son humeur elle épelait Zainab, Zeinab, Zayneb, Zeynep… et affirmait pouvoir écrire de 122 façons différentes. Le nombre faisait aussi allusion à sa taille, exactement 122 centimètres de haut. « Naine », « Pygmée », « Poucette », on lui avait donné tous ces surnoms-là et pire. Excédée par tous ces gens qui la jaugeaient et se demandaient tout haut ou tout bas combien elle mesurait, par défi elle avait ajouté sa taille à son nom. Ses bras étaient disproportionnés par rapport à son torse, ses doigts courts et grassouillets, son cou presque inexistant. Un large front, un palais fendu, des yeux intelligents gris ardoise très écartés constituaient les traits les plus frappants de son visage. Elle parlait le turc couramment, mais avec un accent guttural qui trahissait ses racines.

Laver les sols, récurer les toilettes, passer l'aspirateur dans les chambres, Zaynab122 travaillait dur tout en pourvoyant aux moindres besoins des prostituées. Rien de tout cela n'était facile, car outre ses membres trop courts, elle souffrait d'une cyphose qui lui rendait la position debout plusieurs heures d'affilée extrêmement pénible.

Zaynab122 était diseuse de bonne aventure à ses heures de loisir – mais seulement pour les gens qu'elle appréciait. Deux fois par jour, sans faute, elle préparait du café pour Leila, et quand celle-ci avait fini de le boire, examinait le résidu sombre au fond de la tasse. Elle préférait ne pas parler du passé ni du futur, seulement du présent. Ses prédictions se limitaient à une semaine, au maximum à quelques mois. Mais par une certaine après-midi, Zaynab122 manqua à sa propre règle.

« Aujourd'hui ta tasse est pleine de surprises. Je n'ai jamais rien vu de pareil. »

Elles étaient assises côte à côte sur le lit. Du dehors, quelque part en bas de la rue, une mélodie enjouée leur parvenait, rappelant à Leila les marchands de glace ambulants de son enfance.

« Regarde ! Un aigle perché sur une haute montagne, dit Zaynab122 en faisant tourner la tasse. Il a une auréole autour de la tête. C'est bon signe. Mais il y a un corbeau quelque part en bas.

— Et ça c'est un mauvais présage ?

— Pas forcément. C'est un signe de conflit. » Zaynab122 fit pivoter la tasse à nouveau. « Oh mon Dieu, il faut que tu voies ça ! »

Curieuse, Leila se pencha et scruta le fond de la tasse. Tout ce qu'elle vit, ce fut un mélange de taches brunes.

« Tu vas rencontrer quelqu'un. Grand, mince, beau... » Zaynab122 parlait de plus en plus vite, ses mots comme des flammèches. « Sentier de fleurs, ça veut dire une grande aventure amoureuse. Il tient un anneau. Oh ciel... tu vas te marier. »

Leila se redressa, étudia sa paume. Ses yeux s'étrécirent comme si elle fixait un soleil ardent au loin ou un avenir tout aussi hors de portée. Quand elle reprit la parole, ce fut d'une voix terne. « Tu te moques de moi.

— Je te jure que non. »

Leila hésita. N'importe qui d'autre lui aurait dit ce genre de sottise, elle aurait immédiatement quitté la pièce. Mais cette femme-là ne parlait jamais méchamment des autres, même de ceux qui la tournaient constamment en ridicule.

Zaynab122 inclina la tête sur le côté comme chaque fois qu'elle cherchait les mots exacts en turc. « Pardon si j'étais tout excitée, je n'ai pas pu m'en empêcher. Je veux dire... ça fait des années que je n'ai rien rencontré d'aussi prometteur. Ce que je dis c'est ce que je vois. »

Leila haussa les épaules. « C'est juste du café. Du café tout bête. »

Zaynab122 retira ses lunettes, les essuya avec son mouchoir et les remit sur son nez. « Tu ne me crois pas, très bien. »

Leila s'immobilisa, les yeux fixés sur un point hors de la pièce. « C'est une affaire grave, de croire quelqu'un », dit-elle. Et l'espace d'un instant, elle redevint la fillette de Van, debout dans la cuisine, regardant la femme qui l'avait mise au monde couper de la laitue et des vers de terre. « On ne peut pas juste le dire comme ça. C'est un engagement énorme, de croire. »

Zaynab122 la dévisagea – un long regard intrigué. « Eh bien, là-dessus on est d'accord. Alors pourquoi tu ne prends pas ce que je dis au sérieux ? Un jour tu partiras d'ici en robe de mariée. Que ce rêve te donne de la force.

— Je n'ai pas besoin de rêves.

— Ça c'est la pire idiotie que j'aie jamais entendu sortir de ta bouche. On a tous besoin de rêves, *habibi*. Un jour tu surprendras tout le monde. Elles diront, "Regardez Leila, elle a déplacé des montagnes ! D'abord elle sort d'un bordel pour entrer dans un autre ; elle a eu le courage de quitter une maquerelle infecte. Ensuite elle quitte la rue pour de bon. Quelle femme !" Elles parleront de toi longtemps après ton départ. Tu leur donneras de l'espoir. »

Leila ouvrit la bouche pour protester mais ne dit rien.

« Et quand ce jour-là viendra, je veux que tu m'emmènes avec toi. On partira ensemble. En plus, il te faudra quelqu'un pour tenir ton voile. Ça sera un très long voile. »

En dépit d'elle-même, Leila ne put retenir une ombre de sourire au coin de ses lèvres. « Quand j'allais à l'école… là-bas à Van… j'ai vu la photo de mariage d'une princesse. Mon Dieu, qu'elle était belle. Sa robe était ravissante et son voile devait faire dans les cent mètres, tu imagines ! »

Zaynab122 se dirigea vers l'évier. Elle se mit sur la pointe des pieds et laissa couler l'eau. Cela, elle l'avait appris de son maître. Si le marc de café donne des nouvelles exceptionnellement bonnes, il faut les laver aussitôt. Sinon la Destinée risque de s'en mêler et de mettre la pagaille, comme elle en a coutume. Délicatement, elle sécha la tasse et la posa sur le rebord de la fenêtre.

Leila poursuivit. « Elle avait l'air d'un ange, debout devant son palais. Sabotage a découpé la photo et me l'a donnée pour que je la garde.

— Qui est Sabotage ?

— Oh ! » Le visage de Leila s'assombrit. « Un ami. C'était un ami très cher.

— Bon, alors, cette mariée… Son voile faisait cent mètres de long, tu dis ? Ça ce n'est rien, *habibi*. Parce que, crois-moi, tu n'es peut-être pas une princesse, mais si ce que j'ai vu dans la tasse est vrai, ta robe sera encore plus jolie. »

Zaynab122, la devineresse, l'optimiste, la croyante ; pour qui le mot « foi » était synonyme du mot « amour » et pour qui Dieu, par conséquent, ne pouvait être que Bien-Aimé.

Zaynab122, l'une des cinq.

Histoire de Zaynab

Zaynab était née à quinze cents kilomètres d'Istanbul, dans un village de montagne isolé au nord du Liban. Depuis des générations, les familles sunnites du coin pratiquaient l'endogamie, et le nanisme était chose si courante dans le village qu'il attirait des étrangers curieux – journalistes, chercheurs scientifiques et autres. Les frères et sœurs de Zaynab étaient de taille moyenne et se marieraient tous l'un après l'autre. Au sein de la fratrie elle était la seule à avoir hérité la condition de ses parents, tous deux des petites personnes.

La vie de Zaynab changea le jour où un photographe d'Istanbul vint frapper à leur porte et demanda la permission de la prendre en photo. Le jeune homme voyageait dans la région en quête de vies ignorées du Moyen-Orient à illustrer. Il cherchait à tout prix quelqu'un comme elle. « Rien ne vaut une femme naine, dit-il avec un sourire engageant. Mais les naines arabes sont un double mystère pour les Occidentaux.

Et je veux que cette exposition fasse le tour de l'Europe. »

Zaynab pensait que son père ne serait pas d'accord, mais il accepta – à condition que leur nom de famille et leur lieu de résidence ne fussent pas cités. Jour après jour, elle posa pour le photographe. C'était un artiste talentueux, bien qu'incapable de comprendre quoi que ce soit du cœur humain. Il ne remarqua pas la rougeur qui envahissait les joues de son modèle chaque fois qu'il entrait dans la pièce. Après avoir pris plus d'une centaine de photos, il repartit satisfait, déclarant que son visage serait la pièce centrale de l'exposition.

Cette année-là, parce que sa santé s'altérait, Zaynab dut se rendre à Beyrouth avec une sœur plus âgée, et séjourna quelque temps dans la capitale. C'est là, à l'ombre du mont Sannine, entre deux visites à l'hôpital, qu'un maître diseur de bonne aventure se prit d'affection pour elle et lui enseigna l'art ancien de la tasséomancie – la divination par la lecture des feuilles de thé, de la lie de vin, du marc de café. Zaynab sentit que pour la première fois de sa vie son physique insolite pouvait lui fournir un atout. Les gens semblaient fascinés à l'idée qu'une naine leur prédise leur avenir – comme si en vertu de sa taille elle pouvait entrer en relation avec l'inconnu. Dans les rues on se moquait d'elle ou on la plaignait, mais dans l'intimité de sa chambre de lecture elle était admirée et vénérée. Et cela elle l'appréciait. Elle perfectionna sa méthode.

Grâce à son nouveau métier, Zaynab pouvait gagner de l'argent. Pas beaucoup, mais assez pour lui donner de l'espoir. Cependant, l'espoir est un processus chimique hasardeux qui peut susciter une réaction en chaîne dans l'âme humaine. Lasse des regards indiscrets, et sans perspective de trouver un mari ou un emploi, elle portait depuis longtemps son corps comme une malédiction. Dès qu'elle eut quelques économies, elle s'autorisa à rêver de tout laisser derrière elle. Elle irait quelque part où elle pourrait faire peau neuve. Toutes les histoires qu'on lui racontait depuis l'enfance ne contenaient-elles pas le même message ? On pouvait traverser les déserts, escalader les montagnes, naviguer sur l'océan et combattre des géants tant qu'on avait en poche une miette d'espoir. Les héros de ces contes étaient sans exception des hommes, et jamais de petite taille, mais peu importe. S'ils l'avaient osé, elle en était capable aussi.

De retour à la maison, pendant des semaines elle s'efforça de convaincre ses parents vieillissants de la laisser partir trouver sa propre voie. La fille respectueuse qu'elle avait toujours été ne pouvait voyager à l'étranger ou ailleurs sans leur bénédiction et, s'ils la lui avaient refusée, elle serait restée. Ses frères et sœurs étaient farouchement opposés à son projet, qu'ils estimaient pure folie. Mais Zaynab ne voulait pas en démordre. Comment pouvaient-ils deviner ce qu'elle éprouvait au plus profond d'elle-même, eux qu'Allah avait créés si différents ? Avaient-ils la moindre idée de ce que vivait une petite personne, cramponnée par les doigts aux lisières de la société ?

Pour finir, encore une fois, ce fut son père qui la comprit mieux que tout le monde.

« Ta mère et moi, nous prenons de l'âge. Je me suis souvent demandé, comment feras-tu seule quand nous ne serons plus là ? Bien sûr, tes sœurs prendront bien soin de toi. Mais je sais comme tu es fière. J'ai toujours espéré que tu épouserais quelqu'un de ta taille. Mais ça ne s'est pas fait. »

Elle lui embrassa la main. Si seulement elle pouvait lui expliquer que le mariage n'était pas sa destinée ; que souvent la nuit en posant la tête sur l'oreiller elle voyait les Anges voyageurs, les *Darda'ils*, et ne savait jamais ensuite si c'était un rêve ou une vision ; que peut-être sa demeure n'était pas l'endroit où elle était née mais celui où elle choisirait de mourir ; qu'avec ce qui lui restait de santé, d'années à vivre sur Terre, elle souhaitait accomplir ce que personne de sa famille n'avait fait jusqu'ici, devenir un des *voyageurs*.

Son père prit une profonde inspiration et inclina la tête, comme s'il avait tout entendu. Il dit : « Si tu dois partir, alors tu partiras, *ya ruhi*. Fais-toi des amis, de bons amis. Loyaux. Personne ne peut survivre seul – sauf Dieu tout-puissant. Et rappelle-toi, dans le désert de la vie, le fou voyage seul, le sage en caravane. »

*

* *

Avril 1964. Une nouvelle constitution consacrant la Syrie « république démocratique socialiste » avait été promulguée la veille de l'arrivée de Zaynab dans la ville de Kessab. Avec l'aide d'une famille arménienne, elle franchit la frontière et entra en Turquie. Elle voulait aller à Istanbul, sans trop savoir pourquoi, sinon à cause d'un instant lointain, un désir secret, le visage d'un photographe encore ancré au fond de sa mémoire, le seul homme qu'elle eût jamais aimé. Elle se cacha parmi les cartons au fond d'un camion, assaillie par des idées terrifiantes. Chaque fois que le conducteur donnait un coup de frein, Zaynab redoutait une catastrophe, mais à sa grande surprise le voyage se déroula sans histoire.

Pas facile, toutefois, de trouver un emploi à Istanbul. Personne ne voulait l'engager. Ne connaissant pas la langue, elle ne pouvait pratiquer la divination. Après des semaines de recherches, elle obtint une place dans un salon de coiffure nommé *Pointes fourchues*. Le travail était lourd, la paie à peine suffisante, le propriétaire hargneux. Peinant à passer plusieurs heures debout chaque jour, elle souffrait de douleurs dorsales affreuses. Mais elle tint bon. Il se passa quelques mois, puis l'année entière.

L'une des clientes régulières, une femme corpulente qui changeait de teinte de blond toutes les deux ou trois semaines, l'avait prise en affection.

« Pourquoi tu ne viendrais pas travailler chez moi ? dit-elle un jour.

— C'est quel genre d'endroit ? demanda Zaynab.

— Eh bien, c'est un bordel. Et avant de protester, ou de me jeter un truc à la tête, laisse-moi mettre les choses au point : je tiens une maison correcte. Enregistrée, légale. Notre établissement remonte à la période ottomane, mais va pas raconter ça autour de toi. Il y a des gens à qui ça déplaît, apparemment. En tout cas, si tu viens travailler pour moi, je ferai en sorte que tu sois bien traitée. Tu feras le même genre de boulot qu'ici, nettoyer, faire du café, laver les tasses… Rien de plus. Mais je te paierai mieux. »

Et c'est ainsi que Zaynab122, après avoir traversé les hautes montagnes du nord du Liban jusqu'aux basses collines d'Istanbul, entra dans la vie de Tequila Leila.

Neuf minutes

À la neuvième minute, la mémoire de Leila ralentit et d'un même mouvement échappa à son contrôle tandis que des fragments de son passé tourbillonnaient dans son crâne en une danse folle, tel un essaim d'abeilles. Elle se rappela alors D/Ali, pensée qui fit surgir le goût de chocolats fourrés au parfum surprise – caramel, pâte de cerise, praliné noisette…

Juillet 1968. Un été long, étouffant ; le soleil desséchait l'asphalte et l'air était moite. Pas la moindre brise, pas la plus petite ondée ni aucun nuage. Les mouettes restaient immobiles sur les toits, l'œil fixé sur l'horizon, comme si elles guettaient le retour d'armadas ennemies fantômes ; perchées sur les magnolias, les pies surveillaient les alentours à l'affût de babioles brillantes, mais pillaient peu au bout du compte, trop paresseuses pour bouger par cette chaleur. La semaine précédente, un tuyau avait éclaté et les eaux usées s'étaient répandues vers le sud jusqu'aux rues de Tophane, formant des mares ici et là où les enfants faisaient flotter des bateaux en papier. Les ordures non ramassées répandaient une odeur fétide. Les prostituées se plaignaient de la puanteur et des mouches. Sans espérer une seconde qu'elles seraient entendues. Personne ne s'attendait à voir le tuyau réparé avant longtemps. Ils devraient attendre, tout comme ils attendaient tant d'autres choses dans la vie. Pourtant, à l'immense surprise générale, un matin ils furent réveillés par le bruit d'ouvriers qui perçaient le bitume et réparaient le tuyau endommagé. Et mieux encore, les pierres descellées de la chaussée avaient été remises en place, et le portail à l'entrée de la rue des bordels repeint. Il était maintenant d'un vert sombre terne, genre reste de lentilles froid – une couleur que seul choisirait un agent du gouvernement pressé de voir le travail accompli.

Il s'avéra que les prostituées avaient raison de soupçonner la présence des autorités derrière cette activité frénétique. La cause en fut vite révélée : les Américains arrivaient. La sixième flotte naviguait vers Istanbul. Un porte-avions de vingt-sept mille tonnes allait larguer l'ancre dans le Bosphore pour participer aux opérations de l'OTAN.

La nouvelle suscita des vagues d'excitation dans la rue des bordels. Des centaines de marins allaient bientôt débarquer les poches pleines de dollars neufs, et nombre d'entre eux auraient sûrement besoin d'une touche féminine après des semaines passées loin de chez eux. L'Amère Ma ne se tenait plus de joie. Elle mit un panneau FERMÉ sur la porte d'entrée et ordonna à tout le monde de se retrousser les manches. Leila et les autres filles saisirent serpillières, balais, chiffons à poussière, éponges... tous les instruments de nettoyage qu'elles purent trouver. Et se mirent à cirer les poignées de portes, récurer les murs, balayer le plancher, laver les vitres et repeindre les chambranles en blanc coquille d'œuf. L'Amère Ma voulait faire repeindre tout le bâtiment, mais répugnant à louer les services d'un professionnel, dut se contenter de finitions d'amateur.

Pendant ce temps, un autre élan d'activité parcourait la ville. La municipalité d'Istanbul, résolue à offrir aux visiteurs américains un bel exemple de l'hospitalité turque, décora les rues de fleurs. Des milliers de drapeaux furent déployés et suspendus en pagaille aux fenêtres des voitures, des balcons et des jardins. *L'Otan c'est la sécurité, l'Otan c'est la paix*, proclamait une bannière accrochée à la façade d'un hôtel de luxe. Quand tous les réverbères, maintenant réparés ou renouvelés, s'allumaient, une lumière dorée se réfléchissait sur l'asphalte balayé de frais.

L'arrivée de la sixième flotte fut saluée par un tir de vingt et un coups de canon. À peu près au même moment, juste pour bien s'assurer qu'il n'y aurait pas d'incidents, la police fit une descente sur le campus de l'université. L'objectif était de rassembler les meneurs gauchistes et de les maintenir en détention jusqu'au départ de la flotte. Brandissant leur matraque, enhardis par leur pistolet, les policiers marchèrent sur les cantines et les dortoirs, le bruit de leurs bottes aussi régulier que le chant des cigales. Mais les étudiants eurent une réaction inattendue : ils résistèrent. Le face-à-face qui s'ensuivit devint brutal et sanglant – trente étudiants furent arrêtés, cinquante tabassés et un tué.

Cette nuit-là Istanbul brillait de charme et de beauté, quoique profondément nerveuse – comme une femme qui s'est habillée pour une soirée où elle n'a plus envie de se rendre. Il y avait une tension dans l'air qui ne fit que s'accroître au fil des heures. Dans tous les coins de la ville les gens dormaient par saccades, attendant avec anxiété la levée du jour, redoutant le pire.

Le lendemain matin, la rosée encore fraîche sur les fleurs plantées en l'honneur des Américains, des milliers de manifestants emplirent les rues. Une foule pressante se dirigea vers la place Taksim au son d'hymnes révolutionnaires. Devant le palais de Dolmabahçe – où résidèrent jadis six sultans ottomans et leurs concubines anonymes – le cortège fit soudain halte. Pendant un bref instant, il y eut un calme insolite – cet interstice au cours d'une manifestation où la foule retient son souffle, attend sans savoir quoi. Puis un meneur étudiant s'empara d'un mégaphone et hurla à pleins poumons : « *Yankee, go home !* »

La foule, comme galvanisée par un éclair de foudre, reprit en chœur : « *Yankee, go home ! Yankee, go home !* »

Les marins américains, qui avaient débarqué tôt le matin, étaient maintenant répandus dans la ville, prêts à visiter les lieux historiques, à prendre des photos, à acheter quelques souvenirs. Quand retentirent les premiers bruits au loin, ils n'y portèrent pas grande attention – jusqu'au détour d'une rue où ils tombèrent pile sur les manifestants furieux.

Pris en tenaille entre le cortège et les eaux du Bosphore, les marins choisirent la deuxième option et plongèrent droit dans la mer. Certains partirent à la nage et furent recueillis par des pêcheurs ; d'autres restèrent près du rivage et furent tirés hors de l'eau par des passants une fois la manifestation finie. Avant la fin de la journée, le commandant de la sixième flotte, jugeant qu'il n'était pas prudent de s'attarder, décida de quitter Istanbul plus tôt que prévu.

Pendant ce temps, au bordel, l'Amère Ma qui avait acheté des hauts de bikini et des pagnes pour toutes les filles, et préparé un panneau dans son sabir anglais disant *Wellcomme Johns*, bouillait de rage. Elle avait toujours détesté les gauchos, maintenant elle les haïssait. *Non mais merde, pour qui ils se prenaient, à lui pourrir ses affaires ?* Toutes ces heures de peinture, nettoyage, cirage pour rien. De son point de vue, voilà ce que c'était, le communisme : gaspiller sans fond l'énorme labeur de gens corrects et bien intentionnés ! Elle n'avait pas trimé toute sa vie pour qu'une poignée de radicaux égarés viennent lui dire de distribuer l'argent durement acquis à des bandes d'oisifs, traîne-lattes et va-nu-pieds. Non monsieur, pas question ! Ayant décidé de faire une donation à toute cause anticommuniste de la ville, si mince soit-elle, elle marmonna une malédiction collective et retourna le panneau de la porte d'entrée sur le côté « OUVERT ».

Une fois compris que les marins américains ne rendraient pas visite à la rue des bordels, les prostituées s'étaient détendues. En haut dans sa chambre, Leila, assise jambes croisées sur le lit, une rame de papier en équilibre sur les genoux, le stylo en attente appuyé contre la joue, espérait avoir un moment de tranquillité. Elle écrivit :

Chère Nalan,

Je repense à ce que tu m'as dit l'autre jour sur l'intelligence des animaux de ferme. Tu disais qu'on les tue, on les mange, et on se croit plus malins qu'eux, mais qu'on ne les comprend jamais vraiment.

Tu disais que les vaches savent reconnaître les gens qui leur ont fait du mal dans le passé. Les moutons aussi peuvent identifier les visages. Mais je me demande, à quoi ça leur sert de se rappeler tellement de choses s'ils ne peuvent rien y changer ?

D'après toi les chèvres sont différentes. Elles sont facilement bouleversées, mais elles pardonnent vite. Est-ce que, nous les humains, nous sommes comme les chèvres et les moutons, composés de deux espèces, ceux qui n'oublient jamais et ceux qui sont capables de pardonner ?

Arrachée à ses pensées par un bruit perçant, Leila fit une pause. L'Amère Ma criait après quelqu'un. La patronne, déjà courroucée, semblait remontée à bloc.

« Qu'est-ce que tu veux, fiston ? disait-elle. Dis-moi juste ce que tu cherches ! »

Leila sortit de la chambre et descendit vérifier ce qui se passait.

Un jeune homme se tenait sur le seuil. Son visage était en feu, ses cheveux sombres en bataille. Il haletait comme quelqu'un qui vient de courir pour sauver sa peau. Un regard suffit à Leila pour deviner qu'il s'agissait d'un des manifestants, probablement un étudiant. Quand la police avait bloqué les rues et arrêté les gens à tour de bras, il avait sans doute quitté le cortège, foncé dans une ruelle, et abouti en pleine rue des bordels.

« C'est la dernière fois que je te pose la question, n'abuse pas de ma patience. » L'Amère Ma fronça le sourcil. « Qu'est-ce que tu veux, tu vas me le dire ? Et si tu ne veux rien, parfait, fous le camp ! Ne reste pas planté là comme un épouvantail. Parle ! »

Le jeune homme jeta un coup d'œil à la ronde, les bras serrés sur la poitrine comme pour se réconforter. Ce fut ce geste qui toucha le cœur de Leila.

« Douce Ma, je crois que c'est moi qu'il est venu voir », dit Leila depuis le haut de l'escalier.

Surpris, il releva la tête et la vit. Le plus charmant sourire redressa les coins de sa bouche.

Pendant ce temps, l'Amère Ma observait cet inconnu de sous ses lourdes paupières, attendant de voir ce qu'il trouverait à répondre.

« Hum, oui... c'est exact... Je suis venu parler à cette dame, en effet. Merci. »

L'Amère Ma en tremblait de rire. « *Parler à cette dame – en effet ? Merci ?* Parfait, fiston. De quelle planète tu es tombé, déjà ? »

Le jeune homme cligna des yeux, soudain timide. Il se passa une paume sur la tempe, comme pour se donner le temps de trouver la réponse.

L'Amère Ma reprit son sérieux et sa position de femme d'affaires. « Alors tu la veux ou pas ? Tu as de l'argent, mon pacha ? Parce qu'elle coûte cher. Une de mes meilleures. »

La porte s'ouvrit, livrant passage à un client. Dans la lumière changeante qui s'engouffra de la rue, Leila ne put d'abord déchiffrer l'expression du jeune homme. Et puis elle vit qu'il faisait oui de la tête, une expression calme s'installant sur son visage anxieux.

Une fois monté dans sa chambre, il regarda autour de lui avec intérêt, examinant chaque détail – les fêlures du lavabo, le placard qui fermait mal, les trous de cigarette des rideaux. Puis il se retourna et vit que Leila se déshabillait lentement.

« Oh non, non. Arrêtez ! » Il fit un rapide pas en arrière et baissa la tête, le visage sévère, ciselé par le reflet éblouissant du miroir. Gêné de sa sortie, il se reprit. « Je voulais dire... s'il vous plaît, restez habillée. Je ne suis pas vraiment venu pour ça.

— Alors qu'est-ce que tu veux ? »

Il haussa les épaules. « On pourrait juste s'asseoir et bavarder ?

— Tu veux *bavarder* ?

— Oui, je serais ravi de faire connaissance avec vous. Oh mon dieu, je ne sais même pas votre nom. Moi c'est D/Ali – pas mon nom officiel, mais celui-là personne n'a envie de le garder, n'est-ce pas ? »

Leila le regardait bouche bée. Dans l'atelier de menuiserie au fond de la cour, quelqu'un se mit à chanter – une chanson inconnue d'elle.

D/Ali se laissa tomber sur le lit et s'assit avec aisance en tailleur, la joue posée sur la paume de sa main. « Et ne vous inquiétez pas si vous n'avez pas envie de parler, sincèrement. Je peux juste nous rouler une cigarette. On la fumera en silence. »

*
* *

D/Ali. Ses cheveux noir corbeau qui retombaient en vagues sur son col ; ses yeux aux nuances d'émeraude qui prenaient une teinte plus vive quand il était pensif ou troublé. Un fils d'immigrants, enfant de déplacements et de diasporas obligés. Turquie, Allemagne, Autriche, retour en Allemagne, puis encore la Turquie – des traces de son passé apparaissaient de-ci de-là comme des clous saillants au travers d'un vieux cardigan. Avant de le rencontrer, Leila n'avait jamais croisé personne qui avait habité autant de lieux sans jamais se sentir chez lui nulle part.

Son vrai nom, celui inscrit sur son passeport allemand, c'était Ali.

À l'école, chaque année, il était soumis aux railleries, parfois aux injures et aux poings d'étudiants racistes. Puis l'un d'eux découvrit sa passion pour l'art. Ce fut prétexte à encore plus de moqueries chaque matin à son arrivée en classe. *Voici un garçon qui s'appelle Ali... pauvre crétin, il se prend pour Dalí.* Elles l'avaient atteint au plus intime de son être, ces provocations perpétuelles, ces épines. Mais un jour, quand un nouvel enseignant demanda à chaque élève de se présenter, il bondit le premier sur ses pieds et dit avec un sourire calme, assuré : « Bonjour, mon nom c'est Ali, mais je préfère qu'on m'appelle D/Ali. » À partir de là, les allusions perfides cessèrent, mais lui, têtu et indépendant, s'était mis à utiliser et même à apprécier ce surnom naguère blessant.

Ses parents, tous deux originaires d'un village au bord de la mer Égée, avaient fait le voyage de Turquie vers l'Allemagne au début des années soixante comme *Gastarbeiter*, « travailleurs invités », conviés à venir s'installer jusqu'à ce qu'on n'ait plus besoin d'eux, puis supposés refaire leurs bagages et rentrer chez eux. Son père, parti le premier en 1961, partageait une chambre dans une pension avec dix autres ouvriers, dont la moitié étaient analphabètes.

Le soir, à la faible lueur d'une lampe, ceux qui savaient lire rédigeaient les lettres de ceux qui ne savaient pas. Au bout d'un mois de vie commune dans un espace aussi restreint, ils savaient tout les uns des autres, des secrets de famille aux constipations.

Un an plus tard, le père fut rejoint par son épouse, avec derrière elle D/Ali et leurs filles jumelles. Au début, rien ne se passa comme ils l'espéraient. Après une tentative vaine pour s'établir en Autriche, la famille retourna en Allemagne. L'usine Ford de Cologne avait besoin de main-d'œuvre, et ils s'installèrent dans un quartier où les rues sentaient l'asphalte quand il pleuvait, où les maisons se ressemblaient toutes, et où la vieille dame du rez-de-chaussée appelait la police au moindre bruit émanant de leur appartement. Sa mère leur acheta à tous des pantoufles molletonnées, et ils prirent l'habitude de parler à voix basse. Ils regardaient la télévision en coupant le son, et n'écoutaient pas de musique ni ne tiraient la chasse d'eau le soir : ces bruits-là non plus n'étaient pas tolérés. Le frère cadet de D/Ali naquit là, et c'est là qu'ils grandirent tous, là qu'ils s'endormaient bercés par le murmure des eaux du Rhin.

Le père de D/Ali, qui lui avait transmis sa chevelure sombre et sa mâchoire carrée, parlait souvent de retourner en Turquie. Quand ils auraient économisé assez d'argent, qu'ils en auraient fini avec ce pays froid et arrogant, ils lèveraient le camp. Il faisait construire une maison là-bas dans son village. Une grande maison avec un bassin et un verger à l'arrière. Le soir, ils écouteraient bruire la vallée et parfois siffler un pigeon, et ils n'auraient plus à porter des pantoufles molletonnées ou à parler bas. Plus les années passaient, plus il mettait de soin à planifier leur retour. Personne dans la famille ne le prenait au sérieux. L'Allemagne était leur pays. L'Allemagne était le *Vaterland* – même si le père de famille ne pouvait accepter ce fait.

Quand D/Ali arriva à l'école secondaire, ses enseignants et ses camarades de classe savaient déjà qu'il était destiné à devenir artiste. Pourtant sa famille n'encourageait en rien cette passion. Même quand son professeur préféré vint leur parler, ses parents furent incapables de le comprendre. D/Ali n'oublierait jamais la honte qu'il endura cette après-midi-là : Frau Krieger, une femme solidement charpentée, juchée sur une chaise, un petit verre de thé tenu avec élégance entre deux doigts, s'efforçait d'expliquer à ses parents que leur fils était *réellement* doué, et qu'il pouvait obtenir une place dans une école d'arts appliqués si seulement on pouvait le former et le guider. D/Ali observait son père : celui-ci écoutait avec un sourire qui n'allait pas jusqu'à ses yeux, un air de pitié pour cette Allemande à la peau rose saumon et aux cheveux blonds coupés court, qui lui disait quoi faire de son propre fils.

D/Ali avait dix-huit ans quand ses sœurs assistèrent à une soirée chez une amie, où il se passa quelque chose de terrible. L'une des jumelles ne rentra pas à la maison, alors qu'elle avait seulement une permission de 20 heures. Le lendemain, on la retrouva étendue au bord de la route, inconsciente. On la conduisit d'urgence en ambulance dans un hôpital où elle fut traitée pour un coma éthylique. On lui fit un lavage d'estomac si profond qu'elle eut le sentiment qu'on lui avait vidé l'âme. La mère de D/Ali dissimula l'incident à leur père qui travaillait cette fois-là dans l'équipe de nuit.

Les rumeurs circulent vite dans un village, et toute communauté d'immigrants, quelle que soit sa taille, est au fond un village. Très vite le scandale parvint aux oreilles du père. Tel un ouragan répandant sa fureur sur toute la surface d'une vallée, il punit la famille entière. Cette fois c'était la goutte de trop. Ses enfants retourneraient en Turquie. Tous sans exception. Les parents resteraient en Allemagne jusqu'à la retraite, mais les plus jeunes vivraient à partir de maintenant chez leurs cousins d'Istanbul. L'Europe n'était pas un endroit convenable pour élever une fille, encore moins deux. D/Ali serait inscrit à l'université d'Istanbul et garderait un œil vigilant sur les jumelles. S'il y avait le moindre problème, il en serait tenu pour responsable.

Et ainsi il arriva là-bas à l'âge de dix-neuf ans, avec son turc balbutiant et ses manières allemandes irréversibles. Il était habitué à se sentir étranger en Allemagne, mais avant de revenir vivre à Istanbul, il n'avait jamais pensé qu'il éprouverait le même sentiment en Turquie, en pire. Ce n'était pas seulement son accent ou la manière dont il concluait involontairement ses phrases de *ja* ou de *ach so !* qui le faisaient remarquer. C'était l'expression de son visage, comme s'il était perpétuellement mécontent ou déçu de ce qu'il voyait, de ce qu'il entendait, tout ce dont il ne pouvait se résoudre à faire partie.

La colère. À ses premiers mois dans la ville, il était souvent saisi d'accès de colère, moins contre l'Allemagne ou la Turquie que contre l'ordre des choses, contre le régime capitaliste qui dispersait les familles, la classe bourgeoise qui se nourrissait sur la sueur et sur la souffrance des travailleurs, contre un système bancal qui ne lui permettait d'appartenir nulle part. Il avait beaucoup lu sur le marxisme au lycée, et toujours admiré Rosa Luxemburg, cette femme si courageuse et brillante, assassinée à Berlin par les Freikorps et jetée dans un canal – canal qui coulait placidement à Kreutzberg, où D/Ali s'était rendu à plusieurs reprises et dans lequel un jour, en secret, il avait jeté une fleur. Une rose pour Rosa. Pourtant ce n'est qu'en faisant ses débuts à l'université d'Istanbul qu'il allait rallier un groupe de gauchistes farouches. Ses nouveaux camarades voulaient démolir le statu quo et tout reconstruire à neuf, comme D/Ali.

Aussi, quand il surgit à la porte de Leila en juillet 1968, fuyant la police qui démantelait la manifestation contre la sixième flotte, D/Ali apportait avec lui parmi les relents de gaz lacrymogène ses idées radicales, son passé complexe et son sourire radieux.

*

* *

« Comment tu as abouti ici ? » demandaient toujours les hommes.

Et chaque fois, Leila racontait une histoire différente, selon ce qu'elle pensait qu'ils aimeraient entendre – un conte taillé à la mesure des attentes de sa clientèle. C'était un talent que lui avait enseigné l'Amère Ma.

Mais elle ne ferait rien de tel pour D/Ali, qui d'ailleurs ne lui posa jamais la question. Au lieu de quoi il voulait savoir toutes sortes de choses la concernant – quel goût avait le petit déjeuner quand elle était enfant à Van, quels arômes se rappelait-elle plus vivement des hivers enfuis depuis longtemps, et si elle devait attribuer un parfum à chaque ville, quel serait le parfum d'Istanbul ? Si « liberté » était un genre d'aliment, musait-il, quelle impression lui ferait-il sur la langue ? Et que dire de « *Vaterland* » ? D/Ali semblait percevoir le monde à travers les goûts et les odeurs, même les choses abstraites de la vie comme l'amour et le bonheur. Au fil du temps, ils en firent une sorte de jeu, une monnaie spéciale : ils collectaient des souvenirs et des instants qu'ils convertissaient en saveurs et arômes.

Goûtant les cadences de sa voix, Leila pouvait écouter D/Ali parler pendant des heures sans jamais s'ennuyer. En sa présence elle éprouvait une forme de légèreté qu'elle ne connaissait plus depuis longtemps. Un filet d'espoir, qu'elle ne se croyait plus capable de nourrir, lui parcourait les veines et accélérait les battements de son cœur. Il lui rappelait le temps où, enfant, elle aimait s'asseoir sur le toit de leur maison à Van pour regarder le paysage comme si demain ne viendrait jamais.

Ce qui l'intriguait le plus chez lui, c'est qu'il la traitait depuis le début en égale, comme si le bordel n'était qu'une salle de classe de l'université qu'il fréquentait, et elle une étudiante croisée fréquemment dans les couloirs mal éclairés. C'est cela plus que tout qui fit baisser sa garde à Leila – ce sentiment inattendu d'égalité. Une illusion, sûrement, mais qui lui était chère. En s'avançant dans ce territoire inconnu, en découvrant D/Ali, c'est elle-même qu'elle redécouvrait aussi. Chacun pouvait voir son regard s'éclairer dès qu'elle l'apercevait, mais rares étaient ceux qui savaient que l'excitation s'accompagnait d'un flot de culpabilité.

« Tu ne devrais plus venir ici, lui dit un jour Leila. Ce n'est pas bon pour toi. Cet endroit est plein de malheur, tu ne le vois pas ? Il contamine l'âme des gens. Et ne te crois pas au-dessus de ça, parce qu'il va t'engloutir ; c'est un marais. On n'est pas normales, aucune de nous. Rien ici n'est naturel. Je ne veux plus que tu viennes passer du temps avec moi. Et pourquoi tu viens si souvent puisque tu ne… »

Elle n'acheva pas sa phrase, ne voulant pas qu'il la croie troublée par le fait qu'il n'avait toujours pas couché avec elle, car en vérité c'est ce qu'elle aimait et respectait chez lui. Elle s'y attachait, comme à un cadeau précieux qu'il lui aurait offert. Mais bizarrement, seule l'absence de sexe l'autorisait à penser à lui en ces termes, jusqu'au point où de temps à autre, elle se surprenait à imaginer quel effet cela ferait de lui toucher le cou, d'embrasser cette petite cicatrice qu'il avait sur le côté du menton.

« Je viens parce que j'aime bien te voir, c'est aussi simple que ça, disait D/Ali d'un ton morose. Et je ne sais pas ce qui est *normal* dans un système aussi tordu. »

D'après D/Ali, en règle générale les gens qui abusaient du mot « naturel » n'en savaient pas très long sur les voies de Mère Nature. Si vous leur disiez que les escargots, les vers de terre, les daurades étaient hermaphrodites, que les hippocampes mâles pouvaient engendrer et les poissons-clowns changer de sexe au cours de leur vie, ou que les seiches mâles étaient des travestis, ils seraient stupéfaits. Quiconque étudiait la nature de près aurait dû réfléchir avant d'utiliser le mot « naturel ».

« Parfait, mais tu dépenses tellement d'argent. L'Amère Ma te facture à l'heure.

— Ah, ça oui, fit tristement D/Ali. Mais imagine une seconde qu'on sorte ensemble, que je t'invite ou que tu m'invites. Qu'est-ce qu'on ferait ? On irait au cinéma, puis dans un restaurant classe et un dancing…

— Un restaurant classe ! Un dancing ! reprit-elle en écho souriant.

— Ce que je veux dire, c'est que ça nous coûterait de l'argent.

— Ce n'est pas pareil. Tes parents seraient horrifiés s'ils savaient que tu gaspilles leur argent durement gagné dans un endroit comme ici.

— Hé, mes parents ne me donnent pas d'argent.

— Vraiment ? Mais je croyais... Alors comment tu as les moyens de payer *ça* ?

— Je travaille. » Il lui fit un clin d'œil.

« Où ça ?

— Ici, là, et partout.

— Pour qui ?

— Pour la révolution ! »

Elle détourna le regard, troublée. Et une fois de plus, elle se sentit déchirée entre ses tripes et son cœur. Ses tripes l'avertissaient que la face attentionnée, aimable de ce jeune homme cachait autre chose et qu'elle devait se montrer prudente. Mais son cœur la poussait en avant, tout comme le jour de sa naissance après être restée immobile sous une couverture de sel.

Elle cessa donc de s'opposer à ses visites. Certaines semaines il venait tous les jours. À d'autres, seulement le week-end. Elle devinait, le cœur chaviré, que bien des nuits il était dehors avec ses camarades, grandes ombres noires projetées devant eux dans les rues vides, mais ce qu'ils faisaient de leur temps, elle préférait ne pas le demander.

« Ton type est revenu », braillait Ma depuis le rez-de-chaussée chaque fois qu'il se pointait, et si Leila était avec un client, D/Ali devait attendre sur une chaise près de l'entrée. À ces moments-là sa honte était si forte qu'elle aurait voulu mourir : quand elle l'invitait ensuite dans une chambre imprégnée de l'odeur d'un autre homme. Mais si D/Ali était tant soit peu mal à l'aise, il n'en parla jamais. Une concentration muette habitait tous ses gestes, et ses yeux la tenaient sous leur regard intense, oublieux de tout le reste, comme si elle était, avait toujours été, le centre du monde. Sa gentillesse était spontanée, sans calcul. Chaque fois qu'il prenait congé, au bout d'une heure exactement, un vide s'étendait dans chaque coin de la pièce et aspirait Leila tout entière.

D/Ali n'oubliait jamais de lui apporter un petit cadeau – un calepin, un ruban pour ses cheveux, un anneau en forme de serpent qui se mord la queue, et parfois des chocolats fourrés : caramel, pâte de cerise, praliné noisette... Ils s'asseyaient sur le lit, ouvraient la boîte, prenaient leur temps avant de choisir lequel manger en premier, puis pendant une heure pleine, parlaient sans arrêt. Une fois, il effleura la cicatrice de son dos, souvenir de l'agression au vitriol. Tendrement, tel un prophète divisant la mer, il suivit le tracé de la blessure qui déchirait sa peau.

« Je veux te peindre, dit-il. Je peux ?

— Une peinture de moi ? » Leila rougit un peu et baissa les yeux. Quand elle les releva, elle vit qu'il lui souriait, exactement comme elle s'y attendait.

La fois suivante il transportait un chevalet et une boîte en bois remplie de pinceaux de soie, tubes de peinture à l'huile, couteaux à palette, carnets de croquis et huile de lin.

Elle posa pour lui, assise sur le lit vêtue de sa courte jupe en crêpe rose cramoisi et haut de bikini perlé assorti, les cheveux remontés en chignon souple, le visage tourné vers la porte comme si elle voulait la contraindre à rester fermée. Il rangeait la toile dans le placard jusqu'à sa prochaine visite. Lorsqu'il eut terminé, au bout d'environ une semaine, elle eut la surprise de voir qu'à l'emplacement de la marque d'acide, il avait peint un minuscule papillon blanc.

« Fais attention, la prévenait Zaynab122. C'est un artiste, et les artistes sont des égoïstes. Dès qu'il aura obtenu ce qu'il veut, il disparaîtra. »

Pourtant, à la surprise générale, D/Ali continuait à venir. Les prostituées se moquaient de lui, disant qu'à l'évidence il était incapable d'avoir une érection, incapable de baiser, et quand elles étaient à court de railleries, elles se plaignaient des effluves de térébenthine. Sachant qu'elles étaient jalouses, Leila ne leur prêtait pas attention. Mais quand l'Amère Ma commença à grommeler elle aussi, ne cessant de répéter qu'elle ne voulait pas de gauchos chez elle, Leila commença à craindre qu'on l'empêche de le voir.

C'est alors que D/Ali fit à l'Amère Ma une offre inattendue.

« Cette nature morte sur le mur... Je ne veux pas vous vexer, mais ces jonquilles et ces citrons sont assez médiocres. Vous n'avez jamais envisagé de mettre un portrait à la place ?

— En fait j'en avais un, dit Ma, tout en se gardant de préciser qu'il représentait le sultan Abdülaziz. Mais j'ai été obligée de m'en séparer.

— *Ach so*, quel dommage. Peut-être qu'il vous faut un nouveau tableau, alors. Et si je faisais votre portrait - gratuitement ? »

L'Amère Ma partit d'un rire tonitruant, les bourrelets de graisse autour de sa taille frétillant d'amusement. « Sois pas stupide. Je suis pas une beauté. Va chercher quelqu'un d'autre. » Puis elle s'interrompit, soudain sérieuse. « C'est pas une blague ? »

Cette semaine-là, L'Amère Ma commença à poser pour D/Ali en tenant son tricot devant sa poitrine pour à la fois montrer son savoir-faire et cacher son double menton.

Quand D/Ali eut fini sa tâche, la femme sur la toile paraissait une version plus heureuse, plus jeune et plus mince du modèle d'origine. À présent, toutes les prostituées voulaient poser pour lui et, cette fois, ce fut Leila qui se sentit jalouse.

*

*   *

Le monde n'est plus le même pour celui qui tombe amoureux, pour celui qui en occupe le centre ; il ne peut que tourner plus vite désormais.

Dix minutes

Alors que le temps filait, l'esprit de Leila se remémora avec joie le goût de son aliment de rue préféré : la friture de moules – farine, jaune d'œuf, bicarbonate de soude, poivre, sel, et moules fraîches de la mer Noire.

Octobre 1973. Le pont du Bosphore, le quatrième pont suspendu le plus long du monde, enfin achevé après trois années de travaux, fut ouvert à la circulation lors d'une cérémonie publique spectaculaire. À une extrémité du pont était planté un grand panneau : *Bienvenue sur le continent asiatique*. À l'autre bout un second panneau affichait : *Bienvenue sur le continent européen.*

Depuis tôt le matin, les foules s'étaient massées pour l'occasion sur les deux côtés du pont. Dans l'après-midi, le président prononça un discours chargé d'émotion : des héros de l'armée, dont certains si vieux qu'ils avaient combattu pendant les guerres des Balkans, la Première Guerre mondiale et la Guerre d'indépendance, se tenaient au garde-à-vous dans un silence grave ;

des dignitaires étrangers siégeaient sur une plate-forme élevée aux côtés de personnalités politiques et de gouverneurs de provinces ; des drapeaux rouge et blanc flottaient à perte de vue dans le vent ; un orchestre jouait l'hymne national et tous chantaient à gorge déployée ; il y eut un lâcher de milliers de ballons, et des danseurs de *zeybeck* se mirent à virevolter, bras ouverts à hauteur des épaules, comme des aigles en plein ciel.

Plus tard, une fois le pont ouvert aux piétons, les gens purent passer à pied d'un continent à l'autre. Pourtant, de manière surprenante, tant de citadins choisirent ce lieu pittoresque pour se suicider qu'à la longue les autorités décidèrent d'interdire complètement l'accès aux piétons. Mais tout cela viendrait plus tard. Pour l'instant, l'heure était à l'optimisme.

La veille on avait fêté le cinquantième anniversaire de la république de Turquie, en soi un événement gigantesque. Et aujourd'hui les Stambouliotes célébraient ce monument d'ingénierie – long de plus de quinze cents mètres – création des ouvriers turcs et des concepteurs et ingénieurs britanniques de la Cleveland Bridge and Engineering Company. Le détroit du Bosphore, mince et fin, était surnommé depuis toujours « l'encolure d'Istanbul », et voilà qu'un pont venait l'orner comme une parure incandescente. Surplombant la ville le collier luisait, dansait au-dessus des eaux là où la mer Noire se fondait dans la mer de Marmara d'un côté, tandis que de l'autre la mer Égée courait rejoindre la Méditerranée.

La semaine tout entière avait été marquée par un sentiment si fort de joie partagée que même les mendiants de la ville souriaient comme s'ils avaient le ventre plein. Maintenant que la Turquie asiatique était reliée de façon permanente à la Turquie européenne, l'ensemble du pays était promis à un brillant avenir. Le pont annonçait le début d'une ère nouvelle. Techniquement la Turquie était désormais *dans* l'Europe, que les gens là-bas soient d'accord ou pas.

Pendant la nuit, des feux d'artifice éclatèrent, illuminant le ciel sombre d'automne. Rue des bordels, les filles en groupe sur la chaussée regardaient le spectacle en fumant. L'Amère Ma, qui se considérait comme une authentique patriote, avait la larme à l'œil.

« Quel pont stupéfiant – il est énorme, dit Zaynab122, les yeux levés vers les feux d'artifice.

— Les oiseaux ont drôlement de la chance, répondit Leila. Tu te rends compte, ils peuvent se percher dessus où ils veulent. Les mouettes, les pigeons, les pies… Et les poissons peuvent nager dessous. Les dauphins, les bonites. Quel privilège ! Tu n'aimerais pas finir ta vie comme ça ?

— Bien sûr que non.

— Eh bien moi, si, dit Leila, obstinée.

— Qu'est-ce qui te rend si romantique, mon chou ? » Nostalgia Nalan, avec un amusement visible, poussa un soupir exagéré. Elle venait de temps en temps rendre visite à Leila, mais sa présence inquiétait l'Amère Ma. La loi était formelle : interdiction d'employer des travestis dans les bordels – et comme elles ne pouvaient pas non plus être employées ailleurs, elles étaient forcées de travailler dans la rue. « Tu as idée de combien ç'a coûté, cette construction gigantesque ? Et qui a payé ? Nous, le peuple ! »

Leila sourit. « Des fois on croirait entendre D/Ali.

— Et quand on parle du loup... » Nalan fit un geste de la tête vers sa gauche.

En se retournant, Leila vit D/Ali approcher, veste froissée, bottes piétinant lourdement, un grand sac de toile pendu à l'épaule et, à la main un cornet de moules frites.

« Pour toi », dit-il en lui tendant le cornet. Il savait qu'elle en raffolait.

D/Ali ne dit plus un mot avant d'être en haut derrière la porte bien close. Il se laissa tomber sur le lit, se frotta le front.

« Ça va ? demanda Leila.

– Pardon, je suis un peu retourné. Ils ont failli m'attraper, ce coup-ci.

— Qui ça ? la police ?

— Non, les Loups gris. Les fascistes. C'est leur groupe qui est en charge de cette zone.

— Les fascistes sont en charge de *cette* zone ? »

Il la vrilla des yeux. « Chaque quartier d'Istanbul a deux groupes rivaux, un des leurs et un des nôtres. Malheureusement, par ici ils ont réussi à nous dépasser en nombre. Mais on rend les coups.

— Raconte-moi ce qui s'est passé.

— J'ai tourné à un coin de rue et ils étaient là, massés, qui braillaient et rigolaient. Je crois qu'ils fêtaient le pont. Et puis ils m'ont vu…

— Ils te connaissent ?

— Oh, à force on s'est déjà tous plus ou moins croisés, et sinon c'est facile de deviner qui est quoi rien qu'à voir son allure. »

Les vêtements étaient politiques. Ainsi que les pilosités faciales – en particulier la moustache. Les nationalistes la portaient pointes en bas, en forme de croissant de lune. Les islamistes la taillaient, courte et bien nette. Les staliniens préféraient les moustaches morse qui paraissaient ne jamais avoir rencontré un rasoir. D/Ali pour sa part était toujours rasé de près. Leila ne savait pas si cela affichait un message politique et, si oui, quel en était le contenu exact. Elle se prit à observer ses lèvres – droites et couleur de rose. Elle ne regardait jamais les lèvres masculines, évitait soigneusement de le faire, et se sentit troublée de s'y être à l'instant laissée aller.

« Ils m'ont couru après comme des fous, disait D/Ali, sans avoir conscience de ce qu'elle pensait. J'aurais couru plus vite si je n'avais pas eu ça à trimballer. »

Leila jeta un coup d'œil au sac. « Qu'est-ce qu'il y a dedans ? »

Il lui montra. À l'intérieur étaient rangés des centaines, voire des milliers de tracts. Elle en sortit un pour l'étudier. Un dessin couvrait la moitié de la page. Des ouvriers d'usine en blouse bleue sous un faisceau de lumière ruisselant du plafond. Des hommes et des femmes, côte à côte. Ils avaient l'air confiants et irréels, presque angéliques. Elle saisit un autre tract : des mineurs de charbon vêtus de salopettes bleu vif, les traits soulignés de suie, les yeux immenses et sages sous leur casque. Rapidement, elle passa en revue le reste du paquet. Les gens représentés avaient tous la mâchoire carrée et les muscles solides ; ils n'étaient pas blêmes et épuisés comme les ouvriers qu'elle voyait tous les jours dans l'atelier de menuiserie. Dans l'univers communiste de D/Ali, tout le monde était vigoureux et musclé et éclatant de santé. Elle pensa à son frère et sentit son cœur se tordre.

« Tu n'aimes pas les images ? demanda-t-il en l'observant.

— Si. C'est *toi* qui les as dessinées ? »

Il fit signe que oui. Un éclair de fierté illumina ses traits. Ses peintures, imprimées sur une presse clandestine, circulaient dans toute la ville.

« On en dépose partout – cafés, restaurants, librairies, cinémas… Mais maintenant je suis un peu inquiet. Si les fascistes me coincent avec les tracts, ils vont me tabasser à mort.

— Pourquoi tu ne laisses pas le sac ici ? Je le cacherai sous le lit.

— Je ne peux pas, ça pourrait te mettre en danger. »

Elle rit doucement. « Qui va venir fouiller ici, chéri ? Ne t'inquiète pas, je garderai un œil sur la révolution pour toi. »

Cette nuit-là, une fois les portes du bordel verrouillées et l'établissement plongé dans le silence, Leila sortit les tracts. La plupart des prostituées rentraient dormir à la maison ; elles avaient des parents âgés ou des enfants dont il fallait s'occuper, mais certaines restaient sur place. Au bout du couloir, une femme ronflait bruyamment tandis qu'une autre parlait dans son sommeil, la voix implorante et si frêle qu'on entendait mal ce qu'elle disait. Leila s'assit dans son lit et commença à lire : *Camarades, soyez vigilants. USA, partez du Vietnam maintenant ! La Révolution a commencé. La Dictature du Prolétariat.*

Elle scruta les mots, frustrée de ne pas en saisir toute la force, tout le sens. Elle se rappela la panique muette de MaTante chaque fois qu'elle était devant un document écrit. Une pointe de regret la poignarda. Pourquoi ne lui était-il jamais venu à l'idée, quand elle était jeune, d'apprendre à sa mère à lire et écrire ?

« Je voulais te demander quelque chose, dit-elle le lendemain à D/Ali quand il reparut. Est-ce qu'il y aura encore de la prostitution après la révolution ? »

Il lui lança un regard vide. « D'où tu sors ça ?

— Je me demandais ce qui nous arrivera si c'est ton groupe qui gagne.

— Il ne t'arrivera aucun mal – ni à toi ni à tes amies. Écoute, tout ça ce n'est pas ta faute. C'est le capitalisme qui est coupable. Le système inhumain qui crée des profits pour la bourgeoisie impérialiste moribonde et ses complices en maltraitant les faibles et en exploitant la classe laborieuse. La révolution défendra vos droits. Tu es une prolétarienne, toi aussi, un membre de la classe ouvrière, ne l'oublie pas.

— Mais vous allez fermer cet endroit ou le laisser ouvert ? Et l'Amère Ma, qu'est-ce qu'elle deviendra ?

— Ta patronne n'est qu'une capitaliste exploiteuse, elle ne vaut pas mieux qu'un ploutocrate gorgé de champagne. »

Leila ne dit mot.

« Écoute, cette femme tire profit de ton corps. Du tien et de beaucoup d'autres. Après la révolution, il faudra la punir – un châtiment juste, bien sûr. Mais nous fermerons tous les bordels et nous nettoierons tous les quartiers aux néons rouges. On en fera des usines. Les prostituées et les filles de joie deviendront toutes des ouvrières – ou des paysannes.

— Oh, certaines de mes amies risquent de ne pas aimer ça », dit Leila, les yeux rétrécis, comme s'ils plongeaient dans un futur où Nostalgia Nalan fuirait en robe étroite et talons hauts du champ de blé où on l'aurait contrainte à travailler.

D/Ali semblait penser la même chose. Il avait rencontré plusieurs fois Nalan qui l'avait impressionné par sa force de volonté. Il ne savait pas comment Marx s'y prendrait avec des gens comme elle. Ou Trotski, à ce compte-là. Il ne se rappelait pas avoir jamais rien lu, dans tous les livres qu'il avait étudiés, sur les travestis qui ne voulaient plus être des paysannes. « Je suis sûr que nous trouverons un travail adéquat pour tes amies. »

Leila sourit, savourant en secret son discours passionné, mais les mots qui sortirent de sa bouche n'en montrèrent rien. « Comment tu peux croire tout ça ? Pour moi c'est du pur fantasme.

— Ce n'est pas un fantasme. Ni un rêve. C'est le courant de l'histoire. » Il avait l'air blessé, un peu boudeur. « Tu peux faire couler un fleuve à contre-courant ? Non. L'histoire avance, de façon inexorable et logique, vers le communisme. Tôt ou tard il arrivera, le grand soir. »

Le voyant si aisément ému, Leila se sentit un élan d'affection pour lui. Sa main se posa doucement sur l'épaule du garçon, s'y nicha comme un moineau.

« Mais j'ai bien un rêve, si tu veux savoir. » D/Ali ferma les yeux, ne voulant pas voir son visage quand elle entendrait ce qu'il allait dire. « Ça te concerne, en fait.

— Ah ouais, et qu'est-ce que c'est ?

— Je veux que tu m'épouses. »

Le silence qui suivit était si profond que Leila, le regard fixé sur D/Ali, pouvait entendre le léger murmure des vagues dans le port et le moteur d'une barque de pêche dans la darse. Elle prit une grande inspiration mais eut le sentiment que l'air n'atteignait pas ses poumons, que sa poitrine débordait. Puis le réveil sonna, et les fit tous deux sursauter. L'Amère Ma avait récemment muni toutes les chambres d'un réveil, afin que leur heure écoulée, les clients ne s'attardent pas.

Leila se redressa. « S'il te plaît, promets-moi une chose. Ne redis jamais ça. »

D/Ali ouvrit les yeux. « Tu es en colère ? Ne te fâche pas.

— Écoute, il y a des choses qu'il ne faut jamais dire dans cette maison. Même si tes intentions sont bonnes, et ça je n'en doute pas. Mais il faut que tu comprennes bien : je n'aime pas ce genre de discours. Je trouve ça très... perturbant. »

Pendant un instant, il sembla perdu. « Je suis quand même surpris que tu ne l'aies jamais remarqué.

— Remarqué quoi ? » Leila retira sa main comme si elle l'éloignait du feu.

« Que je t'aime. Depuis la première fois où je t'ai vue... dans l'escalier... le jour où la sixième flotte est venue... tu te rappelles ? »

Leila sentit ses joues rougir. Son visage la brûlait. Elle voulait qu'il parte, sans un mot de plus, et qu'il ne revienne jamais. Si douce qu'eût été leur relation pendant toutes ces années, elle eut la certitude qu'il ne pouvait en résulter que du mal pour tous deux.

Après le départ de D/Ali elle s'approcha de la fenêtre et, contrevenant aux ordres stricts de l'Amère Ma, ouvrit les rideaux. Appuya la joue contre la vitre, à travers laquelle elle apercevait le bouleau solitaire et l'atelier de menuiserie, la fumée que crachait sa bouche d'aération. Elle imagina D/Ali en route vers le port, la démarche rapide et pressée comme d'habitude, et en esprit elle l'observa loyalement, affectueusement, jusqu'à ce qu'il disparaisse dans une ruelle sombre sous une cascade de feux d'artifice.

*

* *

Toute cette semaine-là, galvanisés par l'humeur joyeuse, les *gazinos* et les night-clubs furent pleins à craquer. Le vendredi, après la prière du soir, l'Amère Ma envoya Leila à un enterrement de vie de garçon dans un *konak* sur la rive du Bosphore. Toute la nuit, pensant à D/Ali et à ce qu'il lui avait dit, elle fut envahie par une tristesse qu'elle ne parvenait pas à surmonter, incapable de simuler et de jouer le jeu, gagnée par une lenteur laborieuse, pesante, comme si on l'extrayait d'un lac. Elle sentit que ses hôtes n'étaient pas satisfaits de sa performance, et qu'ils s'en plaindraient à la patronne. Des clowns et des prostituées, se dit-elle avec amertume, qui a envie de leur compagnie quand on a du chagrin ?

Sur le chemin du retour, elle marchait péniblement, les pieds enflés et douloureux après des heures debout sur des talons hauts. Elle était affamée, n'ayant rien avalé depuis le déjeuner de la veille. Personne ne pensait à lui offrir de la nourriture dans des soirées comme celle-là, et elle ne demandait jamais rien.

Le soleil se levait sur les toits de tuiles rouges et les dômes recouverts de feuilles de plomb. L'air avait une note de fraîcheur, le parfum d'une promesse. Elle longea des immeubles d'habitation endormis. À quelques pas devant elle, un panier suspendu à une corde pendait d'une fenêtre en hauteur, rempli apparemment de pommes de terre et d'oignons. Quelqu'un avait dû les commander à l'épicier du coin puis oublié de les remonter.

Un bruit la fit s'arrêter net. Elle se figea sur place, tendit l'oreille. Au bout de quelques secondes, elle saisit un gémissement si faible qu'elle crut d'abord l'avoir imaginé, don de son cerveau privé de sommeil. Puis elle aperçut une silhouette informe sur le pavé, un amas de chair et de fourrure. Une chatte blessée.

Au même moment, quelqu'un d'autre aperçut l'animal et s'approcha sur le trottoir d'en face. Une femme. Avec ses doux yeux bruns qui frisaient, son nez aquilin et sa forte ossature, elle ressemblait à un oiseau – un oiseau qu'aurait pu dessiner un enfant, pétillant et rond.

« Comment va l'animal ? » demanda la femme.

Elles se penchèrent et découvrirent ensemble son état : les intestins répandus, le souffle lent et haletant, la chatte était horriblement mutilée.

Leila retira son écharpe et l'enveloppa autour de la bête. Délicatement, elle la souleva et la cala sur son bras. « Il faut qu'on trouve un véto.

— À cette heure-ci ?

— On n'a pas trop le choix, non ? »

Elles avancèrent côte à côte.

« Au fait, je m'appelle Leila. Avec un "i" au milieu, pas un "y". J'ai changé l'orthographe.

— Moi c'est Humeyra. Orthographié normalement. Je travaille dans un *gazino* près du quai.

— Tu y fais quoi ?

— Moi et mon orchestre, on est sur scène tous les soirs, dit-elle, puis elle ajouta d'un ton énergique, non sans fierté : je suis chanteuse.

— Oh, des airs d'Elvis ?

— Non. On a un répertoire de chansons anciennes, de ballades, et aussi des nouveautés, surtout des arabesques. »

Le vétérinaire, quand elles finirent par en trouver un, s'irrita d'être réveillé si tôt, mais heureusement ne les mit pas à la porte.

« De toute ma carrière, je n'ai jamais rien vu de pareil, dit-il. Côtes brisées, poumon percé, pelvis en miettes, fracture du crâne, dents cassées... Elle a dû se faire rouler dessus par une voiture ou un camion. Désolé, je doute fort qu'on puisse sauver ce pauvre animal.

— Mais vous doutez », dit lentement Leila.

Les yeux du vétérinaire devinrent des fentes derrière ses lunettes. « Pardon ?

— Vous n'êtes pas à cent pour cent sûr, c'est ça ? Vous *doutez*, ça veut dire qu'elle a peut-être une chance de survivre.

— Voyons, je comprends que vous voulez rendre service, mais croyez-moi, il vaut mieux l'euthanasier. Cette pauvre bête a déjà trop souffert.

— Alors on va trouver un autre véto. » Leila se tourna vers Humeyra. « C'est ça qu'on va faire, d'accord ? »

L'autre femme hésita – à peine une seconde. Puis elle exprima son soutien d'un signe de tête. « D'accord.

— Parfait, si vous êtes aussi décidées, je vais essayer de vous aider, dit le vétérinaire. Mais je ne vous promets rien. Et il faut que je vous prévienne, ça va vous coûter bonbon. »

Résultat, trois opérations et des mois de traitement douloureux suivirent. Leila couvrit l'essentiel des frais, et Humeyra contribua dans la mesure de ses moyens.

À la fin, le temps donna raison à Leila. La chatte, avec ses griffes fendues et ses dents manquantes, se cramponna à la vie de toutes ses forces. Vu que son rétablissement tenait du miracle, elles la baptisèrent Sekiz – Huit – car à l'évidence une créature capable d'endurer tant de souffrance devait avoir neuf vies à vivre, et en avait déjà consommé huit.

Les deux femmes se relayaient pour en prendre soin, ce qui construisit entre elles une solide amitié.

Quelques années plus tard, après une phase déchaînée d'escapades nocturnes, Sekiz se retrouva enceinte. Dix semaines après, elle donnait naissance à cinq chatons affichant chacun une personnalité différente. L'un d'eux était noir avec une minuscule tache blanche, et complètement sourd. D'une même voix, Leila et Humeyra le baptisèrent Mr Chaplin.

Hollywood Humeyra, la femme qui connaissait par cœur les plus belles ballades de Mésopotamie, et dont la vie rappelait certaines des histoires tristes qu'elles contaient.

Hollywood Humeyra, l'une des cinq.

Histoire d'Humeyra

Humeyra était née à Mardin, non loin du monastère Saint-Gabriel sur les plateaux calcaires de Mésopotamie. Rues tortueuses, maisons de pierre. Élevée dans un pays si ancien et perturbé, elle vivait entourée de toutes parts de vestiges historiques. Ruines sur ruines. Tombes fraîches dans de vieilles tombes. À force d'écouter les sempiternelles légendes héroïques et les tragédies amoureuses, elle se languissait d'un lieu qui n'existait plus. Si étrange que cela paraisse, elle avait le sentiment que la frontière – là où s'arrêtait la Turquie et où commençait la Syrie – n'était pas une ligne de partage fixe, mais une créature nocturne vivante, haletante. Qui bougeait pendant que les gens de part et d'autre dormaient à poings fermés. Le matin, elle se réajustait, de façon imperceptible, vers la gauche ou la droite. Les contrebandiers qui la franchissaient dans les deux sens retenaient leur souffle en traversant des champs de mines. Parfois, dans le calme ambiant, on entendait une explosion, et les villageois priaient pour que ce soit une mule qui ait été mise en pièces plutôt que le contrebandier qu'elle transportait.

L'immense paysage s'étendait du pied de Tur Abdin – « Montagne des serviteurs de Dieu » – jusqu'à une plaine qui prenait une teinte de sable fauve pâle pendant l'été. Pourtant les habitants de la région se comportaient souvent comme des insulaires. Ils étaient différents des tribus voisines, et ils le sentaient au fond de leurs os. Le passé se refermait sur eux comme de grandes eaux sombres, et ils ne nageaient pas seuls, jamais seuls, mais accompagnés par les fantômes de leurs ancêtres.

Mor Gabriel était le plus ancien monastère syriaque orthodoxe du monde. Comme un ermite qui vit d'eau et de maigres restes de nourriture, le monastère avait réussi à subsister soutenu par la foi et par quelques miettes de grâce. Au fil de sa longue histoire il avait connu les bains de sang, le génocide et les persécutions, les moines tyrannisés par chaque envahisseur qui traversait la région. Alors que ses murailles de pierre fortifiées, pâles comme le lait, avaient survécu, sa spectaculaire bibliothèque n'était plus. Des milliers de livres et de manuscrits qu'elle abritait fièrement jadis, il ne restait pas une seule page. À l'intérieur de la crypte, des centaines de saints étaient enterrés – des martyrs, eux aussi. Dehors, des oliviers et des vergers s'étendaient le long de la route, parfumant l'air de leurs arômes distincts. Partout régnait une quiétude que ceux qui ne connaissaient pas l'histoire auraient facilement pu confondre avec la paix.

Humeyra, comme quantité d'enfants de la région, avait été bercée par des chants, ballades et berceuses en diverses langues : turc, kurde, arabe, persan, arménien, syriaque-araméen. Elle avait entendu une foule d'histoires sur le monastère, et vu des touristes, des journalistes, des religieux et religieuses aller et venir. C'étaient les nonnes qui l'intriguaient le plus. À leur image, elle était résolue à ne jamais se marier. Mais au printemps de ses quinze ans, on lui fit quitter brusquement l'école pour la fiancer à un homme avec qui son père était en affaires. À seize ans, elle était déjà mariée. Son mari était un homme sans ambition, taciturne et craintif. Humeyra, sachant qu'il ne désirait pas ce mariage, le soupçonnait d'avoir une bonne amie quelque part qu'il ne pouvait pas oublier. Plusieurs fois elle le surprit à l'observer d'un œil rancunier, comme s'il lui reprochait à elle ses propres regrets.

Pendant la première année de vie commune, elle s'efforça à maintes reprises de comprendre et deviner les besoins de son mari. Ses propres besoins étaient sans importance. Mais il n'était jamais content, les rides de son front reparaissaient vite, comme une vitre qui se recouvre de buée à peine essuyée. Peu après, son entreprise connut de graves revers. Ils durent emménager dans la maison de sa famille.

La vie avec ses beaux-parents brisa le moral d'Humeyra. Chaque jour, à longueur de journée, on la traitait comme une servante – une servante sans nom. *Épouse, apporte le thé. Épouse, va faire cuire le riz. Épouse, va laver les draps.* À force d'être constamment envoyée en corvée, jamais autorisée à rester tranquille, elle avait l'impression bizarre qu'ils voulaient en même temps qu'elle reste à portée de voix et qu'elle disparaisse complètement. N'empêche, elle aurait pu endurer tout cela s'il n'y avait pas eu les coups. Une fois, son mari lui brisa un cintre en bois sur le dos. Une autre fois, il lui frappa les jambes avec une paire de pincettes en métal qui laissèrent une marque bordeaux sur le bord de son genou gauche.

Il était hors de question de retourner chez ses propres parents. Rester dans ce lieu de malheur l'était aussi. Un matin de bonne heure, quand tout le monde dormait, elle vola les bracelets en or que sa belle-mère rangeait dans une boîte à biscuits sur sa table de nuit. Le dentier de son beau-père qui marinait dans un verre d'eau à côté de la boîte lui décocha un sourire complice. Elle n'obtiendrait pas un grand prix des bracelets chez le prêteur sur gages, mais assez pour payer un billet d'autocar jusqu'à Istanbul.

Une fois en ville, elle apprit vite – comment marcher avec des talons hauts, se défriser les cheveux, appliquer un maquillage qui paraîtrait éblouissant sous les néons. Elle changea son nom de naissance pour Humeyra, se forgea une fausse identité. Dotée d'une voix puissante et connaissant des centaines de chants anatoliens par cœur, elle décrocha un emploi dans un night-club. La première fois où elle monta sur scène elle tremblait comme une feuille, mais heureusement sa voix tint bon. Elle loua la chambre la moins chère qu'elle put trouver dans Karaköy, juste à l'angle de la rue des bordels, et c'est là, après une nuit de travail, qu'elle rencontra Leila.

Elles se soutenaient mutuellement avec la loyauté que seuls ceux qui peuvent compter sur très peu de gens savent mobiliser. Sur les conseils de Leila, elle se décolora les cheveux, mit des lentilles de contact turquoise, se fit refaire le nez et changea toute sa garde-robe. Tous ces changements et plus parce qu'elle avait appris que son mari était à Istanbul, et qu'il la cherchait. Qu'elle dorme ou qu'elle veille, Humeyra tremblait à l'idée d'être victime d'un crime d'honneur. Elle ne pouvait se retenir d'imaginer l'instant de son assassinat, envisageant chaque fois une fin plus atroce. Les femmes accusées d'indécence n'étaient pas toujours mises à mort, elle le savait ; parfois on les persuadait simplement de se suicider. Le nombre de suicides forcés, en particulier dans les petites villes de l'Anatolie du Sud-Est avait connu une telle escalade qu'il faisait l'objet d'articles dans la presse étrangère. À Batman, pas très loin de son lieu de naissance, le suicide était la principale cause de mortalité chez les jeunes femmes.

Mais Leila disait toujours à Humeyra de garder confiance. Elle assura à son amie qu'elle faisait partie des chanceux, des coriaces, que comme les murs du monastère qui l'avaient vue grandir, comme la chatte qu'elles avaient sauvée ensemble par hasard, et malgré l'accumulation de signes contraires, elle était destinée à survivre.

Dix minutes vingt secondes

Au cours des dernières secondes avant que son cerveau ne s'éteignît complètement, Leila se rappela un gâteau de mariage – à trois étages, tout blanc, avec un glaçage crémeux. Et joliment perchée au sommet, une pelote de laine rouge avec une paire de minuscules aiguilles à tricoter. Un clin d'œil à l'Amère Ma. Si la maquerelle ne l'avait pas permis, Leila n'aurait pas pu partir.

Là-haut dans sa chambre elle contemplait son visage dans le miroir fêlé. Elle eut l'impression d'y voir, fugitif, le reflet de son moi passé. La fille qu'elle était jadis à Van la fixait de ses yeux grand ouverts, un hula-hoop orange à la main. Lentement, avec compassion, elle sourit à cette fille, la paix enfin conclue entre elles.

Sa robe de mariée était simple mais élégante avec des manches de dentelle délicate et une ligne ajustée qui mettait sa taille en valeur.

Un coup à la porte interrompit sa rêverie.

« C'est exprès que tu as choisi un voile court ? » interrogea Zaynab122 en entrant dans la pièce. Ses semelles rembourrées émirent un bruit de fruit écrasé en traversant le sol nu. « Rappelle-toi, j'ai prédit qu'il serait beaucoup plus long. Maintenant tu me fais douter de mes compétences.

— Ne dis pas de bêtises. Tu avais raison sur tout. Je voulais juste que ça reste simple, rien de plus. »

Zaynab122 se dirigea vers les tasses à café qu'elles gardaient rangées dans un coin. Celle qu'elle prit en main avait beau être vide, elle la scruta en soupirant.

Il y eut un moment de gêne avant que Leila ne reprenne la parole. « Je n'arrive toujours pas à croire que l'Amère Ma me laisse partir.

— C'est à cause de l'attaque au vitriol, je suppose. Elle se sent encore coupable, et il y a de quoi. Enfin, elle le savait que ce type était cinglé, mais elle a pris son argent et elle t'a offert en échange – comme un agneau au sacrifice. Il aurait pu te tuer, ce monstre. »

Mais ce n'était pas par pure gentillesse ou aveu implicite d'une faute non confessée que Ma avait donné la bénédiction requise. D/Ali lui avait payé une forte somme – un montant jamais atteint dans la rue des bordels. Par la suite, quand Leila le presserait de lui dire où il avait trouvé l'argent, il lui dirait que ses camarades avaient versé leur écot. La révolution, affirmait-il, était entièrement affaire d'amour et d'amoureux.

La vue d'une prostituée sortant d'un bordel en robe de mariée – un événement qui se produisait rarement – attira un groupe de spectateurs. L'Amère Ma avait décidé que si une de ses employées partait pour de bon, ce serait avec tout le tralala. Elle loua les services de deux musiciens tziganes, des frères à en juger par leurs traits, l'un qui battait du tambour, l'autre qui jouait de la clarinette, les joues gonflées, les yeux dansant au rythme enjoué de la musique. Tout le monde s'était précipité dans la rue avec force bravos, applaudissements, claquements de pieds, sifflets, youyous, mouchoirs brandis, pour suivre le spectacle avec ravissement. Même les agents de police abandonnèrent leur poste près du portail pour venir voir la cause de tout ce vacarme.

Leila savait que désormais les proches de D/Ali étaient au courant de ce qu'ils considéraient comme un scandale. Son père, arrivé d'Allemagne par le premier avion, avait tenté de lui faire entrer un peu de plomb dans la tête – d'abord de façon littérale, en menaçant de le frapper (bien qu'il fût trop vieux pour cela), puis de le déshériter (non que la fortune familiale fût très élevée), et enfin de le renier (ce qui fit plus mal que tout le reste). Mais D/Ali, depuis l'enfance, avait tendance à se raidir face aux attaques, et l'attitude de son père ne fit que renforcer sa résolution. Ses sœurs téléphonaient constamment pour lui dire que leur mère pleurait sans cesse de désespoir, comme s'il était mort et enterré. Leila savait que D/Ali ne lui racontait pas tout, afin de ne pas la bouleverser, et elle lui en était secrètement reconnaissante.

Malgré tout, plusieurs fois elle tenta d'exprimer ses inquiétudes, n'osant tout à fait croire que le passé, son passé, ne dresserait pas entre eux un mur qui grandirait en taille, en impénétrabilité. « Ça ne te gêne pas ? Et même si ce n'est pas le cas maintenant, plus tard ? De savoir qui je suis, ce que j'ai fait...

— Je ne comprends pas ce que tu dis.

— Bien sûr que si. » Sa voix, qui s'était durcie sous la tension, se fit plus douce. « Tu sais exactement de quoi je parle.

— Parfait, et moi je te le dis, dans pratiquement toutes les langues nous utilisons des mots différents pour parler du passé et du présent, et cela pour une bonne raison. Alors ça c'était ton *passé* et ceci c'est ton *présent*. Ça me gênerait terriblement que tu tiennes la main d'un autre homme aujourd'hui. Autant que tu le saches, je serais super jaloux.

— Mais... »

Il l'embrassa doucement, les yeux rayonnants de tendresse, et guida ses doigts vers la petite cicatrice qu'il avait au menton. « Tu vois ça ? Ça m'est arrivé un jour où je suis tombé d'un mur. À l'école primaire. Et celle-ci, sur ma cheville, quand je suis tombé de vélo en essayant de tenir le guidon d'une seule main. Celle de mon front, c'est la plus profonde. Un cadeau de ma chère maman. Elle était si fâchée après moi qu'elle a jeté une assiette contre le mur, qu'elle a raté en beauté, bien sûr. Elle aurait pu m'atteindre à l'œil. Elle a pleuré plus fort que moi. Une marque de plus à porter à vie. Est-ce que ça te gêne que j'aie autant de cicatrices ?

— Bien sûr que non. Je t'aime comme tu es !

— Exactement. »

Ensemble ils louèrent un appartement rue Kafka Poilu. Au numéro 70. Dernier étage. L'endroit avait été négligé et le quartier était encore fruste, avec des tanneries et des maroquiniers disséminés alentour, mais tous deux se sentaient capables de relever le défi. Le matin, quand Leila s'étirait sous les draps de coton, elle respirait les odeurs du voisinage, chaque jour un mélange différent, et la vie était d'une douceur rare, tombée du ciel.

Ils avaient chacun leur emplacement favori près de la même fenêtre, où ils sirotaient leur thé le soir et regardaient la ville étendue devant eux, ses kilomètres de béton. Ils posaient sur Istanbul des yeux curieux, comme s'ils n'en faisaient pas partie, comme s'ils étaient seuls au monde, et que toutes ces voitures et ces ferries et ces maisons de brique rouge n'étaient qu'un décor d'arrière-plan, des détails sur un tableau destiné à leur seul regard. Ils entendaient le cri des mouettes là-haut, et parfois un hélicoptère de la police, encore une urgence quelque part. Rien ne les atteignait. Rien ne troublait leur paix. Celui qui s'éveillait le premier mettait la bouilloire sur le fourneau et préparait le petit déjeuner. Des toasts, des poivrons salés et du *simit* acheté à un vendeur ambulant, servis avec des cubes blancs de fromage arrosé d'huile d'olive et deux brins de romarin – un pour elle, un pour lui.

Chaque matin, après le petit déjeuner, D/Ali allumait une cigarette, prenait un livre, et en lisait des passages à haute voix. Leila savait qu'il voulait lui communiquer sa passion pour le communisme. Il voulait qu'ils soient membres du même club, citoyens de la même nation, rêveurs du même rêve. Ce qui la préoccupait beaucoup. Tout comme elle avait échoué à croire au Dieu de son père, elle craignait d'échouer à nouveau, incapable de croire à la révolution de son mari. Peut-être que ça tenait à elle. Peut-être qu'elle manquait tout simplement de foi intérieure.

Pourtant D/Ali estimait que c'était juste une question de temps. Un jour, elle aussi rejoindrait les rangs. Il persistait donc à la nourrir de toutes les informations qui pouvaient la conduire à ce but.

« Tu sais comment Trotski a été tué ?

— Non, chéri, dis-moi. » Les doigts de Leila faisaient des allers et retours parmi les épaisses boucles noires de son torse.

« Avec un pic à glace, fit D/Ali d'un ton sinistre. Sur ordre de Staline. Il a envoyé un assassin qui a fait tout le trajet jusqu'au Mexique. Tu comprends, Staline était intimidé par Trotski et par sa vision internationaliste. Ils étaient rivaux en politique. À propos de Trotski, il faut que je te parle de sa théorie de la révolution permanente. Tu vas adorer. »

Peut-il exister quoi que ce soit de permanent dans cette vie, se demanda Leila, mais elle pensa que mieux valait ne pas afficher ses doutes. « Oui, chéri, raconte-moi. »

Renvoyé deux fois à cause de ses mauvaises notes et de ses absences répétées, réadmis deux fois grâce à deux amnisties distinctes pour les étudiants recalés, D/Ali fréquentait encore l'université, mais Leila ne comptait guère qu'il prenne sa formation au sérieux. La révolution était sa priorité, pas ce *lavage de cerveau bourgeois* que certains persistaient à appeler éducation. À quelques soirs d'intervalle il retrouvait ses amis pour aller coller des affiches ou distribuer des tracts. Il fallait faire cela dans l'obscurité, le plus discrètement et le plus vite possible. *Comme des aigles royaux*, disait-il. *On se pose, on redécolle.* Une fois, il rentra avec un œil au beurre noir. Les fascistes l'avaient pris en embuscade. Une autre fois, il ne rentra pas du tout et elle passa toute la nuit malade d'angoisse. Mais par-dessus tout elle savait, et il savait, qu'ils formaient un couple heureux.

*
* *

1er mai 1977. De bon matin, D/Ali et Leila quittèrent leur petit appartement pour se joindre à la manifestation. Leila était nerveuse, une tension lui rongeait l'estomac. Elle craignait que quelqu'un la reconnaisse. Que ferait-elle si un homme marchant auprès d'elle se trouvait être un ancien client ? D/Ali sentit sa peur mais insista pour qu'ils y aillent ensemble. Il l'assura qu'elle appartenait à la révolution et ne devait laisser personne lui dire qu'elle n'avait pas sa place dans cette belle société du futur. Plus elle hésitait, plus il s'entêtait à répéter qu'elle, encore plus que lui-même et ses amis, avait le droit de participer à la Journée internationale des travailleurs. Après tout, eux n'étaient que des étudiants prolongés ; c'était elle la vraie prolétarienne.

Une fois convaincue, Leila mit longtemps à décider comment s'habiller. Le pantalon semblait un bon choix, mais quelle ampleur, quel tissu, quelle couleur seraient appropriés ? Et pour le haut, elle devinait que le plus sensé ce serait le genre de chemise décontractée que portaient quantité de femmes socialistes, informe et sage – même si elle voulait aussi paraître jolie. Et féminine. Est-ce que c'était mal ? Bourgeois ? Pour finir, elle choisit une robe bleu pastel à col de dentelle, un sac rouge en bandoulière, un cardigan blanc et des chaussures rouges à talons plats. Rien de voyant mais, espérait-elle, pas trop ringard. À côté de D/Ali, elle ressemblait quand même à un arc-en-ciel, bien sûr. Il portait un jean sombre, une chemise noire boutonnée jusqu'en bas et des chaussures noires.

Quand ils rejoignirent le cortège, ils furent surpris de le trouver si nombreux. Leila n'avait jamais vu autant de gens rassemblés. Ils étaient venus par centaines de milliers – étudiants, ouvriers d'usine, paysans, enseignants – avançant en tandem, le visage verrouillé par la concentration. Un flot ininterrompu de sons circulait, de slogans scandés et d'hymnes chantés. Loin devant, quelqu'un battait du tambour, mais en dépit de ses efforts Leila ne parvint pas à voir qui c'était. Son regard jusque-là empli d'appréhension s'illumina d'une énergie nouvelle. Pour la première fois de sa vie, elle se sentait associée à quelque chose de plus grand qu'elle.

Il y avait des bannières et des placards partout, un essaim de mots dispersés dans toutes les directions. *Combattons contre l'impérialisme ; Ni Washington ni Moscou mais le socialisme international ; Travailleurs du monde entier, unissez-vous ; Le patron a besoin de vous, vous n'avez pas besoin du patron ; Mangez les riches...* Elle vit un panneau annonçant, *Nous étions là : nous avons repoussé les Américains à la mer.* Une rougeur lui couvrit les pommettes. Elle aussi était là ce jour de juillet 1968, au travail dans son bordel. Elle se rappela comment l'Amère Ma les avait toutes mises à nettoyer les lieux, et combien elle avait été déçue de ne pas voir venir les Américains.

Toutes les trois minutes D/Ali tournait la tête pour vérifier comment se comportait Leila. Jamais il ne lui lâcha la main. La journée embaumait le parfum des arbres de Judée, imprégnant toute chose d'espoir neuf et de courage renouvelé. Mais maintenant qu'elle se sentait confiante, comme si enfin elle avait sa place quelque part, maintenant qu'elle s'était accordé ce rare moment de légèreté, Leila fut gagnée par sa méfiance familière, le besoin de rester sur ses gardes. Elle se mit à remarquer des détails qui lui avaient échappé au début. Sous le doux arôme, elle détecta l'odeur des corps en sueur, du tabac, de l'haleine rance et de la colère – une colère si puissante qu'on pouvait presque la toucher. Leila vit que chaque groupe portait sa propre bannière, chacun légèrement à l'écart du voisin. Tandis que le cortège avançait, elle entendit certains des manifestants hurler et en injurier d'autres. Ce qui la surprit énormément. Jusque-là elle n'avait pas saisi à quel point les révolutionnaires étaient divisés. Les maoïstes méprisaient les léninistes, qui vomissaient les anarchistes. Leila savait que son bien-aimé se destinait à suivre un chemin tout différent : celui de Trotski et de sa révolution permanente. Elle se demanda si, peut-être, de même que trop de marmitons risquent de gâter le potage, trop de révolutionnaires pouvaient ruiner une révolution, mais encore une fois elle garda ses pensées pour elle. Après des heures à piétiner, ils arrivèrent aux abords de l'hôtel Intercontinental, place Taksim. La foule avait encore grossi, et l'air était affreusement humide. La lueur bronze du coucher de soleil se répandait sur les manifestants. À un coin de rue, un réverbère s'alluma, un peu trop tôt, pâle comme un murmure. Au loin, debout sur le toit d'un bus, un leader syndical prononçait un discours enflammé, la voix mécanique et puissante portée par le mégaphone. Leila était épuisée. Elle avait hâte de s'asseoir, ne serait-ce qu'un moment. Du coin de l'œil elle observait D/Ali, la raideur de sa mâchoire, l'angle de ses pommettes, ses épaules tendues. Son profil frappait par sa beauté face aux milliers de visages autour d'eux, et à l'éclat du soleil couchant qui peignait ses lèvres de la couleur du vin. Elle avait envie de l'embrasser, de le goûter, de le sentir à l'intérieur d'elle. Elle baissa les yeux, troublée à l'idée qu'il serait très déçu s'il savait ce qui lui avait traversé l'esprit, des futilités vaines, quand elle aurait dû penser à des choses autrement importantes.

« Ça va ? demanda-t-il.

— Oh, tout à fait ! » Leila espérait avoir trouvé le ton juste, sans trahir son faible enthousiasme pour la manifestation. « Tu as une cigarette ?

— Tiens, mon amour. » Il sortit un paquet de cigarettes, lui en offrit une, en prit une autre pour lui-même. Avec son Zippo il tenta d'allumer celle de Leila, mais la flamme refusait de prendre.

« Laisse-moi faire. » Elle lui prit le briquet des doigts.

C'est alors qu'elle entendit les bruits – une pétarade de tous côtés et au-dessus d'eux, comme si Dieu faisait courir un bâton le long d'une barrière de métal en plein ciel. Un calme étrange s'abattit sur la place. On aurait dit que personne ne bougeait, personne ne respirait, tant le silence était absolu. Puis vint une autre détonation et cette fois Leila reconnut le bruit. Ses tripes se nouèrent de peur.

Au-delà de la chaussée, derrière des murs protecteurs, des snipers avaient été disposés dans les étages élevés de l'Intercontinental. Leurs armes automatiques tiraient en rafale, dirigées droit sur la foule. Un hurlement déchira le silence stupéfait des manifestants. Une femme pleurait ; quelqu'un d'autre hurlait, disait aux manifestants de courir. Ce qu'ils firent, sans savoir où aller. Sur leur gauche il y avait la rue des Chaudronniers – celle où vivait Nalan avec ses coturnes et ses tortues.

Ils se ruèrent dans cette direction, des milliers de corps, comme un fleuve brisant ses digues. Qui poussaient, bousculaient, criaient, couraient, trébuchaient les uns sur les autres...

Au bout de la rue un véhicule blindé de la police surgit de nulle part, bloquant le passage. Cette fois les manifestants s'avisèrent qu'ils étaient pris entre le risque des snipers derrière eux et la certitude d'être arrêtés et torturés devant. Puis les tirs qui s'étaient espacés un moment reprirent et s'amplifièrent en mitraillade continue. Un énorme rugissement monta quand des milliers de bouches s'ouvrirent ensemble, un profond cri primitif d'horreur et de panique. En masse compacte, les gens à l'arrière ne cessaient de pousser, écrasant ceux de devant, comme des meules frottées l'une contre l'autre. Une jeune femme en robe à fleurs claire glissa et disparut sous le véhicule blindé. Leila cria de toutes ses forces, son cœur cognant à ses oreilles. Soudain elle ne tenait plus la main de D/Ali. L'avait-elle lâchée, ou était-ce lui ? Elle ne le saurait jamais. À l'instant elle le sentait respirer contre sa joue, l'instant d'après il avait disparu.

En un éclair elle le vit, à deux ou trois mètres d'elle ; elle cria son nom, encore et encore, mais la foule l'éloignait constamment, comme une vague scélérate qui emporte tout sur son passage. Elle entendait le bruit des balles sans savoir d'où elles venaient ; les tirs auraient pu aussi bien venir de sous terre. À côté d'elle un homme massif perdit l'équilibre et bascula, atteint au cou. Elle n'oublierait jamais l'expression sur son visage, d'incrédulité plus que de douleur. Quelques minutes auparavant ils étaient au gouvernail de l'histoire, changeant le monde, démolissant le système – et les voilà maintenant pourchassés sans même une chance de voir le visage de leurs assassins.

*

* *

Le lendemain, 2 mai, on ramassa plus de deux mille douilles de fusil dans la zone autour de Taksim. D'après les rapports, il y eut plus de cent trente personnes grièvement blessées.

Leila téléphona à tous les hôpitaux publics et à tous les médecins privés du quartier. Quand elle ne trouvait plus la force de parler à des inconnus, un de ses amis poursuivait la recherche. Chaque fois, ils avaient soin de donner le nom officiel de D/Ali, lui à qui, comme à Leila, la vie avait fourni un pseudonyme.

Il y avait de nombreux Ali dans les hôpitaux qu'ils appelèrent ; certains soignés dans un lit, d'autres couchés à la morgue, mais aucune trace de son Ali. Deux jours plus tard, Nostalgia Nalan fit une dernière tentative, dans une clinique de Galata qu'elle connaissait déjà avant.

Et on lui confirma que D/Ali avait été conduit là. Il faisait partie des trente-quatre décédés, la plupart piétinés à mort dans la débandade rue des Chaudronniers.

Dix minutes trente secondes

Au cours des ultimes secondes avant la reddition de son cerveau, Tequila Leila se rappela le goût du whisky pur malt. Ce fut la dernière chose qui franchit ses lèvres le soir de sa mort.

Novembre 1990. Une journée ordinaire. L'après-midi, elle avait fait du pop-corn pour le partager avec Jameelah, qu'elle hébergeait désormais. Une recette spéciale – beurre, sucre, maïs, sel, romarin. Elles commençaient juste à manger quand le téléphone sonna. L'Amère Ma était au bout du fil.

« Tu es fatiguée ? » À l'arrière-plan, une mélodie suave, mystique, pas le genre de chose que Ma écouterait en temps normal.

« Ça changerait quelque chose ? »

L'Amère Ma fit semblant de ne pas entendre. Elles se connaissaient depuis si longtemps qu'elles se contentaient d'ignorer ce qu'elles n'avaient pas envie de prendre en compte.

« Écoute, j'ai un client formidable. Il me rappelle l'acteur célèbre, celui qui conduit la voiture qui parle.

— Tu veux dire Knight Rider, à la télé ?
— Oui, c'est ça. Ce type et lui, on dirait deux gouttes d'eau. En tout cas, sa famille est pleine aux as.
— Alors où est le piège ? demanda Leila, un peu acerbe. Riche, jeune, beau : un type comme ça n'a pas besoin d'une pute. »
L'Amère Ma émit un gloussement. « La famille est, comment dire... archi, horriblement conservatrice. Genre, extrême. Le père est un tyran et une brute. Il veut que son fils reprenne la direction de sa boîte.
— Tu ne m'as toujours pas dit où est le piège.
— La patience est une vertu. Le jeune homme se marie la semaine prochaine. Mais le père est très préoccupé.
— Pourquoi ?
— Deux raisons. D'abord le fils n'a pas envie de se marier. Il n'aime pas sa fiancée. Mes sources me disent que pour le moment il ne supporte même pas de la croiser dans une pièce. Deuzio, et ça c'est un problème plus grave – enfin, pas pour moi, mais pour son père...
— Crache le morceau, Douce Ma.
— Ce garçon ne s'intéresse pas aux femmes », fit Ma en soupirant, comme si les façons de ce monde l'épuisaient. « Il a un ami stable. Son père le sait. Cet homme-là sait tout. Il croit que le mariage va guérir son fils de ses mœurs déviantes. Alors il lui a trouvé une épouse, organisé le mariage et dressé la liste des invités, j'imagine.

— Tu parles d'un père ! Il m'a tout l'air d'un sacré connard.

— Oui, mais c'est pas un petit connard.

— Ha ! Connard Pacha.

— Tout juste, et Connard Pacha veut une femme aimable, sophistiquée, expérimentée pour montrer le mode d'emploi à son fils avant la nuit de noces.

— Aimable, sophistiquée, expérimentée... » Leila répéta lentement chaque mot en les savourant. L'Amère Ma la complimentait rarement, voire jamais.

« J'aurais pu appeler une autre fille. » Ma s'impatientait. « Tu vieillis, c'est sûr. Mais je sais que tu as besoin d'argent. Tu t'occupes encore de cette Africaine ?

— Oui, elle est avec moi. » Leila baissa la voix. « Bon, d'accord. Où ça ?

— L'Intercontinental. »

Le visage de Leila se ferma. « Tu sais que je ne mets pas les pieds là-bas. »

L'Amère Ma s'éclaircit la gorge. « Eh bien, c'est ça l'adresse. À toi de voir. Mais il faut que tu apprennes à tourner la page. Ton D/Ali est parti depuis longtemps. Qu'est-ce que ça change, cet hôtel-ci ou ce motel-là ? »

Leila ne dit mot.

« Alors ? Je peux pas attendre toute la journée.

— C'est bon, j'irai.

— Brave fille. Suite Bosphore Grand Luxe. L'appartement avec terrasse. Tu dois y être pour dix heures moins le quart. Ah, encore une chose... Il faut que tu portes une robe : manches longues, très décolletée, lamée d'or, un truc qui scintille – mini, ça va de soi. C'est une requête spéciale.

— Du fils ou du père ? »

Ma émit un gloussement. « Du père. Il dit que son fils aime l'or et tout ce qui brille. Il pense que ça pourrait aider.

— Tiens, j'ai une idée. Oublie le fils, envoie-moi chez Connard Pacha. Je serais ravie de le rencontrer – pour de bon. Ça lui ferait peut-être du bien de se lâcher un peu.

— Dis pas de sottises. Le vieux nous descendrait toutes les deux.

— D'accord... mais je n'ai aucune robe de ce genre.

— Alors va t'en acheter une, siffla Ma. Me fais pas chier. »

Leila fit semblant de ne pas avoir entendu ces derniers mots. « Tu es sûre que le fils est d'accord avec ce plan ?

— Pas du tout. On lui a déjà envoyé quatre filles – apparemment il ne les a même pas touchées. C'est ton boulot de lui faire changer d'avis. Capiche ? »

Elle raccrocha.

*

* *

En début de soirée, Leila se dirigea vers l'avenue Istiklal, un trajet qu'elle évitait d'ordinaire. La rue principale commerçante était toujours bondée. Trop de coudes à éviter, trop de regards.

Vacillant sur ses hauts talons, chemisier décolleté et minijupe de cuir rouge, elle rejoignit la foule des piétons. Ils avançaient tous à petits pas synchronisés, leurs corps fondus ensemble. D'un bout à l'autre de l'avenue la foule se déversait, s'infiltrant dans la nuit comme l'encre d'un stylo brisé.

Les femmes lui jetaient des regards furieux, les hommes des regards salaces. Elle observait les épouses au bras de leur époux, certaines le possédant, d'autres heureuses d'être possédées. Et les mères qui poussaient un landau vers leur demeure après avoir rendu visite à des proches, les jeunes femmes aux yeux baissés, les couples non mariés qui se tenaient furtivement par la main. Les gens se comportaient comme s'ils étaient au-dessus de ce qui les entourait, confiants et assurés que la ville serait encore là pour eux le lendemain, et tous les jours suivants. Puis elle aperçut son reflet dans une vitrine, la mine plus lasse et égarée que l'image qu'elle se faisait d'elle-même. Elle entra dans le magasin. Elle avait déjà eu affaire à la vendeuse – une femme aimable, à la voix douce, la tête serrée dans un foulard – qui la reconnut, et l'aida à trouver exactement la robe qu'elle cherchait. « Oh, elle vous va à ravir, elle met bien en valeur votre teint », dit-elle gaiement quand Leila sortit de la cabine d'essayage. Des mots déjà dits à quantité d'autres femmes, peu importe ce qu'elles portaient. Leila sourit pourtant, car la vendeuse n'avait trahi pas le moindre préjugé. Elle paya et garda la robe sur elle, laissant sur place ses anciens vêtements dans un sac en plastique qu'elle viendrait récupérer plus tard.

Elle vérifia sa montre. Voyant qu'il lui restait un peu de temps à tuer, elle se dirigea vers le Karavan. Les arômes des cuisines de rue flottaient le long du trottoir – döner kebab, riz aux pois chiches, tripes de mouton grillées.

Au Karavan, elle trouva Nalan en train de prendre un verre avec un couple d'homos suédois qui faisaient le trajet à vélo de Göteborg à Karachi – sept mille huit cent treize kilomètres. Ils allaient parcourir la Turquie de bout en bout, puis pédaler à travers l'Iran. Le mois dernier ils avaient fait halte à Berlin, vu le drapeau ouest-allemand déployé devant le palais du Reichstag sur le coup de minuit. Là, ils montraient des photos à Nalan, qui semblait prendre plaisir à l'échange malgré l'absence de langue commune. Leila s'assit un moment avec eux, heureuse d'observer en silence.

Il y avait un journal posé sur la table. Elle lut d'abord les nouvelles, puis son horoscope. *Vous croyez être victime de circonstances qui échappent à votre volonté. Aujourd'hui vous allez pouvoir y remédier*, annonçait l'horoscope. *La configuration astrale vous met dans un état de bonne humeur exceptionnel. Attendez-vous à faire bientôt une rencontre stimulante, mais seulement si vous prenez l'initiative. Videz-vous le cerveau, ne gardez plus vos sentiments piégés à l'intérieur, allez faire une promenade et prenez le contrôle de votre vie. L'heure est venue pour vous d'apprendre à vous connaître.*

Secouant la tête, elle alluma une cigarette et posa le Zippo sur la table. Ça sonnait si merveilleux : *Apprendre à se connaître.* Les anciens appréciaient tant cette formule qu'ils la faisaient graver sur les murs de leurs temples. Et même si Leila en comprenait la vérité, elle trouvait cet enseignement incomplet. Il aurait dû être : *Connais-toi toi-même et sache reconnaître un trou du cul quand tu en croises un.* La connaissance de soi et la connaissance des trous du cul allaient de pair. N'empêche, si elle n'était pas trop fatiguée à la fin de cette soirée, elle rentrerait à pied chez elle, essaierait de se vider le cerveau et de prendre le contrôle de sa vie, si cette phrase avait un sens.

*

* *

À l'heure fixée, vêtue de sa robe neuve et d'escarpins à talons aiguilles, Leila se rendit à l'Intercontinental, dont la haute structure massive se découpait sur le ciel nocturne. Elle sentit son dos se raidir, s'attendant presque à entendre le grondement d'un blindé derrière un angle de rue, le sifflement d'une balle près de sa tête, la montée des cris et des hurlements. Le parking devant l'immeuble avait beau être vide, elle sentait la présence de centaines de corps pressés de toutes parts. Sa gorge se serra.

Lentement, elle libéra l'air accumulé dans ses poumons douloureux.

Un instant plus tard, elle franchit les portes vitrées et regarda autour d'elle, le visage calme. Des lustres taillés sur mesure, des lampadaires en cuivre astiqués, des sols de marbre : le même intérieur criard qu'on trouve partout dans ce genre d'établissement. Aucun signe de mémoire collective. Le lieu avait été réaménagé de fond en comble, les fenêtres parées de rideaux argent, le passé recouvert de clinquant et paillettes.

Il y avait un détecteur de métaux et un tapis roulant à l'entrée, supervisés par trois vigiles costauds. Le niveau de sécurité avait été rehaussé dans toute la ville à la suite des attentats terroristes ciblant les hôtels haut de gamme du Moyen-Orient. Leila posa son sac sur le tapis roulant et franchit le détecteur de métaux en roulant des hanches. Les vigiles la lorgnaient d'un œil aussi parlant qu'un livre ouvert. En récupérant son sac à l'autre bout du tapis, elle se pencha en avant pour leur offrir un gros plan sur son décolleté.

À la réception, une jeune femme affichait un bronzage authentique et un sourire factice. Un air de stupeur passa sur son visage à l'approche de Leila. L'espace d'une seconde, elle hésita à la classer : le genre de femme qu'elle croyait, ou une cliente étrangère partie pour une nuit d'enfer à Istanbul en quête de souvenirs inoubliables à partager avec ses amies au retour. Dans le second cas, elle continuerait à sourire. Dans le premier, elle allait froncer le sourcil.

Dès que Leila prit la parole, l'expression de l'employée passa de la curiosité polie au mépris affiché.

« Bonsoir, chérie, fit gaiement Leila.

— En quoi puis-je vous être utile ? » La voix était aussi froide que le regard.

Pianotant des ongles sur le comptoir en verre, Leila donna le numéro de la chambre.

« Qui dois-je annoncer ?

— Dites-lui que c'est la dame qu'il a attendue toute sa vie. »

La réceptionniste plissa les yeux, mais ne dit rien. D'un geste rapide, elle composa le numéro. Après une brève conversation avec l'homme au bout du fil elle raccrocha et dit, sans regarder Leila : « Il vous attend.

— *Thank you, darling.* »

Leila se dandina jusqu'à l'ascenseur et appuya sur le bouton du haut. Un couple d'Américains âgés qui se rendaient à leur chambre montèrent après elle et la saluèrent de cette manière informelle propre aux Américains d'une certaine génération. Pour eux la soirée s'achevait. Pour Leila, elle commençait à peine.

*
* *

Septième étage. Longs couloirs bien éclairés, tapis à motifs géométriques. Leila fit une pause devant le penthouse, inspira profondément et frappa à la porte. Un homme lui ouvrit. En effet il ressemblait à l'acteur à la voiture parlante.

Il y avait un soupçon de rougeur autour de ses yeux qui clignaient trop vite, et elle se demanda s'il avait pleuré. Il avait un téléphone à la main, et le serrait comme s'il craignait de le lâcher. Il venait de parler avec quelqu'un. L'être cher ? L'instinct de Leila lui dit que oui – mais pas la personne qu'il était sur le point d'épouser.

« Ah, salut… Je vous attendais. Entrez, je vous prie. »

Il avait la voix pâteuse. Une bouteille de whisky à moitié vide posée sur la table en noyer confirma les soupçons de Leila.

Il lui indiqua le sofa. « Asseyez-vous. Qu'est-ce que je peux vous offrir ? »

Elle retira son écharpe et la jeta sur le lit. « Vous avez de la tequila, chéri ?

— De la tequila ? Non, mais je peux appeler le room service si vous voulez. »

Qu'il était donc poli – et démoli. Il n'avait pas le courage de résister à son père ni de renoncer aux conforts dont il avait l'habitude, ce qui devait le rendre haïssable à ses propres yeux, et il se haïrait jusqu'à la fin de ses jours.

Elle fit signe que non. « Pas la peine. Je prendrai la même chose que vous. »

Lui tournant le dos à demi, il approcha le téléphone de ses lèvres et dit : « Elle est là. Je t'appelle plus tard. Oui, bien sûr. Ne t'inquiète pas. »

La personne à qui il parlait les écoutait donc depuis le début.

« Attendez. » Leila tendit la main.

Il la dévisagea, hésitant.

« Ne vous occupez pas de moi. Continuez à parler. Je vais fumer sur le balcon. »

Sans lui donner le temps de protester, Leila sortit. La vue était exceptionnelle. Des lumières douces émanaient des derniers ferries, un navire de croisière passait au large, et près du quai elle aperçut un bateau surmonté d'un grand panneau lumineux annonçant qu'il vendait du *köfte* et du maquereau. Elle aurait bien aimé être là-bas en ce moment, perchée sur l'un de ces tabourets minuscules, en train de consommer une pitta garnie, plutôt qu'ici, au septième étage d'un hôtel de luxe, en compagnie du désespoir.

Environ dix minutes plus tard les doubles portes s'ouvrirent et il vint la rejoindre, deux verres de whisky à la main. Il lui en tendit un. Ils s'assirent l'un à côté de l'autre sur une balancelle, leurs genoux se touchant, et sirotèrent leur boisson. C'était un single malt de la plus haute cuvée.

« Je croyais que votre père était très croyant. Il sait que vous buvez ? » demanda Leila.

Il se renfrogna. « Mon père sait que dalle sur moi ! »

Il buvait lentement, mais avec détermination. S'il continuait à ce rythme il était bon pour une terrible gueule de bois le lendemain.

« Vous savez que c'est la cinquième fois en un mois qu'il me fait ce coup-là. Il m'arrange des rendez-vous avec des femmes, chaque fois dans un hôtel différent. C'est lui qui paie les frais. Et moi il faut que je reçoive ces pauvres filles et que je passe la nuit avec elles. C'est embarrassant. » Il déglutit. « Mon père attend quelques jours, comprend que je ne suis pas *guéri*, et organise un nouveau rendez-vous. Ça va continuer comme ça jusqu'au mariage, je parie.

— Et si vous dites non ?

— Je perds tout », dit-il, les yeux se rétrécissant à cette pensée.

Leila vida son verre. Elle se leva, prit le verre qu'il avait à la main, le posa sur le sol à côté du sien. Il lui jeta un regard nerveux.

« Écoute, chéri. Je comprends que tu n'aies pas envie de faire ça. Je comprends aussi que tu aimes quelqu'un et que tu préférerais être avec cette *personne*. » Elle insista sur le dernier mot, évitant toute marque de genre. « Appelle cette personne maintenant et invite-la à venir ici. Passez la nuit ensemble dans cette chambre magnifique, parlez-vous pour de bon, et essayez de trouver une solution.

— Et vous ?

— Je m'en vais. Mais ne le dis à personne. Ni ton père ni mon entremetteuse ne doivent le savoir. On dira qu'on a passé une nuit torride. Tu as été fantastique, une super bête de sexe. J'aurai mon argent, et toi un moment de paix… mais il faut que tu règles le problème. Pardon de te dire ça, mais ce mariage, c'est de la folie. Ce n'est pas bien d'embarquer ta fiancée dans cette mélasse.

— Oh, elle sera enchantée quoi qu'il arrive. Elle et toute sa famille, ce sont des vautours, ils n'en veulent qu'à notre argent. » Il s'interrompit, s'avisant qu'il en avait peut-être trop dit. S'inclinant vers elle, il lui baisa la main. « Merci. Je t'en dois une.

— Pas de quoi, dit Leila en se dirigeant vers la porte. Au fait, dis à ton père que je portais une robe à sequins dorés. Apparemment, c'est important. »

*

* *

Leila quitta l'hôtel sans bruit, en se cachant derrière un groupe de touristes espagnols. La réceptionniste, occupée à inscrire les nouveaux arrivants, ne la vit pas sortir.

Dans la rue, elle aspira l'air à pleins poumons. La lune était réduite à un croissant, pâle comme cendre. Elle s'aperçut qu'elle avait oublié son écharpe là-haut. Elle pensa un instant remonter, mais ne voulait pas le déranger. Elle adorait cette écharpe, merde, c'était de la pure soie.

Elle plaça une cigarette entre ses lèvres, fouilla dans son sac à la recherche du briquet. Il n'était pas là. Le Zippo de D/Ali avait disparu.

« Vous cherchez du feu ? »

Elle releva la tête. Une voiture s'était approchée du trottoir et garée juste devant elle. Une Mercedes argent. Les fenêtres arrière étaient teintées, les phares éteints. Par la vitre entrouverte un homme l'observait, un briquet à la main.

Elle s'approcha de lui d'un pas lent.

« Bonsoir, mon ange.

— Bonsoir à toi. »

Il lui alluma sa cigarette, le regard attardé sur ses seins. Il portait une veste de velours couleur jade et dessous, un pull à col roulé d'un vert plus sombre.

« *Thank you, darling.* »

L'autre portière s'ouvrit et le conducteur sortit. Il était plus maigre que son ami, les épaules de sa veste pendaient. Crâne chauve, joues creuses et jaunâtres. Les deux hommes avaient les mêmes sourcils arqués au-dessus de petits yeux rapprochés marron foncé. Ils doivent être parents, pensa Leila. Cousins, peut-être. Mais son impression la plus vive, c'est qu'ils semblaient tous deux bien malheureux – surtout pour des hommes aussi jeunes.

« Salut, dit le conducteur sèchement. Jolie robe. »

Un éclair complice passa entre les deux hommes, un bref signal, comme s'ils la reconnaissaient, alors que pour elle c'étaient de parfaits inconnus. Si Leila oubliait facilement les noms, elle se rappelait toujours les visages.

« On se demandait si tu aimerais venir faire un tour avec nous, dit le conducteur.

— Un tour ?

— Oui, tu sais…

— Ça dépend. »

Il lui offrit un prix.

« Pour vous deux ? Pas question.

— Juste mon ami. C'est son anniversaire, aujourd'hui. C'est mon cadeau. »

Leila trouvait cela un peu bizarre, mais elle avait vu des choses bien plus bizarres dans cette ville, et elle s'en fichait. « Tu es sûr que tu ne vas pas te mettre dans le coup ?

— Non, je n'aime pas... » Sa phrase resta inachevée. Leila se demanda ce qu'il n'aimait pas au juste. Les femmes en général ou seulement elle ? Elle demanda le double de la somme.

Le conducteur détourna les yeux. « Très bien. »

Leila fut surprise qu'il n'essaie pas de discuter. C'était rare qu'une transaction aboutisse dans cette ville sans un brin de marchandage.

« Tu viens ? » interrogea l'autre, en ouvrant la portière de l'intérieur.

Elle hésita. Si l'Amère Ma l'apprenait, elle serait ivre de rage. Leila acceptait rarement, voire jamais, une passe sans que Ma soit au courant. Mais cette offre d'argent semblait trop belle pour être refusée, d'autant plus que le montant des factures adressées à Jameelah, chez qui on venait de diagnostiquer un lupus, ne cessait de flamber. En une seule nuit, Leila serait grassement payée à deux reprises, l'une par le père du jeune homme de l'hôtel, et maintenant par ce client.

— Une heure, pas plus. Et je te dirai où te garer.

— Marché conclu. »

Elle monta dans la voiture, s'installant sur le siège arrière. Elle baissa la vitre, respira l'air vif, propre. Il y avait des moments où la ville sentait bon le frais, comme lavée à pleins seaux d'eau par une main complaisante.

Elle vit une boîte à cigares posée sur le tableau de bord et dessus trois anges en porcelaine revêtus de longues robes. Distraite, elle les observa un instant.

La voiture accélérait.

« Prends la prochaine à droite », dit Leila.

L'homme lui jeta un coup d'œil dans le rétroviseur, un je-ne-sais-quoi d'effrayant et d'affreusement triste dans le regard.

Un frisson lui parcourut la colonne vertébrale. Elle sentit, trop tard, qu'il ne l'écouterait pas.

Dernières huit secondes

La dernière chose dont se souvint Leila, ce fut le goût du fraisier fait maison.

Quand elle vivait à Van, les célébrations étaient réservées à deux causes vénérables : la nation et la religion. Ses parents commémoraient la naissance du prophète Mahomet et celle de la république turque mais pensaient que la naissance d'un individu ordinaire ne méritait pas qu'on la fête chaque année. Leila n'avait jamais demandé pourquoi. Ce n'est qu'après avoir quitté la maison, et appris à Istanbul que d'autres se voyaient offrir un cadeau ou un gâteau à leur anniversaire que la question la frappa. Depuis, chaque 6 janvier, quoi qu'il arrive, elle faisait en sorte de prendre du bon temps. Et si certains célébraient l'occasion par une fête débridée, elle s'abstenait de les juger ; qui sait, peut-être que comme elle ils compensaient une enfance privée de cotillons.

Chaque année, le jour de son anniversaire, ses amis lui organisaient une fête, avec des cupcakes, des guirlandes et une quantité de ballons.

Tous les cinq : Sabotage Sinan, Nostalgia Nalan, Jameelah, Zaynab122 et Hollywood Humeyra.

Leila ne croyait pas qu'on puisse espérer avoir plus de cinq amis. Un seul, c'était déjà un coup de veine. Si vous étiez béni, deux ou trois, et si vous étiez sous un ciel couvert des plus brillantes étoiles, alors un quintette – plus qu'il n'en fallait pour toute une vie. Ce ne serait pas sage d'en chercher d'autres, au risque de compromettre les amitiés sur lesquelles on peut compter.

Elle avait toujours pensé que cinq était un chiffre spécial. La Torah se compose de cinq livres. Jésus a subi cinq blessures mortelles. Le roi David a tué Goliath avec cinq petits cailloux. L'islam repose sur les cinq piliers de la foi. Dans le bouddhisme il y a cinq chemins, tandis que Shiva a cinq faces, orientées dans cinq directions différentes. La philosophie chinoise se fonde sur cinq éléments : l'eau, le feu, le bois, le métal, la terre. Il existe cinq saveurs universellement reconnues : sucrée, salée, aigre, amère et umami. La perception humaine dépend de cinq sens : l'audition, la vue, le toucher, l'odorat, le goût ; même si les savants proclament qu'il en existe davantage, affublés de noms incompréhensibles, ce sont ces cinq-là que tout le monde connaît.

Pour ce qui allait être son dernier anniversaire, ses amis avaient choisi un riche menu : ragoût d'agneau à la purée d'aubergine, *börek* aux épinards et à la feta, haricots blancs et pastrami épicé, poivrons verts farcis et un petit pot de caviar. Le gâteau était une surprise, en principe, mais Leila les avait entendus en discuter ; les murs de l'appartement étaient plus minces que les tranches de pastrami et, après des décennies de tabac et d'alcool à hautes doses, Nalan avait le murmure enroué, la voix rauque comme du papier-émeri raclant sur du métal.

Fraisier avec un glaçage rose mousseux, féerique. Voilà ce qu'ils avaient prévu. Leila ne raffolait pas du rose. Elle préférait le fuchsia – une teinte pleine de personnalité. Même le nom vous fondait sur la langue, doux à vous faire saliver, et incisif. Rose, c'était fuchsia sans le gravier ; pâle et morne comme un drap de lit élimé par les lavages répétés. Peut-être qu'elle pourrait leur demander un gâteau fuchsia.

« Alors combien de bougies on met dessus ? demanda Hollywood Humeyra.

— Trente et une, ma chérie, dit Leila.

— Bien sûr, trente et une mon cul » glousa Nostalgia Nalan.

Si amitié veut dire rituels, ils en avaient des camions pleins. Outre les anniversaires ils célébraient la Victoire, la commémoration d'Atatürk, la journée de la Jeunesse et des Sports, la fête de la Souveraineté nationale et de l'Enfance, la fête de la République, la fête de la Marine marchande, la Saint-Valentin, le Nouvel An… À chaque occasion ils dînaient ensemble, savourant des mets fins qu'ils pouvaient à peine s'offrir. Nostalgia Nalan préparait sa boisson favorite – le Pata Pata Boom Boom – un cocktail qu'elle avait appris à mixer en flirtant avec le barman du Karavan. Jus de grenade, jus de citron vert, vodka, menthe pilée, graines de cardamome et une bonne giclée de whisky. Ceux d'entre eux qui buvaient de l'alcool se pintaient agréablement, leurs joues tournant au rouge vif. Les abstinents stricts se contentaient de Fanta orange. Ils passaient le reste de la nuit à regarder des films en noir et blanc. Entassés sur le divan, ils les consommaient à la file, entièrement absorbés et muets, hormis parfois un soupir ou un sursaut. Ces vieilles stars hollywoodiennes et ces vieilles stars turques maîtrisaient à fond l'art de captiver une audience. Leila et ses amis connaissaient les dialogues par cœur.

Elle ne le leur avait jamais dit, pas explicitement, mais ils étaient son filet de sécurité. Chaque fois qu'elle trébuchait ou basculait, ils étaient là pour elle, la soutenant ou adoucissant l'impact de la chute. Les nuits où un client la maltraitait, elle trouvait la force de rester debout, sachant que ses amis, par leur seule présence, viendraient mettre du baume sur ses bleus et ses écorchures ; et les jours où elle s'apitoyait sur son sort, où sa poitrine éclatait, ils venaient doucement la tirer de là et lui insuffler de la vie dans les poumons.

Maintenant, alors que son cerveau s'immobilisait, que tous ses souvenirs se fondaient dans un mur de brouillard épais comme le chagrin, la toute dernière chose qu'elle vit en esprit, ce fut le gâteau d'anniversaire rose vif. Ils avaient passé cette soirée à rire et bavarder, comme si rien ne pouvait les séparer, et la vie un simple spectacle, excitant et troublant, mais sans réel danger à la clé, comme d'être invité dans le rêve de quelqu'un d'autre. Sur l'écran de télévision, Rita Hayworth rejetait sa crinière en arrière et balançait les hanches, sa robe tombant sur le sol dans un chuchotement de soie. Tête inclinée vers la caméra, elle offrait son fameux sourire, ce sourire que nombre de spectateurs dans le monde croyaient à tort empreint de lubricité. Mais pas eux. Cette chère vieille Rita ne pouvait pas les rouler. Ils ne manquaient jamais de reconnaître une femme triste quand ils en voyaient une.

Deuxième partie

Le corps

La morgue

La morgue était située à l'arrière de l'hôpital, dans l'angle nord-est du sous-sol. On y accédait par un couloir peint en vert Prozac éteint, nettement plus froid que le reste du bâtiment, comme s'il était exposé nuit et jour aux courants d'air. À l'intérieur, flottait l'odeur âcre des produits chimiques. Dans ce coin-là les notes de couleur étaient rares – blanc crayeux, gris métallique, bleu de glace et le rouge rouille sombre du sang congelé.

En s'essuyant les paumes sur les pans de sa blouse, le médecin légiste – un homme maigre légèrement voûté, haut front bombé, yeux noirs comme de l'obsidienne – jeta un coup d'œil au dernier corps arrivé. Encore une victime d'homicide. Un air d'insouciance lui effleura le visage. Au fil des ans, il en avait vu beaucoup trop – jeunes ou vieux, riches ou pauvres, atteints par une balle perdue ou abattus de sang-froid. Chaque jour des corps nouveaux débarquaient. Il savait exactement à quelle période de l'année le nombre des victimes allait augmenter, et quand il diminuerait. On tuait plus en été qu'en hiver ; la période de pointe pour les agressions sexuelles aggravées et les tentatives de meurtre à Istanbul allait de mai à août. Quand arrivait octobre, en même temps que la température, le crime faisait une chute dramatique.

Il avait sa théorie personnelle sur le pourquoi, convaincu que tout cela avait un lien avec le schéma des régimes alimentaires. En automne, les bancs de bonites partaient pour le sud, de la mer Noire à la mer Égée, nageant si près de la surface qu'on aurait pu les croire épuisées par leur migration forcée et la menace permanente des chalutiers, n'aspirant plus qu'à se faire attraper une fois pour toutes. Dans les restaurants, les hôtels, les cantines d'entreprises et les maisons privées, les niveaux de sérotonine grimpaient en flèche et les niveaux de stress baissaient à mesure que les gens consommaient ce délicieux poisson gras. Résultat, ils enfreignaient moins fréquemment la loi. Mais l'adorable bonite ne pouvait pas tout faire, bientôt les taux de criminalité remonteraient. Dans un pays où la justice arrivait souvent tard, quand elle arrivait, nombre de citoyens se vengeaient tout seuls, répondant aux coups par des coups plus violents. *Deux yeux pour un œil, pour une dent toute la mâchoire.* Non que les crimes fussent toujours prémédités – en fait la plupart étaient commis sous l'impulsion du moment. Un regard perçu comme malveillant pouvait entraîner mort d'homme. Un mot mal compris pouvait être l'excuse d'un bain de sang. Istanbul rendait facile le fait de tuer, et mourir encore plus facile.

Après examen du corps, le légiste l'avait vidé de ses fluides et ouvert par une incision allant de chaque clavicule au sternum. Il avait longuement étudié les blessures, noté le tatouage au-dessus de la cheville droite de la victime, et identifié la plaque de peau décolorée sur son dos – une cicatrice manifestement causée par la brûlure d'une substance caustique, probablement un acide. Il devina qu'elle datait d'une vingtaine d'années, et se demanda comment elle s'était produite. L'avait-on attaquée par-derrière, ou s'agissait-il d'un accident insolite – et si c'était le cas, comment pouvait-elle avoir ce genre d'acide en sa possession ?

Comme il n'y avait pas de requête pour un examen interne plus approfondi, il s'assit pour rédiger un rapport sommaire. Les détails supplémentaires figuraient sur le compte rendu de la police inclus dans le dossier.

Prénom/Nom : Leyla Akarsu
Autres prénoms : Afife Kamile
Adresse : 70/78 rue Kafka Poilu. Pera, Istanbul.

Le corps est celui d'une femme blanche bien développée, bien nourrie, mesurant 1,73 mètre et pesant 61 kilos. L'âge ne semble pas correspondre à celui qui est inscrit sur ses papiers d'identité, 32 ans. Elle doit avoir entre 40 et 45 ans. Un examen a été effectué pour déterminer la cause et la manière du décès.

Vêtements : robe à sequins dorée (déchirée), chaussures à talons aiguilles, sous-vêtements en dentelle. Sac pochette contenant carte d'identité, rouge à lèvres, calepin, stylo-plume et clefs d'appartement. Pas d'argent ni de bijoux (ont peut-être été volés).
L'heure de la mort est estimée entre 3 h 30 et 5 h 30 du matin. Aucune trace de rapports sexuels. La victime a été frappée avec un lourd instrument contondant et étranglée après avoir été assommée.

Il fit une pause. Les marques sur le cou de la femme le tracassaient. Près de l'empreinte des doigts de l'assassin, il y avait une trace rouge qui semblait avoir été faite *post mortem*. Il se demanda si elle portait un collier qu'on lui aurait arraché. Non que cela changeât quoi que ce soit. Comme tous les cadavres non réclamés, celui-ci serait affecté au cimetière des Abandonnés.

Il n'y aurait pas de rite musulman pour cette femme. Ni d'aucune autre religion, d'ailleurs. Le corps ne serait pas lavé par un proche parent ; ni ses cheveux tressés en trois nattes distinctes ; ni ses mains placées doucement sur son cœur en signe de paix. On ne lui fermerait pas les paupières pour s'assurer que désormais son regard resterait tourné vers l'intérieur. Au cimetière, il n'y aurait personne pour tenir les cordons du poêle, ni famille endeuillée ni imam pour conduire les prières, et pas une seule pleureuse professionnelle payée pour pleurer et gémir plus fort que tout le monde. Cette femme serait enterrée comme tous les abandonnés – en silence et en vitesse.

Ensuite elle n'aurait probablement pas de visiteurs. Peut-être qu'une vieille voisine ou une nièce – suffisamment éloignée pour ne pas se soucier de la honte infligée à la famille – viendrait quelquefois, mais bientôt les visites cesseraient. D'ici quelques mois à peine, sans stèle ni pierre tombale, la sépulture de cette femme se fondrait entièrement dans son environnement. Dans moins d'une décennie, personne ne serait en mesure de la localiser. Elle deviendrait un numéro de plus du cimetière des Abandonnés, encore une âme pitoyable dont la vie rappelait le début de tous les contes anatoliens : *Il était une fois, une fois il n'était plus...*

Le légiste se courba sur son bureau, le front creusé par la concentration. Il ne désirait nullement savoir qui était cette femme ou quel genre de vie elle avait menée. Même à ses débuts dans le métier, l'histoire des victimes n'était pas son affaire. Ce qui l'intéressait vraiment, c'était la mort en soi. Non comme concept théologique ni comme thème philosophique, mais comme domaine de recherche scientifique. Il était toujours surpris de constater que l'humanité progressait si peu en matière de rites funéraires. Une espèce vivante capable d'imaginer les montres digitales, de séquencer l'ADN, de développer l'imagerie par résonance magnétique calait lamentablement dès qu'il fallait prendre soin de ses morts. La situation était à peine plus avancée aujourd'hui qu'il y a mille ans. Certes ceux qui débordaient d'argent et d'imagination disposaient d'un éventail de choix plus large que les autres ; ils pouvaient faire disperser leurs cendres dans l'espace, si ça leur faisait envie. Ou se faire congeler – dans l'espoir d'être réanimés cent ans plus tard. Mais pour la majorité des gens, le choix était restreint : l'enterrement ou la crémation. C'était à peu près tout. S'il y avait un Dieu là-haut, Il devait rire à s'en fêler les côtes de voir une race humaine capable de fabriquer des bombes atomiques et de créer l'intelligence artificielle, mais encore mal à l'aise face à sa condition mortelle et ne sachant que faire de ses défunts. C'était pathétique de vouloir reléguer la mort à la périphérie de la vie alors qu'elle était au centre de toutes choses.

Lui qui travaillait sur des cadavres depuis si longtemps, il préférait leur compagnie muette au bavardage incessant des vivants. Pourtant, plus il inspectait de corps, plus le processus de la mort l'intriguait. À quel moment précis un organisme vivant se transformait-il en cadavre ? Du temps où il était jeune diplômé tout juste sorti de la fac de médecine, la réponse était claire, mais il n'en était plus aussi sûr aujourd'hui. Il lui semblait désormais que, tout comme une pierre jetée dans une mare crée des remous en cercles concentriques, l'arrêt de la vie générait une série de changements, matériels et immatériels, que donc la mort devrait être déclarée seulement une fois ces changements achevés. Dans les revues médicales qu'il lisait assidûment, certaines recherches innovantes l'enthousiasmaient.

Des chercheurs de divers établissements connus dans le monde entier avaient relevé des signes d'activité cérébrale persistante chez des gens qui venaient de mourir. Dans certains cas elle ne durait que quelques minutes. Dans d'autres, jusqu'à dix minutes et trente-huit secondes. Que se passait-il durant ce laps de temps ? Le défunt se rappelait-il le passé, si oui, quelles parties, et dans quel ordre ? Comment l'esprit parvenait-il à concentrer une vie entière dans le temps que met une casserole d'eau à bouillir ?

Des recherches ultérieures montraient aussi que les cadavres ont plus d'un millier de gènes qui continuent à fonctionner plusieurs jours après le constat de leur décès. Toutes ces découvertes le fascinaient. Peut-être que les pensées d'une personne survivaient plus longtemps que son cœur, ses rêves plus longtemps que son pancréas, ses désirs plus longtemps que sa vésicule... Si c'était vrai, les êtres humains ne devraient-ils pas être considérés comme *à demi vivants* tant que les souvenirs qui leur donnaient forme continuaient à faire des vagues, appartenaient encore à ce monde ? S'il ne connaissait pas les réponses, pas encore, il appréciait la quête qu'elles suscitaient. Il ne le dirait jamais à voix haute, car personne ne le comprendrait, mais il prenait grand plaisir à travailler à la morgue.

Un coup à la porte le sortit de ses pensées.

« Entrez. »

L'infirmier, Kameel Effendi, entra en boitant légèrement. C'était un être doux, accommodant, qui après tant d'années était devenu un permanent de l'hôpital. Bien que recruté au départ pour des tâches subalternes, il accomplissait maintenant toutes celles dont on pouvait avoir besoin au cours d'une journée, y compris recoudre un patient de temps à autre quand les urgences étaient à court de chirurgien.

« *Selamün aleyküm*, docteur.

— *Aleyküm selam*, Kameel Effendi.

— C'est la prostituée dont parlaient les infirmières ?

— Oui, c'est elle. On l'a amenée juste avant midi.

— La pauvre, qu'Allah lui pardonne les péchés qu'elle a pu commettre. »

Le légiste émit un sourire qui ne gagna pas tout à fait ses yeux. « *Pu* commettre ? C'est drôle de dire ça, vu ce qu'elle était. Sa vie tout entière était pleine de péché.

— Eh bien, peut-être que oui... mais allez savoir quelle personne mérite le plus le ciel – cette femme malchanceuse ou le fanatique qui se croit le seul élu de Dieu.

— Allons, allons, allons, Kameel Effendi ! Je ne savais pas que vous aviez un faible pour les putes. Prenez garde, quand même. Moi ça m'est égal, mais il y a une quantité de gens par ici qui seraient prêts à vous donner une bonne raclée s'ils vous entendaient dire des choses pareilles. »

Le vieil homme restait immobile, silencieux. Il observait le cadavre d'un œil désolé, comme s'il avait connu cette femme jadis. Elle semblait en paix. La plupart des corps qu'il avait vus passer étaient comme ça, et il se demandait souvent s'ils étaient soulagés d'en avoir fini avec les combats et les malentendus de l'existence.

« Elle a de la famille, docteur ?

— Non. Ses parents vivent à Van. Ils ont été informés, mais ils ne veulent pas du corps. Typique.

— Des frères et sœurs ? »

Le légiste consulta ses notes. « Elle ne semble pas en avoir… ah si, je vois, un frère, décédé.

— Personne d'autre ?

— Apparemment il y a une tante en mauvaise santé, donc qui ne fait pas l'affaire. Et, hmm, une autre tante et un oncle…

— Peut-être que l'un d'eux ferait un geste ?

— Ça ne risque pas. Ils ont dit tous les deux qu'ils ne voulaient rien avoir à faire avec elle. »

Kameel Effendi pivota sur ses pieds en se caressant la moustache.

« Bon, j'ai presque fini ici, dit le légiste. Vous pouvez l'emmener au cimetière, le même que d'habitude.

— Docteur, je réfléchissais à ça… Il y a un groupe de gens dans la cour. Ils attendent depuis des heures. Ils ont l'air effondrés.

— Qui sont ces gens ?

— Ses amis.

— Des amis », répéta le légiste, comme si le mot était nouveau pour lui. Ils lui inspiraient peu d'intérêt. Les amis d'une fille des rues ne pouvaient être que de la même engeance, des gens qu'il verrait probablement un jour ici, étendus sur la même table d'acier.

Kameel Effendi toussa discrètement. « J'aimerais qu'on puisse leur donner le corps. »

À ces mots l'autre fronça les sourcils, une lueur dure dans le regard. « Vous savez parfaitement que nous ne sommes pas autorisés à faire cela. On ne peut rendre les corps qu'à la famille proche.

— Je sais, mais... » Kameel Effendi marqua un temps d'arrêt. « S'il n'y a pas de famille, pourquoi ne pas laisser des amis organiser les funérailles ?

— Notre État ne le permet pas, et pour de bonnes raisons. On n'arriverait jamais à savoir qui est qui. Il y a toutes sortes de fous en liberté : des voleurs d'organes, des psychopathes... ça serait le pandémonium. » Il scruta le visage du vieil homme, pas entièrement sûr qu'il saisirait le sens de ce dernier mot.

« Oui, mais dans des cas comme celui-ci, où serait le mal ?

— Écoutez, nous ne faisons pas les lois. Nous nous contentons de les suivre. *N'essaie pas d'introduire des coutumes neuves dans un vieux village*. C'est déjà assez dur comme ça de diriger cet endroit. »

Le vieil homme dressa le menton pour exprimer son accord. « Très bien, je comprends. Je vais appeler le cimetière. Juste pour m'assurer qu'ils ont de la place.

— Oui, bonne idée, vérifiez. » Le légiste sortit une pile de documents d'un classeur, prit un stylo qu'il tapota contre sa joue. Il tamponna et signa chaque page. « Dites-leur que vous enverrez le corps cette après-midi. »

C'était une formalité, bien sûr. Tous deux savaient que si les autres cimetières de la ville affichaient complet des années à l'avance, il y avait toujours de la place dans le cimetière des Abandonnés – la nécropole la plus solitaire d'Istanbul.

Les cinq

Dehors dans la cour, cinq silhouettes étaient assises serrées les unes contre les autres sur un banc de bois. Leurs ombres s'étiraient sur les pavés en formes et tailles contrastées. Ils étaient arrivés juste après midi, l'un après l'autre, et ils attendaient depuis des heures. À présent le soleil déclinait lentement et la lumière passait à l'oblique entre les branches des châtaigniers. Par intervalles de quelques minutes, l'un d'eux se rendait d'un pas las vers le bâtiment principal pour parler à un directeur, un médecin ou une infirmière – à toute personne qu'ils pouvaient intercepter. Tout cela en vain. Malgré leur insistance, ils n'avaient pu obtenir l'autorisation de voir le corps de leur amie – encore moins de l'enterrer.

Pourtant ils refusaient de partir. Les traits creusés par le chagrin, raides comme du bois sec, ils persistaient à attendre. Les autres personnes présentes dans la cour, visiteurs et personnel, jetaient des regards interrogateurs dans leur direction, chuchotaient entre eux.

Une adolescente assise auprès de sa mère observait leur moindre mouvement avec une curiosité empreinte de dédain. Une femme âgée en foulard les suivait d'un œil courroucé avec le mépris qu'elle réservait à tous les excentriques et les marginaux. Les amis de Leila n'étaient pas à leur place ici, mais encore une fois, ils ne semblaient avoir leur place nulle part.

À l'instant où la prière du soir s'élevait d'une mosquée voisine, une femme aux cheveux courts bien coupés, au maintien excessivement droit, sortit du bâtiment et se dirigea vers eux d'un pas ferme. Elle portait une jupe crayon kaki qui descendait au-dessous du genou, une veste assortie à fines rayures et une grosse broche en forme d'orchidée. C'était la directrice du service de prise en charge des patients.

« Vous n'avez pas besoin de rester ici, dit-elle, sans croiser leur regard. Votre amie... le médecin a examiné le corps et rédigé un rapport officiel. Vous pouvez en demander une copie, si vous voulez. Il sera prêt dans environ une semaine. Mais veuillez partir – s'il vous plaît. Vous mettez tout le monde mal à l'aise.

— Ne gaspillez pas votre salive. On n'ira nulle part », riposta Nostalgia Nalan qui, alors que les autres s'étaient levés à l'approche de la directrice, resta assise comme pour bien marquer son intention. Elle avait des yeux en amande d'un brun chaud – mais en général ce n'était pas la première chose qu'on remarquait chez elle. Les gens voyaient les ongles longs vernis, la large carrure, le pantalon de cuir, les seins dopés au silicone. Ils voyaient un transsexuel qui leur retournait effrontément leurs regards. Tout comme à la directrice maintenant.

« Je vous demande pardon ? » dit la femme d'un ton mécontent.

Avec des gestes appliqués, Nalan ouvrit son sac, sortit une cigarette d'un étui en argent et, alors qu'elle en mourait d'envie, s'abstint de l'allumer. « Ce que je dis, c'est que nous ne partirons pas tant que nous n'aurons pas vu notre Leila. Nous camperons ici si on nous y oblige. »

La directrice haussa les sourcils. « Je crois que vous m'avez mal comprise, alors je vais être claire : il est inutile que vous attendiez – et vous ne pouvez rien faire pour votre amie. Vous ne faites pas partie de sa famille.

— Nous étions plus proches d'elle que sa famille », dit Sabotage Sinan, un tremblement dans la voix.

Nalan déglutit. Elle avait une boule dans la gorge qui refusait de partir. Depuis qu'elle avait appris le meurtre de Leila, elle n'avait pas versé une seule larme. Quelque chose entravait le chagrin – une colère qui durcissait les contours de chaque geste et de chaque mot.

« Écoutez, ça ne regarde pas mon établissement, dit la directrice. Le fait, c'est que votre amie a été transférée dans un cimetière. On l'a probablement déjà enterrée.

— Qu... Qu'est-ce que vous avez dit ? » Nalan se mit lentement sur pied, comme si elle s'éveillait d'un rêve. « Pourquoi vous ne nous avez pas prévenus ?

— Légalement nous ne sommes pas tenus de…

— Légalement ? Et *humainement*, qu'est-ce que vous en faites ? On aurait pu l'accompagner si on avait su. Et où vous l'avez emmenée exactement, bande d'abrutis masochistes ? »

La directrice tressaillit, ses yeux s'écarquillèrent une seconde. « D'abord, je ne vous permets pas de me parler sur ce ton. Ensuite, je ne suis pas autorisée à révéler…

— Alors allez me chercher quelqu'un qui l'ait, votre putain d'autorisation.

— Je refuse de me laisser insulter, dit la directrice, dont la mâchoire tremblait visiblement. Je crains de devoir appeler la sécurité pour vous faire quitter les lieux.

— Je crains de devoir vous mettre mon poing dans la gueule », dit Nalan, mais les autres lui saisirent les mains et la tirèrent en arrière.

« Il faut qu'on reste calmes », chuchota Jameelah à Nalan – sans être certaine que celle-ci eût entendu l'avertissement.

La directrice fit un demi-tour sec sur ses petits talons. Elle allait repartir quand elle s'arrêta pour leur jeter un regard oblique malveillant. « Il y a des cimetières réservés à ce genre d'individus. Je m'étonne que vous ne soyez pas déjà au courant.

— Garce », murmura Nalan sous cape. Sa voix, rauque et forte, porta quand même loin – et bien sûr elle voulait que la directrice l'entende.

*
* *

Quelques minutes plus tard, escortés par les vigiles, les amis de Leila quittèrent le périmètre de l'hôpital. Une foule s'était assemblée sur le trottoir, observant l'incident sans rien en perdre avec des sourires amusés, prouvant une fois de plus qu'Istanbul était et serait toujours une ville de spectacles improvisés et de spectateurs passionnés pris sur le tas. Pendant ce temps, personne ne remarqua le vieil homme qui suivait le groupe à quelques pas derrière eux.

Une fois les cinq rebelles conduits par les vigiles jusqu'à un coin de rue éloigné de l'hôpital, Kameel Effendi s'approcha d'eux. « Pardonnez-moi cette intrusion. Je peux vous dire un mot ? »

Un par un, les amis de Leila tournèrent la tête pour le dévisager.

« Qu'est-ce que vous voulez, *amca* ? » dit Zaynab122.

Son ton était soupçonneux, sans être agressif. Derrière ses montures en écaille de tortue elle avait les yeux rouges et gonflés.

« Je travaille à l'hôpital, dit l'infirmier en se penchant tout près. Je vous ai vus qui attendiez… je vous présente mes condoléances. »

Ne s'attendant pas à recevoir des marques de sympathie d'un inconnu, les cinq restèrent un instant sans bouger.

« Dites-nous, vous avez vu le corps ? » interrogea Zaynab122. Sa voix fléchit quand elle ajouta : « Vous croyez qu'elle a… beaucoup souffert ?

— Je l'ai vue, oui. Je crois que c'était une mort rapide. » Kameel Effendi hocha la tête, essayant de se convaincre autant qu'eux. « C'est moi qui ai pris les dispositions pour le cimetière. Celui de Kilyos – je ne sais pas si vous en avez déjà entendu parler, peu de gens le connaissent. On l'appelle le cimetière des Abandonnés. Pas un bien joli nom, si vous voulez mon avis. Là-bas il n'y a pas de pierres tombales, juste des piquets de bois avec un numéro. Mais je peux vous dire où elle est enterrée. Vous avez le droit de savoir. »

Tout en parlant, le vieil homme sortit un bout de papier et un stylo. Le dos de ses mains était couvert de veines enflées et de taches de vieillesse. À la hâte, il écrivit un numéro de son écriture maladroite.

« Voilà, gardez-le. Allez rendre visite à la tombe de votre amie. Plantez des fleurs. Priez pour son âme. J'ai appris qu'elle était originaire de Van. Comme ma défunte femme. Elle est morte dans le tremblement de terre, autrefois, en 1976. Pendant des jours, on a creusé dans les gravats, mais on n'a jamais pu la retrouver. Au bout de deux mois, les bulldozers ont aplati toute la zone. Les gens me disaient : "Ne sois pas si triste, Kameel Effendi. Qu'est-ce que ça change, à la fin ? Elle est enterrée, est-ce qu'on ne va pas tous la rejoindre un jour six pieds sous terre ?" Peut-être que c'était dans une bonne intention, mais Dieu sait que je les ai haïs de dire des choses pareilles. Les funérailles sont faites pour les vivants, ça c'est certain. C'est important d'organiser un enterrement correct. Sinon on ne guérit jamais à l'intérieur, vous ne croyez pas ? Enfin, ne faites pas attention, je radote, rien de plus. J'imagine… je voulais vous dire, je sais ce que c'est de ne pas pouvoir dire adieu à un être cher.

— Ç'a dû être affreusement dur pour vous », dit Hollywood Humeyra. Habituellement très bavarde, elle semblait à court de mots.

« Le chagrin est une hirondelle, dit-il. Un jour vous vous réveillez et vous vous dites, ça y est il s'est envolé, mais il n'a fait qu'émigrer dans un autre endroit, il se réchauffe les plumes. Tôt ou tard il revient se percher de nouveau dans votre cœur. »

L'infirmier leur serra la main un par un et leur souhaita tout le meilleur possible. Les amis de Leila le regardèrent s'éloigner en boitant jusqu'à ce qu'il tournât au coin de l'hôpital et disparût derrière le grand portail. C'est alors seulement que Nostalgia Nalan, cette femme d'un mètre quatre-vingt-dix aux os épais, aux larges épaules, s'assit sur le bord du trottoir, replia les jambes contre sa poitrine et pleura comme un enfant abandonné dans un pays étranger.

Personne ne dit mot.

Au bout d'un certain temps, Humeyra lui posa une main sur le creux du dos. « Allez, ma chérie. Partons d'ici. Il faut qu'on trie les affaires de Leila. Et qu'on nourrisse Mr Chaplin. Leila serait très fâchée si on ne s'occupait pas de son chat. Le pauvre animal doit être affamé. »

Nalan se mordit la lèvre inférieure et s'essuya rapidement les yeux du dos de la main. Elle se leva, dominant les autres de sa hauteur, bien que ses jambes lui semblent comme du caoutchouc, prêtes à se dérober. Une douleur sourde lui martelait les tempes. Elle fit signe à ses amis d'avancer sans l'attendre.

« Tu es sûre ? » dit Zaynab122, tête levée, la mine inquiète.

Nalan fit oui. « Sûre, mon chou. Je vous rattraperai plus tard. »

Ils lui obéirent – comme ils le faisaient toujours.

*

* *

Une fois seule, Nalan alluma la cigarette dont elle rêvait depuis le début de l'après-midi mais qu'elle s'était abstenue de fumer par égard pour l'asthme d'Humeyra. Elle prit une forte bouffée puis la retint dans ses poumons avant d'exhaler une spirale de fumée. *Vous ne faites pas partie de sa famille*, avait décrété la directrice. Qu'est-ce qu'elle en savait ? Foutrement rien. Elle ne savait rien sur Leila ni sur aucun d'entre eux.

Pour Nostalgia Nalan, il y avait deux genres de familles dans ce monde : les parents formaient la famille de sang ; et les amis, la famille d'eau. Si votre famille de sang était gentille et affectueuse, vous pouviez remercier votre bonne étoile et en profiter le mieux possible ; sinon il restait un espoir : les choses pouvaient s'arranger quand vous seriez en âge de quitter votre nid si peu douillet.

Quant à la famille d'eau, elle se formait bien plus tard dans la vie et c'était vous, en grande partie, qui la composiez. Certes rien ne pouvait remplacer une famille de sang aimante et heureuse, mais à défaut, une bonne famille d'eau pouvait laver les blessures et le chagrin amassés au fond de soi comme de la suie noire. Il était donc possible pour vos amis de trouver une place précieuse dans votre cœur, et d'y occuper plus d'espace que tous vos parents réunis. Mais ceux qui n'ont pas eu à vivre l'expérience d'être rejetés par leurs proches ne comprendront jamais cette vérité, vivraient-ils un million d'années. Ils ne sauront jamais que dans certains cas l'eau coule plus épaisse que le sang.

Nalan se retourna pour jeter un dernier regard à l'hôpital. Elle ne pouvait voir la morgue à cette distance, mais frissonna comme si elle en sentait le froid dans ses os. Non que la mort lui fît peur. Pas plus qu'elle ne croyait à une autre vie au cours de laquelle les injustices de ce monde seraient miraculeusement réparées. Seule athée déclarée parmi les amis de Leila, Nalan considérait la chair – et non quelque notion abstraite de l'âme – comme éternelle. Les molécules se mêlaient à la terre, fournissant de la nourriture aux plantes, lesquelles plantes étaient ensuite dévorées par des animaux, les animaux par des humains, et ainsi, contrairement aux hypothèses de la majorité, le corps humain était immortel, en route pour un voyage continu à travers les cycles de la nature. Que pourrait-on désirer de plus de l'au-delà ?

Mais Nalan avait toujours supposé qu'elle mourrait la première. Dans chaque groupe d'amis éprouvés de longue date, il y en a un qui sait d'instinct qu'il partira avant les autres. Et Nalan était certaine que ce serait elle. Tous ces compléments d'œstrogènes, traitements antitestostérone et antidouleur postopératoires, sans parler des années où elle avait trop fumé, trop bu et mangé n'importe quoi... ce serait forcément elle. Pas Leila, si pleine de vie et de compassion. C'était pour Nalan une source de surprise perpétuelle – et de légère irritation – qu'Istanbul n'ait pas rendu Leila cynique et amère comme elle-même se savait endurcie par cette ville.

Un vent glacial soufflait du nord-est et avançait dans les terres, remuant les miasmes des égouts. Elle se raidit contre le froid. La douleur de ses tempes avait glissé, gagné sa poitrine et forcé sa cage thoracique, comme si une main lui poignait le cœur. Au loin, la circulation de l'heure de pointe bloquait les artères de la ville, qui ressemblait maintenant à un animal géant blessé, le souffle court, laborieux et haletant. En contraste, la respiration de Nalan était rapide et furieuse, ses traits soulignés par une indignation brûlante. Ce qui accentuait son sentiment d'impuissance, ce n'était pas seulement la mort soudaine de Leila ni la manière brutale et horrible dont on l'avait tuée, mais l'absence radicale de justice en toute chose. La vie était injuste, et maintenant elle découvrait que la mort l'était encore plus.

Depuis l'enfance, le sang de Nalan ne faisait qu'un tour quand elle voyait quelqu'un – n'importe qui – traité de manière cruelle ou injuste. Elle n'était pas assez naïve pour attendre de la rectitude d'un monde si *tordu*, comme avait coutume de le rappeler D/Ali, mais elle estimait que chacun a droit à sa part de dignité. Et qu'au sein de cette dignité, comme sur un lopin de terre n'appartenant à personne d'autre, on peut semer une graine d'espoir. Un germe minuscule qui un jour, sans qu'on sache comment, va peut-être pousser et fleurir. En ce qui concernait Nalan, cette petite graine était la seule chose qui mérite qu'on se batte pour elle.

Elle sortit le bout de papier que leur avait donné le vieil homme et lut ce qu'il y avait griffonné : *Kilyos. Kimsesizler Mezarliği, 705*... Le dernier chiffre, à l'examen un 2 tremblé, coincé en bas de la page, était à peine lisible. L'écriture n'était pas très nette. Avec le stylo-plume qu'elle avait dans sa pochette, Nalan repassa sur chaque caractère. Puis elle replia soigneusement le bout de papier et le remit dans sa poche.

Ce n'était pas juste de reléguer Leila au cimetière des Abandonnés alors qu'elle n'était pas abandonnée du tout. Leila avait des amis. Les amis de toute une vie, loyaux, aimants. Elle ne possédait peut-être pas grand-chose d'autre, mais des amis, si, sans l'ombre d'un doute.

Le vieux avait raison, pensa Nalan. *Leila mérite un enterrement correct.*

Elle jeta son mégot sur le pavé et écrasa le bout incandescent sous sa botte. Un brouillard lent arrivait du port, voilant les bars à chicha et les cafés le long des quais. Quelque part dans cette ville de millions d'habitants, l'assassin de Leila dînait ou regardait la télévision, la conscience vide, n'ayant d'humain que le nom.

Nalan s'essuya les yeux, mais les larmes ne cessaient d'affluer. Son mascara lui coulait sur les joues. Deux femmes la dépassèrent, poussant chacune un landau. Surprises, elles lui jetèrent un regard de pitié, puis détournèrent la tête. Presque aussitôt le visage de Nalan prit une mine pincée. Elle avait l'habitude qu'on l'évite et qu'on la méprise simplement à cause de son allure et de ce qu'elle était. Très bien, mais elle ne supportait pas d'inspirer de la pitié, ni elle ni ses amis.

Quand elle repartit d'un pas énergique, Nalan avait déjà pris sa décision. Elle se battrait, comme elle l'avait toujours fait. Contre les conventions sociales, les jugements, les préjugés… contre la haine silencieuse, qui emplissait la vie de ces gens comme un gaz inodore, elle se battrait. Personne n'avait le droit de jeter le corps de Leila comme si elle ne comptait pas ni n'avait jamais compté. Elle, Nostalgia Nalan, allait s'assurer que son amie serait traitée convenablement et avec dignité.

Ce n'était pas fini. Loin de là. Ce soir elle irait parler avec les autres et ensemble ils trouveraient un moyen d'offrir un enterrement à Leila – et pas n'importe lequel, mais le plus bel enterrement que cette vieille cité démentielle eût jamais vu.

Cette vieille cité démentielle

Istanbul était une illusion. Un tour de magicien raté.

Istanbul était un rêve qui n'existait que dans l'esprit des mangeurs de haschich. En vérité, il n'y avait pas d'Istanbul. Il existait de multiples *Istanbuls* – en lutte, en rivalité, en collision, chacune sachant qu'à la fin, une seule pouvait survivre.

Il y avait, par exemple, une Istanbul ancienne, qu'on traversait à pied ou en bateau – la cité des derviches itinérants, des diseurs de bonne aventure, marieuses, marins, peigneurs de coton, batteurs de tapis, porteurs avec leur sac d'osier sur le dos… L'Istanbul moderne – une expansion urbaine sillonnée par des voitures et des motos qui se ruaient en tous sens, des camions de chantier chargés de matériaux destinés à construire encore plus de centres commerciaux, de gratte-ciel, de sites industriels… L'Istanbul impériale contre l'Istanbul plébéienne ; l'Istanbul mondiale contre l'Istanbul provinciale ; cosmopolite contre chauvine ; mécréante contre pieuse ; une

Istanbul phallocrate contre une Istanbul féminine qui s'était choisi Aphrodite – déesse du désir mais aussi du conflit – pour symbole et protectrice... Et puis il y avait l'Istanbul de ceux qui étaient partis depuis longtemps, embarqués vers des ports lointains. Pour eux cette cité serait toujours une métropole faite de souvenirs, de mythes et d'attentes du Messie, toujours fugace comme le visage d'une amante qui disparaît dans la brume.

Toutes ces Istanbul vivaient et respiraient les unes à l'intérieur des autres, comme des poupées russes animées. Mais même si un méchant sorcier parvenait à les séparer et à les poser côte à côte, nulle part dans cet immense alignement il ne trouverait une partie de la ville plus désirée, diabolisée et dénoncée qu'un quartier en particulier : Pera. Plaque tournante de troubles et de chaos, depuis des siècles cette zone était associée au libéralisme, à la débauche et à l'occidentalisation – les trois forces qui dévoyaient les jeunes Turcs. Son nom, tiré du grec, signifie « de l'autre côté », ou simplement « à travers », ou « au-delà ». De l'autre côté de la Corne d'Or. Au-delà des normes établies. On l'appelait jadis Peran en Sykais – « sur le rivage opposé ». Et c'était là, jusqu'à la veille, que Leila avait installé ses pénates.

Après la mort de D/Ali, elle avait refusé de quitter l'appartement. Chaque recoin était empli de son rire, de sa voix. Le loyer était élevé, mais elle y arrivait tout juste. Tard dans la nuit, au retour du travail, elle se lavait sous la pomme de douche rouillée qui ne donnait jamais assez d'eau chaude, se récurant la peau. Puis rouge et à vif comme un nouveau-né, elle s'asseyait près de la fenêtre et regardait le matin se déverser sur la ville. Le souvenir de D/Ali l'enveloppait, doux et réconfortant comme une couverture. Souvent elle s'éveillait l'après-midi, raide et courbatue, après s'être endormie dans cette position, Mr Chaplin en boule à ses pieds.

La rue Kafka Poilu passait entre des bâtiments lépreux et des petites boutiques miteuses spécialisées dans les fournitures électriques. Le soir, quand toutes les lampes étaient allumées, le quartier prenait une teinte sépia, comme s'il appartenait à un autre siècle. Autrefois, on l'appelait rue du Kaftan de Fourrure – même si un groupe d'historiens affirmaient que son nom était en réalité rue de la Courtisane à la Blonde Chevelure. Que ce fût l'un ou l'autre, quand la municipalité, lancée dans un projet ambitieux d'embourgeoisement du quartier, décida de renouveler les plaques portant les noms des rues, l'agent en charge, trouvant celui-là trop encombrant, l'abrégea en rue Kaftan. Nom qu'elle garda jusqu'au jour où, après une nuit de forte tempête, une lettre tomba et qu'elle devint rue Kafta. Mais celui-là non plus ne dura pas longtemps. Un étudiant en littérature, armé d'un feutre indélébile, changea *Kafta* en *Kafka*. Les fans de l'auteur appréciaient le nouveau blaze ; d'autres n'avaient pas idée de ce qu'il signifiait mais l'adoptèrent de même car le son leur plaisait.

Un mois plus tard, un journal ultranationaliste publia un article sur l'influence étrangère clandestine à Istanbul, affirmant que cet hommage manifeste à un écrivain juif faisait partie d'un plan sinistre visant à éradiquer la culture musulmane locale. Une pétition circula demandant qu'on rétablisse le nom d'origine en dépit du débat non résolu sur ce qu'il était réellement au départ. Une bannière fut suspendue entre deux balcons qui affichait : *Aime-la ou quitte-la : une seule grande nation.* Lavée par la pluie et blanchie par le soleil, la bannière flotta dans le *lodos* d'Istanbul – le vent du sud-est – jusqu'à ce qu'une après-midi elle rompît ses amarres et s'envolât, cerf-volant furieux en plein ciel.

Dans l'intervalle, les réactionnaires étaient passés à d'autres combats. La mobilisation retomba aussi vite qu'elle s'était constituée. Avec le temps, comme si souvent dans cette ville schizophrène, l'ancien et le nouveau, le factuel et le fictif, le réel et le surréel s'amalgamèrent, et l'endroit s'appela désormais rue Kafka Poilu.

Au milieu de cette rue, coincé entre un vieux hammam et une mosquée neuve, s'élevait un immeuble de logement jadis moderne et majestueux, ce qu'il n'était plus du tout. Un cambrioleur amateur avait brisé la vitre de l'entrée principale et, affolé par le bruit, pris la fuite sans rien voler. Comme aucun des résidents ne voulait payer pour remplacer la vitre, depuis elle était maintenue en place par du chatterton comme celui qu'utilisent les entreprises de déménagement.

Devant cette entrée, Mr Chaplin était assis en ce moment même, sa queue enroulée autour de lui. Il avait un pelage noir de charbon et des yeux vert jade pailletés d'or. Une de ses pattes était blanche, comme s'il l'avait trempée dans un bac de chaux, puis s'était ravisé. Son collier, orné de clochettes d'argent, tintait à chacun de ses mouvements. Il ne pouvait l'entendre. Rien ne troublait le silence dans son univers.

Il s'était faufilé dehors la veille au moment où Leila partait travailler. Cela n'avait rien d'inhabituel, car Mr Chaplin était un flâneur nocturne. Il revenait toujours avant l'aube, assoiffé et las, sachant que sa propriétaire aurait laissé la porte entrouverte pour lui. Mais cette fois il eut la surprise de trouver la porte close. Depuis, il attendait patiemment.

Encore une heure s'écoula. Les voitures passaient en klaxonnant à tout-va ; les camelots vantaient à grands cris leurs marchandises ; l'école du coin diffusait l'hymne national sur des haut-parleurs et des centaines d'enfants chantaient à l'unisson. Quand ils eurent fini, ils prêtèrent le serment collectif : *Que mon existence soit un don pour l'existence de la Turquie.* Au loin, près d'un chantier où un ouvrier avait fait récemment une chute mortelle, un bulldozer grondait, faisant trembler le sol. Istanbul la Babel emplissait les cieux de son brouhaha, mais le chat ne l'entendait pas non plus.

Mr Chaplin avait hâte de sentir une main lui caresser la tête. Hâte d'être là-haut dans son appartement avec un bol plein de pâtée

« maquereau-et-patates » – son repas favori. Tout en s'étirant et en arquant le dos, il se demandait où diable était passée sa propriétaire, et pourquoi Tequila Leila lui infligeait un tel retard, si peu dans ses habitudes.

Chagrin

Le crépuscule tombait quand les amis de Leila – à l'exception de Nostalgia Nalan qui ne les avait pas encore rattrapés – arrivèrent devant l'immeuble de la rue Kafka Poilu. Entrer ne leur poserait pas de problème, ils avaient chacun une clef de secours.

Les traits de Sabotage trahirent une brève hésitation quand ils approchèrent de la porte. Il s'avisa, la poitrine brusquement serrée, qu'il n'était pas prêt à retourner dans l'appartement de Leila et à affronter le vide douloureux laissé par son absence. Il sentit un fort désir de s'éloigner, même des gens qui lui étaient les plus chers. Il avait besoin d'être seul, ne serait-ce qu'un moment.

« Peut-être que je devrais d'abord passer au bureau. Je suis parti sans prévenir personne. »

Ce matin, en apprenant la nouvelle, Sabotage avait saisi sa veste et couru vers la sortie, informant juste au passage son patron qu'un de ses enfants souffrait d'un empoisonnement alimentaire. « Les champignons, c'est sûrement les champignons du dîner ! » Ce n'était pas l'excuse la plus brillante, mais il avait été incapable de trouver mieux. Jamais il n'aurait pu dire la vérité à ses collègues. Personne n'était au courant de son amitié avec Leila. Mais soudain il lui vint à l'esprit que sa femme avait pu appeler le bureau, dévoilant son mensonge, ce qui risquait de le mettre dans de sales draps.

« Tu es sûr ? demanda Jameelah. Il n'est pas trop tard ?

— Je vais juste faire un saut, vérifier si tout va bien, et je reviens tout de suite.

— Très bien, ne mets pas trop longtemps, dit Humeyra.

— C'est l'heure de pointe… Je ferai de mon mieux. »

Sabotage détestait les voitures, mais comme il était claustrophobe et ne pouvait supporter d'être enfermé dans un bus ou un ferry bondé – et que tous les bus et tous les ferries étaient bondés à cette heure de la journée – il en était malheureusement dépendant.

Debout sur le trottoir, les trois femmes le regardèrent s'éloigner, la démarche un peu branlante, les yeux fixés sur les pavés, comme s'il n'osait plus se fier à la fermeté du sol. Les épaules tombantes et la tête inclinée à un angle douloureux, il semblait vidé de toute vitalité. La mort de Leila l'avait secoué au plus profond de son être. Relevant le col de sa veste pour s'abriter du vent, il disparut dans un océan de silhouettes.

Zaynab122 essuya discrètement une larme et remonta ses lunettes. Elle se tourna vers les deux autres et leur dit : « Allez-y, les filles. Moi je passe chez l'épicier. Il faut que je fasse du *halva* pour l'âme de Leila.

— D'accord, mon chou, dit Humeyra. Je laisse la porte d'entrée ouverte pour Mr Chaplin. »

Zaynab122 acquiesça, traversa la route, le pied droit d'abord. « *Bismillah ar-Rahman ar-Rahim.* » Son corps, déformé par le désordre génétique qui s'était emparé d'elle bébé, vieillissait plus vite que la normale – comme si la vie était une course qu'il se devait de terminer à toute vitesse. Mais elle se plaignait rarement, et quand cela lui arrivait, elle réservait ses plaintes aux oreilles de Dieu.

À la différence des autres membres du groupe, Zaynab122 était très pieuse. Croyante de toutes ses fibres. Elle priait cinq fois par jour, ne consommait pas d'alcool et jeûnait le mois entier à chaque Ramadan. Elle avait étudié le Coran quand elle vivait à Beyrouth et comparé ses nombreuses traductions. Elle pouvait en réciter de mémoire des chapitres entiers. Mais la religion était pour elle moins une écriture figée dans le temps qu'un être organique, qui respirait. Une fusion. Elle mêlait la parole écrite aux coutumes orales, y ajoutait une pincée de superstition et de folklore. Et il y avait des rites à accomplir maintenant pour aider l'âme de Leila à entamer son voyage éternel. Elle n'avait pas beaucoup de temps. Les âmes se déplacent vite. Il fallait qu'elle achète de la pâte de bois de santal, du camphre, de l'eau de rose... et bien sûr qu'elle prépare ce *halva* – qu'elle distribuerait ensuite sans distinction aux inconnus et aux voisins. Tout devait être prêt, même si elle savait que certains de ses amis n'apprécieraient peut-être pas ses efforts – en particulier Nostalgia Nalan.

Pour ne pas perdre de temps, Zaynab122 se rendit dans la boutique la plus proche. En temps normal, elle ne serait pas allée là-bas. Leila n'avait jamais aimé son propriétaire.

*

* *

L'épicerie était un magasin mal éclairé avec des étagères du sol au plafond chargées de boîtes de conserve et de produits conditionnés. À l'intérieur, le patron que les gens du coin appelaient « l'épicier chauvin » était appuyé à un comptoir de bois poli par les ans. Tiraillant sa longue barbe bouclée, il était penché sur la page d'un journal du soir, ses lèvres bougeant au rythme de sa lecture. Un portrait de Tequila Leila s'étalait devant lui. *Quatrième meurtre mystérieux en un mois*, disait la légende. *Les péripatéticiennes d'Istanbul en alerte maximale.*

Une enquête officielle a établi que cette femme s'était remise à travailler dans les rues après avoir quitté un bordel sous licence il y a au moins dix ans. La police pense qu'elle a été détroussée au cours de l'agression, car on n'a retrouvé ni argent ni bijoux sur la scène de crime. Son cas est maintenant lié à celui de trois autres prostituées qui ont été tuées au cours du dernier mois, toutes trois étranglées. Leur mort met en lumière le fait peu connu que le taux d'homicides parmi les travailleuses du sexe d'Istanbul est dix-huit fois supérieur à celui d'autres femmes, et que la plupart des meurtres de prostituées restent non résolus – cela notamment parce que les membres de cette profession se manifestent rarement pour fournir des informations cruciales. Cependant, les forces de l'ordre suivent une série de pistes importantes. Le chef adjoint de la police a déclaré à la presse...

Dès qu'il vit Zaynab122 approcher, l'épicier replia le journal et le fourra dans un tiroir. Il mit une seconde de trop à se composer une attitude.

« *Selamün aleyküm,* dit-il d'une voix inutilement forte.

— *Ya aleyküm selam,* répondit Zaynab122, plantée près d'un sac de fèves plus haut qu'elle.

— Mes condoléances. » Il tendit le cou et projeta son menton en avant pour mieux voir sa cliente. « C'était à la télé, vous avez vu les nouvelles de l'après-midi ?

— Non, fit-elle sèchement.

— *Inchallah* qu'ils attrapent vite ce cinglé. Je ne serais pas surpris si on apprend que l'assassin fait partie d'un gang. » Il hocha la tête pour signifier son accord avec lui-même. « Ils feraient n'importe quoi pour de l'argent, ces pillards. Trop de Kurdes, d'Arabes, de Roms et de vauriens dans cette ville. Depuis qu'ils sont arrivés ici la qualité de la vie a disparu – pouf !

— Je suis arabe. »

Il sourit. « Oh, mais je ne parlais pas de *vous*. »

Zaynab122 examinait les fèves. *Si Leila était ici*, pensait-elle, *elle remettrait ce type odieux à sa place*. Mais Leila n'était plus, et Zaynab122, viscéralement opposée au conflit, ne savait jamais trop comment s'y prendre avec les gens qui l'irritaient.

Quand elle releva les yeux, elle vit que l'épicier attendait. « Pardon, j'avais l'esprit ailleurs. »

L'homme fit un signe de connivence. « C'est la quatrième victime en un mois, n'est-ce pas ? Personne ne mérite de mourir comme ça, même une femme déchue. Je ne juge personne, comprenez-moi bien. Je me dis toujours, Allah punira chacun comme Il le juge bon. Il ne laissera pas un seul péché glisser entre les mailles. »

Zaynab122 se palpa le front. Elle sentait venir un mal de tête. Bizarre. Elle n'avait jamais de migraine. C'est Leila qui en souffrait d'habitude.

« Alors, les funérailles sont prévues pour quand ? La famille a pris des dispositions ? »

Zaynab122 se sentit agressée par les questions. Pour rien au monde elle ne dirait à ce fouinard que Leila était enterrée au cimetière des Abandonnés parce que sa famille n'avait pas voulu reprendre son corps. « Désolée, je suis pressée. Je peux avoir une bouteille de lait et une plaque de beurre, s'il vous plaît ? Oh, et de la farine de semoule aussi.

— Bien sûr. Vous allez faire du *halva* ? C'est bien. N'oubliez pas de m'en apporter. Et ne vous inquiétez pas, la note est pour moi, cette fois-ci.

— Non, merci, je ne peux pas accepter. » Debout sur la pointe des pieds Zaynab122 déposa l'argent sur le comptoir et fit un pas en arrière. Son estomac grommelait – elle se rappela qu'elle n'avait rien mangé de la journée.

« Ah, encore une chose ; est-ce que par hasard vous vendez de l'eau de rose, de la pâte de bois de santal et du camphre ? »

L'épicier lui lança un regard intrigué. « Bien sûr, ma sœur, tout de suite. Mon magasin a en stock tout ce dont vous avez besoin. Je n'ai jamais compris pourquoi Leila ne venait pas faire ses courses ici plus souvent. »

L'appartement

Au retour de sa promenade, Mr Chaplin eut la satisfaction de trouver l'entrée principale ouverte. Il se glissa dans l'immeuble et, une fois à l'intérieur, fila comme un dard dans les étages, les clochettes de son collier tintant à toute volée.

Quand le chat atteignit l'appartement de Leila, la porte s'ouvrit et Hollywood Humeyra apparut, un sac-poubelle plein à la main, qu'elle déposa dehors près du seuil. Le gardien le ramasserait plus tard dans la soirée. Elle allait refermer la porte quand elle aperçut le chat. Elle avança sur le palier, ses larges hanches bloquant le passage de la lumière.

« Mr Chaplin ! On se demandait où vous étiez passé. »

Le chat frôla les jambes de la femme, des jambes épaisses et solides, couvertes de veines bleu-vert qui soulevaient la peau.

« Espèce de coquin. Rentre vite. » Et Humeyra sourit pour la première fois depuis des heures.

Avec agilité, Mr Chaplin fila tout droit vers la salle à manger, qui faisait également office de salon et de chambre d'amis. Il bondit dans un panier garni d'une couverture en laine. Un œil ouvert, l'autre fermé, il passa la pièce en revue comme s'il voulait en consigner chaque détail en mémoire, s'assurer que rien n'avait changé pendant son absence.

Malgré son besoin manifeste de rénovations, l'appartement avait un charme improbable avec ses teintes pastel, ses fenêtres orientées au sud, ses hauts plafonds, une cheminée dont la raison d'être semblait plus esthétique que pratique, du papier bleu et or dont les bords se décollaient, des lustres de cristal à mi-hauteur et un plancher inégal en chêne, craquelé, mais fraîchement ciré. Sur chaque mur il y avait des toiles encadrées de tailles diverses. Toutes étaient l'œuvre de D/Ali.

Les deux fenêtres de devant donnaient sur le toit de la vieille tour de Galata, qui défiait les immeubles d'habitation et les gratte-ciel lointains comme pour leur rappeler que, même si cela semblait difficile à croire, elle avait été jadis le bâtiment le plus haut de la ville.

Humeyra entra alors dans la chambre de Leila et se mit à faire le tri dans ses boîtes de bibelots, en chantonnant distraitement à mi-voix. Une mélodie traditionnelle. Elle ignorait ce qui la lui fit choisir. Sa voix était lasse mais pleine et riche. Pendant des années, elle avait chanté dans les night-clubs miteux d'Istanbul et joué dans des films turcs à petit budget, y compris quelques-uns classés X qui la mettaient encore mal à l'aise. Elle était bien roulée à l'époque, et sans varices. C'était une existence périlleuse. Une fois elle avait été blessée dans un tir croisé entre deux clans de la mafia, et une autre elle avait reçu une balle dans le genou tirée par un admirateur dément. Maintenant elle était trop vieille pour ce genre de vie. Tout ce tabagisme passif, nuit après nuit, avait aggravé son asthme et elle avait toujours en poche un inhalateur dont elle se servait souvent. Avec le temps, elle avait beaucoup grossi – l'un des nombreux effets secondaires du kaléidoscope de pilules qu'elle avalait comme des bonbons depuis des décennies. Somnifères, antidépresseurs, psychotropes...

Humeyra croyait qu'il y avait de fortes similitudes entre l'expérience de l'obésité et la tendance à la mélancolie. Dans les deux cas, la société blâmait le patient. Aucune autre pathologie ne provoquait cette attitude. Les gens souffrant de n'importe quelle autre maladie avaient droit au moins à un peu de compassion et de soutien moral. Mais pas l'obèse ni le déprimé. *Vous auriez pu maîtriser votre appétit... Vous auriez pu maîtriser vos pensées...* Mais Humeyra savait que ni son poids ni son abattement fréquent n'étaient un choix personnel. Cela, Leila le comprenait.

« Pourquoi tu essaies de combattre la déprime ?

— Parce que c'est ça que je suis censée faire... tout le monde le dit.

— Ma mère – je l'appelais MaTante – se sentait souvent comme ça, peut-être pire. Les gens lui disaient toujours de surmonter sa dépression. Mais j'ai le sentiment que dès qu'on traite ce qui nous touche en ennemi, on le rend plus fort. Comme un boomerang. Tu le jettes, il revient et il te frappe avec la même force. Peut-être que tu as besoin de *prendre en amitié* ta dépression.

— En voilà une drôle d'idée, mon chou. Comment je peux faire ça ?

— Eh bien, penses-y : un ami, c'est quelqu'un avec qui tu peux te promener dans le noir et qui peut t'apprendre une quantité de choses. Mais tu sais aussi que vous êtes différents – toi et ton ami. Tu n'es pas ta dépression. Tu es beaucoup plus que ce que va être ton humeur aujourd'hui ou demain. »

Leila la poussait à réduire sa consommation de pilules et à se trouver un hobby, faire du sport ou du bénévolat dans un refuge de femmes, aider celles dont l'histoire ressemblait à la sienne. Mais Humeyra trouvait incroyablement difficile de fréquenter des gens que la vie traitait avec une dureté injustifiée. Chaque fois qu'elle avait essayé dans le passé, ses plus grands efforts et ses paroles bien intentionnées semblaient se changer en bouffées d'air creuses. Comment pourrait-elle dispenser aux autres de l'espoir et de la gaieté quand elle était elle-même assaillie par les craintes et les soucis ?

Leila lui avait aussi acheté des livres sur le soufisme, la philosophie indienne et le yoga – toutes disciplines auxquelles elle s'était intéressée après la mort de D/Ali. Mais si Humeyra les feuilletait souvent, elle avait peu progressé dans cette voie. Elle avait l'impression que ces idées, qui se prétendaient toutes simples et abordables, étaient surtout conçues pour des gens en meilleure santé, plus heureux ou juste plus chanceux qu'elle. Comment la méditation pourrait-elle vous apaiser l'esprit si vous deviez d'abord apaiser votre esprit pour être en mesure de méditer ? Elle vivait dans un bouleversement interne perpétuel.

Maintenant que Leila était partie, une sombre peur intense s'affolait dans l'esprit d'Humeyra telle une mouche prise au piège. Elle avait avalé un comprimé de Xanax après avoir quitté l'hôpital, mais il ne semblait avoir aucun effet. Son esprit était torturé par des images de violence sanguinolentes. Cruauté. Boucherie. Le Mal, dépourvu de sens et de raison. Des voitures couleur argent étincelaient devant ses yeux comme des couteaux dans la nuit. Frissonnante, Humeyra fit craquer ses phalanges fatiguées et se força à continuer sa tâche, sans s'apercevoir que son énorme chignon croulait, que des mèches de cheveux épars lui tombaient sur la nuque. Elle découvrit une pile de vieilles photos sous le lit, mais les regarder lui aurait fait trop de peine. C'est à cela qu'elle pensait quand elle vit posée sur le dos d'une chaise la robe de mousseline fuchsia. Quand elle la prit entre ses mains, son visage se décomposa. C'était la préférée de Leila.

Des citoyennes normales

Un sac de provisions dans chaque main, Zaynab122 entra dans l'appartement le souffle court. « Ouh, ces escaliers me tuent.

— Qu'est-ce qui t'a pris si longtemps ? interrogea Hollywood Humeyra.

— J'ai dû faire la conversation avec ce type abominable.

— Qui ça ?

— L'épicier chauvin. Leila ne l'aimait pas.

— C'est vrai, pas du tout », dit Humeyra d'un ton pensif.

Pendant un moment, les deux femmes restèrent silencieuses, chacune absorbée dans ses propres pensées.

« Il faut qu'on donne les vêtements de Leila, dit Zaynab122. Et ses écharpes de soie… mon Dieu, elle en avait tellement.

— Tu ne crois pas qu'on devrait les garder ?

— On doit suivre la coutume. Quand quelqu'un meurt, ses vêtements sont distribués aux pauvres. Les bénédictions des pauvres aident les morts à traverser le pont vers l'autre monde. Le timing est important. Il faut qu'on agisse vite. L'âme de Leila est sur le point de commencer son voyage. Le pont de Siraat est plus tranchant qu'une épée, plus fin qu'un cheveu…

— Oh, c'est reparti ! Fous-moi un peu la paix ! » Une voix gutturale s'éleva derrière elles. Dans le même temps, la porte s'ouvrit brusquement, les faisant sursauter toutes deux ainsi que le chat.

Nostalgia Nalan se tenait sur le seuil, la mine sévère.

« Tu nous as fichu une sacrée frousse, dit Humeyra, la main sur son cœur qui battait la chamade.

— Bien. Bien fait pour vous. Vous étiez tellement plongées dans vos bondieuseries ! »

Zaynab122 croisa les mains sur ses genoux. « Je ne vois rien de mal à aider les pauvres.

— Oui, mais ce n'est pas tout à fait ça, pas vrai ? C'est plutôt un genre de troc. "Hé, les pauvres, prenez ces vieilles fringues, donnez-moi votre bénédiction. Et tiens, Dieu chéri, prends ces coupons-prières, file-nous un coin ensoleillé au ciel." Sans vouloir t'offenser, la religion c'est tout bêtement du commerce. Donner-et-recevoir.

— C'est tellement… injuste », dit Zaynab122, l'air boudeur. Ce n'était pas exactement de la colère qu'elle éprouvait quand les gens faisaient peu de cas de ses convictions. Plutôt de la tristesse. Et la tristesse était plus pesante quand les gens concernés se trouvaient être ses amis.

« Ça va. Oublie ce que j'ai dit. » Nalan s'affala sur le divan. « Où est Jameelah ?

— Dans l'autre pièce. Elle a dit qu'elle avait besoin de s'allonger. » Une ombre passa sur le visage d'Humeyra. « Elle ne parle pas beaucoup. Et elle n'a rien mangé. Je suis inquiète. Tu sais que sa santé... »

Nalan baissa les yeux. « Je vais lui parler. Et où est Sabotage ?

— Il a dû repasser à son bureau, répondit Zaynab122. Il doit être sur le chemin du retour, à cette heure-ci, probablement coincé dans les embouteillages.

— Parfait, on attendra, dit Nalan. Maintenant expliquez-moi, pourquoi cette porte est restée ouverte ? »

Les deux femmes échangèrent un bref regard.

« Votre meilleure amie se fait tuer de sang-froid, et vous, vous laissez la porte de chez elle grande ouverte. Vous avez perdu la tête ?

— Oh allons, dit Humeyra, en aspirant une grande goulée d'air, horrifiée. Ce n'est pas comme si quelqu'un était entré ici par effraction. Leila-jim était dans la rue tard cette nuit. Des témoins l'ont vue monter dans une voiture – une Mercedes gris argent. Toutes les victimes ont été tuées de la même manière, tu le sais bien.

— Et alors ? Ça veut dire qu'on ne risque rien ? Ou tu estimes que parce que l'une de vous est petite et que l'autre est...

— Très grosse ? » Humeyra rougit. Elle sortit son inhalateur et le garda à l'intérieur de sa paume. L'expérience lui avait appris qu'elle s'en servait plus fréquemment quand Nalan était dans les parages.

Zaynab122 haussa les épaules. « Emploie le mot que tu veux, ça m'est égal.

— J'allais dire *retraitée et déprimée.* » Nalan agita une main manucurée. « Ce que je veux dire, mesdames, c'est que si vous croyez que l'assassin de Leila est le seul psychopathe de cette ville, bonne chance ! Laissez la porte ouverte. D'ailleurs pourquoi ne pas mettre devant un paillasson : *Wilkommen Psychopathen* ?

— J'aimerais bien que tu cesses de pousser tout à l'extrême », protesta Humeyra, la mine renfrognée.

Nalan prit un temps de réflexion. « C'est moi ou cette ville ? J'aimerais bien qu'*Istanbul* cesse de pousser tout à l'extrême. »

Zaynab122 tira sur un fil lâche de son cardigan et en fit une boulette. « Je suis juste sortie en vitesse faire quelques courses et…

— Eh bien, il suffit de quelques secondes. Pour se faire attaquer, je veux dire.

— S'il te plaît, Nalan, arrête avec ces horreurs… » La voix d'Humeyra s'affaiblit tandis qu'elle décidait de reprendre un Xanax. Peut-être deux.

« Elle a raison, intervint Zaynab122. C'est manquer de respect envers les morts. »

Nalan, tête droite, riposta : « Tu veux savoir ce que c'est, manquer de respect envers les morts ? » D'un geste rapide elle ouvrit sa pochette et en sortit un quotidien du soir. L'ouvrant à la page où la photo de Leila surgissait entre les annonces de presse locales et nationales, elle lut à voix haute :

« *Le chef adjoint de la police a dit à la presse : "Je vous garantis que nous allons retrouver le responsable en un rien de temps. Nous avons mis une unité spéciale sur cette affaire. À ce stade nous demandons au public de coopérer avec les forces de l'ordre en leur rapportant toute activité suspecte dont ils auraient pu être témoins. Cependant les citoyens, en particulier les femmes, n'ont aucun lieu de s'inquiéter. Ces meurtres n'ont pas été commis au hasard. C'est une catégorie particulière, chaque fois, qui est visée. Toutes les victimes étaient des racoleuses. Les citoyennes normales n'ont aucun souci à se faire pour leur sécurité."* »

Nalan replia le journal et claqua de la langue comme elle faisait toujours quand elle était en colère. « *Les citoyennes normales* ! Ce que dit ce connard, c'est "Vous mesdames-bien-sous-tout-rapport, ne craignez rien. Vous ne risquez rien. Les seules qu'on massacre dans les rues sont des putes." Voilà ce que moi j'appelle manquer de respect envers les morts. »

Un sentiment de défaite s'abattit sur la pièce, âcre et lourd, comme des miasmes sulfureux qui s'accrochent à tout ce qu'ils touchent. Humeyra aspira une bouffée de son inhalateur. Elle attendit que sa respiration se calmât. Sans résultat. Les yeux clos, elle s'obligea à s'endormir.

D'un profond sommeil drogué, pour oublier. Zaynab122, assise raide comme un piquet, sentait son mal de tête s'aggraver. Elle allait bientôt se mettre à prier et à préparer la mixture qui aiderait l'âme de Leila à accomplir son prochain voyage. Mais pas tout de suite. Il lui manquait la force nécessaire et peut-être même, juste un peu, la foi. Et Nalan, les épaules raides bien carrées dans sa veste, restait muette, les traits creusés.

Dans un coin Mr Chaplin, ayant terminé sa dernière friandise, faisait sa toilette.

La Mercedes argent

Chaque soir on pouvait voir amarré sur le rivage de la Corne d'Or un bateau vert et rouge nommé *Güney* – « Le Sud » – en face de la route menant à l'hôtel Continental.

Le bateau avait été baptisé ainsi en l'honneur du cinéaste kurde Yilmaz Güney, et il figurait dans un de ses films. L'actuel propriétaire l'ignorait, mais s'il l'avait su, cela l'aurait laissé de marbre. Il l'avait acheté des années auparavant à un pêcheur qui n'allait plus en mer, et fait construire une minuscule cambuse équipée d'un gril pour y cuisiner des sandwiches *köfte*. Bientôt des maquereaux grillés vinrent compléter le menu, garnis d'oignons émincés et de tranches de tomate. À Istanbul, le succès d'une cuisine de rue dépend moins de votre marchandise que de l'heure et du lieu où vous la vendez. La nuit, en dépit des risques, est plus rentable : les clients ne sont pas plus généreux mais plus affamés. Ils émergent des clubs et des bars, les veines saturées d'alcool. Pas encore prêts à jeter l'éponge, les fêtards faisaient halte à l'étal du bateau pour s'offrir un dernier plaisir avant de rentrer chez eux. Des dames en robe chatoyante et des hommes en costume sombre s'installaient sur les tabourets au bord du quai et attaquaient leurs sandwiches, dévorant la pitta blanche grossière qu'en plein jour ils auraient dédaignée.

Ce soir-là, les premiers clients apparurent à 19 heures – bien plus tôt que d'habitude. C'est ce que pensa le vendeur en voyant une Mercedes-Benz se garer sur la jetée. Il appela son apprenti, un de ses neveux, le plus grand flemmard de toute la ville, qui regardait une série télévisée affalé dans un coin avec un parfait abandon, en faisant craquer des graines de tournesol grillées entre ses dents. À côté de lui, sur la table, les coquilles vides s'amoncelaient.

« Bouge tes fesses. On a des clients. Va voir ce qu'ils veulent. »

Le garçon se leva, s'étira les jambes et s'emplit les poumons de la brise salée qui arrivait de la mer. Après un regard nostalgique sur les vagues qui léchaient les flancs du bateau, il fit la grimace, comme si on l'avait chargé de résoudre un mystère mais qu'il renonçait. En ronchonnant, il descendit sur la jetée et se dirigea d'un pas traînant vers la Mercedes.

Sous le réverbère, la voiture bien lustrée crânait avec assurance. Elle était équipée de vitres teintées, d'un aileron fait sur mesure et de jantes en chrome gris et rouge. L'apprenti, fervent amateur de voitures de luxe, siffla d'admiration. Pour sa part, il préférerait conduire une Firebird – une Pontiac Firebird bleu métallisé.

Ça, c'était de la bagnole. Il ne roulerait pas, il filerait à une vitesse de...

« Hé gamin, tu vas prendre la commande ou quoi ? » dit l'homme installé sur le siège du conducteur en se penchant par la vitre entrouverte.

Arraché à sa rêverie, le garçon prit son temps pour répondre. « Ouais, d'accord. Qu'est-ce que vous voulez ?

— D'abord, un peu de politesse. »

C'est alors seulement qu'il releva la tête et eut une vue nette des deux clients. Celui qui venait de lui parler était efflanqué et chauve. Il avait une mâchoire anguleuse et un visage chafouin couvert de cicatrices d'acné. L'autre homme était presque son contraire : rondouillard, les joues rouges. Et pourtant ils semblaient apparentés... peut-être un je-ne-sais-quoi dans les yeux.

Curieux, le garçon s'avança tout près de la voiture. L'intérieur était aussi splendide que l'extérieur. Sièges, volant, tableau de bord revêtus de cuir beige. Mais ce qu'il aperçut ensuite le fit suffoquer. Son visage perdit d'un coup ses couleurs. Il prit la commande et se précipita vers le bateau, courant aussi vite que ses pieds le lui permettaient, le cœur cognant frénétiquement contre sa cage thoracique.

« Alors ? Qu'est-ce qu'ils veulent ? *Köfte* ou maquereau ? interrogea le vendeur.

— Oh, *köfte*. Et aussi de l'*ayran* comme boisson. Mais...

— Mais quoi ?

— Je veux pas les servir. Ils sont zarbis.

— Comment ça, *zarbis* ? »

Mais en posant la question, le vendeur savait qu'il n'obtiendrait pas de réponse. Il soupira en secouant la tête. L'adolescent était devenu soutien de famille depuis que son père, un ouvrier du bâtiment, s'était tué en tombant d'un échafaudage. Cet homme n'avait pas reçu de formation adéquate, n'avait pas de harnais de sécurité et l'échafaudage, apprit-on par la suite, n'avait pas été monté correctement. La famille avait porté plainte contre l'entreprise de construction, mais sans grand espoir d'obtenir un résultat. Les tribunaux avaient trop de cas similaires à traiter. Divers quartiers d'Istanbul s'embourgeoisaient à toute allure, les prix de l'immobilier grimpaient, la demande pour des appartements de luxe ne cessait d'augmenter, entraînant une augmentation tout aussi spectaculaire du nombre d'accidents sur les chantiers.

Aussi le garçon, qui allait encore à l'école, devait travailler le soir, que ça lui plaise ou non. Cependant il était trop sensible, trop taciturne et trop têtu, à l'évidence pas taillé pour les tâches pénibles – ou pour Istanbul, ce qui à la fin revenait au même.

« Bon à rien », dit le vendeur, assez fort pour que son apprenti l'entende.

Ignorant la remarque, le garçon posa les boulettes de viande sur le gril et commença à préparer la commande.

« Lâche-moi ça, grogna le vendeur mécontent. Combien de fois il faut que je te dise de huiler le gril d'abord ? »

Lui prenant les pincettes des mains, il le chassa d'un geste. Demain il allait le virer – décision qu'il avait repoussée jusqu'à maintenant, mais ça commençait à bien faire. Il n'était pas la Croix-Rouge. Il avait sa propre famille à nourrir, et une entreprise à faire tourner.

D'une main rapide et agile, le vendeur tisonna les braises rougeoyantes, ranima la flamme, fit griller huit morceaux de *köfte* et en garnit des demi-pittas avec quelques rondelles de tomate. Saisissant deux bouteilles d'*ayran*, il mit le tout sur un plateau et se dirigea vers la voiture.

« Bonsoir, messieurs, dit le vendeur, la voix onctueuse de politesse.

— Où est ton paresseux d'apprenti ? demanda celui qui était au volant.

— Paresseux, ça oui. Vous avez raison, monsieur. Mes humbles excuses s'il a été malpoli. De toute façon je vais bientôt le renvoyer.

— Plus vite ce sera fait, mieux ça vaudra, si tu veux mon avis. »

Avec un signe d'acquiescement, le vendeur lui passa le plateau par la fenêtre entrouverte. Il glissa un regard à l'intérieur de la voiture.

Sur le tableau de bord il y avait quatre figurines. Des anges munis d'auréoles et de harpes, la robe éclaboussée de taches de peinture rouge-brun, la tête remuant de façon presque imperceptible maintenant que la voiture était à l'arrêt.

« Garde la monnaie, dit l'homme.

— C'est très aimable, merci. »

Tout en empochant l'argent, le vendeur ne pouvait détacher son regard des anges. Il se sentit pris de nausée. Lentement, presque malgré lui, il comprit ce que son apprenti avait dû remarquer sur-le-champ ; les taches sur les poupées, les taches sur le tableau de bord… ces marques rouge-brun n'étaient pas de la peinture. C'était du sang séché.

Comme s'il lisait dans l'esprit du vendeur, le conducteur expliqua : « On a eu un accident l'autre soir. J'ai pris un coup sur le nez, ç'a saigné comme vache qui pisse ! »

Le vendeur eut un sourire de compassion. « Oh, quelle malchance ! *Geçmiş olsun.*

— On aurait dû nettoyer, mais on n'a pas eu le temps. »

Le vendeur hocha la tête, reprit son plateau et allait dire au revoir quand la portière du côté opposé s'ouvrit. Le passager qui était resté silencieux jusque-là sortit de l'habitacle, pitta à la main. « Ton *köfte* est délicieux. »

Le vendeur lui jeta un coup d'œil, vit les marques sur son menton. Comme si quelqu'un lui avait griffé le visage. *Une femme*, pensa-t-il, mais ce n'étaient pas ses affaires. S'efforçant de réprimer ces pensées, il répondit d'une voix un peu plus aiguë que d'habitude : « Eh bien, on commence à être assez réputés. J'ai des clients qui viennent exprès d'autres villes.

— Bien. J'espère que tu ne nous fais pas manger de la viande d'âne, dit l'homme en riant de sa propre plaisanterie.

— Bien sûr que non. Rien que du bœuf. Première qualité.

— Excellent. Fais-nous plaisir et tu es sûr de nous revoir souvent.

— Quand vous voulez », dit le vendeur en pinçant les lèvres. Il se sentait satisfait, presque reconnaissant, en dépit de son malaise. Si ces gens étaient dangereux, que d'autres s'en occupent, ce n'était pas son problème à lui.

« Dis-moi, tu travailles toujours la nuit ? interrogea le conducteur.

— Toujours.

— Tu dois avoir des clients de toute sorte. Des gens sans moralité ? Prostituées ? Pervers ? »

Derrière eux le bateau se balançait, soulevé par les remous d'un navire qui passait.

« Mes clients sont tous des gens corrects. Respectables et corrects.

— C'est bien, dit le passager en regagnant son siège. On ne veut pas de gens incorrects par ici, pas vrai ? Cette ville a tellement changé. Elle est tellement sale, maintenant.

— Oui, très sale », répondit le vendeur, tout simplement parce qu'il ne trouva rien d'autre à dire.

*

* *

Quand il remonta sur le bateau, il trouva son neveu qui l'attendait, les poings sur les hanches, le visage crispé et anxieux. « Alors ? Comment ça s'est passé ?

— Très bien. Tu aurais dû les servir. Pourquoi c'est moi qui fais ton boulot ?

— Mais t'as pas vu ?

— Vu quoi ? »

Le garçon plissa les yeux comme si son oncle rétrécissait à vue d'œil. « Dans la voiture... il y a du sang sur le tableau de bord... sur les poupées... On devrait pas appeler la police ?

— Eh, pas de police par ici. J'ai un business à protéger.

— Ah, d'accord. Ton *business*.

— Non mais ça va pas la tête ? s'indigna le vendeur. Tu te rends compte qu'il y a des centaines de types qui donneraient leur vie pour avoir ton job ?

— Eh bien donne-leur. Je m'en fous de tes *köfte* minables. De toute façon je déteste l'odeur. C'est de la viande de cheval.

— Comment tu oses ? » hurla le vendeur, les joues en feu.

Mais le garçon n'écoutait pas. Son attention était repartie vers la Mercedes-Benz, cette forme froide et imposante sous le ciel dont les ombres s'épaississaient, maintenant descendu très bas sur la ville. Il murmura : « Ces deux types... »

L'expression du vendeur s'adoucit. « Oublie-les, fiston. Tu es trop jeune. Sois pas trop curieux, je te le conseille.

— Mais toi, mon oncle, t'es pas curieux ? Même un tout petit peu ? Et s'ils ont fait quelque chose de mal ? S'ils ont tué quelqu'un ? Ça fera de nous leurs complices aux yeux de la loi.

— Ça suffit. » Le vendeur déposa brutalement le plateau vide. « Tu regardes trop la télé. Tous ces polars américains idiots, et voilà que tu te prends pour un détective ! Demain matin j'irai parler à ta mère. On va te trouver un nouveau job – et à partir de maintenant, plus de télé.

— Ouais, comme tu veux. »

Il n'y avait rien à ajouter. Ils ne dirent mot ni l'un ni l'autre pendant un certain temps, baignés par une sorte de léthargie. À côté du bateau de pêche nommé *Güney*, la mer n'était que rouleaux et écume, s'écrasant de toute sa puissance contre les rochers qui bordaient la route sinueuse menant d'Istanbul à Kilyos.

Vue aérienne

L'élégant siège de l'entreprise occupait tout un étage dans un nouveau gratte-ciel et donnait sur le quartier commercial de la ville, en pleine expansion. Assis dans la salle d'attente, un jeune homme agitait nerveusement les jambes de bas en haut. La secrétaire, derrière une cloison en verre, tendait le col pour le regarder de temps à autre, un léger sourire d'excuse sur les lèvres. Comme lui, elle comprenait mal pourquoi son père le faisait attendre depuis quarante minutes. Mais c'était son père, il fallait toujours qu'il fasse passer un message ou qu'il lui enseigne une leçon que le fils n'avait ni le besoin ni le loisir d'entendre. Le jeune homme vérifia sa montre une fois de plus.

La porte s'ouvrit enfin, et une autre secrétaire lui annonça qu'il pouvait entrer.

Son père était assis derrière son bureau. Un meuble ancien en noyer avec des poignées en bronze, des pattes de fauve et un plateau sculpté. Beau, mais trop solennel pour une pièce si moderne.

Sans un mot, le jeune homme marcha vers le bureau et posa dessus le journal qu'il avait apporté avec lui. Sur la page ouverte, le visage de Leila se détachait du texte.

« Qu'est-ce que c'est ?

— Père, lis, s'il te plaît. »

Celui-ci jeta un coup d'œil rapide au journal, balayant du regard le gros titre : *Prostituée assassinée découverte dans une poubelle de la municipalité.* Il fronça le sourcil. « Pourquoi tu me montres ça ?

— Parce que je connais cette femme.

— Oh ! » Son visage s'illumina. « Ravi de savoir que tu as des relations féminines.

— Tu ne comprends pas ? C'est celle que tu m'as envoyée. Et elle est morte. Assassinée. »

Le silence se propagea dans l'air ambiant ; s'étala et se figea en couche épaisse, laide et irrégulière, stagnant comme les algues accumulées sur un bassin à la fin de l'été. Il regarda par-dessus l'épaule de son père la ville derrière la fenêtre, le parterre de maisons disposées en éventail sous une fine brume, les rues bondées et les collines qui s'étalaient jusqu'à l'horizon. La vue à cette hauteur était spectaculaire, mais étrangement inerte.

« Tout est dans l'article, dit le jeune homme, en s'efforçant de contrôler sa voix. Trois autres femmes ont été tuées ce mois-ci… toutes de la même manière atroce. Et devine quoi ? Je les connais aussi. Toutes les trois. Ce sont les femmes que tu m'as envoyées. Ça ne te paraît pas trop fort, comme coïncidence ?

— Je croyais qu'on t'en avait envoyé cinq. »

Le jeune homme fit une pause, mis en échec comme seul son père savait le faire. « Oui, il y en a eu cinq, et quatre sont mortes. Alors je te le redemande : ce n'est pas trop fort comme coïncidence ? »

Les yeux de son père ne livraient rien. « Qu'est-ce que tu essaies de dire ? »

Le jeune homme tressaillit, hésitant sur ce qu'il allait faire ensuite, sentit une peur familière s'insinuer en lui, un tremblement qui le ramenait loin en arrière, et soudain le voilà redevenu adolescent, transpirant sous le feu du regard paternel. Mais alors, tout aussi soudainement, il se rappela les femmes, les victimes, en particulier la dernière. Il se remémora leur conversation sur le balcon, leurs genoux qui se frôlaient, leur haleine parfumée de whisky. *Écoute, chéri. Je comprends que tu n'aies pas envie de faire ça. Je comprends aussi que tu aimes quelqu'un et que tu préférerais être avec cette personne.*

Des larmes lui emplirent les yeux. Son amant lui disait que s'il souffrait c'est parce qu'il avait bon cœur. Il avait une conscience, ce qui n'était pas donné à tout le monde. Mais c'était une piètre consolation. Ces quatre femmes étaient-elles mortes à cause de lui ? Comment était-ce possible ? Serait-il en train de perdre la raison ?

« C'est ça ta méthode pour me *corriger* ? » Il s'avisa après coup qu'il avait élevé la voix – presque crié.

Son père écarta le journal, les traits durcis. « Assez ! Je n'ai rien à voir avec ces sornettes. Franchement, je suis surpris que tu puisses même m'imaginer descendre dans la rue pour faire la chasse aux putes.

— Père, je ne t'accuse pas *toi*. Mais peut-être quelqu'un proche de toi. Il doit y avoir une explication. Dis-moi, comment tu arrangeais ces rencontres ? Quelqu'un s'occupait d'organiser les rendez-vous, les coups de fil ?

— Naturellement. » Le père cita le nom d'un de ses bras droits.

« Il est où, maintenant ?

— Il travaille toujours pour moi.

— Il faut que tu interroges cet homme. Promets-moi que tu vas le faire.

— Écoute, occupe-toi de tes affaires et je m'occuperai des miennes. »

Le jeune homme releva le menton. Son visage se décrispa tandis qu'il luttait pour trouver les mots suivants. « Père, je m'en vais. J'ai besoin de sortir de cette ville. Je pars pour l'Italie – pour quelques années. J'ai été accepté dans un programme de thèse à Milan.

— Cesse de dire des âneries. Ton mariage approche. Les invitations sont déjà parties.

— Désolé. Il faudra que tu règles ça. Moi je ne serai pas là. »

Son père se leva, sa voix se brisant pour la première fois. « Tu ne peux pas me couvrir de honte !

— Ma décision est prise. » Le regard du jeune homme descendit vers le tapis. « Ces quatre femmes…

— Oh, arrête cette idiotie ! Je t'ai dit que je n'avais rien à voir avec ça. »

Il dévisagea son père, étudiant ses traits sévères comme s'il voulait mémoriser ce que pour sa part il refusait de devenir. Il avait envisagé de parler à la police, mais son père avait tant de hautes relations que l'affaire serait bouclée à peine ouverte. Il voulait juste partir – avec son bien-aimé.

« Je ne t'enverrai pas un seul chèque, tu m'entends ? Tu reviendras vite me voir à genoux, en mendiant.

— Au revoir, Père. »

Avant de tourner les talons, il tendit le bras, saisit le journal, le plia et le mit dans sa poche. Il ne voulait pas laisser le portrait de Leila dans ce bureau glacial. Il avait encore son écharpe.

*

* *

Le plus maigre était toujours resté célibataire. Il parlait souvent des inconséquences de la chair. C'était un homme d'idées, de théories universelles. Quand le grand patron lui demanda de trouver des prostituées pour son fils, il se sentit honoré qu'on lui confiât une tâche aussi sensible et secrète. La première fois il attendit devant l'hôtel, histoire de s'assurer que la femme venait, qu'elle se conduisait bien, et que tout se déroulait sans accroc. Cette nuit-là où il resta assis dans la voiture à fumer, une idée lui vint. Il s'avisa que ce n'était peut-être pas un travail ordinaire. Peut-être s'attendait-on à ce qu'il accomplisse autre chose. Une mission. Cette pensée le frappa comme un choc. Il se sentit important, infiniment vivant.

Il exposa l'idée à son cousin : un esprit simple, grossier, doté d'un caractère vif et d'un poing gauche encore plus vif. Pas un penseur comme lui, mais loyal, efficace, capable d'accomplir des tâches difficiles. Le partenaire idéal.

Pour être sûrs de tenir la bonne personne, ils échafaudèrent un plan. Chaque fois, ils demandaient à l'entremetteur de préciser à la prostituée comment elle devait s'habiller. Ainsi ils l'identifiaient facilement quand elle quittait l'hôtel. La dernière fois c'était une minirobe ajustée à sequins dorés. Après chaque meurtre ils ajoutaient une poupée de porcelaine à leur collection. Car c'est cela qu'ils faisaient, croyait-il. Ils changeaient des putes en petits anges.

Pas une fois il n'avait touché une de ces femmes. Il en était fier – de surmonter les besoins de la chair. Froid comme l'acier, chaque fois il était resté sur le bord à regarder, jusqu'à l'ultime fin. La quatrième femme avait opposé une résistance imprévue, se battant de toutes ses forces, si âprement, que pendant quelques minutes il craignit de devoir s'en mêler. Mais son cousin était costaud, il avait l'avantage physique, et gardait un pied-de-biche caché sous le siège.

Le plan

« J'ai besoin d'une clope », dit Nalan en ouvrant la porte-fenêtre pour se rendre sur le balcon.

Elle observa la rue en contrebas. Le voisinage changeait. Elle ne reconnaissait plus rien. Des locataires arrivaient, des locataires repartaient – le neuf remplaçait l'ancien. Les quartiers de la ville échangeaient leurs résidents comme des gamins échangent leurs images de joueurs de foot.

Elle plaça une cigarette entre ses lèvres et l'alluma. En aspirant la première bouffée, elle examina le Zippo de Leila. Elle l'ouvrit d'une pichenette, le referma, l'ouvrit, le referma.

Il y avait une inscription en anglais gravée sur une des faces du briquet : *Vietnam : Tu n'as jamais vraiment vécu tant que tu n'as pas frôlé la mort.*

Il vint à l'esprit de Nalan que ce Zippo n'était pas l'objet simple qu'il paraissait, mais un perpétuel errant. Il voyageait d'un fumeur à un autre, survivant à chacun de ses propriétaires.

Avant Leila, il appartenait à D/Ali, et avant D/Ali, à un soldat américain qui avait eu le malheur de venir à Istanbul avec la sixième flotte en juillet 1968. En courant pour échapper aux jeunes gauchistes en colère, le soldat avait fait tomber le briquet qu'il avait à la main et la casquette qu'il avait sur la tête. D/Ali avait ramassé le premier objet, un de ses camarades le second. Dans l'agitation qui suivit, ils ne revirent pas le jeune soldat, et même s'ils l'avaient retrouvé, ils n'étaient pas sûrs qu'ils lui auraient rendu ses biens. Au fil des ans, D/Ali avait nettoyé et poli le Zippo mille fois. Quand le briquet tomba en panne, il le porta chez un bricoleur dans une ruelle de Taksim qui réparait des montres et toutes sortes d'objets. Mais une part de lui se demandait constamment de quelles horreurs, de quels carnages ce petit objet avait pu être témoin pendant la guerre. Avait-il vu les tueries dans les deux camps, suivi de près les cruautés que des êtres humains peuvent infliger à leurs frères humains ? Était-il présent lors du massacre de My Lai, avait-il entendu les hurlements de civils désarmés – de femmes et d'enfants ?

Après la mort de D/Ali, Leila garda le Zippo qu'elle emportait partout avec elle. Excepté hier où, un peu distraite et silencieuse comme elle l'était rarement, elle l'avait laissé sur la table au Karavan. Nalan comptait le lui rendre aujourd'hui. *Comment tu as pu oublier ce petit truc si précieux ? Tu vieillis, mon chou*, lui aurait-elle dit. Ce qui aurait fait rire Leila. *Moi, vieille ? Ça ne risque pas, chérie. C'est le Zippo qui a dû s'égarer.*

Nalan sortit un Kleenex de sa poche et s'essuya le nez.

« Ça va, là dehors ? demanda Humeyra en passant la tête par la porte du balcon.

— Oui, bien sûr. Je reviens dans une minute. »

Humeyra fit oui de la tête, l'air peu convaincue. Sans ajouter un mot, elle se retira.

Nalan tira sur sa cigarette en n'exhalant qu'un léger filet de fumée. La bouffée suivante, elle la souffla vers la tour de Galata, ce chef-d'œuvre de maçons génois et d'artisans du bois. Combien de gens dans cette ville faisaient-ils encore le même travail aujourd'hui, s'émerveillait-elle, les yeux fixés sur l'ancienne tour cylindrique comme si son ancienneté détenait la réponse à tous leurs ennuis.

En bas dans la rue, un jeune homme leva les yeux et l'aperçut. Son regard se fit intense. Il brailla – un commentaire obscène.

Nalan se pencha par-dessus la balustrade. « C'est à moi que tu parles ? »

L'homme grimaça un sourire. « Et comment ! Mon truc à moi c'est les dames comme toi. »

Le sourcil froncé, Nalan se redressa. Se retournant, elle demanda aux deux femmes à voix basse : « Il y a un cendrier quelque part ?

— Hmm... Leila en gardait un sur la table basse, dit Zaynab122. Tiens. »

Nalan saisit le cendrier, le soupesa. Puis sans crier gare elle le jeta depuis le balcon. Il se brisa sur le pavé. L'homme qui avait fait un bond en arrière et échappé au projectile resta bouche bée, le visage blême, la mâchoire crispée.

« Abruti ! glapit Nalan. Est-ce que je siffle en voyant passer tes jambes poilues, moi ? Je te harcèle ? Comment tu oses me parler comme ça ? »

L'homme ouvrit la bouche, puis la referma. Il s'éloigna d'un pas rapide, suivi par une explosion de ricanements d'un salon de thé voisin.

« Rentre, s'il te plaît, dit Humeyra. Tu ne peux pas rester dehors et balancer des trucs sur des inconnus. C'est une maison en deuil, ici. »

Pivotant sur ses talons, Nalan revint dans la pièce, la cigarette encore à la main. « Je ne veux pas être en deuil et me lamenter. Je veux *faire* quelque chose.

— Mais qu'est-ce qu'on peut faire, *hayati* ? dit Zaynab122. Rien. »

Humeyra parut soucieuse, et légèrement somnolente, après avoir pris encore deux comprimés en douce. « J'espère que tu n'as pas l'intention de chercher l'assassin de Leila.

— Non, on va laisser la police enquêter, même si je ne leur fais pas vraiment confiance. » Nalan souffla un jet de fumée par le nez, et s'efforça, honteuse, de le chasser loin d'Humeyra, sans trop de succès.

Zaynab122 dit : « Pourquoi tu ne pries pas pour aider son âme – et la tienne ? »

Nalan plissa le front. « À quoi bon prier si Dieu est incapable d'entendre ? Ça s'appelle Surdité divine. C'est ce qu'ils ont en commun, Dieu et Mr Chaplin.

— *Tövbe, tövbe* », dit Zaynab122, comme chaque fois qu'elle entendait invoquer en vain le nom du Seigneur.

Nalan trouva une tasse à café vide et y écrasa sa cigarette.

« Écoute, toi tu t'occupes des prières. Je ne veux blesser personne. Leila méritait une vie épatante et elle ne l'a pas eue. Elle mérite au moins un enterrement correct. On ne peut pas la laisser pourrir au cimetière des Abandonnés. Ce n'est pas un endroit pour elle.

— Il faut que tu apprennes à accepter les choses, *habibi*, dit Zaynab122. Aucun de nous ne peut rien y faire. »

À l'arrière-plan, la tour de Galata se drapait de gaze violette et cramoisie sous le soleil couchant. Sur sept collines et un millier de quartiers petits et grands, la ville s'étendait à perte de vue ; une cité, selon la prophétie, qui resterait invaincue jusqu'à la fin du monde. Au loin le Bosphore tournoyait, mêlant l'eau douce à l'eau salée avec la même aisance que la réalité au rêve.

« Mais peut-être que si, dit Nalan après une courte pause. Il reste peut-être une dernière chose qu'on peut faire pour Tequila Leila. »

Sabotage

Le temps que Sabotage arrive rue Kafka Poilu, le voile couleur d'encre du soir s'était posé sur les collines au loin. Il regarda le dernier rayon de lumière s'enfuir de l'horizon et le jour toucher à sa fin, l'emplissant d'un sentiment d'abandon. D'habitude il aurait été en sueur et irritable après tout ce temps coincé dans les embouteillages, à pester sans distinction contre l'idiotie des conducteurs et celle des piétons, mais là il se sentait seulement épuisé. Il avait entre les mains une boîte enveloppée dans du papier alu rouge et ornée d'un nœud de ruban doré. Utilisant sa propre clef, il entra dans l'immeuble et gravit les étages.

Sabotage, qui venait d'atteindre la quarantaine, était de taille moyenne et solidement bâti. Il avait une pomme d'Adam proéminente, des yeux gris qui disparaissaient presque quand il souriait, et une moustache toute récente qui s'accordait mal à son visage rond. Son cuir chevelu affichait une calvitie prématurée depuis des années – d'autant plus prématurée qu'il croyait que sa vie, sa vraie vie, n'avait pas encore commencé.

Un homme chargé de secrets. Voilà ce qu'il devint en suivant Leila à Istanbul un an après son départ. Quitter Van et sa mère n'avait pas été chose facile mais il l'avait fait pour deux raisons, l'une claire et l'autre cachée : continuer ses études (il avait les capacités requises pour obtenir une place dans une université réputée) et retrouver son amie d'enfance. Tout ce qu'il avait d'elle c'était une pile de cartes postales et une adresse obsolète. Elle lui écrivait de temps en temps, sans trop de détails sur sa nouvelle vie, puis soudain les cartes s'interrompirent. Sabotage sentit qu'il lui était arrivé quelque chose dont elle n'avait pas envie de lui parler, et il sut qu'il lui fallait à tout prix la retrouver. Il la chercha partout – cinémas, restaurants, théâtres, hôtels, cafés, puis quand aucun de ces lieux ne fournit d'informations, dans les discothèques, bars, salles de jeu, et enfin, le cœur lourd, dans les night-clubs et les maisons mal famées. Ce fut après une longue quête sans relâche qu'il parvint à la repérer, grâce à une pure coïncidence. Le garçon avec qui il partageait une chambre était devenu un habitué de la rue des bordels, et Sabotage l'entendit parler à un autre étudiant d'une femme qui avait une rose tatouée sur la cheville.

« Je regrette que tu m'aies retrouvée. Je n'ai aucune envie de te voir », lui dit Leila lors de leur première rencontre après une aussi longue absence.

Sa froideur lui fit l'effet d'un coup de poignard en plein cœur. Dans ses yeux il vit une lueur de colère et pas grand-chose d'autre. Mais il sentit que sous l'expression sévère, c'était la honte qui dominait. Inquiet et entêté, il continua à revenir. Maintenant qu'il l'avait trouvée, il n'allait pas la lâcher de nouveau. Comme il ne supportait pas cette rue notoire et ses odeurs rances, il attendait souvent à l'entrée, dans l'ombre mouchetée de chênes vieillissants, parfois pendant des heures. Parfois, quand Leila sortait faire des courses, ou acheter un tube de crème pour les hémorroïdes de l'Amère Ma, elle le voyait là, assis sur le trottoir, à lire un livre ou à se gratter le menton en s'échinant sur une équation mathématique.

« Pourquoi tu continues à venir ici, Sabotage ?

— Parce que tu me manques. »

C'était l'époque où la moitié des étudiants s'activaient à boycotter les études et l'autre moitié à boycotter les étudiants dissidents. Il se passait rarement un jour sans incident sur les campus universitaires du pays : des équipes de démineurs venaient désamorcer des colis suspects, des étudiants se battaient dans la cafétéria, des professeurs se faisaient attaquer verbalement ou agresser physiquement. En dépit de tout cela, Sabotage fut reçu à ses examens, et obtint sa licence avec mention très bien. Il trouva un emploi dans une banque nationale et, hormis quelques soirées professionnelles auxquelles il se rendait par obligation, rejeta toutes les invitations qu'on lui adressait. Tout son temps de loisir il tentait de le passer avec Leila.

L'année où Leila épousa D/Ali, Sabotage proposa discrètement un rendez-vous à une collègue. Un mois plus tard il la demandait en mariage. Même si ce n'était pas une union très heureuse, la paternité fut la meilleure chose qui lui arriverait jamais. Pendant quelque temps il progressa rapidement et avec conviction dans sa carrière, puis juste au moment où il semblait promis aux niveaux les plus élevés, il recula. En dépit de son intelligence, il était trop timide, trop réservé pour jouer un rôle majeur dans une institution quelle qu'elle soit. Lors de sa première présentation il oublia son texte et se mit à transpirer fortement. Le silence balaya la salle de conférence, percé seulement par quelques toux gênées. Il fixait le sol comme s'il se ravisait et rêvait de prendre la fuite. Sentiment qu'il éprouvait souvent. Ainsi il fit le choix de se contenter d'un poste médiocre et s'installa dans une vie passable – bon citoyen, bon employé, bon père. Mais à aucun stade du voyage il ne renonça à son amitié pour Leila.

« Je t'avais surnommé ma radio sabotage, lui disait Leila. Regarde-toi maintenant. Tu sabotes ta réputation, mon chéri. Que diraient ta femme et tes collègues s'ils savaient que tu es ami avec quelqu'un dans mon genre ?

— Ils n'ont pas besoin de le savoir.

— Tu crois que tu peux garder ça secret encore longtemps ? »

Ce à quoi Sabotage ripostait : « Aussi longtemps qu'il le faudra. »

Ses collègues, sa femme, ses voisins, ses proches, sa mère – depuis longtemps retraitée de la pharmacie –, aucun d'entre eux ne se doutait qu'il avait une autre vie, qu'avec Leila et les filles il était un homme différent.

Sabotage passait ses journées la tête enfouie dans des bilans, ne parlant à personne si ce n'était pas absolument nécessaire. Au crépuscule, il quittait le bureau, sautait dans sa voiture, lui qui détestait conduire, et se rendait au Karavan – un night-club très populaire parmi les gens impopulaires. Ici il pouvait se détendre, fumer, et parfois danser. Pour justifier ses longues absences, il racontait à sa femme que son salaire misérable l'obligeait à travailler la nuit comme agent de sécurité dans une usine.

« Ils fabriquent du lait en poudre, pour les bébés », lui disait-il, simplement parce qu'il pensait qu'elle faisait paraître la chose plus innocente, cette mention des bébés.

Heureusement, sa femme ne posa pas de questions. D'ailleurs, elle semblait plutôt soulagée de le voir quitter la maison chaque soir. La question le troublait parfois, bouillottant dans le chaudron de son esprit – voulait-elle qu'il débarrasse le plancher ? Cependant ce n'était pas tant elle que son ample famille qui tracassait Sabotage. Son épouse était issue d'une longue lignée d'imams et de *hodjas*. Jamais il n'oserait leur dire la vérité. De plus, il adorait ses enfants. Un vrai papa poule. Si sa femme divorçait en invoquant sa vie nocturne avec des traînées et des travestis, aucun tribunal ne lui confierait la garde de ses enfants. Ils ne lui permettraient probablement même pas de les revoir. La vérité serait corrosive, un liquide mercuriel. Elle creuserait des trous dans les forteresses de sa vie quotidienne, détruisant des édifices entiers. Si les anciens de la famille apprenaient son secret, ce serait un cataclysme. Il entendait presque leurs voix – hurlant, insultant, menaçant – lui marteler le cerveau.

Parfois le matin en se rasant, Sabotage répétait sa plaidoirie pour sa défense devant le miroir. Le discours qu'il prononcerait s'il se faisait prendre un jour par sa famille et passer à la moulinette.

« *Tu couches avec cette femme ?* demanderait son épouse, entourée de sa famille. *Oh, malheureux le jour où je t'ai épousé – quel genre d'homme gaspille la pension de ses enfants pour une pute !*

— *Non ! Non ! Ça ne se passe pas du tout comme ça.*

— *Vraiment ? Tu veux dire qu'elle couche avec toi sans te faire payer ?*

— *Je t'en supplie, ne dis pas des choses pareilles. Elle est mon amie. Ma plus vieille amie – depuis l'école.* »

Personne ne le croirait.

*

* *

« Je voulais arriver plus tôt, mais la circulation était un cauchemar total, dit Sabotage en se laissant aller sur un siège, fatigué et assoiffé.

— Tu veux une tasse de thé ? proposa Zaynab122.

— Non, merci.

— Qu'est-ce que c'est ? demanda Humeyra en montrant la boîte qu'il avait sur les genoux.

— Oh, ça… c'est un cadeau pour Leila. Il était au bureau. Je comptais le lui offrir ce soir. » Il tira sur le nœud, ouvrit la boîte. À l'intérieur était pliée une écharpe. « Pure soie. Elle l'aurait adorée. »

Une boule lui serra la gorge. Incapable de l'avaler, il suffoqua. Tout le chagrin qu'il avait tenté de réprimer explosa. Ses yeux le brûlaient et avant même de s'en rendre compte, il pleurait.

Humeyra se précipita dans la cuisine et revint avec un verre d'eau et un flacon d'eau de Cologne au citron. Elle en versa quelques gouttes dans le verre, qu'elle tendit à Sabotage. « Bois. Ça va te remonter.

— Qu'est-ce que c'est ? demanda Sabotage.

— Le remède de ma mère contre la tristesse – et un tas d'autres choses. Elle avait toujours de l'eau de Cologne à portée de main.

— Attends une seconde, s'interposa Nalan. Tu ne vas pas lui faire boire ça, quand même ? Le remède de ta maman peut rendre malade un homme qui n'a aucune tolérance à l'alcool.

— Mais c'est juste de l'eau de Cologne…, marmonna Humeyra, soudain hésitante.

— Je vais bien », dit Sabotage. Il lui rendit le verre, gêné d'être le centre d'attention.

C'était un fait bien connu que Sabotage ne supportait pas l'alcool. Un quart de verre de vin suffisait à le démolir. En diverses occasions, ayant vidé quelques chopes de bière pour tenter de se mettre au diapason, il s'était évanoui. Ces nuits-là, il lui arrivait des aventures dont il ne gardait aucun souvenir le lendemain. On lui racontait avec force détails comment il avait grimpé sur le toit pour regarder les mouettes, ou conversé avec un mannequin disposé dans une vitrine, ou bondi sur le bar du Karavan et plongé parmi les danseurs, supposant qu'ils l'attraperaient et le porteraient sur leurs épaules, au lieu de quoi il s'était écrasé sur le sol. Les histoires rapportées étaient si mortifiantes qu'il faisait semblant de n'avoir aucun lien avec leur piètre personnage central. Mais bien sûr il savait. Il connaissait son intolérance. Peut-être qu'il lui manquait l'enzyme appropriée ou qu'il souffrait d'une insuffisance hépatique. Ou que les *hodjas* et les imams parents de sa femme lui avaient jeté un mauvais sort pour s'assurer qu'il ne dévie pas du droit chemin.

En contraste frappant avec Sabotage, Nalan était une légende dans les cercles souterrains d'Istanbul. L'habitude de descendre quelques godets lui vint après sa première opération chirurgicale. Certes elle avait jeté avec joie sa vieille carte d'identité bleue (celle qu'on donnait aux citoyens masculins) en échange d'une rose toute neuve (pour les citoyennes), mais la douleur postopératoire était si atroce qu'elle ne pouvait l'endurer qu'en plongeant dans une bouteille. Ensuite, il y eut d'autres opérations, chaque fois plus complexes et plus coûteuses. Personne ne l'avait avertie de tout cela. C'était un sujet que peu de gens, même au sein de la communauté trans, aimaient aborder, et quand cela leur arrivait, c'était par chuchotements. Parfois les plaies s'infectaient, le derme refusait de cicatriser, la douleur aiguë devenait chronique. Et tandis que son corps luttait contre ces séquelles imprévues, ses dettes s'accumulaient. Nalan chercha un emploi partout. N'importe lequel aurait fait l'affaire. Après trop de portes claquées à la figure, elle essaya même l'atelier de menuiserie où elle avait travaillé naguère. Mais personne ne voulait l'employer.

Les seules professions ouvertes aux transsexuelles étaient la coiffure et l'industrie du sexe. Et il y avait déjà trop de coiffeuses à Istanbul, avec pratiquement un salon dans chaque ruelle et chaque sous-sol. Les transsexuelles n'étaient pas admises non plus dans les bordels sous licence. Sinon les clients se sentaient grugés et se plaignaient. À la fin, comme tant d'autres avant et après elle, elle racola dans la rue. Un travail sombre, épuisant et dangereux ; chaque voiture qui s'arrêtait devant elle laissait une empreinte sur son âme anesthésiée, comme des pneus sur le sable du désert. Avec une lame invisible, elle se coupa en deux Nalan. L'une veillait passivement sur l'autre, observait chaque détail et réfléchissait beaucoup, tandis que la seconde Nalan faisait tout ce qu'elle était censée faire et ne pensait absolument à rien. Insultée par les passants, arrêtée arbitrairement par la police, injuriée par les clients, elle subissait des humiliations incessantes. La plupart des hommes qui choisissaient des transsexuelles étaient d'une espèce à part, vacillant de manière imprévisible entre le désir et le mépris. Nalan était dans le métier depuis assez longtemps pour savoir que ces deux émotions, à la différence de l'huile et l'eau, se mêlent facilement. Ceux qui vous vomissaient pouvaient dévoiler soudain un appétit urgent, et ceux qui semblaient vous apprécier devenir hargneux et violents dès qu'ils avaient obtenu ce qu'ils voulaient.

Chaque fois qu'un événement officiel ou un congrès international marquant se déroulait à Istanbul, quand les voitures noires transportant les délégués étrangers se frayaient un chemin dans les embouteillages entre l'aéroport et les hôtels cinq étoiles disséminés à travers la ville, un chef de la police quelconque décidait de nettoyer les rues sur leur parcours. Les transsexuels étaient alors ramassés et mis en détention toute la nuit, balayés comme autant de détritus. Une fois, après une de ces opérations de nettoyage, Nalan fut enfermée dans un centre de détention où on lui rasa des parties de la tête et on lui arracha ses vêtements. Ses geôliers la firent attendre dans une cellule, nue et seule, en venant vérifier toutes les demi-heures environ comment elle se comportait et lui jeter encore un seau d'eau sale sur la tête. L'un des policiers – un jeune homme silencieux aux traits fins – semblait gêné par le traitement que lui infligeaient ses collègues. Nalan se rappelait encore l'expression blessée et impuissante de son visage, et pendant un instant elle éprouva de la pitié pour cet homme, comme si c'était lui, et pas elle, qui était confiné dans un espace exigu, enfermé dans sa cellule invisible. Le lendemain, ce fut ce même policier qui lui rendit ses vêtements et lui offrit un verre de thé avec un morceau de sucre. Nalan savait que d'autres avaient enduré une nuit encore pire, et lorsqu'elle fut relâchée, une fois la conférence au sommet terminée, elle ne révéla à personne ce qui s'était produit.

C'était moins risqué de travailler dans les night-clubs, à condition de trouver le moyen d'entrer, et de temps en temps elle y arrivait. Nalan avait un talent insolite. Elle était capable de boire verre sur verre sans être même légèrement éméchée. Elle s'asseyait à la table d'un client et engageait la conversation, les yeux brillants comme des pièces de monnaie au soleil. Entretemps elle encourageait son nouveau compagnon à commander les boissons les plus coûteuses de la carte. Whisky, cognac, champagne et vodka coulaient à flots comme le puissant Euphrate. Une fois le client suffisamment imbibé, Nalan passait à la table suivante où elle entamait le même processus. Les propriétaires de club l'adoraient. C'était une vraie machine à sous.

*
* *

Nalan se leva, alla remplir un verre d'eau et l'offrit à Sabotage. « Cette écharpe que tu as achetée pour Leila est tellement jolie.

— Merci. Elle lui aurait plu, je crois.

— Oh, j'en suis sûre. » Nalan posa une main réconfortante sur son épaule. « Tu sais quoi ? Et si tu la mettais dans ta poche ? Tu pourras la donner à Leila ce soir. »

Sabotage cligna des yeux. « Répète-moi ça ?

— Ne t'inquiète pas. Je vais t'expliquer... » Nalan fit une pause, soudain distraite par un son. Elle fixa des yeux la porte fermée au bout du couloir. « Dites, les filles, vous êtes sûres que Jameelah dort ? »

Humeyra haussa les épaules. « Elle a promis de sortir dès qu'elle serait réveillée. »

À pas rapides et résolus, Nalan se dirigea vers la porte et tourna la poignée. Elle était verrouillée de l'intérieur. « Jameelah, tu dors ou tu pleures à pleins seaux ? Et si ça se trouve, tu nous écoutes mine de rien ? »

Pas de réponse.

Nalan s'adressa au trou de la serrure. « Je parie que tu es restée éveillée depuis tout à l'heure, que tu es malheureuse et que Leila te manque. Comme on en est tous au même point, pourquoi tu ne sors pas ? »

Lentement, la porte s'ouvrit. Jameelah apparut.

Ses grands yeux sombres étaient gonflés et injectés de sang.

« Oh, ma douce. » Nalan parlait gentiment à Jameelah, comme à personne d'autre, chaque mot une pomme sucrée qu'il convenait d'astiquer avant de l'offrir. « Regarde-moi ça. Il ne faut pas pleurer. Il faut que tu prennes soin de toi.

— Je vais bien, dit Jameelah.

— Nalan a raison – pour une fois, dit Humeyra. Regarde les choses autrement : ça ferait beaucoup de peine à Leila de te voir dans un état pareil.

— C'est vrai. » Zaynab122 lui adressa un sourire lénifiant. « Pourquoi tu ne viens pas avec moi à la cuisine ? Allons voir si le *halva* est prêt.

— Il faut aussi qu'on se fasse livrer de la nourriture, dit Humeyra. On n'a rien mangé depuis ce matin. »

Sabotage se leva. « Je vais vous aider, les filles.

— Bonne idée. Va voir, et commande de quoi manger. » Nalan se croisa les bras dans le dos et arpenta la pièce comme un général inspectant ses troupes avant l'assaut final. Sous la lumière du lustre, ses ongles brillaient d'une teinte violet vif.

Debout à la fenêtre elle jeta un coup d'œil dehors, le visage reflété dans la vitre. Un orage se préparait au loin, des nuages de pluie filaient vers le nord-est, le secteur autour de Kilyos. Son regard, resté triste et pensif toute la soirée, brillait maintenant d'une lueur résolue. Ses amis n'avaient peut-être jamais entendu parler jusqu'ici du cimetière des Abandonnés, mais elle savait déjà tout ce qu'elle avait besoin de savoir sur cet endroit affreux. Dans le passé, elle avait rencontré nombre de gens que leur destin fit enterrer là-bas, et elle pouvait facilement imaginer ce qui avait dû arriver ensuite à leur tombe. Le malheur qui était la marque de fabrique du cimetière s'était ouvert comme une bouche immense et les avait engloutis d'un coup.

Plus tard, quand ils seraient tous assis autour de la table avec chacun un peu de nourriture dans l'estomac, Nostalgia Nalan parlerait de son plan à ses amis. Elle devrait y mettre tout le soin et le tact possibles, car elle savait qu'au début, ils seraient terrifiés.

Karma

Une demi-heure plus tard, ils étaient tous assis autour de la table. Une pile de *lahmacun* – des galettes farcies de viande hachée, commandées à un restaurant du coin – occupait le centre, à peine touchée. Personne n'avait d'appétit, même s'ils pressaient tous Jameelah de manger. Elle semblait si faible, son visage délicat encore plus émacié que de coutume.

D'abord ils échangèrent des propos décousus. Mais parler, comme manger, semblait demander trop d'efforts. C'était si étrange d'être installés chez Leila sans qu'elle passe la tête par la porte de la cuisine pour leur offrir à boire ou à grignoter, des mèches de cheveux s'échappant de derrière ses oreilles. Leurs yeux parcouraient la pièce, s'attardant sur chaque objet, petit ou grand, comme s'ils les découvraient. Qu'adviendrait-il désormais de cet appartement ? Il vint à l'esprit de chacun d'eux que si le mobilier, les tableaux et les bibelots devaient tous être déménagés, Leila disparaîtrait elle aussi.

Au bout d'un moment, Zaynab122 se rendit à la cuisine et revint avec un saladier de tranches de pomme et une assiette de *halva* fraîchement cuisiné – pour l'âme de Leila. Son arôme sucré emplit la pièce.

« On devrait mettre une bougie sur le *halva*, dit Sabotage. Leila trouvait toujours une excuse pour changer les dîners en célébrations. Elle adorait les fêtes.

— Surtout les fêtes d'anniversaire », bredouilla Humeyra, en réprimant un bâillement. Elle regrettait d'avoir pris trois tranquillisants à la suite. Pour chasser la somnolence, elle s'était fait une tasse de café, et maintenant elle faisait fondre le sucre en heurtant bruyamment la cuillère contre la porcelaine.

Nalan s'éclaircit la gorge. « Ah, qu'est-ce qu'elle a pu mentir sur son âge ! Une fois je lui ai dit : "Ma cocotte, si tu veux nous raconter des bobards, tu ferais mieux de t'en souvenir. Note-les quelque part. Tu ne peux pas avoir trente et un ans une année et vingt-huit l'année suivante !" »

Ils rirent, puis s'en voulurent de rire avec le sentiment que c'était mal, une transgression, et ils se turent.

« Bon, j'ai quelque chose d'important à vous dire. Mais s'il vous plaît, écoutez-moi jusqu'au bout avant de faire des objections.

— Oh ciel ! Ça va mal finir, dit Humeyra d'une voix apathique.

— Ne sois pas négative, répliqua Nalan, et elle se tourna vers Sabotage. Tu te rappelles, ton camion, tu sais où il est ?

— Je n'ai pas de camion.

— Tes beaux-parents n'en ont pas un ?

— Ah, le vieux Chevrolet de mon beau-père ? Ça doit faire des siècles qu'il ne s'est pas servi de ce tas de ferraille. Pourquoi tu me demandes ça ?

— Parfait, du moment qu'il roule. On aura besoin d'autres outils : pelles, bêches, peut-être une brouette.

— Je suis le seul ici qui ne sait pas du tout de quoi tu parles ? » dit Sabotage.

Humeyra se frotta le coin intérieur des yeux du bout des doigts. « Ne t'inquiète pas, personne n'en a la moindre idée. »

Nalan s'adossa à son siège, la poitrine haletante. Elle sentit son cœur battre plus vite sous l'effort requis par ce qu'elle allait dire. « Je propose que nous allions tous au cimetière cette nuit.

— Quoi ? » chevrota Sabotage.

Lentement, tout lui revint à l'esprit : son enfance à Van, le petit appartement exigu au-dessus de la pharmacie, la chambre donnant sur le cimetière, le bruissement sous les auvents qui pouvait être causé par les hirondelles ou le vent ou peut-être autre chose. Chassant ces souvenirs, il concentra son attention sur Nalan.

« Laissez-moi une chance de m'expliquer. Écoutez-moi avant de réagir. » Dans son ardeur, les paroles de Nalan jaillirent en déluge. « Ça me rend folle de rage. Comment une personne qui a construit des amitiés magnifiques toute sa vie peut-elle être enterrée au cimetière des

Abandonnés ? Et c'est ça son adresse pour l'éternité ? Ce n'est pas juste. »

Une mouche à fruits surgie de nulle part voletait au-dessus des pommes et pendant un court instant ils la regardèrent immobiles, reconnaissants de cette diversion.

« On adorait tous Leila-jim. » Zaynab122 choisit ses mots avec soin. « C'est elle qui nous a réunis. Mais elle n'est plus de ce monde. Nous devons prier pour son âme et la laisser reposer en paix. »

Nalan bondit. « Comment elle peut *reposer en paix* si elle est dans cet endroit immonde ?

— N'oublie pas, *habibi*, il s'agit seulement de son corps. Son âme n'est pas là, dit Zaynab122.

— Comment tu peux le savoir ? riposta Nalan. Écoute, peut-être que pour les croyants comme toi le corps est insignifiant… provisoire. Mais pas pour moi. Et tu sais quoi ? J'ai dû me battre dur pour mon corps ! Pour ceux-ci – elle indiqua ses seins – pour mes pommettes… » Elle s'interrompit. « Désolée si ça paraît frivole. Je suppose que tout ce qui compte pour vous c'est ce que vous appelez l'âme, et peut-être que ça existe, qu'est-ce que j'en sais ? Mais j'ai besoin de vous faire entendre que le corps compte aussi. Ce n'est pas comme si c'était rien.

— Continue. » Hümeyra huma l'odeur du café avant d'en boire une nouvelle gorgée.

« Tu te rappelles le vieillard ? Il continue à se reprocher de ne pas avoir offert des funérailles correctes à sa femme – même après toutes ces années. Vous voulez garder ce sentiment-là toute votre vie ? Chaque fois qu'on repensera à Leila, on aura cette culpabilité qui nous brûlera, de savoir que nous n'avons pas rempli notre devoir d'amis. » Nalan haussa un sourcil en direction de Zaynab122. « S'il te plaît ne te fâche pas, mais je me contrefous de l'autre monde. Peut-être que tu as raison et peut-être que Leila est déjà au ciel là-haut, et qu'elle donne des cours de maquillage aux anges, et leur montre comment se cirer les ailes. Si c'est vrai, parfait. Mais la façon dont elle a été maltraitée sur Terre ? Est-ce que nous allons accepter ça ?

— Bien sûr que non, dis-nous quoi faire », répondit impulsivement Sabotage, puis il s'arrêta net, saisi par une pensée des plus stupéfiantes. « Deux secondes. Tu n'es pas en train de suggérer qu'on aille la déterrer, quand même ? »

Ils s'attendaient à voir Nalan agiter la main et rouler des yeux vers le ciel auquel elle ne croyait pas, comme chaque fois qu'elle entendait une absurdité. Quand elle parlait d'aller au cimetière, ils pensaient qu'elle avait en tête d'offrir à Leila de vraies obsèques, un dernier adieu. Mais maintenant ils commençaient à comprendre qu'elle leur faisait une proposition bien plus radicale. Un silence troublant s'abattit. C'était un de ces moments où chacun voulait protester, mais personne n'avait envie d'être le premier.

Nalan ajouta : « Je crois que nous devrions le faire. Pas seulement pour Leila, mais pour nous-mêmes. Vous ne vous êtes jamais demandé ce qui nous arrivera quand nous mourrons ? C'est sûr, nous aurons tous droit au même traitement cinq étoiles. » Elle pointa un doigt vers Humeyra. « Tu t'es enfuie de chez toi, ma chérie, tu as abandonné ton mari, jeté la honte sur ta famille et ta tribu. Qu'est-ce que tu as d'autre sur ton CV ? Chanté dans des clubs louches. Et si ça ne suffit pas tu as aussi quelques films douteux sous la ceinture. »

Humeyra rougit. « J'étais jeune. Je n'avais pas...

— Je sais, mais *eux* ne comprendront pas. Ne compte pas sur leur compassion. Désolée, mon chou, tu iras tout droit au cimetière des Abandonnés. Et probablement Sabotage aussi, s'ils découvrent qu'il a mené une double vie.

— C'est bon, ça suffit, intervint Zaynab122, devinant que son tour allait venir. Tu bouleverses tout le monde.

— Je dis la vérité. Nous trimballons tous nos colis suspects, si j'ose dire. Et moi plus que tout le monde. Ça me tue, cette hypocrisie. Les gens adorent regarder des chanteurs pédés à la télé. Mais ils péteraient les plombs si leurs fils ou leurs filles prenaient le même chemin. J'ai vu ça de mes propres yeux, cette femme, juste devant Sainte-Sophie, qui brandissait un panneau : *La fin est proche, les tremblements de terre vont commencer : une cité pleine de putes et de trans mérite la colère d'Allah !* Il faut voir les choses en face, je suis un aimant pour la haine. Quand je mourrai, on me jettera dans le cimetière des Abandonnés.

— Ne dis pas ça, implora Jameelah.

— Vous n'êtes peut-être pas au courant, mais on ne parle pas d'un cimetière ordinaire. C'est… c'est la pure horreur là-bas.

— Comment tu le sais ? » demanda Zaynab122.

Nalan faisait tourner une de ses bagues. « J'ai des relations qui sont enterrées là-bas. » Elle n'avait pas besoin de leur dire que presque tous les membres de la communauté trans aboutissaient à cette adresse terminale. « Il faut sortir Leila de cet endroit.

— C'est comme le cycle du Karma. » Humeyra serrait son gobelet entre ses paumes. « Nous sommes mis à l'épreuve chaque jour. Si tu dis que tu es une amie sincère, il viendra un temps où ton dévouement sera testé. Des forces cosmiques te demanderont de prouver jusqu'où va ton attachement. C'était dans un des livres que Leila m'a donnés.

— Je ne sais pas du tout de quoi tu parles, mais je suis d'accord, dit Nalan. Karma, Bouddha, yoga… n'importe quoi qui te touche. Pour moi, ce qui compte, c'est que Leila m'a sauvé la vie. Je n'oublierai jamais cette nuit-là. On était seules toutes les deux. Ces salauds sont sortis de nulle part et se sont mis à cogner. Un de ces chiens m'a planté un couteau dans les côtes. Du sang partout. Vous pouvez me croire, je saignais comme un agneau égorgé. J'ai cru que j'allais mourir, je ne blague pas. Supergirl s'est posée près de moi, la cousine de Clark Kent, vous vous rappelez ? Elle m'a prise par les bras et m'a remise debout. C'est à ce moment-là que j'ai ouvert les yeux. Ce n'était pas Supergirl, c'était Leila. Elle aurait pu s'enfuir. Mais elle est restée… pour moi. Elle nous a sorties toutes les deux de là – je n'ai toujours pas compris comment elle s'est débrouillée. Elle m'a emmenée chez un médecin. Un charlatan, mais n'empêche. Il m'a recousue. J'ai une dette envers Leila. » Nalan inspira une bouffée d'air, la relâcha lentement. « Je ne veux forcer personne. Si vous n'avez pas envie de venir, je comprendrai, sincèrement. Je ferai ça seule s'il le faut.

— Je viens avec toi », s'entendit répondre Humeyra. Elle descendit le reste de son café, un peu requinquée maintenant.

« Tu es sûre ? » Nalan parut surprise, connaissant la nature anxieuse et les accès de panique de son amie.

Mais les tranquillisants qu'elle avait pris ce soir semblaient abriter Humeyra de la peur – jusqu'à ce que leur effet cesse. « Oui. Tu auras besoin d'une aide. Mais d'abord il faut que je refasse du café. Peut-être que je devrais en emporter une Thermos.

— Je viens aussi, dit Sabotage.

— Tu n'aimes pas les cimetières, dit Humeyra.

— Non, c'est vrai… mais en tant que seul homme du groupe je me sens la responsabilité de vous protéger contre vous-mêmes. Et puis vous ne pouvez pas accéder au camion sans moi. »

Les yeux de Zaynab122 s'écarquillèrent. « Arrête, arrêtez tous. On ne peut pas faire ça. C'est un péché d'exhumer les morts ! Et où, peut-on savoir, vous comptez l'emmener après ? »

Nalan se tortilla sur son siège, s'avisant qu'elle n'avait pas suffisamment réfléchi à la seconde partie de son plan. « On l'emmènera dans un lieu de repos agréable et décent. On ira la voir souvent, on lui apportera des fleurs. On pourrait même s'arranger pour lui commander une pierre tombale. En marbre, lisse et brillant. Avec une rose noire et un poème d'un des poètes préférés de D/Ali. C'était qui ce Latino-Américain qu'il aimait tellement ?

— Pablo Neruda », dit Sabotage, son regard glissant vers un tableau accroché au mur. C'était un portrait de Leila assise sur un lit, vêtue d'une courte jupe cramoisie, les seins débordant d'un haut de bikini, les cheveux relevés, le visage légèrement tourné vers le spectateur. Elle était si belle, hors d'atteinte. Sabotage savait que D/Ali avait peint la toile au bordel.

« Oui, Neruda, dit Nalan. Ils ont une façon bien à eux de mêler le sexe et le deuil, ces Latino-Américains. La plupart des pays font mieux l'un que l'autre, mais les Latinos sont maîtres dans les deux.

— Ou un poème de Nazim Hikmet, dit Sabotage. D/Ali et Leila l'aimaient tous les deux.

— Parfait, épatant, c'est réglé pour la pierre tombale, dit Nalan en inclinant la tête pour confirmer son approbation.

— Quelle pierre tombale ? Vous vous rendez compte que vous êtes complètement cinglés ? Vous ne savez même pas où vous voulez l'enterrer », protesta Zaynab122 en se tordant les mains.

Nalan fronça le sourcil. « Je vais trouver quelque chose, d'accord ?

— Je pense que nous devrions la faire reposer auprès de D/Ali », dit Sabotage.

Tous les regards se tournèrent vers lui.

« Oui, comment n'y ai-je pas pensé plus tôt ? ironisa Nalan. Il est dans ce cimetière ensoleillé de Bebek – endroit fabuleux, vue superbe. Une quantité de poètes et de musiciens sont enterrés là. Leila y sera en bonne compagnie.

— Elle sera avec l'amour de sa vie », dit Sabotage sans regarder personne.

Zaynab122 soupira. « Vous voulez bien tous redescendre de vos nuages ? D/Ali est dans un cimetière bien gardé. On ne peut pas juste aller là-bas et se mettre à creuser. Il nous faudra un permis officiel.

— Un permis officiel ! railla Nalan. Qui va vouloir le vérifier en pleine nuit ? »

En se dirigeant vers la cuisine, Humeyra adressa à Zaynab122 un signe apaisant. « Tu n'as pas besoin de venir, ça ira.

— Je n'ai pas le choix, dit Zaynab122, la voix tremblante d'émotion. Il faut quelqu'un auprès de vous, qui dise les bonnes prières. Sinon vous finirez tous maudits pour le restant de vos jours. » Elle releva la tête et fixa Nalan en carrant les épaules. « Promets-moi que tu ne jureras pas dans l'enceinte du cimetière. Pas de blasphèmes.

— Promis, dit Nalan gaiement. Je serai polie avec tes djinns. »

Tandis que les autres discutaient, Jameelah avait discrètement quitté la table. Elle était maintenant debout près de la porte, avait mis sa veste et nouait ses lacets.

« Où tu vas ? demanda Nalan.

— Je me prépare, répondit calmement Jameelah.

— Pas toi, ma chérie. Toi tu restes à la maison, tu te prépares une bonne tasse de thé, tu gardes un œil sur Mr Chaplin et tu nous attends.

— Pourquoi ? Si vous y allez, j'y vais. » Les yeux de Jameelah se rétrécirent, ses narines s'enflèrent légèrement. « Si c'est *ton* devoir en tant qu'amie, c'est aussi mon devoir. »

Nalan fit signe que non. « Désolée, mais nous devons penser à ta santé. Je ne peux pas t'emmener dans un cimetière en pleine nuit. Leila m'aurait écorchée vive. »

Jameelah rejeta la tête en arrière. « Vous voulez bien tous cesser de me traiter comme si j'étais mourante. Pas encore, c'est compris ? Je ne vais pas mourir tout de suite. »

La colère était une émotion si rare chez elle que tous restèrent cois.

Une rafale de vent souffla du balcon, agitant les rideaux. Pendant un instant, on aurait cru qu'il y avait une présence nouvelle dans la pièce. Un chatouillis à peine perceptible, comme un cheveu égaré sur la nuque. Mais il se renforça, et bientôt chacun sentit sa puissance, son attraction. Soit ils étaient passés dans un royaume invisible, soit un autre royaume s'infiltrait dans le leur. Tandis que la pendule égrenait les secondes, tous attendaient minuit – les tableaux sur le mur, l'appartement bruyant, le chat sourd, la mouche à fruits, et les cinq vieux amis de Tequila Leila.

La route

Au coin de l'avenue Büyükdere, en face d'un kebab, il y avait un radar qui avait déjà piégé nombre de conducteurs négligents et ne manquerait pas d'en piéger beaucoup d'autres. Souvent une voiture de patrouille rôdait invisible derrière un épais massif d'arbustes et attrapait les véhicules qui dépassaient la limite de vitesse.

Du point de vue des automobilistes, ce qui rendait le radar imprévisible, c'étaient les horaires de surveillance. Parfois la police de la route planquait à l'aube, parfois l'après-midi. Certains jours ils n'étaient apparemment nulle part, et on croyait qu'ils avaient plié bagage. Mais d'autres jours une voiture bleu et blanc était garée là en permanence, comme une panthère attendant son heure pour porter le coup fatal.

Du point de vue des agents de police, c'était l'un des pires emplacements d'Istanbul. Non parce qu'ils manquaient de conducteurs à qui coller une amende, mais parce que les coupables étaient bien trop nombreux. Et même si distribuer des quantités de contraventions augmentait les revenus de l'État, on ne pouvait pas dire que l'État se montrât reconnaissant. Aussi les agents se demandaient à quoi bon être vigilant. En outre, la tâche était semée d'embûches. De temps à autre, la voiture qu'ils interceptaient se trouvait appartenir au fils ou au neveu ou à l'épouse ou à la maîtresse d'un haut fonctionnaire, d'un puissant homme d'affaires, d'un juge ou d'un général trois étoiles. Et alors les agents de police étaient en mauvaise posture.

C'était arrivé à un collègue – un brave type sérieux. Il avait arrêté un jeune homme au volant d'une Porsche bleu métallisé pour conduite irresponsable – l'imprudent avait lâché le volant pour manger une pizza et grillé un feu rouge – infractions commises quotidiennement, il faut bien le reconnaître, par des centaines d'automobilistes à Istanbul. Si Paris est la cité de l'amour, Jérusalem la cité de Dieu et Las Vegas la cité du péché, Istanbul est la cité du multitâches. Mais l'agent de police avait malgré tout arrêté la Porsche.

« Vous avez grillé un feu rouge.

— Vraiment ? l'interrompit le conducteur. Vous savez qui est mon oncle ? »

C'était une allusion que tout agent futé aurait prise en compte. Des milliers de citoyens à tous les échelons de la société entendaient chaque jour ce genre d'insinuation et saisissaient aussitôt le message. Ils comprenaient qu'on pouvait faire sauter les contraventions, tordre les lois, faire des exceptions. Ils savaient que les yeux d'un employé du gouvernement pouvaient devenir temporairement aveugles, et ses oreilles sourdes aussi longtemps qu'il le fallait. Mais cet agent de police-là, bien que ce ne soit pas un bleu dans le métier, souffrait d'une maladie incurable : l'idéalisme. En entendant le discours du jeune homme, au lieu de reculer, il répondit : « Peu m'importe qui est votre oncle. Les lois sont les lois. »

Même les enfants savent que ce n'est pas vrai. Les lois sont *parfois* les lois. D'autres fois, selon les circonstances, ce sont des paroles vides, des expressions absurdes ou des plaisanteries dépourvues de chute. Les lois sont des tamis aux trous si larges que toutes sortes de choses peuvent passer au travers ; les lois sont des plaquettes de chewing-gum qui ont perdu leur goût depuis longtemps mais qu'on n'a pas le droit de cracher ; les lois de ce pays, et de l'ensemble du Moyen-Orient, sont tout sauf des lois. L'agent paya de sa carrière le fait de l'avoir oublié. L'oncle du conducteur – un des principaux ministres – s'assura qu'il serait muté dans une sinistre petite ville sur la frontière orientale où il n'y avait pas une voiture sur des kilomètres à la ronde.

Aussi cette nuit-là, quand deux agents en patrouille se postèrent au même emplacement maudit, ils n'avaient aucune envie de distribuer des contraventions. Calés dans leur siège, ils suivaient un match de foot à la radio – Ligue 2, rien de fracassant. Le plus jeune commença à parler de sa fiancée. Il faisait cela tout le temps. L'autre agent ne comprenait pas ce qui l'y poussait : lui-même préférait éviter le plus possible de penser à sa femme, au moins pendant les quelques heures bénies où il était au travail. Prétextant une envie de fumer, il descendit de voiture et alluma une cigarette, les yeux fixés sur la route déserte. Il haïssait ce boulot. C'était nouveau chez lui. L'ennui, il l'avait déjà éprouvé, la fatigue aussi, mais la haine n'était pas dans ses habitudes, et il luttait contre l'intensité de cette émotion.

Ses sourcils se dressèrent quand il releva la tête et aperçut au loin un épais mur de nuage. Un orage se préparait. Il se demandait si l'eau de pluie inonderait les sous-sols de la ville comme la dernière fois, quand un crissement sonore le fit sursauter. Il sentit ses cheveux se hérisser sur sa nuque. Le bruit des pneus sur l'asphalte lui envoya des frissons le long de l'épine dorsale. Il saisit un mouvement du coin de l'œil avant même d'avoir le temps de se retourner. Puis il vit le véhicule : un monstre fonçait sur la route, un cheval de course métallique lancé au grand galop vers une ligne d'arrivée invisible.

C'était un camion pick-up – un Chevrolet Silverado de 1982. Un modèle qu'on croisait rarement à Istanbul, qu'on imaginait mieux sur les routes plus larges d'Australie ou d'Amérique. Il avait dû être jadis jaune serin, luisant et joyeux, mais maintenant il était couvert de plaques de boue et de rouille. Mais ce fut surtout l'allure de la silhouette au volant qui capta l'attention de l'agent. Le siège du conducteur était occupé par une femme massive, la chevelure rouge vif flottant au vent, une cigarette collée aux lèvres.

Quand le camion fila devant lui, l'agent eut un bref aperçu des passagers massés à l'arrière, cramponnés les uns aux autres pour résister au vent. Et s'il était difficile de distinguer chacun des visages, à la façon dont ils étaient accroupis, leur inconfort était manifeste. Les objets qu'ils avaient en main semblaient être des outils, pelles, bêches, pioches. Brusquement le camion fit une embardée, et aurait à coup sûr provoqué un accident s'il y avait eu un autre véhicule sur la route. Une femme obèse à l'arrière glapit et perdit l'équilibre, lâchant la pioche qu'elle tenait. L'outil atterrit sur la route avec un bruit sourd. Puis tous disparurent – le camion, la conductrice, les passagers.

L'agent de police jeta sa cigarette sur le sol, l'écrasa et déglutit, prenant le temps de passer en revue ce dont il venait d'être témoin. Ses mains tremblaient quand il ouvrit la portière et sortit la radio du véhicule.

Son collègue fixait lui aussi la route, la voix débordante d'excitation : « Oh mon Dieu, tu as vu ça ? Qu'est-ce que c'est, une pioche ?

— Ça m'en a tout l'air, répondit le plus âgé, faisant de son mieux pour paraître calme et en contrôle de la situation. Va la ramasser. On en aura peut-être besoin comme pièce à conviction et on ne peut pas la laisser sur place.

— Qu'est-ce qui se passe, à ton avis ?

— Mon instinct me dit que ce pick-up n'est pas seulement pressé d'arriver… il y a un truc louche là-dessous. » Sur ce, il mit en marche la radio. « Deux-trois-six en patrouille pour diffusion. Vous me recevez ?

— Parlez, Deux-trois-six.

— Pickup Chevrolet. Excès de vitesse. Peut-être dangereux.

— Des passagers ?

— Affirmatif. » Sa voix se coinça dans sa gorge. « Cargaison suspecte – quatre individus à l'arrière. Ils se dirigent vers Kilyos.

— Kilyos ? Confirmez. »

L'agent répéta la description et la destination, puis attendit que le dispatcher relayât l'information aux autres unités de police du secteur.

Une fois la friture de la radio apaisée, le plus jeune dit : « Pourquoi Kilyos ? Il se passe rien là-bas à cette heure de la nuit. Une vieille ville endormie.

— À moins qu'ils aillent à la plage. Va savoir, peut-être une soirée au clair de lune.

— Une soirée au clair de lune… » La voix en écho du jeune agent trahissait une note d'envie. « Ou peut-être qu'ils vont dans ce fichu cimetière.

— Quel cimetière ?

— Oh, tu dois pas connaître. Un endroit bizarre, sinistre au bord de la mer. Près de la vieille forteresse, répondit l'aîné, songeur. Tard dans la nuit, il y a des années, on cavalait à la poursuite d'un voyou et le salaud a couru dans le cimetière. Je l'ai suivi – Seigneur, qu'est-ce que j'étais naïf ! Mon pied a buté sur un truc dans le noir. Une racine ou un tibia, j'ai pas osé regarder, juste continué en boitant. Et j'ai entendu un bruit devant moi – un gémissement profond, très bas. C'est sûr que c'était pas humain, mais on aurait pas dit non plus un animal. J'ai fait demi-tour et je suis reparti en courant. Et là – je te jure sur le Coran – le bruit a commencé à me suivre ! Il y avait cette drôle d'odeur rance dans l'air. J'ai jamais eu une pareille trouille de toute ma vie. J'ai réussi à sortir, mais le lendemain ma femme m'a demandé : "Qu'est-ce que tu as fabriqué cette nuit ? Tes vêtements puent".

— Ouh, ça fout les jetons. Je connaissais pas du tout. »

Hochant la tête, l'aîné confirma : « Ouais, eh bien, dis-toi que tu as de la veine. Ça fait partie des endroits qu'il vaut mieux pas connaître. C'est seulement les damnés qui finissent au cimetière des Abandonnés. Seulement les maudits. »

Les maudits

À environ une heure de route du centre d'Istanbul, sur les rives de la mer Noire, se niche un vieux village grec de pêcheurs nommé Kilyos, réputé pour ses plages poudreuses, ses petits hôtels, ses falaises abruptes, et une forteresse médiévale qui n'a jamais réussi une seule fois à repousser une armée d'invasion. Au cours des siècles elles étaient venues nombreuses puis reparties, laissant derrière elles leurs chants, prières et malédictions : les Byzantins, les croisés, les Génois, les corsaires, les Ottomans, les Cosaques du Don et, pendant une courte période, les Russes.

Pas une âme qui se souvienne de tout cela aujourd'hui. Le sable qui a donné au lieu son nom grec, Kilia, a tout recouvert et effacé, remplaçant les vestiges du passé par un lisse oubli. Aujourd'hui l'ensemble de la zone côtière est une destination de vacances très appréciée par les touristes, les expatriés et les gens du cru. Un lieu de contrastes multiples : plages publiques et privées ; femmes en bikini et femmes en hijab ;

familles qui pique-niquent sur des couvertures et cyclistes qui passent à vive allure ; rangées de villas luxueuses coincées entre des habitations modestes ; épais bosquets de hêtres, de chênes et de pins face aux parkings de béton.

La mer est assez rude, à Kilyos. Les lames de fond et les contre-courants font chaque année des noyés, dont les corps sont arrachés à l'eau par des garde-côtes en canot pneumatique. Impossible de savoir si les victimes ont nagé à l'extérieur des balises, téméraires et assurées, ou si le courant sous-marin les a attirés dans son étreinte comme une douce berceuse. Depuis le rivage, les vacanciers observent le déroulement de chaque incident tragique. Abritant leurs yeux du soleil derrière des jumelles, ils regardent tous dans la même direction, comme figés par un sortilège. Quand ils retrouvent la parole, ils discutent fébrilement, devenus des compagnons d'aventure, ne serait-ce que quelques instants. Ensuite ils retournent à leur chaise longue ou à leur hamac. Pendant un moment leur expression reste vide et ils semblent envisager d'aller ailleurs – une autre plage où le sable sera tout aussi doré, le vent sans doute plus calme et la mer moins folle. Pourtant c'est un endroit épatant à tant d'autres égards avec ses prix raisonnables, ses bons restaurants, un climat clément et des paysages à couper le souffle, et Dieu sait qu'ils ont terriblement besoin d'un vrai repos ! Jamais ils ne le diraient tout haut ni ne l'admettraient en leur for intérieur, mais une part d'eux-mêmes en veut aux morts d'avoir eu le culot de se noyer dans une station balnéaire. Cela semble d'un égoïsme excessif. Ils ont travaillé dur toute l'année, économisé, enduré les caprices de leur patron, ravalé leur fierté et refréné leur colère et, dans leurs accès de désespoir, rêvé de jours oisifs au soleil. Alors les vacanciers restent sur place. Quand ils ont besoin de se rafraîchir, ils prennent un petit bain, repoussant la pensée importune que peu auparavant, dans ces mêmes eaux, une âme infortunée a trouvé sa fin.

De temps à autre, un navire chargé de demandeurs d'asile chavire au large. Leurs corps sont repêchés et disposés côte à côte, les journalistes se rassemblent alentour pour rédiger leur article. Ensuite on charge les corps dans des véhicules réfrigérés conçus pour transporter des crèmes glacées ou du poisson congelé, et on les conduit dans un lieu spécial – le cimetière des Abandonnés. Afghans, Syriens, Irakiens, Somaliens, Erythréens, Soudanais, Nigérians, Libyens, Iraniens, Pakistanais – enterrés si loin de leur lieu de naissance, couchés pour leur dernier repos au hasard des places disponibles. Entourés de tous côtés par des citoyens turcs qui, sans être des demandeurs d'asile ou des migrants sans papiers, ont dû se sentir aussi mal tolérés qu'eux dans leur propre pays. C'est ainsi qu'à l'insu des touristes et même de nombreux habitants du coin, Kilyos abrite une terre de sépultures – unique en son genre. Elle est réservée à trois types d'individus : les non-désirés, les indignes et les non-identifiés.

Couvert de buissons d'armoises, d'orties et de centaurées, entouré d'une clôture aux fils distendus entre quelques piquets, c'est le cimetière le plus étrange d'Istanbul. Il ne reçoit pratiquement pas, ou pas du tout, de visites. Même les pilleurs de tombes aguerris préfèrent l'éviter, redoutant la malédiction des maudits. Déranger les morts vous expose à des risques, mais déranger ceux qui sont à la fois morts et maudits c'est courtiser le désastre.

Presque tout individu enterré chez les Abandonnés est d'une manière ou d'une autre un proscrit. Nombre d'entre eux ont été rejetés par leur famille ou leur village ou la société en général. Accros au crack, alcooliques, joueurs, petits délinquants, vagabonds, fugueurs, pouilleux, personnes disparues, malades mentaux, épaves, mères célibataires, prostituées, proxénètes, travestis, séropositifs... Les indésirables. Parias de la société. Lépreux de la culture.

Parmi les résidents du cimetière il y a aussi des assassins de sang-froid, des tueurs en série, des kamikazes, des prédateurs sexuels et, si déroutant que cela puisse paraître, leurs innocentes victimes. Le méchant et le bon, le cruel et le miséricordieux ont été plantés six pieds sous terre, côte à côte, rangées sur rangées oubliées du ciel. La plupart n'ont même pas la plus modeste pierre tombale. Ni nom ni date de naissance. Seulement une planchette en bois grossièrement taillée portant un numéro et parfois même pas, juste une plaque métallique rouillée. Et quelque part au milieu de cette horrible pagaille, parmi les centaines et les milliers de tombes laissées à l'abandon, une fraîchement creusée.

C'est ici que Tequila Leila était enterrée.

Numéro 7053.

*

* *

Le numéro 7054, la tombe sur sa droite, appartenait à un parolier qui s'était suicidé. On chantait encore ses chansons partout, sans savoir que l'homme qui avait écrit ces mots poignants gisait dans une tombe oubliée. Il y avait beaucoup de suicidés dans le cimetière des Abandonnés. Souvent ils venaient de petites villes et de villages dont les imams avaient refusé d'autoriser les funérailles, et dont les familles endeuillées, par honte ou chagrin, avaient consenti à les faire enterrer au loin.

Le numéro 7063, au nord de la tombe de Leila, appartenait à un meurtrier. Dans un accès de jalousie, il avait abattu sa femme, puis foncé chez l'homme qu'il soupçonnait d'avoir une liaison avec elle, et l'avait abattu aussi. Ayant encore une balle mais plus de cible, il avait porté le revolver à sa tempe, manqué son coup, qui n'emporta qu'un côté de sa tête, sombré dans le coma et rendu l'âme deux jours plus tard. Personne n'était venu réclamer son corps.

Le numéro 7052, le voisin de gauche de Leila, était aussi une âme tourmentée. Un fanatique. Il voulait entrer dans un night-club et descendre chacun des pécheurs en train de boire et danser, mais il n'avait pas réussi à se procurer une arme. Frustré, il décida de fabriquer une bombe à la place, en remplissant une Cocotte-minute de clous enduits de mort-aux-rats. Il avait tout prévu dans le moindre détail – sauf qu'il allait faire sauter sa maison en préparant le dispositif mortel. L'un des clous dispersés de toutes parts le frappa en plein cœur. Cela s'était produit il y a deux jours, et maintenant il était ici.

Le numéro 7043, le voisin situé au sud, était une bouddhiste zen (la seule de tout le cimetière). Elle se rendait du Népal à New York pour rendre visite à ses petits-enfants quand elle eut une hémorragie cérébrale. L'avion avait atterri en urgence et elle était morte à Istanbul, une ville où elle n'avait jamais mis le pied auparavant. Sa famille voulait que le corps soit brûlé, et les cendres rapatriées au Népal. Selon leurs croyances, le bûcher funéraire devait être allumé à l'emplacement où elle avait émis son dernier souffle. Mais la crémation étant illégale en Turquie, il fallut l'enterrer, et vite, conformément à la loi islamique.

Il n'y avait aucun cimetière bouddhiste en ville. On en trouvait de toutes sortes – historiques et modernes : musulmans (sunnites, alévis et soufis), catholiques romains, grecs orthodoxes, apostoliques arméniens, catholiques arméniens, juifs – mais aucun destiné aux bouddhistes. À la fin, la grand-mère atterrit chez les Abandonnés. Sa famille avait donné son consentement, disant que l'aïeule n'y aurait pas vu d'objection du moment qu'elle reposait en paix même parmi des inconnus.

D'autres tombes proches de celles de Leila étaient occupées par des révolutionnaires morts pendant une garde à vue. *A commis un suicide*, disaient les rapports officiels, *découvert dans sa cellule avec une corde* (ou une cravate ou un drap ou un lacet de chaussure) *autour du cou*. Les ecchymoses et les brûlures sur les cadavres racontaient une histoire différente, de tortures aggravées sous surveillance policière. Quantité d'insurgés kurdes étaient également enterrés ici, transportés dans ce cimetière depuis l'autre bout du pays. L'État ne voulait pas en faire des martyrs aux yeux de la population, aussi emballait-on soigneusement les corps, comme s'ils étaient en verre, avant de les transférer.

Les plus jeunes résidents du cimetière étaient les bébés abandonnés. Des nourrissons emmaillotés déposés dans une cour de mosquée, un terrain de sport noyé de soleil ou un cinéma mal éclairé. Ceux qui avaient de la chance étaient sauvés par des passants et confiés à des agents de police qui les habillaient et les nourrissaient gentiment, puis leur donnaient un nom – quelque chose d'optimiste comme Félicité, Joy, ou Esperanza, pour contrecarrer leur début malheureux. Mais de temps à autre il y avait des bébés moins fortunés. Une nuit dehors au froid suffisait à les tuer.

En moyenne cinquante-cinq mille personnes mouraient à Istanbul chaque année – et environ cent vingt d'entre elles seulement finissaient ici à Kilyos.

Visiteurs

Au plus noir de la nuit, forme découpée sur un ciel zébré d'éclairs, un pick-up Chevrolet roula à vive allure devant la vieille forteresse, soulevant des nuages de poussière. Il avançait en cliquetant, dérapa sur un trottoir, vira brutalement vers la barrière de roches qui séparait la terre ferme de la mer, mais opéra un rétablissement de dernière minute et revint sur la route. Quelques mètres plus loin, il s'arrêta sur un dernier cahot. Pendant un moment il n'y eut aucun son – ni dans le véhicule ni à l'extérieur. Même le vent, qui soufflait fort depuis la fin de l'après-midi, semblait s'être apaisé.

La portière du conducteur s'ouvrit en grinçant, et Nostalgia Nalan bondit dehors. Ses cheveux brillaient dans le clair de lune tel un halo de feu. Elle fit quelques pas, le regard fixé sur le cimetière qui s'étendait devant elle. L'œil attentif, elle examina la scène. Avec son portail de fer rouillé, ses rangées de tombes décrépites, ses planchettes de bois faisant office de repères, sa clôture brisée qui n'assurait pas la moindre protection contre les truands, ses cyprès noueux, l'endroit paraissait angoissant et hostile. Tout comme elle s'y attendait. Aspirant une goulée d'air, elle jeta un regard par-dessus son épaule et annonça : « Nous y sommes ! »

Alors seulement les quatre ombres blotties les unes contre les autres à l'arrière du camion osèrent bouger. Une par une elles levèrent la tête et humèrent l'air, comme des cerfs vérifiant s'il y avait des chasseurs alentour.

La première à se redresser fut Hollywood Humeyra. À peine descendue, son sac de montagne sur le dos, elle tapota le sommet de sa tête et remit en place son chignon qui avait pris un angle insolite.

« Oh mon Dieu, mes cheveux sont en pagaille. Je ne sens plus mon visage. Il est gelé.

— C'est le vent, espèce de mauviette. Il y a de l'orage, cette nuit. Je vous avais dit de vous couvrir la tête. Mais est-ce que vous m'écoutez, ça non, jamais.

— Ce n'était pas le vent, c'était ta manière de conduire, dit Zaynab122 en descendant laborieusement du pick-up.

— Tu appelles ça *conduire* ? » Sabotage sauta à terre et aida Jameelah à descendre.

Les cheveux clairsemés de Sabotage se dressaient comme des plumes. Il regrettait de ne pas avoir mis un bonnet de laine, mais ce n'était rien comparé au regret qu'il commençait à éprouver de s'être laissé entraîner dans cet endroit sinistre en pleine nuit.

« D'ailleurs comment tu as réussi à décrocher ton permis ? demanda Zaynab122.

— En couchant avec l'examinateur, je parie », marmonna Humeyra.

Nalan se renfrogna. « Oh, fermez-la, vous tous. Vous avez vu l'état de la route ? Au moins je vous ai conduits à bon port sains et saufs.

— Sains ! dit Sabotage.

— Saufs ! dit Humeyra.

— Salopards ! » D'un pas vif et décidé, Nalan contourna le camion.

Zaynab122 soupira. « Hummm, surveille ton langage, s'il te plaît. On a conclu un accord. Pas de cris et pas de jurons au cimetière. » Elle sortit son chapelet de sa poche et le fit rouler entre ses doigts. Quelque chose lui disait que ce ne serait pas facile, cette aventure nocturne, et qu'elle aurait besoin de toute l'aide disponible des esprits bienveillants.

Entretemps, Nalan avait baissé le hayon et sorti les outils – brouette, houe, bineuse, pelle, bêche, torche et un rouleau de corde. Elle les disposa sur le sol et se gratta la tête. « Il nous manque une pioche.

— Oh, ça, dit Humeyra. Je... je crois que je l'ai laissé tomber.

— Quoi ? Comment ça, tu l'as *laissé tomber* ? C'est une pioche, pas un mouchoir.

— Je n'arrivais pas à la tenir. C'est ta faute, aussi. Tu conduisais comme une démente. »

Nalan lui lança un regard furieux, qui passa inaperçu dans l'obscurité. « C'est bon, assez jacassé. En route. On n'a pas beaucoup de temps. » Elle prit la pelle et la torche. « Allez, chacun un outil ! »

Un par un, ils obéirent. Quelque part au loin la mer rugissait et se brisait sur le rivage avec une puissance redoutable. Le vent repartit de plus belle, apportant l'odeur de l'eau salée. À l'arrière-plan, la vieille forteresse attendait patiemment – ce qu'elle faisait depuis des décennies –, et la silhouette d'un animal franchit la grille en toute hâte, un rat peut-être, ou un hérisson, courant se mettre à l'abri avant l'orage.

En silence, ils poussèrent le portail et entrèrent. Cinq intrus, cinq amis, à la recherche de celle qu'ils avaient perdue. Comme au signal du metteur en scène, la lune disparut derrière un nuage, plongeant tout le panorama dans des nuances de noir et, pendant un instant, le site solitaire de Kilyos aurait pu se situer n'importe où sur la planète.

La nuit

La nuit d'un cimetière ne ressemble pas à la nuit de la ville. Par ici, l'obscurité était moins une absence de lumière qu'une présence en soi – une entité vivante, animée. Elle les suivait comme un animal curieux, pour les avertir d'un danger proche, ou pour les pousser dans un piège le moment venu, ils n'auraient su dire.

Luttant contre le vent déchaîné, ils allaient de l'avant. Au début leurs mouvements étaient vifs, pleins d'une ardeur stimulée par l'inconfort, sinon par la peur pure et simple. Ils marchaient en file indienne conduits par Nalan, torche dans une main et pelle dans l'autre. Derrière elle, chacun muni de son outil, Jameelah et Sabotage, puis Humeyra qui poussait la brouette vide. Quant à Zaynab122, elle fermait la marche, à cause de ses jambes plus courtes, mais aussi parce qu'elle s'occupait à semer des cristaux de sel et des graines de pavot pour chasser les mauvais esprits.

Une odeur forte montait du sol – terre détrempée, pierre humide, chardons sauvages, feuilles flétries, et des choses qu'ils préféraient ne pas nommer. Une senteur lourde, musquée, de pourriture. Ils apercevaient des roches et des troncs d'arbres couverts de lichen vert dont les écailles en forme de pétales luisaient dans l'ombre. Par endroits, une brume ivoire flottait devant eux. Une fois ils entendirent un bruissement qui semblait sortir de sous terre. Nalan fit halte et inspecta les alentours avec sa torche. Alors seulement ils prirent conscience de l'immensité du lieu et de l'ampleur de leur tâche.

Aussi longtemps qu'ils le purent, ils suivirent un seul sentier, malgré son étroitesse et sa surface glissante, car il semblait les emmener dans la bonne direction. Mais bientôt le sentier disparut, et ils se retrouvèrent à arpenter une colline sans chemins parmi les tombes. Il y en avait des centaines, la plupart identifiées par une planche portant un numéro, mais dont bon nombre avaient perdu le leur. Le clair de lune anémique leur donnait l'allure de fantômes.

Parfois, ils croisaient des sépultures avantagées par une pierre tombale, dont une qui portait une inscription :

Ne crois pas être vivant quand je ne suis plus
Rien n'est ce qu'il paraît dans cette contrée perdue...
Y.V.

« Ça suffit, je m'en vais », dit Sabotage, la main crispée sur le manche de sa bêche.

Nalan délogea une ronce accrochée à sa manche. « Arrête de déconner. C'est juste un poème idiot.

— Un poème idiot ? Cet homme nous menace.

— Tu ne sais même pas si c'est un homme. Il y a seulement ses initiales. »

Sabotage secoua la tête. « Ça ne change rien. La personne qui est enterrée ici nous avertit de ne pas aller plus loin.

— Juste comme dans les films », chuchota Humeyra.

Sabotage approuva. « Ouais, quand un groupe de visiteurs entre dans une maison hantée, et à la fin ils sont tous morts. Et tu sais ce que le public pense ? *Au fond, ils ne l'ont pas volé* – et c'est ce qu'on lira dans les journaux à propos de nous demain matin.

— Les journaux de demain matin sont déjà sous presse, objecta Nalan.

— Oh, parfait, dans ce cas. » Sabotage s'efforça de sourire. Brièvement ils se seraient crus dans l'appartement de Leila rue Kafka Poilu, tous les six, à bavarder et à se taquiner, leurs voix tintant comme un carillon de verres.

*

* *

Un nouvel éclair, cette fois si proche que la terre se mit à luire comme illuminée par en dessous. Il fut suivi de près par un grondement de tonnerre. Sabotage s'arrêta pour prendre une blague à tabac dans sa poche. Il se roula un joint mais dut se battre avec l'allumette. Le vent soufflait trop fort. Enfin il réussit à l'allumer et aspira une grande bouffée.

« Qu'est-ce que tu fabriques ? demanda Nalan.

— Je me calme les nerfs. Mes pauvres nerfs en lambeaux. Je vais avoir une crise cardiaque ici même. Les hommes de ma famille paternelle sont tous morts avant d'atteindre quarante-trois ans. Et devine mon âge. Je te jure que je mets ma santé en danger en traînant ici.

— Ah ! je t'en prie, tu vas nous servir à quoi si tu es défoncé ? » Nalan haussa un sourcil. « Et en plus une cigarette ça se repère à des kilomètres. Pourquoi tu crois qu'on interdit de fumer sur les champs de bataille ?

— Juste ciel, on n'est pas en guerre. Et ta torche, alors ? Est-ce que *l'ennemi* peut voir mon mégot mais pas ce rayon aveuglant que tu brandis ?

— Je le tiens dirigé vers le sol », dit Nalan, en orientant la torche vers une tombe voisine pour confirmer son argument. Dérangée dans son sommeil, une chauve-souris s'envola en battant des ailes au-dessus de leurs têtes.

Sabotage jeta son joint. « Voilà. Tu es contente, maintenant ? »

Ils avançaient en zigzags parmi les planchettes de bois et les arbres difformes, transpirant malgré le froid ; tendus et irritables, conscients d'être des visiteurs importuns. Des fougères et des chardons leur frottaient les mollets ; les feuilles d'automne crissaient sous leurs pas.

La botte de Nalan se coinça dans une racine. Elle vacilla en s'efforçant de rétablir l'équilibre. « Oh merde !

— Pas de jurons, l'avertit Zaynab122. Les djinns pourraient t'entendre. Ils vivent dans des tunnels sous les tombes.

— Ce n'est peut-être pas le bon moment pour nous raconter ça, dit Humeyra.

— Je n'essayais pas de vous faire peur. » Elle scruta Nalan d'un œil triste. « Est-ce qu'au moins tu sais quoi faire si tu croises un djinn ? Ne panique pas, c'est la règle numéro un. Ne cours pas, règle numéro deux – ils sont plus rapides que nous. Numéro trois, ne lui montre pas ton mépris – à lui ou à elle, ce sont les djinns femelles les plus agressives.

— Ça, ça me parle, dit Nalan.

— Il y a une règle numéro quatre ? interrogea Jameelah.

— Oui, ne te laisse pas charmer. Les djinns sont maîtres dans l'art du déguisement. »

Nalan lâcha un hennissement puis se reprit. « Pardon.

— C'est vrai, insista Zaynab122. Si tu avais lu le Coran, tu le saurais. Les djinns peuvent prendre toutes les formes qu'ils veulent : humaine, animale, végétale, minérale… Tu vois cet arbre ? Tu crois que c'est un arbre, mais ça pourrait être un esprit. »

Humeyra, Jameelah et Sabotage jetèrent un regard de biais sur l'arbre en question. Il semblait vieux et banal, avec un tronc noueux et des rameaux apparemment aussi inertes que les cadavres sous ses racines. Mais maintenant qu'ils l'observaient attentivement, peut-être qu'il diffusait une énergie mystérieuse, une aura surnaturelle.

Nalan, qui continuait à avancer, imperturbable, ralentit et se tourna vers eux. « Assez. Arrête de leur flanquer la trouille.

— J'essaie de rendre service », dit Zaynab122 sur un ton de défi.

Même si toutes ces sornettes étaient vraies, pourquoi encombrer les gens d'informations dont ils ne savent pas quoi faire ? Voilà ce que Nalan avait envie de dire, mais elle se contint. De son point de vue, les êtres humains étaient comme les faucons pèlerins : ils avaient le goût et le pouvoir de s'élancer vers le ciel, libres, légers, sans entraves, mais parfois aussi, soit sous la contrainte soit de leur propre volonté, d'accepter la captivité.

Du temps où elle vivait en Anatolie, Nalan avait vu de près les faucons se poser sur l'épaule de leurs ravisseurs, attendant patiemment la friandise ou l'ordre suivant. Le sifflet du fauconnier, l'appel qui mettait fin à la liberté. Elle avait remarqué aussi qu'on coiffait ces nobles rapaces d'un capuchon pour les empêcher à coup sûr de s'affoler. Voir c'est savoir, et savoir c'est terrifiant. Tout fauconnier a appris que moins l'oiseau en voit, plus il est calme.

Mais sous ce capuchon où il n'y avait aucun repère, où le ciel et la terre se confondaient dans un repli de toile noire, même réconforté, le faucon devait se sentir nerveux, comme en prévision d'un coup qui pouvait tomber à n'importe quel moment. Des années plus tard, Nalan avait le sentiment que la religion – et le pouvoir et l'argent et l'idéologie et la politique – faisait également office de capuchon. Toutes ces superstitions, ces prophéties, ces croyances privaient les humains de vision, les maintenaient sous contrôle, au fond elles affaiblissaient leur estime de soi à tel point que désormais ils avaient peur de tout et de n'importe quoi.

Mais pas elle. Le regard fixé sur une toile d'araignée qui luisait sous la torche comme du vif-argent, elle se répéta qu'elle préférait ne croire en rien. Ni religion ni idéologie. Elle, Nostalgia Nalan, ne se laisserait jamais mettre un bandeau sur les yeux.

Vodka

Arrivée à un angle où le sentier se reformait, la bande d'amis fit une pause. Ici les numéros des tombes semblaient irréguliers, sans suite logique. Dans la lumière mouvante de la torche, Nostalgia Nalan lut à voix haute : « Sept mille quarante, sept mille vingt-quatre, sept mille quarante-huit... »

Elle fronça le sourcil, comme si quelqu'un se moquait d'elle. Elle n'avait jamais été très bonne en maths. Ou en n'importe quelle matière, d'ailleurs. Encore aujourd'hui, l'un de ses rêves récurrents la ramenait sur les bancs de l'école. Elle se revoyait, petit garçon sanglé dans un uniforme affreux, les cheveux coupés douloureusement ras, battu devant toute la classe par l'instituteur à cause de son orthographe médiocre et de sa grammaire encore pire. À l'époque le mot « dyslexie » n'était pas encore entré dans le dictionnaire de la vie quotidienne du village, et ni l'enseignant ni le proviseur ne lui avaient témoigné la moindre compassion.

« Ça va ? demanda Zaynab122.

— Oui, tout à fait ! » Nalan se ressaisit.

« Ces marques sont tellement bizarres, marmonna Humeyra. On va de quel côté, maintenant ?

— Si vous voulez, restez tous ici. Je vais aller vérifier.

— Peut-être qu'un de nous devrait t'accompagner ? » s'inquiéta Jameelah.

Nalan fit non de la main. Elle avait besoin d'être seule un moment pour rassembler ses pensées. Sortant une flasque de l'intérieur de sa veste, elle en but un bon gorgeon pour se donner du courage. Puis elle tendit la flasque à Humeyra, la seule autre personne du groupe à consommer de l'alcool : « Essaie ça, mais fais gaffe. »

Sur ces mots, elle disparut.

Sans torche désormais, avec la lune qui venait de disparaître derrière un nuage, les quatre furent plongés dans l'obscurité. Ils se serrèrent un peu plus.

« Vous vous rappelez, c'est toujours comme ça que ça commence, murmura Humeyra. Dans les films, je veux dire. Un du groupe quitte les autres, et il est tué brutalement. Ça se passe à quelques mètres d'eux, mais ils ne le savent pas, bien sûr. Puis un deuxième part, et il lui arrive la même chose…

— Détends-toi, on ne va pas mourir », dit Zaynab122.

Si Humeyra, en dépit des tranquillisants, se sentait nerveuse, pour Sabotage c'était pire. Il lui dit : « Cet alcool qu'elle t'a donné... Pourquoi on n'en boirait pas une larme ? »

Humeyra hésita. « Tu sais bien que c'est un désastre quand tu bois.

— Mais ça c'est les jours normaux. Cette nuit on est en état d'urgence. Je vous en ai parlé, des hommes de ma famille. Ce n'est pas de cet endroit en particulier que j'ai peur. C'est la mort qui me glace le sang.

— Pourquoi tu ne fumes pas ton joint ? suggéra Jameelah dans un esprit d'entraide.

— Il ne m'en reste plus. Comment je pourrais marcher dans cet état ? Ou creuser une tombe ? »

Humeyra et Zaynab122 échangèrent un regard. Jameelah haussa les épaules.

« Bien, dit Humeyra. Moi aussi, j'aurais besoin d'une larme, pour être honnête. »

Sabotage lui prit la flasque des mains et en avala une forte lampée. Puis une autre.

« Ça suffit », dit Humeyra. Elle aussi but une rasade. Une flèche de feu lui traversa la gorge. Le visage crispé, elle se plia en deux. « Qu'est-ce que... argh... Qu'est-ce que c'est que ce truc ?

— Je ne sais pas mais ça m'a plu », dit Sabotage, et il lui arracha la flasque pour une autre lampée rapide. Trouvant la sensation agréable, en un éclair il avala encore une gorgée.

« Hé, arrête ça », dit Humeyra. Elle lui reprit la flasque et la reboucha. « C'est drôlement fort. Je n'ai jamais...

— C'est bon, allons-y. Par ici », leur parvint une voix dans l'ombre. Nalan était de retour.

« Ton alcool, dit Humeyra en avançant dans sa direction. C'est quel genre de poison ?

— Oh, tu as essayé ? C'est spécial. Ils appellent ça Spirytus Magnanimus. De la vodka polonaise – ou ukrainienne, russe, ou slovaque. Nous on se bat pour savoir qui a inventé le baklava, les Turcs, les Syriens, les Libanais, les Grecs... et ces Slaves ont leur propre guerre de la vodka.

— Alors ça c'était de la *vodka* ? » demanda Humeyra, incrédule.

Nalan rayonna. « Et comment ! Mais les autres ne lui arrivent pas à la cheville. Quatre-vingt-dix-sept pour cent d'alcool. Fonctionnel, pratique. Les dentistes en font boire à leurs patients avant de leur arracher une dent. Ils en font même du parfum. Mais en Pologne ils en boivent aux enterrements – à la santé des morts. Alors je me suis dit que c'était approprié.

— Tu as apporté une vodka létale dans un cimetière, dit Zaynab122 avec un hochement de tête désapprobateur.

— Eh bien, je ne compte pas sur toi pour l'apprécier, riposta Nalan vexée.

— Et tu as réussi à trouver la tombe de Leila ? interrogea Jameelah, changeant de sujet pour dissiper la tension.

— Oui, oui. Elle est de l'autre côté. Vous êtes prêts, tous ? »

Sans attendre leur réponse, Nalan pointa sa torche vers le sentier sur leur gauche et se mit en route, sans avoir remarqué le sourire étrange installé sur le visage de Sabotage ni le vernis glacé sur ses yeux.

L'erreur est humaine

À la fin, ils y étaient arrivés. Penchés tous ensemble en avant, ils examinaient une tombe en particulier comme si elle présentait une énigme à déchiffrer. Comme la plupart des autres, celle-ci n'affichait qu'un numéro. Ni « Tequila » ni « Leila » n'était inscrit sur sa pierre tombale. Il n'y avait pas de pierre. Ni d'emplacement bien entretenu délimité par une bordure de fleurs. Tout ce qu'elle avait c'était une planchette en bois griffonnée par un quelconque ouvrier du cimetière.

Dérangé par leur présence, un lézard surgit de sous une roche et courut se mettre à l'abri, disparaissant dans les broussailles. La voix réduite à un murmure, Humeyra demanda : « C'est ici que Leila-jim est enterrée ? »

Nalan attendait avec une intensité contenue. « Oui, creusons.

— Pas si vite. » Zaynab122 leva la main. « D'abord nous devons prier. On ne peut pas exhumer un corps sans un rituel convenable.

— Très bien, dit Nalan. Mais fais-le court, s'il te plaît. Il faut qu'on se dépêche. »

Zaynab122 sortit un flacon de son sac et versa autour de la tombe le mélange qu'elle avait préparé auparavant : sel de roche, eau de rose, pâte de bois de santal, camphre et graines de cardamome. Les yeux clos, paumes tournées vers le ciel, elle récita la sourate Al-Fatiha. Humeyra se joignit à elle. Sabotage, pris de vertige, dut s'asseoir pour réciter ses prières. Jameelah, ses lèvres formant les mots tout bas, fit trois fois le signe de croix.

Le silence qui suivit fut empreint de tristesse.

En appuyant de tout son poids, Nalan enfonça profondément sa pelle dans le sol d'un coup de botte. La terre n'était pas gelée comme elle le craignait, plutôt meuble et humide, et elle se mit rapidement à l'ouvrage, trouvant un rythme régulier. Bientôt elle fut entourée par l'odeur familière et réconfortante du terreau.

Une image surgit dans son esprit. Elle se rappela la première fois où elle avait vu Leila – au début, c'était juste un visage parmi d'autres du bordel, son haleine qui embuait la vitre. Elle se muait avec une grâce tranquille qui démentait presque son environnement. Avec ses cheveux tombant sur les épaules, ses grands yeux sombres si expressifs, Leila ressemblait à cette femme gravée sur la pièce de monnaie que Nalan avait trouvée un jour en labourant un champ. Comme cette impératrice byzantine, il y avait dans son expression quelque chose d'insaisissable, qui défiait le temps et l'espace.

Nalan repensa à leurs rencontres dans la boutique de *börek*, leur confiance et leurs confidences réciproques.

« Tu ne t'es jamais demandé ce qu'elle est devenue ? avait demandé un jour Leila sans crier gare. Ta jeune épouse... tu l'as laissée dans cette chambre – toute seule.

— Oh, je suis sûre qu'elle a épousé quelqu'un d'autre. Elle doit avoir une ribambelle de mômes à l'heure qu'il est.

— Ce n'est pas le problème, chérie. Tu m'envoies des cartes postales, non ? Tu devrais lui écrire une lettre. Lui expliquer ce qui s'est passé et lui présenter des excuses.

— Tu plaisantes ? On m'a forcée à m'engager dans un simulacre de mariage. Ça m'aurait tuée. J'ai pris la fuite pour sauver ma peau. Tu aurais préféré que je reste et que je vive un mensonge toute ma vie ?

— Pas du tout. Chacun doit faire son possible pour améliorer sa vie, on se le doit à soi-même, mais on doit aussi prendre soin de ne pas briser celle des autres pour atteindre notre but.

— Oh, Seigneur ! »

Leila l'avait regardée avec cet air patient, lucide, dont elle avait le secret.

Nalan avait levé les mains en signe de reddition. « D'accord, très bien... je vais écrire à ma chère *femme*.

— Tu promets ? »

Tandis qu'elle continuait à creuser, les pensées de Nalan la ramenèrent malgré elle à cette conversation oubliée depuis longtemps. Elle entendait la voix de Leila résonner dans sa tête et elle se rappela aussi qu'elle n'avait jamais écrit la lettre promise.

*

* *

Sabotage se tenait au bord de la tombe, observant Nalan avec une surprise teintée d'admiration. Il n'avait jamais été doué pour le travail manuel ; à la maison, chaque fois qu'il fallait réparer un robinet ou poser une étagère, ils faisaient appel à un voisin. Tous les membres de sa famille le prenaient pour un homme absorbé par des sujets ennuyeux, les chiffres et les déclarations d'impôts, alors que Sabotage préférait se voir comme doté d'un esprit créatif. Un artiste ignoré. Ou un chercheur sous-estimé. Un talent gaspillé. Il n'avait jamais dit à Leila à quel point il enviait D/Ali. Combien d'autres choses ne lui avait-il jamais dites ? Les souvenirs se précipitaient dans son esprit, chacun une pièce distincte, isolée, du puzzle que formait leur longue relation, une image faite de cassures irréparables et de morceaux manquants.

Dynamisé par la vodka qui courait dans ses veines, son sang lui martelait les oreilles. Il faillit les boucher pour chasser le bruit. Il attendit. L'impulsion persistant, il rejeta la tête en arrière comme s'il espérait trouver quelque consolation dans le ciel. Là-haut il remarqua un détail des plus étranges ; ses traits se relâchèrent. Un visage le fixait à la surface de la lune. Étonnamment familier. Il plissa étroitement les yeux. C'était son propre visage ! Quelqu'un l'avait dessiné sur la lune ! Estomaqué, Sabotage émit un hoquet incrédule, fort et poussif comme le sifflement d'un samovar quand il est près de bouillir. Il pinça les lèvres et se mordit l'intérieur de la bouche pour tenter de se maîtriser, mais en vain.

« Vous avez vu la lune ? Je suis là-haut ! » cria Sabotage, les joues en feu.

Nalan cessa de creuser. « Qu'est-ce qui lui prend ? »

Sabotage roula des yeux. « Qu'est-ce qui me prend ? Absolument rien. Pourquoi tu crois toujours que j'ai quelque chose de travers ? »

Le souffle court, Nalan posa sa pelle et vint vers lui. Elle le prit par les épaules, examina ses pupilles et vit qu'elles étaient dilatées.

D'un geste vif, elle se tourna vers les autres. « Il a bu quelque chose ? »

Humeyra déglutit. « Il ne se sentait pas bien. »

Nalan serra les mâchoires. « Je vois. Et il a bu quoi, au juste ?

— Ta... vodka, dit Zaynab122.

— Quoi ? Vous avez perdu la tête ? Même moi j'y vais mollo. Qui va s'occuper de lui, maintenant ?

— Moi, dit Sabotage. Je peux très bien m'occuper de moi tout seul. »

Nalan reprit sa pelle. « Débrouillez-vous pour qu'il ne m'approche pas. Je parle sérieusement.

— Viens, reste à côté de moi », dit Humeyra en l'attirant doucement auprès d'elle.

Sabotage émit un soupir excédé. À nouveau, il éprouvait ce sentiment trop familier d'être incompris par les gens les plus proches de lui. Il n'avait jamais fait grand cas des paroles, attendant de ceux qu'il aimait qu'ils le déchiffrent à travers ses silences. Quand il devait parler ouvertement, il se contentait souvent d'allusions ; quand il devait exprimer ses émotions, il les dissimulait d'autant plus. Peut-être que la mort terrifie tout le monde, mais plus encore celui qui sait en son for intérieur qu'il a vécu une vie de faux-semblants et d'obligations, une vie formatée par les besoins et les exigences des autres. Maintenant qu'il avait atteint l'âge où son père était mort – les laissant seuls à Van, lui et sa mère, au sein d'un quartier étriqué où les cancans allaient bon train – il était en droit de se demander ce qui subsisterait de lui quand il partirait à son tour.

« Aucune de vous ne m'a vu sur la lune ? demanda Sabotage en chaloupant sur ses talons, le corps entier secoué comme un radeau sur une mer agitée.

— Chut, mon chéri, dit Humeyra.

— Mais vous avez vu ?

— Oui, oui. On a vu, répondit Zaynab122.

— Il a disparu, maintenant », dit Sabotage, les yeux baissés, le découragement s'inscrivant sur ses traits. « Pouf ! Plus rien. Est-ce que ça se passe comme ça quand on meurt ?

— Tu es ici en bas avec nous. » Humeyra ouvrit sa Thermos et lui offrit du café.

Sabotage en but quelques gorgées, mais ne parut guère réconforté. « Ce n'était pas tout à fait vrai quand j'ai dit que je n'avais pas peur de cet endroit. Il me donne des angoisses.

— À moi aussi, dit tout bas Humeyra. Je me sentais brave quand on est partis, mais maintenant plus du tout. Je suis sûre que je ferai des cauchemars pendant longtemps. »

Même s'ils étaient honteux de ne pas aider Nalan, ils restèrent tous quatre assis impuissants côte à côte, à regarder les pelletées de terre puisées dans le sol, détruisant le peu d'ordre et de paix qui régnait dans ce lieu.

*

*   *

Maintenant que la tombe était ouverte, Sabotage et les filles se regroupèrent autour du monticule de terre, n'osant pas regarder au fond de la fosse. Pas encore.

Nalan grimpa hors du trou qu'elle avait creusé, haletante et couverte de boue. Elle essuya la sueur de son front sans s'aviser qu'elle le couvrait de crasse. « Merci de votre aide, bande de flemmards. »

Les autres ne réagirent pas. Ils étaient trop effrayés pour parler. Adopter ce plan dément et sauter dans le camion, cela semblait une aventure, un geste qu'ils devaient faire pour Leila. Mais là, soudain, ils étaient en proie à une terreur nue, primitive ; le vœu qu'ils avaient prononcé auparavant était de peu de poids face à un cadavre en pleine nuit.

« Allez. On va la sortir de là. » Nalan fit faire à sa torche le tour de la tombe.

Quelques racines d'arbre apparurent dans la lumière, se tortillant comme des serpents. Au fond du trou, le linceul était parsemé de mottes de terre.

« Pourquoi il n'y a pas de cercueil ? » demanda Jameelah quand elle parvint à se rapprocher et à jeter un coup d'œil dans la fosse.

Zaynab122 secoua la tête. « C'est une pratique chrétienne. Dans l'islam, nous enterrons nos morts avec un simple linceul. Rien d'autre. Cela nous rend tous égaux devant la mort. Comment faisaient les gens chez toi ?

— Je n'avais encore jamais vu un mort, dit Jameelah, la voix enrouée. Sauf ma mère. Elle était chrétienne, mais convertie à l'islam après son mariage… quoique… il y a eu des désaccords au moment de ses funérailles. Mon père voulait un enterrement musulman, ma tante un enterrement chrétien. Ils ont eu une dispute terrible. Ç'a mal tourné. »

Zaynab122 sentit une chape de tristesse l'envelopper. La religion avait toujours été pour elle source d'espoir, d'endurance et d'amour – un élan qui la soulevait d'un souterrain sombre vers une lumière spirituelle. Elle était peinée de voir que le même élan pouvait tout aussi aisément en faire dégringoler d'autres jusqu'au fond. Que les enseignements qui lui réchauffaient le cœur et la rapprochaient de toute l'humanité, sans distinction de croyance, couleur ou nationalité, puissent être interprétés de manière telle qu'ils divisaient, égaraient et séparaient les êtres humains, semant graines d'hostilité et flots de sang. Si elle était rappelée à Dieu un jour, et admise à s'asseoir en Sa présence, elle aimerait beaucoup pouvoir Lui poser juste une question simple : « Pourquoi acceptes-Tu d'être si souvent mal compris, Toi mon Dieu très beau et miséricordieux ? »

Lentement, son regard glissa vers le sol. Ce qu'elle vit l'arracha à ses pensées. « Il devrait y avoir des planches de bois posées sur le linceul. Pourquoi on n'a pas protégé son corps ?

— J'imagine que les fossoyeurs s'en fichaient. » Nalan s'épousseta les mains et se tourna vers Zaynab122. « Allez, saute.

— Quoi ? Moi ?

— Je dois rester en haut pour tirer la corde. Il faut que quelqu'un descende. C'est toi la plus petite.

— Justement, je ne peux pas descendre. Si je le fais, je ne pourrai pas ressortir. »

Nalan réfléchit. Elle jeta un coup d'œil à Humeyra – trop grosse ; puis à Sabotage – trop soûl ; et enfin à Jameelah – trop faible. Elle soupira. « Ça va. Je vais le faire. Je commence à m'habituer, là en bas. »

Déposant sa pelle, elle s'approcha du bord. Une onde de chagrin lui souleva la poitrine. Là en bas gisait sa meilleure amie – la femme qui avait partagé deux décennies de son existence – les bons, les mauvais jours, et les jours atroces.

« Bon, voilà comment on va faire, annonça Nalan. Je vais me glisser au fond, vous me jetez la corde, et je l'enroule autour de Leila. À trois, vous tirez pour la remonter, c'est compris ?

— Compris, dit Humeyra, la voix rauque.

— Comment il faudra tirer ? Voyons ça », dit Sabotage, et avant qu'elles puissent l'arrêter, il les poussa pour s'avancer.

Sous l'effet de la vodka-assommoir, son teint d'ordinaire exsangue avait pris une coloration rouge rappelant l'étal d'un boucher. Il transpirait abondamment, même après avoir retiré sa veste. Le cou tendu le plus loin possible, il risqua un coup d'œil dans la tombe. Et blêmit.

Quelques minutes plus tôt, il avait vu son visage sur la lune. Ce qui lui avait causé un choc. Mais cette fois l'empreinte spectrale de ses traits était sur le linceul. C'était un signal de la Mort. Ses amis ne le saisissaient peut-être pas, mais lui si, Azraël lui disait qu'il serait le prochain. La tête lui tourna. Pris de nausée, il avança en trébuchant, à demiaveugle, et perdit l'équilibre. Son pied dérapa. Avec une glissade, il tomba droit dans la fosse.

Tout cela se passa si vite que les autres n'eurent pas le temps de réagir – sauf Jameelah, qui poussa un hurlement.

« Regarde-moi ce travail ! » Nalan, jambes écartées, mains sur les hanches, observait le désarroi de Sabotage. « Comment tu as pu être aussi maladroit ?

— Oh mon Dieu ! Tu n'as rien de cassé ? » Humeyra regarda avec précaution au-dessus du bord.

Au fond du trou, Sabotage se tenait parfaitement immobile à part sa mâchoire qui tremblait.

« Tu es encore en vie ? » demanda Nalan.

Retrouvant la voix, Sabotage dit : « Je sens… je pense, que je suis à l'intérieur d'une tombe.

— Oui, ça on le sait, dit Nalan.

— Ne panique pas, mon chéri, dit Zaynab122. Prends la chose autrement, dis-toi que tu affrontes ta peur et que c'est bon pour toi.

— Sortez-moi de là. S'il vous plaît ! » Sabotage n'était pas en état d'apprécier le conseil. Prenant soin de ne pas marcher sur le linceul, il fit un pas de côté, mais recula aussitôt, craignant que des créatures invisibles ne se cachent dans les recoins noirs comme poix de la tombe.

« Allons, Nalan, il faut que tu l'aides », dit Humeyra.

Nalan haussa pesamment les épaules. « Pourquoi je devrais l'aider ? Peut-être que ça lui ferait du bien de rester là en bas, ça lui apprendra.

— Qu'est-ce qu'elle a dit ? » La voix de Sabotage sortit en gargouillis, comme bloquée par un bouchon dans sa gorge.

Jameelah intervint. « Elle te taquine. On va te sauver.

— C'est vrai, ne t'inquiète pas, dit Zaynab122. Je vais t'apprendre une prière qui t'aidera à… »

Le souffle de Sabotage s'accéléra. Découpé sur les parois sombres de la tombe, son visage avait pris une pâleur affreuse. Il posa la main sur son cœur.

« Oh mon Dieu, je crois qu'il est en train de nous faire un infarctus – comme son père, dit Humeyra. Fais quelque chose, vite. »

Nalan soupira. « Bon, d'accord. »

À peine eut-elle sauté et atterri près de lui que Sabotage l'enserra dans ses bras. Jamais de toute sa vie il n'avait été aussi soulagé de la voir.

« Euh, tu veux bien me lâcher ? Je ne peux pas bouger. »

À contrecœur, Sabotage desserra son étreinte. À maintes reprises au cours de son existence il avait été semoncé et ravalé plus bas que terre par les autres : chez lui, enfant, par une mère forte, aimante mais sévère ; à l'école par ses professeurs ; dans l'armée par ses supérieurs ; au bureau par presque tout le monde. Des années de harcèlement lui avaient écrasé l'âme, ne laissant que de la pulpe là où autrement le courage aurait pu fleurir.

Regrettant ses railleries, Nalan se pencha en croisant les mains. « Allez, monte !

— Tu es sûre ? Je ne voudrais pas te faire mal.

— Ne t'inquiète pas de ça. Vas-y, mon chou. »

Sabotage posa un pied sur les mains de Nalan, un genou sur son épaule, l'autre pied sur sa tête, s'élevant marche à marche. Humeyra, avec un peu d'aide de Zaynab122 et de Jameelah, tendit le bras et le tira au-dehors.

« Merci, mon Dieu », dit Sabotage dès qu'il arriva au niveau du sol.

« Ouais, c'est moi qui fais tout le boulot, et c'est Dieu qu'on félicite, grommela Nalan du fond de la fosse.

— Merci, Nalan, dit Sabotage.

— Pas de quoi. Maintenant, *s'il vous plaît*, quelqu'un peut me jeter la corde ? »

Ils s'exécutèrent. Nalan la saisit et la noua autour du corps. « Tirez ! »

Au début le corps refusa de bouger, résolu, semblait-il, à rester où il se trouvait. Puis, pouce par pouce, ils parvinrent à le soulever. Quand il fut assez haut, Humeyra et Zaynab le disposèrent avec soin sur le sol, le plus doucement possible.

Pour finir Nalan se hissa en haut, les mains et les genoux couverts d'écorchures et d'ecchymoses. « Ouh ! je suis épuisée. »

Mais personne ne l'entendit. Les autres fixaient tous le linceul, les yeux écarquillés, incrédules. Pendant la levée, un coin du tissu s'était déchiré et une partie du visage était visible.

« Cette personne a une barbe », dit Sabotage.

Zaynab122 leva des yeux horrifiés vers Nalan quand la vérité lui apparut. « Allah ait pitié de nous. Nous nous sommes trompés de tombe. »

*

* *

« Comment on a pu commettre une erreur pareille ? » demanda Jameelah après qu'ils eurent inhumé de frais l'homme à barbe et lissé la terre sur sa tombe.

« C'est à cause du vieil homme de l'hôpital. » Un soupçon de gêne dans la voix, Nalan sortit le morceau de papier de sa poche. « Il a une écriture épouvantable. Je ne savais pas s'il fallait lire sept mille cinquante-deux ou sept mille cinquante-trois. Comment je pouvais deviner ? Ce n'est pas ma faute.

— Ce n'est pas grave, dit tendrement Zaynab122.

— Allez. » Humeyra se raidit. « On va creuser la bonne tombe. Et cette fois on va t'aider.

— Je n'ai pas besoin d'aide. » Nalan, de nouveau dans son rôle autoritaire, saisit sa pelle. « Contentez-vous de le tenir à l'œil. » Elle montra du doigt Sabotage.

Sabotage se renfrogna. Il avait horreur qu'on le traite de mollasson. Comme tant de timides, il croyait secrètement que se cachait en lui, depuis toujours, un héros brûlant de sortir et de montrer au monde entier l'homme qu'il était réellement.

Nalan s'était déjà remise à creuser, malgré une douleur aiguë entre ses omoplates. Ses bras et tout son corps étaient endoloris aussi. Elle jeta un coup d'œil furtif à ses paumes, craignant d'y découvrir des cals. Pendant sa longue et laborieuse transition de l'apparence physique d'un homme à la femme qu'elle était déjà intérieurement, c'étaient ses mains qui la désolaient le plus. Les oreilles et les mains, c'est ce qu'il y a de plus difficile à modifier, lui avait expliqué le chirurgien. On peut greffer des cheveux, remodeler un nez, augmenter les seins, enlever de la graisse et la réinjecter ailleurs – c'est stupéfiant de voir qu'on peut devenir une personne entièrement nouvelle – mais on ne peut pas modifier la forme ni la taille des mains. Des manucures innombrables n'y changent rien. Et elle avait des mains de fermier fortes et solides, qui lui faisaient honte depuis toutes ces années. Mais cette nuit, elle leur était reconnaissante. Leila aurait été fière d'elle.

Cette fois-ci elle creusa lentement et posément. Humeyra, Jameelah, Zaynab122 et même Sabotage travaillaient en silence à ses côtés, retirant la terre par petites quantités. À nouveau la tombe fut ouverte, à nouveau Nalan sauta à l'intérieur et on lui lança la corde.

Comparée à la tentative précédente, cette fois le corps sembla plus léger quand ils l'exhumèrent. Doucement, ils le déposèrent sur le sol. Redoutant ce qu'ils allaient découvrir cette fois-ci, ils soulevèrent prudemment un coin du linceul.

« C'est elle », dit Humeyra, sa voix se brisant.

Zaynab122 retira ses lunettes et s'essuya les yeux de la paume des mains.

Nalan repoussa les mèches de cheveux collées à son front en sueur. « Très bien. Allons la reconduire près de son amour. »

Avec grand soin, ils placèrent le corps de leur amie sur la brouette. Nalan maintint le torse en place en l'adossant à ses jambes. Avant de se mettre en route, elle ouvrit la flasque de vodka et en avala une grande lampée. Le liquide descendit de son gosier jusqu'à son ventre, incendiant tout sur son passage, laissant derrière lui une chaleur tiède et plaisante, comme un feu de camp amical.

*

* *

Un nouvel éclair déchira le ciel et frappa la terre à quelque trente mètres d'eux, illuminant brièvement le cimetière tout entier. Surpris au milieu d'un hoquet, Sabotage frémit. Il laissa échapper un son étrange. Puis le son devint un grognement.

« Arrête de faire ce boucan, dit Nalan.

— Ce n'est pas moi. »

Il disait vrai. Une meute de chiens surgit de nulle part. Ils étaient une dizaine environ, peut-être plus. Un énorme corniaud noir se tenait à la tête du groupe, les oreilles aplaties, les yeux lançant des éclairs jaunes, les dents menaçantes. Ils se rapprochaient.

« Des chiens ! » Sabotage déglutit péniblement, sa pomme d'Adam tressautant le long de sa gorge.

Zaynab122 murmura : « Ou peut-être des djinns.

— Tu sauras ce que c'est quand ils te mordront le cul », dit Nalan. Lentement, elle se rapprocha de Jameelah pour lui faire écran.

« Et si jamais ils sont enragés ? » demanda Humeyra.

Nalan fit non de la tête. « Regarde leurs oreilles, elles ont été taillées. Ce ne sont pas des chiens sauvages. Ils ont été châtrés. Probablement vaccinés aussi. Restez calmes, vous tous. Si vous ne faites pas un geste, ils n'attaqueront pas. » Elle fit une pause, et une nouvelle idée lui vint. « Tu as emporté de la nourriture, Humeyra ?

— Pourquoi tu me demandes ça ?

— Ouvre ce sac. Qu'est-ce que tu as là-dedans ?

— Rien que du café, dit d'abord Humeyra, puis elle soupira. D'accord, j'ai un peu de nourriture aussi. »

Les vestiges du dîner sortirent du sac à dos.

« Je n'arrive pas à croire que tu as emporté tout ça, dit Zaynab122. Qu'est-ce que tu avais en tête ? »

Nalan dit : « Ben voyons, un pique-nique de minuit sympa au cimetière, bien sûr.

— J'ai juste pensé qu'on risquait d'avoir faim, dit Humeyra d'un ton boudeur. Apparemment ça promettait d'être une longue nuit. »

Ils jetèrent la nourriture aux chiens. En trente secondes, tout fut avalé – mais ces trente secondes suffirent à semer la zizanie dans la meute. Comme il n'y avait pas assez de nourriture pour tous, la bagarre commença. Une minute auparavant, ils formaient une équipe. Maintenant ils étaient rivaux. Nalan saisit un bâton, le trempa dans le jus de viande et le lança au loin. Les chiens se ruèrent à sa poursuite dans une fanfare d'aboiements haineux.

« Ils sont partis, dit Jameelah.

— Pour l'instant, prévint Nalan. Il faut qu'on se dépêche. Surtout restez bien près les uns des autres. Marchez vite, mais pas de mouvement brusque. Rien qui risque de les provoquer, compris ? »

Enflammée par une résolution nouvelle, elle poussa la brouette devant elle. Traînant des pieds fatigués, chargés de leurs outils, les membres de la troupe marchèrent jusqu'au camion, suivant le chemin qu'ils avaient parcouru à l'aller. En dépit du vent, une légère odeur émanait du cadavre. Eût-elle été plus forte que personne n'y aurait fait allusion, de crainte d'offenser Leila. Elle avait toujours adoré ses parfums.

Le retour

La pluie, quand elle finit par arriver, tomba à torrents. Nalan peinait à manœuvrer la brouette à travers la boue et les ornières. Sabotage avançait d'un pas lourd à côté de Jameelah, tenant leur unique parapluie au-dessus de la tête de la jeune femme. Trempé jusqu'aux os, il semblait à peu près dessoûlé. Sur leurs talons, Humeyra haletante, peu habituée à tant d'exercice physique, serrait les doigts autour de son inhalateur. Elle savait sans avoir besoin de le vérifier que ses bas étaient en lambeaux, que ses chevilles égratignées saignaient. En bout de file, Zaynab122 titubait, dérapant sur ses souliers boueux tout en cherchant à suivre le rythme des autres, plus grands et plus robustes qu'elle.

Nalan tendit le menton et s'arrêta sans raison manifeste. Elle éteignit la torche.

« Pourquoi tu fais ça ? dit Humeyra. On n'y voit plus rien. »

Ce n'était pas tout à fait exact. Le clair de lune, quoique faible, éclairait le sentier étroit.

« Tais-toi, mon chou. » Nalan semblait soudain inquiète. Son corps se raidit.

« Qu'est-ce qui se passe ? » murmura Jameelah.

Nalan inclina la tête jusqu'à un angle insolite, à l'écoute d'un son lointain. « Tu vois ces lumières bleues là-bas ? Il y a une voiture de police derrière les buissons. »

Quand ils regardèrent dans la direction indiquée, à une vingtaine de mètres de l'entrée du cimetière, ils virent la voiture garée.

« Oh, non ! C'est fichu. Ils vont nous arrêter, dit Humeyra.

— Qu'est-ce qu'on va faire ? » Zaynab122 venait juste de les rattraper.

Nalan n'en avait pas la moindre idée. Mais elle avait toujours estimé que la moitié du job de chef c'était d'agir en chef. « Voilà ce qu'on va faire, dit-elle sans un battement de retard. On va laisser la brouette ici, elle fait trop de bruit, même avec cette foutue pluie. Je porte Leila et on continue à marcher. Quand on arrive au camion, montez tous devant avec moi. Leila ira à l'arrière. Je lui mettrai une couverture. On va repartir tout doucement sans faire de bruit. Et dès qu'on est sur la route principale, je mets les gaz à fond, ni vu ni connu. Libres comme l'air.

— Ils ne nous verront pas ? interrogea Sabotage.

— Pas au début, il fait trop noir. Ils finiront par nous voir, mais ça sera trop tard. On va les dépasser à toute allure. Il n'y a pas de circulation à cette heure-ci. Sérieux, tout ira bien. »

Encore un plan fou auquel, une fois de plus ils se rallièrent à l'unisson, faute de meilleure alternative.

*
* *

Nalan souleva le corps de Leila et le mit sur son épaule.

Nous voilà quittes, se dit-elle, repensant à la nuit où elles avaient été agressées par des voyous.

C'était longtemps après la mort de D/Ali. Tant qu'elle était mariée avec lui, Leila n'avait jamais imaginé devoir un jour se remettre à travailler dans la rue. Cette part de ma vie est terminée, avait-elle dit à tous, et surtout à elle-même, comme si le passé était un anneau qu'on peut retirer à volonté. Mais à l'époque tout semblait possible. L'amour dansait un tango endiablé avec la jeunesse. Leila était heureuse. Elle avait tout le nécessaire. Et puis D/Ali disparut, de façon aussi imprévue qu'il était entré dans sa vie, laissant Leila avec dans le cœur un trou qui ne guérirait jamais, et une pile de dettes croissante. Il apparut que D/Ali avait emprunté l'argent payé à l'Amère Ma, non à ses camarades comme il l'avait prétendu alors, mais à des usuriers.

Nalan se rappelait maintenant une soirée dans un restaurant d'Asmalimescit où ils dînaient souvent tous les trois. Feuilles de vigne farcies et friture de moules (D/Ali en avait commandé pour eux tous mais surtout pour Leila), baklava à la pistache et au coing accompagné de crème caillée (Leila en avait commandé pour eux tous mais surtout pour D/Ali), une bouteille de raki (Nalan en avait commandé pour eux tous mais surtout pour elle-même). Avant la fin de la soirée, D/Ali était déjà joliment éméché, ce qui lui arrivait rarement car il s'imposait ce qu'il appelait *la discipline d'un révolutionnaire*. Nalan n'avait encore rencontré aucun de ses camarades. Leila non plus, bizarrement, alors qu'ils étaient mariés depuis plus d'un an. Sans jamais l'avouer, et sans doute l'aurait-il nié si on lui avait posé la question, mais c'était clair d'après sa conduite, D/Ali devait craindre que ses camarades ne voient d'un œil désapprobateur sa femme et les amis excentriques qui l'entouraient.

Chaque fois que Nalan tentait d'aborder le sujet, Leila la fusillait du regard et trouvait un moyen de détourner la conversation. C'était une période angoissante, rappellerait-elle par la suite à Nalan. Des civils innocents se faisaient tuer, chaque jour une bombe explosait quelque part, les universités étaient transformées en champs de bataille, des milices fascistes occupaient les rues, et la torture se pratiquait systématiquement dans les prisons. La révolution n'était peut-être qu'un mot pour certains, mais pour d'autres c'était une question de vie ou de mort. Quand la situation était si sombre, et que des millions de gens souffraient atrocement, c'eût été futile d'être vexée parce qu'un groupe de jeunes gens ne souhaitaient pas la rencontrer en personne. Nalan avait poliment exprimé son désaccord. Elle voulait comprendre à quoi rimait une révolution qui n'aurait pas de place dans son immense étreinte pour elle et ses seins nouvellement augmentés.

Ce soir-là, Nalan était décidée à interroger D/Ali sur ce point. Ils étaient assis à une table près de la fenêtre, où la brise leur apportait le parfum du chèvrefeuille et du jasmin, mêlé aux odeurs de tabac, de friture et d'anis.

« Il faut que je te demande quelque chose », dit Nalan, tout en essayant d'éviter le regard de Leila.

Aussitôt D/Ali se redressa. « Ça tombe bien, moi aussi j'ai une question à te poser.

— Oh ! Alors toi d'abord, mon chou.

— Non, toi d'abord.

— J'insiste, D/Ali.

— Bien. Si je te demandais quelle est la principale différence entre les villes d'Europe occidentale et nos villes, qu'est-ce que tu répondrais ? »

Nalan avala une gorgée de son raki avant de répondre. « Eh bien, ici, nous les femmes on doit toujours avoir sur nous une épingle à nourrice quand nous prenons le bus pour piquer le connard qui voudrait nous harceler. Je ne crois pas que ça soit pareil dans une grande ville occidentale. Il y a toujours des exceptions, bien sûr, mais au pif je dirais que l'indice qui mesure le mieux l'écart entre "ici" et "là-bas", c'est le nombre d'épingles à nourrice utilisées dans les transports publics. »

D/Ali sourit. « Oui, ça aussi, peut-être. Mais je pense que la différence principale réside entre nos cimetières. »

Leila le regarda, étonnée. « Nos cimetières ?

— Oui, mon cœur. » D/Ali montra le baklava intact devant elle. « Tu ne vas pas le manger ? »

Le sachant gourmand de sucreries comme un écolier, Leila poussa l'assiette vers lui.

D/Ali expliqua que dans les grandes villes européennes, les lieux de sépultures étaient soigneusement disposés et bien entretenus, et si verdoyants qu'ils auraient pu passer pour des jardins royaux. Mais pas à Istanbul, où les cimetières étaient aussi débraillés que les vies menées à la surface. Ce n'était pas seulement une affaire de propreté. À un moment donné de leur histoire, les Européens avaient eu la brillante idée d'expédier les morts sur les pourtours de leurs villes. Pas tout à fait « hors de vue, hors de l'esprit », mais à coup sûr « hors de vue, hors de la vie urbaine ». On avait établi des lieux d'inhumation au-delà des murs de la ville ; les fantômes furent séparés des vivants. Ce fut fait de façon rapide et efficace, comme de séparer les jaunes d'œuf des blancs. La nouvelle disposition se révéla très bénéfique. N'étant plus forcés de voir des pierres tombales – ces sinistres rappels de la brièveté de l'existence et de la sévérité divine – les citoyens européens galvanisés se lancèrent dans l'action. Une fois la mort chassée de leur routine quotidienne, ils pouvaient se concentrer sur d'autres sujets ; composer des arias, inventer la guillotine, puis la locomotive à vapeur, coloniser le Nouveau Monde et découper le Moyen-Orient... On peut faire tout cela et bien plus quand on éloigne de son esprit le fait perturbant d'être un simple mortel.

« Et Istanbul ? » demanda Leila.

S'appropriant le dernier morceau de baklava, D/Ali répliqua : « Ici c'est différent. Cette ville appartient aux morts. Pas à nous. »

À Istanbul les vivants n'étaient que des résidents temporaires, les hôtes non invités, ici aujourd'hui partis demain, et au fond chacun le savait. Les pierres tombales blanches croisaient les citadins à chaque tournant – au bord des routes, des centres commerciaux, des parkings ou des terrains de football, dispersées dans tous les recoins, comme un collier de perles dont le fil s'est rompu. D/Ali déclara que si des millions de Stambouliotes n'utilisaient qu'une fraction de leur potentiel, c'était dû à la proximité décourageante des sépultures. On perd tout goût de l'innovation quand on vous rappelle constamment que la Grande Faucheuse se tient au coin de la rue, sa faux rougie étincelant au soleil. Voilà pourquoi les projets de rénovation n'aboutissaient à rien, que l'infrastructure échouait et que la mémoire collective était aussi ténue qu'un mouchoir en papier. Pourquoi s'entêter à dessiner l'avenir ou à commémorer le passé quand nous glissons tous sur la pente vers la sortie finale ?

La démocratie, les droits de l'homme, la liberté de parole – à quoi bon, si nous sommes tous sur le point de mourir ? L'organisation des cimetières et le traitement des morts, conclut D/Ali, voilà la principale différence entre les civilisations.

Tous trois sombrèrent dans le silence, avec en fond sonore le cliquetis des couverts et les changements d'assiettes. Pourquoi Nalan prononça la phrase qu'elle sortit ensuite, elle ne le savait toujours pas. Les mots lui jaillirent de la bouche comme mûs par une volonté propre.

« Je serai la première à clamser, vous verrez. Je veux que vous dansiez tous les deux autour de ma tombe, pas de larmes. Fumer, boire, s'embrasser, danser – voilà mon testament. »

Leila s'assombrit, mécontente qu'elle osât dire des choses pareilles. Elle leva le visage vers la lampe fluorescente qui clignotait au-dessus d'eux, ses yeux splendides prenant la couleur de la pluie. D/Ali, cependant, se contenta de sourire – un sourire doux, attristé, comme s'il savait en son for intérieur qu'en dépit des certitudes de Nalan, ce serait lui qui partirait le premier.

« Alors, et *toi*, qu'est-ce que tu voulais me demander ? » dit D/Ali.

Mais soudain, Nalan eut un revirement : ça n'avait plus d'importance de savoir pourquoi elles ne pouvaient pas rencontrer ses camarades, ou à quoi ressemblerait la révolution dans cet avenir radieux qui adviendrait ou n'adviendrait pas. Peut-être que rien ne méritait de se faire du souci dans une ville en état permanent de mouvance et de dissolution : la seule chose fiable c'était ce moment dans le temps, qui était déjà à moitié révolu.

*
* *

Trempés et épuisés, les amis atteignirent le Chevrolet. Tous montèrent dans la cabine – à l'exception de leur chauffeur. Nalan s'activait à l'arrière, arrimant le corps de Leila en l'entourant de cordes qu'elle accrocha aux bords du camion pour s'assurer qu'il ne roulerait pas. Satisfaite, elle rejoignit les autres, ferma doucement la portière et libéra l'air qu'elle retenait depuis un bon moment dans ses poumons.

« C'est bon. Vous êtes prêts ?

— Prêts, répondit Humeyra dans une nappe de silence.

— Alors maintenant il va falloir être super discrets. Le plus dur est fait. On va y arriver. »

Nalan tourna doucement la clef de contact. Le moteur se mit en marche et une seconde plus tard, la musique hurla. La voix de Whitney Houston demandant où partaient les cœurs brisés se répandit dans la nuit.

« Merde ! » fit Nalan.

Elle éteignit le lecteur de cassettes d'une grande claque – trop tard. Les deux agents de police, sortis pour se dégourdir les jambes, se tournaient dans leur direction, ahuris.

Nalan jeta un coup d'œil dans le rétroviseur et vit les agents courir vers leur voiture. Redressant les épaules, elle annonça : « D'accord. Changement de plan. Accrochez-vous bien ! »

Vers la ville[1]

Ses pneus filant sur la chaussée rendue glissante par la pluie, le Chevrolet 1982 descendit la colline en trombe et traversa les bois, projetant de la boue alentour sur son passage. Il y avait des affiches usées et des panneaux des deux côtés de la route. L'un d'eux à peine lisible, dont les bords s'écaillaient, déclarait : *Bienvenue à Kilyos… vos vacances de rêve… au prochain tournant.*

Nalan mit le pied au plancher. Elle entendait brailler la sirène de la voiture de police, encore assez loin derrière, la petite Škoda peinant à accélérer sans déraper sur la boue ni quitter la route. Et soudain Nalan se sentit pleine de gratitude pour la boue, pour l'orage et, oui, pour ce vieux Chevrolet. Dès qu'ils atteindraient la ville ce serait plus dur de rouler plus vite que la voiture de police ; là il faudrait qu'elle se fie à ses talents. Elle connaissait bien les petites rues.

1. « Istanbul » vient du grec médiéval, *eis ten polin*, qui siginifie « vers la cité ».

Sur la droite, là où la route faisait une fourche autour d'un bosquet de grands pins, Nalan vit un cerf se figer dans la lumière des phares. L'animal lui donna une idée. Plaçant l'essieu parallèle à la bordure du macadam, espérant que le camion était assez haut sur roues, elle fonça droit dans le bosquet et éteignit les phares. Tout se passa si vite que personne n'osa souffler mot. Ils attendirent, comptant sur le destin, ou sur Dieu, s'en remettant à des forces au-delà de leur contrôle ou de leur pouvoir. Une minute plus tard, la voiture de police fila devant eux sans les voir et se dirigea vers Istanbul, à une quinzaine de kilomètres de là.

Le temps de regagner la route, il n'y avait plus d'autre véhicule en vue que le leur. Au premier carrefour, un feu de croisement suspendu à des fils balancés par le vent passa du vert au rouge. Le camion le franchit à toute allure. Au loin la ville se dressait, et sur sa ligne d'horizon une traînée orange perçait le ciel sombre. L'aube était proche.

« J'espère que tu sais ce que tu fais », dit Zaynab122 qui avait épuisé son répertoire de prières. Faute de place, elle était pratiquement assise sur les genoux d'Humeyra.

« Ne t'inquiète pas, dit Nalan, en serrant plus fortement le volant.

— Oui, pourquoi s'inquiéter ? dit Humeyra. Si elle continue à conduire comme ça on ne va pas rester en vie très longtemps. »

Nalan secoua la tête. « Allons, arrêtez de stresser. Une fois en ville, on sera moins exposés. Je trouverai une petite rue, et on se fera invisibles. »

Sabotage regarda par la fenêtre. Les effets de la vodka l'avaient terrassé en trois phases : d'abord l'excitation, ensuite la peur et l'appréhension, puis pour finir la mélancolie. Il baissa la vitre. Le vent se rua à l'intérieur et emplit l'espace exigu. Il avait beau s'efforcer de rester calme, il ne voyait pas comment ils pourraient semer la police. Et si on le pinçait avec un cadavre et un lot de voyageuses d'allure louche, qu'est-ce qu'il raconterait à sa femme et à sa belle-famille de conservateurs ?

Il se laissa aller contre le dossier du siège. Dans l'obscurité étendue devant ses yeux, Leila lui apparut, non pas en femme adulte mais en fillette. Elle portait son uniforme scolaire, socquettes blanches et souliers rouges au bout légèrement écorché. Vivement, elle courut vers un arbre du jardin, s'agenouilla, saisit une poignée de terre, la porta à sa bouche et la mâchonna.

Sabotage ne lui avait jamais avoué qu'il l'avait vue agir ainsi. Et qu'il en avait subi un choc ; qui pouvait avoir envie de manger de la saleté ? Peu après il avait remarqué les entailles sur l'intérieur de ses bras, et avait deviné qu'elle devait en avoir de semblables sur les mollets et sur les cuisses. Inquiet, il l'avait pressée de questions, auxquelles elle avait répondu par un haussement d'épaules. *C'est bon, je sais quand je dois m'arrêter.* Cette confession, car c'en était bien une, n'avait fait qu'aggraver son inquiétude. Lui, plus que quiconque, avant quiconque, avait su déchiffrer la souffrance de Leila. Un chagrin dense, profond, s'était emparé de lui ; un poing s'était refermé sur son cœur. Chagrin qu'il avait tenu caché de tous et nourri pendant toutes ces années, car qu'est-ce donc que l'amour sinon soigner la douleur de l'autre comme si c'était la vôtre ? Il tendit la main et la fillette devant lui disparut comme une vision.

Sabotage Sinan avait accumulé d'innombrables regrets dans sa vie, mais rien de comparable au regret qu'il éprouvait de n'avoir jamais dit à Leila que depuis leur enfance à Van, quand ils allaient à l'école chaque matin sous un ciel virant au bleu, qu'ils se retrouvaient à la récréation, sautaient par-dessus les pierres au bord du grand lac en été, s'asseyaient côte à côte l'hiver sur un muret du jardin, doigts serrés sur leur gobelet de *salep* fumant, pour regarder des photos d'artistes américains, depuis ces jours perdus à jamais, il n'avait cessé d'être amoureux d'elle.

*
* *

Contrairement à la route de Kilyos, même à cette heure indue les rues d'Istanbul étaient tout sauf vides. Le Chevrolet roulait en bringuebalant devant immeuble après immeuble, leurs fenêtres sombres et vides comme des dents manquantes ou des orbites vides. De temps à autre un obstacle inattendu surgissait devant le camion : chat errant ; ouvrier d'une équipe de nuit ; clochard en quête de mégots devant un restaurant huppé ; parapluie solitaire sautillant dans le vent ; junkie debout au milieu de la route, souriant à une image visible de lui seul. D'autant plus vigilante, penchée en avant, Nalan se tenait prête à donner un coup de volant à tout moment. Elle grommelait entre ses dents : « Mais quelle mouche les pique, ces imbéciles ? Ils devraient tous être au lit à cette heure-ci.

— Je parie qu'ils pensent exactement la même chose de nous, dit Humeyra.

— Eh bien, nous, nous sommes chargés d'une mission. » Nalan jeta un coup d'œil au rétroviseur.

Outre le fait qu'elle était dyslexique, Nalan souffrait d'une légère dyspraxie. Elle avait eu beaucoup de mal à décrocher son permis de conduire, et l'insinuation d'Humeyra tout à l'heure, si crue fût-elle, n'était pas tout à fait infondée. Elle avait flirté avec le moniteur. Juste un peu. Or pendant toutes ces années elle n'avait jamais eu d'accident. Ce n'était pas un mince exploit dans une ville qui comptait plus de chauffards au mètre carré que de trésors byzantins sous terre. Elle s'était toujours dit qu'au fond la conduite, c'était comme le sexe. Pour en jouir pleinement, il ne fallait pas se hâter et toujours garder en considération l'autre partie. *Sois attentive au voyage, suis le courant, ne rivalise pas, n'essaie pas de dominer.* Mais cette ville était bourrée de cinglés qui brûlaient les feux rouges et roulaient sur les bandes d'arrêt d'urgence comme s'ils étaient fatigués de vivre. Parfois, juste pour le plaisir, Nalan coursait leur véhicule, allumait ses phares et klaxonnait sans répit, à quelques centimètres de leur pare-chocs arrière. Elle se rapprochait si périlleusement qu'elle voyait les yeux des chauffards dans leur rétroviseur – juste au-dessus du ballet des purificateurs d'air, fanions de football, chapelets en pierres précieuses – et savourait leur expression horrifiée quand ils comprenaient qu'ils étaient poursuivis par une femme, et que cette femme pourrait bien être un *travesti*.

*
* *

À proximité de Bebek, ils remarquèrent une voiture de police garée à l'angle de la rue pentue qui montait vers l'ancien cimetière ottoman puis au-delà, vers l'université du Bosphore. Est-ce qu'elle les attendait, ou était-ce juste un autre véhicule de patrouille à l'arrêt ? De toute façon, ils ne pouvaient pas courir le risque d'être vus. Changeant de vitesse, Nalan fit un rapide demi-tour et enfonça l'accélérateur, expédiant l'aiguille du compteur dans la zone rouge.

« Qu'est-ce qu'on va faire ? » demanda Jameelah, le front perlé de sueur. Son corps épuisé subissait le contrecoup du traumatisme de la journée et des efforts physiques de la nuit.

« On va trouver un autre cimetière », dit Nalan, dont la voix n'avait plus son ton de commandement habituel.

Ils avaient perdu beaucoup trop de temps. L'aube était proche et ils allaient se retrouver avec un cadavre à l'arrière du camion et nulle part où l'héberger.

« Mais il va bientôt faire jour », objecta Humeyra.

Voyant que Nalan peinait à trouver les mots appropriés, et semblait avoir perdu le contrôle de la situation, Zaynab122 baissa les yeux. Depuis leur départ du cimetière, sa conscience la tourmentait. Elle était bourrelée de remords en pensant à l'exhumation de Leila, et craignait qu'ils n'aient commis un péché aux yeux d'Allah. Pourtant maintenant, tandis qu'elle observait la confusion inhabituelle de Nalan, une autre pensée la frappa avec la force d'une révélation. Peut-être qu'à cinq, tout comme les personnages d'une miniature, ils étaient plus forts et plus brillants, et bien plus vivants, quand ils se complétaient mutuellement.

« Comment on va trouver un autre cimetière à cette heure-ci ? demanda Sabotage en tiraillant sa moustache.

— Peut-être qu'on n'en a pas besoin, dit Zaynab122 si bas qu'ils durent tendre l'oreille pour entendre. Peut-être qu'on ne devrait pas l'enterrer. »

Le visage de Nalan, perplexe, se contracta en grimace. « Qu'est-ce que tu racontes ?

— Leila n'avait pas envie d'être enterrée. On en a discuté une ou deux fois quand on était au bordel. Je me rappelle que je lui parlais des quatre saints qui protègent cette cité. Je lui ai dit : “J'espère qu'un jour je serai enterrée près du sanctuaire d'un des quatre.” Et Leila a répondu : “C'est bien. J'espère que tu y arriveras. Mais pas pour moi. Si j'avais le choix je ne voudrais à aucun prix descendre six pieds sous terre." Ça m'a un peu agacée à l'époque parce que notre religion est très claire sur ce point. Je lui ai demandé de ne pas dire des choses pareilles. Mais elle a insisté.

— Qu'est-ce que tu veux dire ? Qu'elle voulait être incinérée ? glapit Sabotage.

— Oh Seigneur, bien sûr que non. » Zaynab122 remonta ses lunettes. « Elle parlait de la mer. On lui avait raconté que le jour de sa naissance, quelqu'un de leur maisonnée avait libéré le poisson qu'ils gardaient dans un bocal. Elle avait l'air d'aimer beaucoup cette idée. Elle a dit que quand elle mourrait elle irait rejoindre ce poisson, même si elle ne savait pas nager.

— Tu veux dire que Leila voulait qu'on la jette à la mer ? interrogea Humeyra.

— En fait je ne suis pas sûre qu'elle voulait exactement être *jetée*, ce n'est pas comme si elle avait laissé un testament ou un truc dans ce genre, mais oui, elle a dit qu'elle préférerait être dans l'eau que sous terre. »

Nalan fronça le sourcil sans quitter la route des yeux. « Pourquoi tu ne nous as rien dit avant ?

— Pourquoi j'aurais dû ? C'était juste une de ces conversations qu'on ne prend pas au sérieux. En plus, c'est un péché. »

Nalan se tourna vers Zaynab122. « Alors pourquoi tu nous le dis maintenant ?

— Parce que tout d'un coup ç'a du sens. Je comprends que ses choix ne s'accordaient pas avec les miens, mais je les respecte. »

Tous se mirent à réfléchir.

« Alors qu'est-ce qu'on fait ? demanda Humeyra.

— Conduisons-la à la mer », dit Jameelah, et la façon dont elle le dit, avec tant de légèreté et de certitude dans la voix, donna aux autres le sentiment que c'était la chose à faire depuis le début.

Et sans plus d'hésitation le Chevrolet fila vers le pont du Bosphore. Ce pont dont Leila avait fêté l'ouverture jadis parmi des milliers de compagnons stambouliotes.

Troisième partie

L'ÂME

Le pont

« Humeyra ?

— Hmmm ?

— Ça va, mon chou ? » demanda Nalan.

Les paupières mi-closes, Humeyra répondit : « Je me sens un peu somnolente, pardon.

— Tu as pris quelque chose ce soir ?

— Peut-être un petit truc. » Humeyra sourit faiblement. Sa tête roula sur l'épaule de Jameelah et elle s'endormit sur-le-champ.

Nalan soupira. « Ah, formidable ! »

Jameelah se rapprocha, ajustant sa posture pour qu'Humeyra fût plus à l'aise.

Dès qu'elle eut fermé les yeux, Humeyra bascula dans un sommeil velouté. Elle se revit enfant à Mardin, blottie dans les bras de sa sœur aînée. Sa préférée. Puis ses autres frères et sœurs se joignirent à elles, et voilà qu'ils faisaient la ronde en riant. Les champs à demi fauchés s'étalaient au loin et les fenêtres du monastère Saint-Gabriel captaient la lumière. Laissant la fratrie derrière, elle marcha en direction du bâtiment ancien, l'oreille attentive au murmure du vent à travers les crevasses des pierres. Il paraissait bizarrement différent. En approchant, elle comprit pourquoi : au lieu de briques, le monastère était fait de pilules. Toutes les pilules qu'elle avait pu avaler dans sa vie – avec de l'eau, du whisky, du Coca, du thé, ou à sec. Son visage se crispa. Elle sanglotait.

« Chhhut, ce n'est qu'un rêve », dit Jameelah.

Humeyra se tut. Insensible au raffut du camion, son expression redevint sereine. Ses cheveux se dénouèrent, leurs racines d'un noir tenace sous les couches de jaune intense.

Jameelah entama une berceuse dans sa langue maternelle, la voix aussi claire et pénétrante qu'un ciel d'Afrique. En l'écoutant, Nalan, Sabotage et Zaynab122 éprouvèrent tous la chaleur de la chanson sans avoir besoin d'en saisir une parole. C'était étrangement réconfortant de sentir des cultures différentes aboutir à des coutumes et des mélodies similaires, de voir comment tout autour du monde on pouvait se faire bercer dans les bras d'êtres aimés dans les moments de détresse.

*

* *

Tandis que le Chevrolet filait sur le pont du Bosphore, l'aube se levait dans toute sa gloire. Une journée entière s'était écoulée depuis qu'on avait découvert le corps de Leila au fond d'une benne à ordures.

Les cheveux humides collés à sa nuque, Nalan emballa le moteur. Le camion toussa et frémit, et pendant une seconde elle craignit qu'il ne fût sur le point de les lâcher, mais il continua à rouler en grondant. Elle serra le volant d'une main et de l'autre lui donna une tape d'encouragement en murmurant : « Je sais, trésor. Tu es fatigué, je comprends.

— Tu parles aux voitures, maintenant ? dit Zaynab122 en souriant. Tu parles à tout et n'importe quoi – sauf à Dieu.

— Tu sais quoi ? Si cette histoire se termine bien, je Lui ferai un petit bonjour.

— Regarde. » Zaynab122 pointa le doigt vers la vitre. « Je crois que c'est Lui qui te dit bonjour. »

Dehors, la bande de ciel à l'horizon avait pris la nuance violet lumineux de l'intérieur d'une coquille d'huître, délicate et iridescente. L'immensité de la mer était ponctuée de bateaux et de barques de pêche. La ville semblait soyeuse et tendre, comme si elle aussi était sans bornes.

À mesure qu'ils avançaient vers la rive asiatique, des manoirs luxueux apparaissaient, et derrière eux les villas massives de la classe moyenne, avec encore derrière, sur les coteaux, rangée sur rangée de hangars délabrés. Éparpillés entre les bâtiments, des sépultures et des sanctuaires aux vieilles pierres pâles comme des voiles blanches semblaient prêtes à partir sur les flots.

Du coin de l'œil, Nalan vérifia si Humeyra la regardait et alluma une cigarette en se sentant moins coupable que de coutume, comme si l'asthme n'affectait pas celui qui en souffrait quand il dormait profondément. Elle s'efforça de souffler la fumée par la vitre ouverte, mais le vent la ramenait à l'intérieur.

Elle allait jeter le mégot dehors quand Sabotage claironna depuis son coin : « Attends. Donne-m'en d'abord une bouffée. »

Il fuma sans bruit, plongé dans ses pensées. Il se demandait ce que faisaient ses enfants en ce moment. Cela lui brisait le cœur de se dire qu'ils n'avaient jamais rencontré Leila. Il avait toujours imaginé qu'un jour ils se réuniraient tous autour d'un bon repas, et que les enfants l'adoreraient sur-le-champ comme il l'avait fait lui-même. Maintenant c'était trop tard. Le sentiment lui vint qu'il avait toujours été en retard pour tout. Il fallait qu'il cessât de se cacher, de feindre, de diviser sa vie en compartiments, et trouvât un moyen de rassembler ses différentes réalités. Il devrait présenter ses amis à sa famille et sa famille à ses amis, et si sa famille ne les acceptait pas, il ferait de son mieux pour l'amener à le comprendre. Si seulement ce n'était pas aussi difficile d'accomplir tout cela.

Il jeta la cigarette, referma la fenêtre, et appuya son front contre la vitre. Quelque chose en lui se déplaçait, montait en puissance.

Dans le rétroviseur, Nalan vit deux voitures de police s'engager sur la route, loin derrière eux, en direction du pont. Ses yeux s'écarquillèrent. Elle ne s'attendait pas à ce qu'ils les rattrapent aussi vite. « Il y en a deux. Ils sont derrière nous.

— Peut-être qu'un de nous devrait descendre et essayer de les distraire, dit Sabotage.

— Moi je peux, dit vivement Zaynab122. Je ne suis peut-être pas capable de vous donner un coup de main pour le corps mais je peux faire diversion. Je pourrais faire semblant d'être blessée ou autre chose. Ils seront bien obligés de s'arrêter pour m'aider.

— Tu es sûre ? demanda Nalan.

— Oui, dit Zaynab122 d'un ton ferme. Certaine. »

Nalan freina bruyamment et aida Zaynab122 à descendre puis regrimpa promptement dans la cabine. Humeyra, dérangée par la secousse, ouvrit légèrement les yeux, bougea sur le siège et se rendormit.

« Bonne chance, mon chou. Sois prudente », cria Nalan par la vitre ouverte.

Puis ils repartirent en vitesse, laissant Zaynab122 sur la chaussée, sa petite ombre dressée entre elle et le reste de la ville.

*

* *

Au milieu du pont, Nalan freina et donna un coup de volant sur la gauche. Se rangeant sur le côté, elle immobilisa le véhicule.

« Bon, j'ai besoin d'aide », dit-elle, chose qu'elle admettait rarement.

Sabotage redressa les épaules. « Je suis prêt. »

Tous deux coururent à l'arrière du camion et dénouèrent les cordes qui maintenaient Leila sur le plateau. D'un geste rapide, Sabotage sortit l'écharpe de sa poche et la glissa dans les plis du linceul. « Il ne faudrait pas que j'oublie son cadeau. »

Ensemble ils soulevèrent le corps de Leila sur leurs épaules et en répartirent le poids entre eux puis avancèrent jusqu'aux barrières qui leur arrivaient à hauteur de genou. Avec précaution, ils les enjambèrent et poursuivirent leur marche. Quand ils atteignirent la rambarde extérieure, ils posèrent le corps sur la surface métallique. Retenant leur souffle, silhouettes soudain minuscules sous l'immense réseau de câbles au-dessus d'eux, ils échangèrent un regard.

« Allons-y », dit Sabotage, les traits du visage durcis.

Ils poussèrent le corps plus loin sur la rambarde, doucement et discrètement d'abord, comme s'ils encourageaient une enfant à entrer dans la classe lors de son premier jour d'école.

« Hé, vous deux ! »

Nalan et Sabotage se figèrent sur place – une voix masculine déchira l'air, le grincement des pneus, l'odeur de caoutchouc brûlant.

« Stop.

— Pas un geste. »

Un agent bondit de la voiture, hurlant des ordres, suivi par un autre.

« Ils ont tué quelqu'un. Ils essaient de se débarrasser du corps ! »

Sabotage blêmit. « Oh, non ! Elle était déjà morte.

— Ferme-la.

— Posez-le à terre. Lentement.

— Posez-*la*, ne put s'empêcher de corriger Nalan. Écoutez, laissez-nous vous expliquer –

— Silence. Ne bougez plus. Je vous avertis, je vais tirer. »

Une autre voiture de police s'arrêta. Zaynab122 était assise à l'arrière, les yeux terrifiés, le visage livide. Elle n'avait pas réussi à les distraire longtemps. Rien ne se passait comme prévu.

Deux autres agents sortirent du véhicule.

Sur le côté opposé du pont, la circulation augmentait. Les voitures passaient lentement, des visages curieux regardaient par les fenêtres : un véhicule privé transportant une famille au retour de vacances, les valises empilées à l'arrière ; un car municipal déjà à moitié rempli de voyageurs matinaux – femmes de ménage, vendeuses, camelots – tous fascinés par le spectacle.

« J'ai dit, posez ce corps par terre », répéta un des agents.

Nalan baissa les yeux, le visage crispé, prenant la mesure de la situation. Le cadavre de Leila allait être saisi par les autorités, et reconduit au cimetière des Abandonnés. Ils n'y pouvaient strictement rien. Ils avaient essayé. Ils avaient échoué.

« Je suis désolée, chuchota-t-elle en se tournant de biais vers Sabotage. C'est de ma faute. J'ai tout fait de travers.

— Pas de geste brusque. Et gardez les mains en l'air. »

Tout en maintenant le corps d'un bras, Nalan fit un pas vers les agents, une main levée en signe de reddition.

« Posez le corps à terre. »

Nalan fléchit les genoux, s'apprêtant à descendre doucement le corps sur la chaussée, mais elle s'interrompit, ayant remarqué que Sabotage ne suivait pas le mouvement. Elle lui jeta un regard perplexe.

Sabotage restait immobile, comme s'il n'avait pas entendu un mot de ce que disaient les agents. Sous ses yeux presque clos, la couleur du ciel et de la mer et de toute la ville fut lessivée, et l'espace d'un instant tout devint aussi noir et blanc que les films préférés de Leila, à part un unique hula-hoop qui tournait, dessinant des cercles d'une nuance orange vif assurée, pleine de vie. Combien il souhaiterait pouvoir faire tourner le temps en arrière, du même mouvement. Combien il souhaiterait, au lieu de donner à Leila l'argent du voyage en car qui l'emmènerait loin de lui, l'avoir priée de rester à Van et de l'épouser. Pourquoi s'était-il montré si lâche ? Et pourquoi devait-il payer si cher de n'avoir pas dit les bons mots au bon moment ?

Avec une force soudaine, Sabotage se pencha en avant et poussa le corps par-dessus la rambarde. La brise baignée de sel sur son visage avait le goût de ses larmes.

« Stop !!! »

Les sons se fondirent dans l'air. Le cri strident d'une mouette. Un bruit de gâchette. Une balle toucha Sabotage à l'épaule. La douleur était atroce mais bizarrement supportable. Il aperçut le ciel. Infini, sans peur, compatissant.

Dans le camion, Jameelah poussa un hurlement.

*

* *

Leila descendait dans le vide. Elle fit une chute de plus de soixante mètres, très vite et tout droit. Sous elle la mer luisait bleue et limpide comme une piscine olympique. Tandis qu'elle tombait, les plis de son linceul se défirent, flottant autour et au-dessus d'elle, comme les pigeons que sa mère élevait sur le toit. Sauf que ceux-ci étaient libres. Il n'y avait pas de cage pour les enfermer.

Elle s'enfonça dans l'eau.

Loin de cette folie.

Le poisson betta bleu

Leila eut peur d'atterrir sur la tête d'un pêcheur solitaire dans son bateau à rames. Ou d'un marin en mal du pays regardant le paysage pendant que son navire glissait sous le pont. Ou d'un cuisinier préparant le petit déjeuner de ses employeurs dans la cambuse d'un yacht de luxe. Ça serait bien sa veine ! Mais rien de tout cela ne lui arriva. Elle plongea à travers le bavardage des mouettes et le sifflement du vent. Le soleil se levait à l'horizon ; le maillage de maisons et de rues sur l'autre rive s'embrasa.

Au-dessus d'elle, un ciel clair rayonnant d'excuses pour l'ouragan de la veille. Au-dessous, les crêtes des vagues, éclaboussées de blanc comme par le pinceau d'un peintre. Au loin de tous côtés, encombrée et chaotique, blessée et blessante, mais belle comme toujours, la vieille ville s'imposait aux regards.

Elle se sentait légère. Satisfaite. Et à chaque mètre de sa chute, elle se dépouillait d'un sentiment négatif : colère, tristesse, nostalgie, souffrance, regret, ressentiment, et sa proche cousine, la jalousie. Elle s'en délesta l'un après l'autre. Puis, avec un choc qui ébranla tout son être, elle brisa la surface de la mer. L'eau s'écarta autour d'elle et le monde s'anima. Cela ne ressemblait à rien de son expérience passée. Sans bruit. Sans limite. Leila regarda alentour, absorbant tout l'environnement, en dépit de son immensité. Une ombre minuscule vint flotter devant elle.

C'était le poisson betta bleu. Précisément celui qui avait été libéré dans la crique de Van le jour de sa propre naissance.

« Ravi de te voir enfin, dit le poisson. Qu'est-ce qui t'a pris si longtemps ? »

Leila ne savait que dire. Parviendrait-elle à parler sous l'eau ?

Souriant de sa perplexité, le poisson lui dit : « Suis-moi. »

Leila retrouva alors sa voix et dit avec une timidité qu'elle ne pouvait dissimuler : « Je ne sais pas nager. Je n'ai jamais appris.

— Ne t'inquiète pas pour cela. Tu sais tout ce que tu as besoin de savoir. Viens avec moi. »

Elle nagea, d'abord lente et gauche, puis prenant plus d'aisance et d'assurance, accélérant graduellement le rythme. Mais elle ne cherchait à aller nulle part. Il n'y avait plus aucune raison de se hâter, et plus rien à fuir. Un banc de dorades vint tournoyer autour de ses cheveux. Des bonites et des sardines lui chatouillaient les orteils. Des dauphins l'escortaient, faisant des pirouettes et des gerbes d'eau au-dessus des vagues.

Leila balaya des yeux le panorama, un univers en technicolor, chaque point sous l'eau apportant un nouveau faisceau de lumière qui semblait se couler dans le suivant. Elle vit les carcasses rouillées de paquebots naufragés. Elle vit des trésors enfouis, des navires de surveillance, des canons impériaux, des voitures abandonnées, d'antiques épaves, des concubines balancées dans un sac par la fenêtre d'un palais puis plongées dans le grand bleu, leurs bijoux emmêlés désormais aux algues, leurs yeux cherchant encore un sens au monde qui les avait conduites à une fin si cruelle. Elle croisa des poètes, écrivains, rebelles des règnes ottoman et byzantin, chacun jeté dans les profondeurs pour leurs propos déloyaux ou leurs convictions critiques. L'affreux et le gracieux – tout était présent autour d'elle, en riche abondance.

Tout sauf la douleur. Il n'y avait pas de douleur ici au fond de l'eau.

Son esprit s'était complètement éteint, son corps commençait à se décomposer, son âme courait derrière un poisson betta bleu. Elle était soulagée d'avoir quitté le cimetière des Abandonnés. Heureuse de faire partie de ce royaume vibrant, de cette harmonie réconfortante qu'elle n'aurait jamais crue possible, et de ce bleu immense, lumineux comme la naissance d'une flamme neuve.

Enfin libre.

Épilogue

L'appartement de la rue Kafka Poilu était décoré de ballons, de banderoles et de bannières. Aujourd'hui on aurait fêté l'anniversaire de Leila.

« Où est Sabotage ? » demanda Nalan.

Ils avaient une raison nouvelle de lui donner ce nom, maintenant qu'il avait entièrement et définitivement saboté sa vie. Pour avoir pris une balle en poussant le cadavre d'une prostituée par-dessus le pont du Bosphore, accompagné par des amies louches, il avait fait la une de tous les journaux. Avant la fin de la semaine, il avait perdu son emploi, son épouse, sa maison. Il venait d'apprendre avec beaucoup de retard que sa femme avait une liaison de longue date, raison pour laquelle elle était ravie de le voir sortir le soir. Et dont il avait tiré quelques arguments dans les négociations de leur divorce. Quant à la famille de sa femme, ils ne lui adressaient plus la parole, mais heureusement pas ses enfants, qu'il était autorisé à voir chaque week-end, et c'était tout ce qui lui importait.

Il avait maintenant une petite échoppe près du Grand Bazar, où il vendait des produits dégriffés. Il gagnait la moitié de son salaire d'autrefois, mais il ne se plaignait pas.

« Coincé dans les embouteillages », dit Humeyra.

Nalan agita une main manucurée de frais. Elle avait entre les doigts une cigarette éteinte et le Zippo de D/Ali. « Je croyais qu'il n'avait plus de voiture. C'est quoi son excuse, cette fois ?

— Qu'il n'a plus de voiture. Il doit prendre le bus.

— Il va bientôt arriver, laisse-lui le temps », dit Jameelah d'un ton apaisant.

Acquiesçant d'un signe de tête, Nalan sortit sur le balcon, tira un siège vers elle et s'assit. Elle aperçut Zaynab122 en bas dans la rue, qui sortait de chez l'épicier un sac en plastique à la main, et qui marchait avec difficulté.

Nalan se pressa les côtes, prise d'une quinte de toux, le point de côté du fumeur. Sa poitrine lui faisait mal. Elle prenait de l'âge. Elle n'avait ni pension de retraite ni économies, rien pour subvenir à ses besoins. Leur décision la plus sage avait été de s'installer à cinq dans l'appartement de Leila et de partager les frais. Ils étaient très vulnérables isolément ; ensemble ils étaient plus forts.

Là-bas au loin, entre les toitures et les dômes, la mer luisait comme du verre, et au fond de l'eau, quelque part et partout, se trouvait Leila – un millier de petites Leila accrochées aux nageoires des poissons et aux algues, riant à l'intérieur d'une coquille de palourde.

Istanbul était une ville liquide. Rien ici de permanent. Rien qui semble établi. Tout avait dû commencer des milliers d'années auparavant, quand les lames de glace fondirent, que les eaux montèrent, et que toutes les formes de vie connues furent détruites. Les pessimistes avaient été les premiers à fuir les lieux, sans doute ; et les optimistes à choisir d'attendre pour voir comment les choses allaient tourner. Nalan se dit que l'une des tragédies constantes de l'histoire humaine, c'est que les pessimistes sont plus doués pour la survie que les optimistes, d'où il s'ensuit logiquement que l'humanité véhicule les gènes d'individus qui ne croient pas en l'humanité.

Quand les déluges commencèrent, les eaux jaillirent de toutes parts, noyant tout sur leur passage – animaux, plantes, humains. Ainsi furent formés la mer Noire, la Corne d'Or, le Bosphore, la mer de Marmara. Tandis que les flots se répandaient, ensemble ils créèrent un îlot de terre sèche, sur lequel un jour serait construite une puissante métropole.

Elle ne s'était toujours pas solidifiée, leur terre-mère. En fermant les yeux, Nalan entendait l'eau gronder sous leurs pieds. Glisser, tourbillonner, sonder.

Toujours en flux.

Note au lecteur

Nombre de détails de ce livre sont vrais, et tout est fiction.

Le cimetière des Abandonnés de Kilyos existe réellement. Il grandit à toute allure. Dernièrement, on y a inhumé un nombre croissant de réfugiés noyés dans la mer Égée. Comme les autres tombes, les leurs portent des numéros, rarement un nom.

Les résidents du cimetière mentionnés dans le livre sont inspirés de coupures de journaux et d'anecdotes factuelles sur des individus enterrés là – y compris la grand-mère bouddhiste zen qui voyageait du Népal à New York.

La rue des bordels est réelle aussi. De même que les événements historiques évoqués dans le récit, dont le massacre de My Lai au Vietnam en 1968 et le massacre perpétré à Istanbul lors de la Journée internationale des travailleurs en 1977. L'hôtel Intercontinental d'où les snipers ont ouvert le feu sur la foule s'appelle aujourd'hui hôtel Marmara.

Jusqu'en 1990, l'article 438 du Code pénal turc permettait de réduire d'un tiers la sanction d'un violeur s'il pouvait prouver que sa victime était une prostituée. Les législateurs défendaient cet article en arguant que « la santé mentale ou physique d'une prostituée ne peut être affectée négativement par un viol ». En 1990, face au nombre croissant d'agressions commises contre des travailleuses du sexe, il y eut de nombreuses manifestations dans diverses parties du pays. Grâce à cette forte réaction de la société civile, l'article 438 fut abrogé. Mais il n'y a eu depuis que très peu, voire pas du tout, d'amendements légaux en faveur de l'égalité des sexes, ou de mesures spécifiques visant à améliorer la condition des prostituées.

Et enfin, les cinq amis sont des produits de mon imagination, mais ils sont inspirés par des personnes réelles – autochtones, nouveaux arrivants, étrangers – que j'ai rencontrées à Istanbul. Si Leila et ses amis sont des personnages entièrement fictifs, les amitiés décrites dans ce roman sont, du moins à mes yeux, aussi réelles que cette ensorcelante vieille cité.

Glossaire

Agha : titre honorifique de l'empire ottoman
Amca : terme traditionnel pour s'adresser à un vieillard
Ayran : yaourt liquide
Börek : pâtisserie fourrée
Cezve : cafetière
Chicha : pipe à eau, équivalent arabe du narguilé persan
Darbouka : tambour en forme de vase étranglé
Dhikr : forme de dévotion associée aux confréries soufies, où sont répétés le nom de Dieu et Ses attributs
Ezan : appel à la prière
Gazino : music-hall turc
Geçmiş olsun : prompt rétablissement
Habibi : mon amour
Haram : interdit par la loi islamique
Hayati : ma vie
Hodja : enseignant coranique
Kader : destinée
Konak : manoir
Machallah : Dieu soit loué
Nafs : ego
Nazar : mauvais œil
Nine : grand-mère
Salep : lait chaud à la cannelle et à l'orchidée sauvage
Sarma : feuilles de vigne farcies
Shaitan : Satan
Simit : sorte de bagel aux graines de sésame

Takke : calotte
Tariqa : ordre ou école soufi
Tövbe : repentir
Ya ruhi : mon âme
Yenge : tante par alliance, ou belle-sœur
Zamharir : zone extrêmement froide de l'enfer
Zaqqoum : arbre qui pousse en enfer
Zeybeck : sorte de danse folklorique en Turquie occidentale

Le cimetière des Abandonnés, Turquie
© Tufan Hamarat

Remerciements

Plusieurs personnes remarquables m'ont aidée pendant la rédaction de ce roman. Je leur en suis profondément reconnaissante.

Mes remerciements chaleureux à ma merveilleuse éditrice, Venetia Butterfield. C'est une véritable bénédiction pour une romancière de travailler avec quelqu'un qui la comprend mieux que quiconque, qui la guide et l'encourage avec foi, amour et détermination. Merci, chère Venetia. Je dois aussi un grand merci à mon agent, Jonny Geller, qui écoute, analyse, et voit. Chacune de nos conversations ouvre une nouvelle fenêtre dans mon esprit.

Mille mercis à ceux qui ont lu patiemment des versions antérieures de ce livre et m'ont offert leur avis. Stephen Barber, quel ami exceptionnel vous faites, quelle âme généreuse ! Merci, Jason Goodwin, Rowan Routh, et ma chère Lorna Owen, d'être avec moi tout au long du chemin. Merci beaucoup, Caroline Pretty : vous avez été on ne peut plus attentionnée et utile. Merci, Nick Barley, qui avez lu les premiers chapitres et m'avez dit de poursuivre sans céder au doute, sans regarder en arrière. Un immense merci à Patrick Sieleman, et à Peter Haag, qui avez été des piliers depuis le tout début. Comment pourrais-je oublier votre précieux soutien ?

Je souhaite exprimer ma gratitude à Joanna Prior, Isabel Wall, Sapphire Rees, Anna Ridley et Ellie Smith chez Penguin UK, ainsi qu'à Daisy Meyrick, Lucy Talbot et Ciara Finan chez Curtis Brown. Merci également à Sara Mercurio qui m'a envoyé les plus charmants mails depuis Los Angeles, à Anton Mueller pour ses sages paroles depuis New York. Merci aux éditeurs et amis chez Dog ăn Kitap, une belle équipe courageuse qui nage à contre-courant, guidée uniquement par l'amour des livres. Toute ma gratitude, aussi, à mes très aimés Zelda et Emir Zahir, à mon cher Eyup, et à ma mère, Shafak, la femme dont j'ai adopté le nom comme pseudonyme il y a très, très longtemps.

Ma grand-mère est décédée peu avant que je ne commence à écrire ce roman. Je ne suis pas allée à ses obsèques, car je supportais mal l'idée de me rendre dans mon pays alors que tant d'écrivains, de journalistes, d'intellectuels, de collègues et amis se faisaient arrêter sur la base d'inculpations pour la plupart infondées. Ma mère m'a dit que je ne devais pas regretter de ne pas m'être rendue sur sa tombe. Mais j'en ai éprouvé des regrets et des remords. J'étais très proche de Grandma. C'est elle qui m'a élevée.

La nuit où j'ai fini le roman, la lune était sur le déclin. J'ai pensé à Tequila Leila et j'ai pensé à ma grand-mère, et même si l'une était un personnage fictif et l'autre aussi réelle que mon propre sang, elles me donnaient l'impression de s'être rencontrées et d'être devenues de bonnes amies, des *sœurs hors des marges*. Après tout, les frontières de l'esprit ne signifient rien pour des femmes qui continuent à chanter des chants de liberté au clair de lune…

Table

Deuxième partie
LE CORPS

Troisième partie
L'ÂME

13392

Composition
NORD COMPO

Achevé d'imprimer à Barcelone
par CPI Black Print
le 7 novembre 2023

Dépôt légal janvier 2022
EAN 9782290252505
OTP L21EPLN002953-623652-R2

ÉDITIONS J'AI LU
82, rue Saint-Lazare, 75009 Paris

Diffusion France et étranger : Flammarion